Hammond Innes
Labrador – Das Land Kains

Aus dem Englischen von Eva Malsch

BASTEI-LÜBBE-TASCHENBUCH
Band 11668

Deutsche Erstveröffentlichung
Titel der Originalausgabe:
The Land God Gave to Cain
© by Hammond Innes 1958
First published by William Collins Sons & Co. Ltd. 1958
Copyright © 1991 für die deutsche Übersetzung by
Gustav Lübbe Verlag GmbH, Bergisch Gladbach
Printed in Germany Februar 1991
Einbandgestaltung: Roberto Patelli
Titelfoto: ZEFA
Satz: hanseatenSatz-bremen, Bremen
Druck und Bindung: Ebner Ulm
ISBN 3-404-11668-2

Der Preis dieses Bandes versteht sich
einschließlich der gesetzlichen Mehrwertsteuer

TEIL EINS

Die Funknachricht

1

»Sind Sie Ian Ferguson?« Die Frage wurde mir aus einer Staubwolke zugerufen, und ich richtete mich vom Theodolit auf. Einer der Firmen-Landrover hielt hinter mir, das von der Sonne gerötete Gesicht des Fahrers spähte an der Windschutzscheibe vorbei. »Steigen Sie ein, Kumpel! Sie sollen ins Büro kommen.«

»Worum geht's denn?«

»Keine Ahnung! Man hat mir nur gesagt, es sei dringend und ich müsse Sie holen. Wahrscheinlich haben Sie irgendwas falsch berechnet, und das Rollfeld wird schief.« Der Mann grinste. Immer wieder versuchte er die jungen Ingenieure in Wut zu bringen. Ich schrieb die Zahlen in mein Notizbuch, rief dem Mann, der meine Meßlatte hielt, zu, ich würde bald wieder da sein, und kletterte in den Wagen

Das Büro lag am Ende der alten Straße — dort, wo wir die neue zu bauen begannen. Die große Holzhütte mit dem Wellblechdach erschien mir wie ein

Hochofen, denn in jenem September war es sehr heiß in England.

»Ah, da sind Sie ja, Ferguson.« Mr. Meadows, der Chefingenieur, kam mir entgegen. »Leider habe ich eine schlechte Nachricht für Sie.« Das Dröhnen eines Flugzeugs erschütterte die Wände, und über dem Lärm hörte ich ihn sagen: »Ein Telegramm. Gerade ist es telefonisch durchgegeben worden.« Er reichte mir einen Zettel.

Ich griff danach, von einer bösen Ahnung erfaßt. Sicher betraf es meinen Vater. Die Mitteilung war mit Bleistift geschrieben. »Bitte komm nach Hause. Dad geht es sehr schlecht. In Liebe, Mutter.«

»Wissen Sie, wann der nächste Zug nach London geht, Sir?«

Er schaute auf seine Uhr. »Ungefähr in einer halben Stunde.« Seine Stimme klang unentschlossen. »Vor drei Monaten hatten Sie schon mal Urlaub wegen Ihres Vaters. Ist es wirklich so schlimm? Ich meine . . .«

»Verzeihen Sie, Sir, ich muß zu ihm.« Weil er schwieg, fühlte ich mich zu einer Erklärung bemüßigt. »Mein Vater wurde im Krieg bei einer Bombardierung verwundet. Er war Bordfunker, und ein Geschoß traf ihn im Nacken. Seine Beine sind seitdem gelähmt, und er kann nicht mehr sprechen. Auch das Gehirn hat Schaden genommen.«

»Tut mir leid. Das wußte ich nicht.« Mr. Meadows' helle Augen musterten mich gekränkt. »Natürlich müssen Sie hinfahren. Einer von unseren Landrovern wird Sie zum Bahnhof bringen.«

Mit knapper Not erreichte ich den Zug, und drei Stunden später traf ich in London ein. Während der ganzen Reise hatte ich an meinen Vater gedacht und mir gewünscht, ich hätte ihn so im Gedächtnis behalten, wie er während meiner frühen Kindheit gewesen war. Das gebrochene, jeglicher Artikulation unfähige Wrack, mit dem ich dann zusammenleben mußte, hatte alle älteren Erinnerungen überlagert. Vor meinem geistigen Auge stand nur noch das vage Bild eines großen, freundlichen Mannes. Als er im Dienst der Royal Air Force am Krieg teilgenommen hatte, war ich gerade sechs gewesen.

Wenn ich Urlaub hatte, saß ich manchmal bei ihm in jenem Zimmer im Oberstock, wo sein Funkgerät stand. Aber er lebte in seiner eigenen Welt. Obwohl er hin und wieder eine Nachricht für mich auf einen Zettel schrieb, fühlte ich mich wie ein Eindringling. Die Nachbarn hielten ihn für ein bißchen verrückt, und das war er wahrscheinlich auch. Tag für Tag saß er in seinem Rollstuhl und kontaktierte andere Hobbyfunker. Meistens nahm er mit Kanada Verbindung auf. Als ich neugierig wurde und nach den Gründen fragte, geriet er in helle Aufregung. Sein durchschossener Kehlkopf würgte sonderbare Laute hervor, das breite Gesicht rötete sich vor Anstrengung, während er mir etwas zu erklären versuchte. Ich bat ihn, alles aufzuschreiben, aber er kritzelte nur: »Zu kompliziert. Eine lange Geschichte.« Sein Blick wanderte zu dem Regal, wo er seine Bücher über Labrador verwahrte, und ein seltsam frustrierter Ausdruck trat in seine Augen. Von da an betrachtete ich jedesmal, wenn ich ihn besuchte, diese Bücher und die große Karte von Labrador, die über dem Funkgerät an der Wand hing. Die hatte er während seines Aufenthalts in der Klinik selbst gezeichnet.

Daran dachte ich nun, als ich die vertraute Straße entlanglief. Gab es einen ernsthaften Grund für sein Interesse an Labrador, oder hing es mit einer geistigen Störung zusammen? Das Geschoß hatte seinen Schädel aufgerissen, und den Ärzten zufolge litt er an einem irreparablen Gehirnschaden, wenn sie auch fanden, ihn recht gut zusammengeflickt zu haben.

Die Sonne war untergegangen, und unsere Straßenseite lag in schwarzem Schatten, so daß sie wie ein ununterbrochener Ziegelwall wirkte. Diese Monotonie bedrückte mich, und unbewußt verlangsamte ich meine Schritte, erinnerte mich an jenes Zimmer, an das Morsealphabet auf dem Tisch. Er hatte veranlaßt, daß sein Sendezeichen an die Tür gemalt worden war. Meine Mutter brachte wenig Verständnis für ihn auf. Ihre Bildung reichte nicht an seine heran, und es war ihr ein Rätsel, warum er den Funkraum so dringend brauchte.

Ich ahnte, daß ich ihn nie wieder in jenem Zimmer sehen würde. Unser Gartentor und die Haustür waren rot gestrichen, sonst gab es keinen Unterschied zu den Nachbargebäuden. Als ich näher kam, entdeckte ich die herabgezogenen Jalousien im Oberstock.

Mutter begrüßte mich an der Tür. »Ich bin froh, daß du da bist, Ian.« Sie weinte nicht, sah nur sehr erschöpft aus. »Du hast die Jalousien gesehen. Ich wollte es dir in meinem Telegramm mitteilen, aber ich war mir nicht sicher. Mrs. Wright von nebenan gab es für mich auf, während ich auf den Arzt wartete.« Ihre Stimme klang leblos, ohne Emotion. Sie war am Ende eines langen Weges angelangt. Am Fuß der Treppe sagte sie: »Sicher möchtest du ihn sehen.« Sie führte mich zu dem abgedunkelten Zimmer hinauf und wandte sich ab. »Komm hinunter, wenn du soweit bist. Ich mache dir eine Kanne Tee. Du mußt müde von der Reise sein.«

Er lag ausgestreckt auf dem Bett, und die Furchen in seinem Gesicht, von jahrelangem Leid eingegraben, waren wie durch ein Wunder geglättet. Er sah friedlich aus, und irgendwie freute ich mich für ihn. Lange Zeit stand ich da, dachte an seinen Lebenskampf und sah ihn zum ersten Mal als entschlossenen, tapferen Mann. Zorn und Bitterkeit regten sich in mir, als ich an sein hartes Schicksal dachte. Wie unfair, daß so viele Männer den Krieg unbeschadet überstanden hatten... Ich fühlte mich leicht verwirrt, und schließlich kniete ich neben dem Bett nieder, um zu beten. Dann küßte ich die kalte, glatte Stirn, schlich auf Zehenspitzen hinaus und ging in den Salon hinab, zu meiner Mutter.

Sie saß hinter dem Teetisch und starrte ihn blicklos an; sie sah alt und gebrechlich aus. Ein schweres Leben lag hinter ihr. »Es ist beinahe eine Erleichterung, nicht wahr, Mutter?«

Sie schaute zu mir auf. »Ja, Liebling. Seit seinem Schlaganfall vor drei Monaten habe ich ständig damit gerechnet. Hätte er sich bloß damit begnügt, ruhig im Bett zu liegen... Aber er stand jeden Tag auf und fuhr mit seinem Rollstuhl in dieses Zimmer. Stundenlang blieb er dort, vor allem in der letzten Zeit. In der vergangenen Woche konnte er sich kaum von seinem Funkgerät trennen.« Nachdem sie mir Tee eingeschenkt hatte, fügte sie hinzu: »Es war so eigenartig, und ich brachte es nicht über mich, dem Arzt davon zu erzählen. Er hätte es nicht geglaubt und mir nur ein paar Pillen gegeben. Auch jetzt bin ich nicht sicher, ob ich's mir nur eingebildet habe. Ich saß hier unten und nähte. Plötzlich hörte ich deinen Dad nach mir rufen — ›Mutter!‹ Er sagte noch etwas, aber das verstand ich nicht, weil er in diesem Zimmer saß und die Tür wie üblich geschlossen war. Als ich zu ihm lief, stand er da. Er hatte sich aus dem Rollstuhl hochgestemmt, und seine Wangen waren hochrot vor Anstrengung.«

»Er ist ohne fremde Hilfe aufgestanden?« fragte ich ungläubig. Das hatte mein Vater schon jahrelang nicht mehr geschafft.

»Ja. Er lehnte am Tisch und griff mit der rechten Hand zur Wand — vermutlich, um sich zu stützen«, setzte sie rasch hinzu. »Dann wandte er den Kopf zu mir und wollte etwas sagen. Sein Gesicht verzerrte sich

9

vor Schmerzen. Dann stieß er einen halberstickten Schrei aus, sein Körper erschlaffte, und er brach zusammen. Wann genau er gestorben ist, weiß ich nicht. Jedenfalls machte ich es ihm am Boden so bequem wie möglich.« Lautlos begann sie zu weinen.

Ich eilte zu ihr, sie klammerte sich an mich, und ich versuchte sie zu trösten, so gut ich es vermochte. Dabei stellte ich mir vor, wie schwer es meinem Vater gefallen sein mußte, aus dem Rollstuhl aufzustehen. »Was hat ihn veranlaßt, eine so verzweifelte Anstrengung zu unternehmen?« fragte ich.

»Nichts.« Sie warf mir einen seltsamen, mitfühlenden Blick zu.

»Dafür muß es einen Grund geben. Und daß er auf einmal seine Stimme wiederfand — nach all den Jahren . . .«

»Sicher hab ich's mir nur eingebildet.«

»Du sagtest doch, er habe dich gerufen. Sonst wärst du nicht nach oben gegangen. Bestimmt ist er nicht grundlos aufgestanden.«

»Ach, ich weiß nicht . . . Dein Dad war nun mal so. Niemals wollte er aufgeben. Der Arzt glaubt . . .«

»Trug Dad die Kopfhörer, als du in das Zimmer kamst?«

»Ja, aber . . . Wohin willst du, Ian?«

Ich antwortete nicht, rannte aus dem Salon und die Stufen hinauf. Die Karte von Labrador . . . Mein Vater hatte am Tisch gestanden und nach der Wand gegriffen — und dort hing die Karte. Oder hatte er versucht, das Bücherregal zu erreichen? Es befand sich unterhalb der Karte und enthielt nur Bücher über Labrador. Das Land hatte ihn fasziniert, bis zur Besessenheit.

Am Treppenabsatz wandte ich mich nach links, und da war die Tür mit der Aufschrift STATION G2STO. Der Anblick war mir so vertraut, und als ich sie aufstieß, wollte ich kaum glauben, daß ich ihn nicht vor dem Funkgerät sitzen sah. Doch der leere Rollstuhl war an die Wand gerückt, der Schreibtisch aufgeräumt, das übliche Durcheinander aus Notizbüchern, Zeitungen und Magazinen in einen ordentlichen Stapel auf dem Funkgerät verwandelt. Ich blätterte darin, fand aber keinerlei Hinweis. Doch ich war überzeugt daß ich etwas entdecken müßte, irgendeinen Anhaltspunkt. Ich sah mich in dem kleinen Zimmer um, das so lange Vaters Welt gewesen war — es erschien mir vertraut und trotzdem fremd, weil er ihm keinen Sinn mehr verlieh. Nur das hatte sich verändert. Alles andere war gleich geblieben. Die Fotos aus Schul- und Kriegszeiten, die Flugzeugteile mit den Unterschriften seiner Kameraden. Und neben der Tür hing das verblichene Porträt meiner Großmutter Alexandra Ferguson, das ausdrucksstarke Gesicht ohne Lächeln, vergilbt über dem hochgeschlossenen Kleid.

Ich starrte es an und fragte mich, ob diese Frau die Antwort gekannt haben mochte, die ich suchte. Vater hatte das Bild oft betrachtet oder die Dinge, die darunter hingen: eine rostige Pistole, ein Sextant, ein zerbrochenes Paddel, ein zerschlissener Segeltuchbeutel mit einer von Motten zerfressenen Pelzmütze. Alexandra war seine Mutter gewesen. Irgendwie hatte ich immer gewußt, daß die Relikte unter dem Foto mit dem nördlichen Kanada zusammenhingen. Obwohl es mir niemand erzählt hatte . . .

Ich forschte in meinen Erinnerungen nach einem tristen grauen Haus irgendwo im Norden Schottlands, nach einer beängstigenden alten Frau, die nachts zu mir gekommen war. Das Foto führte mir ihr Bild nicht vor Augen, denn ich entsann mich nur eines körperlosen Gesichts, das sich im flackernden Flammenschein des Nachtlichts über mich geneigt hatte — kalt, verbittert, wie verdorrt. Dann war meine Mutter hereingeeilt. Und sie hatten einander angeschrien, bis ich in angstvolles Gebrüll ausgebrochen war. Nach der Abreise am nächsten Morgen hatten meine Eltern, wie in stillschweigender Übereinkunft, die Großmutter nie mehr erwähnt.

Ich ließ meinen Blick wieder durch den Raum wandern, jene Szene immer noch lebhaft vor Augen. Und dann schaute ich auf den Funkempfänger, das Morsealphabet und den Bleistift daneben, und die Erinnerung verblaßte. Diese Gegenstände hatten Vaters Leben beherrscht. Sie repräsentierten alles, was ihm geblieben war, und irgendwie fühlte ich, sein Sohn müßte imstande sein, ihnen die Ursache seiner übermenschlichen Anstrengung zu entlocken.

Ich glaube der Bleistift brachte mich auf den Gedanken, daß etwas fehlte. Das Logbuch, kein richtiges, nur ein billiges Heft, in dem er Stationsfrequenzen, Sendezeiten, Wetterprognosen oder Gespräche zwischen Schiffen und alle anderen Nachrichten — vermischt mit kleinen Zeichnungen — notiert hatte, die aus Kanada zu ihm gelangt waren.

Einige Hefte fand ich in der Tischschublade, aber nicht das aktuelle. Die letzte Eintragung stammte vom 15. September, ein Gekritzel, von dem ich kaum etwas entziffern konnte. Zeichnungen von Löwen schienen vorzuherrschen, und dazwischen stand: »C2 — C2 — C2 — wo zum Teufel ist das?« Eine Liedzeile sprang mir ins Auge: »Verloren und für immer verschwunden.« Ringsherum hatte er Namen geschrieben — Winokapau, Tishinakamau, Attikonak, Winokapau, Tishinakamau, Attikonak — in mehrfacher Wiederholung, wie zur Zierde.

Während ich in den alten Heften blätterte, stellte ich fest, daß sie einander glichen. Dieses seltsame Gemisch aus Gedanken und Phantasien ließ mich erkennen, wie einsam Vater sich in diesem Zimmer gefühlt haben mußte, wie verzweifelt auf sich selbst konzentriert. Ich studierte Daten und Uhrzeiten, und allmählich erkannte ich ein System. Jeden Tag um zweiundzwanzig Uhr hatte er etwas eingetragen, offenbar Nachrichten von ein und derselben Sendestation. Nach der Eintragung stand fast immer das kleine Zeichen VO6AZ, und auf einer Seite hatte er hinzugefügt: »VO6AZ kam wie üblich.« Später entdeckte ich, daß der Name Ledder wiederholt erwähnt wurde. »Ledder meldet sich« oder »Erneut Ledder«. Diese Notizen nahmen manchmal den Platz des Zeichens ein. Auch das Wort »Expedition« kam häufiger vor.

Es ist schwierig, den Eindruck wiederzugeben, den diese vollgekritzelten Seiten auf mich machten. Welch ein außergewöhnliches Durcheinander aus Tatsachen und Unsinn, aus Funknachrichten und Dingen, die Vater in den Sinn gekommen waren, halb verdeckt von kindischen Linien, Krakeleien und kleinen Löwenzeichnungen. Ein Psychiater würde sie vielleicht als die Symptome eines zerstörten Gehirns interpretieren. Aber viele Leute kritzeln vor sich hin, wenn sie mit ihren Gedanken allein sind. Und immerhin zog sich das Zeichen VO6AZ wie ein roter Faden durch das Chaos.

Ich wandte mich zum Bücherregal, das Vaters technische Bibliothek enthielt, und nahm das *Handbuch für den Funkamateur* heraus. Wie ich wußte, enthielt es eine Liste aller Hobbyfunker auf der ganzen Welt, nach Ländern eingeteilt, mit Sendezeichen und Adressen. Einmal hatte er mir das Sendezeichensystem erklärt. Das Präfix gab den Ort an. G stand zum Beispiel für Großbritannien. Ich wollte mir Kanada heraussuchen, aber das Buch öffnete sich automatisch bei Labrador, und ich sah, daß VO6 das Präfix für dieses Gebiet war. Und hinter dem Sendezeichen VO6AZ war folgende

Adresse notiert: »Simon & Ethel Ledder, c/o D. O. T. Communications, Goose Bay.«

Die Erkenntnis, daß Vater in regelmäßigem Kontakt mit Labrador gestanden hatte, führte mich wieder zu der Landkarte über dem Sender. Die Namen auf der letzten Heftseite fielen mir ein: Winokapau, Tishomakamau, Attikonak, wie der Anfang eines Turner-Gedichts. Als ich mich über den Schreibtisch beugte, sah ich Bleistiftmarkierungen auf der Landkarte. Die waren nicht dagewesen, als ich das letztemal mit Vater in diesem Raum gesessen hatte. Eine Linie zog sich von der Indianersiedlung Seven Islands aus über St. Lawrence nach Norden bis zur Mitte von Labrador, daneben stand: »Q. N. S. & L. R.« Rechts von der Linie war eine fast leere Stelle auf der Karte eingekreist. Dort hatte Vater »Löwensee« notiert, mit einem großen Fragezeichen versehen.

Ich fand gerade die Anmerkung »Attikonak L.« neben dem Umriß eines großen Sees, als sich die Tür hinter mir öffnete und ein leiser Schrei ertönte. Rasch drehte ich mich zu meiner Mutter um und schaute erstaunt in ihr entsetztes Gesicht. »Was ist los?«

Der Klang meiner Stimme schien sie zu beruhigen. »Du hast mich erschreckt. Für einen Augenblick dachte ich . . .« Sie riß sich zusammen. Mir wurde bewußt, daß Vater so dagestanden haben mußte, an den Tisch gelehnt, eine Hand zur Karte von Labrador ausgestreckt.

»Es war die Landkarte, nicht wahr?« Die plötzliche Gewißheit darüber, was ihn auf die Beine gebracht hatte, erregte mich.

Ein Schatten schien über ihr Gesicht zu gleiten, ihr Blick streifte die verstreuten Loghefte auf dem Tisch. »Was treibst du hier oben, Ian?«

Aber ich gab ihr keine Antwort. Ich erinnerte mich an eine Geschichte, die mir ein kanadischer Pilot erzählt hatte — von einem Expeditionstrupp, der in Labrador verschwunden und von der Canadian Air Force gesucht worden war. Die Hinweise auf die Expedition in Vaters Heften, sein fanatisches Interesse an Labrador, die ängstliche Miene meiner Mutter — das alles fügte sich wie in einem Puzzle zusammen. »Er bekam eine Nachricht, nicht wahr?«

Ihr Gesicht wurde ausdruckslos. »Ich weiß nicht, was du meinst, Liebling. Komm mit nach unten, trink deinen Tee und versuch diese Dinge zu vergessen.«

Ich schüttelte den Kopf. »Du weißt, was ich meine«, erwiderte ich und ergriff ihre Hände. Sie waren eiskalt. »Wo ist sein Logbuch?«

»Sein Logbuch?« Sie starrte mich an, und ich spürte, wie sie zitterte. »Sind nicht alle da?«

»Das weißt du doch. Das letzte fehlt. Was hast du damit gemacht?«

»Nichts, Liebling. Ich hatte alle Hände voll zu tun. Es war ein so furchtbarer Tag . . .« Lautlos begann sie zu weinen.

»Bitte! Alle Logbücher außer dem letzten sind da. Es müßte neben dem Morsealphabet auf dem Tisch liegen. Aber es ist verschwunden.«

»Vielleicht hat er es weggeworfen — oder vergessen, etwas einzutragen. Du weißt ja, wie er war, wie ein Kind.« Doch sie wich meinem Blick aus, und ich erkannte, daß sie mir etwas verheimlichte.

»Was hast du damit gemacht, Mutter?« Ich schüttelte sie sanft. »Er erhielt eine Nachricht, die mit Labrador zusammenhing.«

»Labrador!« Das Wort brach geradezu aus ihr hervor. »Du nicht auch noch, Ian! Bitte! Nicht du! Mein ganzes Leben . . .« Ihre Worte schienen zu ersterben. »Komm jetzt mit mir hinunter und trink deinen Tee, sei ein braver Junge. Mehr ertrage ich nicht — heute nicht mehr.«

Ich erinnere mich an die Müdigkeit in ihrer Stimme, an den flehenden Unterton — und wie grausam ich war. »Du hast ihn nie verstanden, nicht wahr, Mutter?« Ich glaubte, was ich da sagte. »Hättest du ihn verstanden, wüßtest du, daß ihn nur ein einziger Grund veranlaßt haben konnte, dich zu rufen, mühsam aus dem Rollstuhl aufzustehen und nach der Landkarte zu greifen. Es war doch die Karte?« Wieder schüttelte ich sie behutsam, während sie mich nur anstarrte, in seltsamer Faszination. Da erzählte ich von den Flugzeugen, die einen vermißten Geologen-Forschungstrupp in Labrador gesucht hatten. »Mag Dad in diesen letzten Jahren auch schwer behindert gewesen sein — er war immer noch ein erstklassiger Funker. Wenn er eine Nachricht von der Expedition empfangen hat ...« Ich versuchte ihr klarzumachen, wie wichtig das wäre. »Vielleicht hängt das Leben dieser Leute davon ab.«

Langsam schüttelte sie den Kopf. »Du weißt nichts«, murmelte sie. »Du kannst nichts wissen.« Und dann fügte sie hinzu: »Er hat sich alles nur eingebildet.«

»Hat er eine Nachricht bekommen?«

»Er bildete sich so vieles ein. Du warst oft weg — du weißt nicht, was in seinem Gehirn vorging.«

»In diesem Fall hat er sich nichts eingebildet. Der Funkkontakt half ihm, seine Stimme plötzlich wiederzufinden, zwang ihn auf die Beine, und die Anstrengung brachte ihn um.«

Ich war absichtlich brutal. Wenn mein Vater gestorben war, um das Leben anderer Menschen zu retten, sollte sein Tod nicht vergeblich gewesen sein — was auch immer meine Mutter zu ihrer Heimlichtuerei veranlassen mochte. »Tut mir leid«, fuhr ich fort, »aber ich muß das Logbuch haben.« Als sie mich nur anstarrte, mit dumpfer Trauer in den Augen, fragte ich: »Er hat den Funkspruch notiert, nicht wahr?« Ärger stieg in mir auf. »Um Himmels willen, Mutter, wo ist das Logbuch? Bitte! Du mußt es mir geben.«

Sie seufzte resignierend. »Also gut, Ian. Wenn du es unbedingt haben mußt.« Mit schweren Schritten verließ sie das Zimmer. »Ich hole es.«

Instinktiv befürchtete ich, sie könnte es vernichten, und so folgte ich ihr. Ich verstand dieses Verhalten nicht. Als ich hinter ihr die Treppe hinabstieg, spürte ich ihr heftiges Widerstreben. Sie hatte das Heft unter den Tischtüchern im Wäscheschrank versteckt. Zögernd legte sie es in meine Hand. »Du wirst doch hoffentlich keine Dummheit machen?«

Ohne zu antworten, setzte ich mich an den Tisch und begann in dem Logbuch zu blättern. Es glich den anderen, doch die Eintragungen waren substantieller, weniger von Kritzeleien beeinträchtigt, und das Wort »Suche« fiel mir mehrmals ins Auge.

Und dann starrte ich auf die letzte Eintragung, auf eine Seite, die keine einzige Krakelei aufwies. »CQ — CQ — CQ. 75-Meter-Funktelefonstation — 75-Meter-Funktelefonstation — bitte kommen — bitte kommen — K.«

Da stand es in der mühevollen Handschrift meines Vaters, und die Verzweiflung des Hilferufs drang zu mir, durch die zitternden, mit Bleistift geschriebenen Worte in dem zerfledderten Schulheft. Darunter hatte Vater notiert:»BRIFFE — das muß es sein.« Dann Datum und Uhrzeit: »29. September, 13.55 Uhr. Stimme sehr schwach.« Stimme sehr schwach! Und dann: »Um 14.05 Uhr wieder ein Ruf. CQ — CQ — CQ. Immer noch keine Antwort.« Schließlich die letzte Eintragung: »Jetzt Ruf VO6AZ - Position nicht bekannt, aber innerhalb des 30-Meilen-Radius C2 — Situation verzweifelt — verletzt, kein Feuer — Baird in elendem Zustand — Laroche verschwunden — CQ — CQ — CQ — kann

17

ihn kaum verstehen. Suchen Sie nach kleinem See (ausradiert) .. Wiederhole — nach kleinem See mit Felsen, geformt wie . . .« Hier endeten die Notizen mit einer bebenden Bleistiftlinie, als ob die Spitze beim Versuch meines Vaters, aufzustehen, weggerutscht wäre.

Verletzt, kein Feuer! Ich saß da, starrte auf die Bleistiftzeilen, und in meiner Phantasie tauchte das lebhafte Bild von einem kleinen, verlassenen See auf, von einem verwundeten Mann, der sich über ein Funkgerät beugte. *Situation verzweifelt.* Wie gut konnte ich mir diese Szene vorstellen . . . Die Nächte bitterkalt, tagsüber eine grausame Insektenplage. Davon hatte ich in den Büchern meines Vaters gelesen. Aber der wichtigste Teil fehlte — die Nachricht, die meinen Vater aus dem Rollstuhl gescheucht hatte.

»Was wirst du tun?« Mutters Stimme klang nervös, fast ängstlich.

»Was ich tun werde?« Darüber hatte ich noch nicht nachgedacht. Ich überlegte immer noch, was meinen Vater aufgeregt haben mochte. »Mum, weißt du, warum sich Dad so sehr für Labrador interessiert hat?«

»Nein.« Die Antwort kam so schnell, so entschieden, daß ich meine Mutter prüfend musterte. Das Gesicht wirkte wachsbleich, verhärmt in der Dämmerung, die allmählich hereinbrach.

»Wann fing es an?« fragte ich.

»Oh, schon vor langer Zeit. Noch vor dem Krieg.«

»Es hatte also nichts mit seiner Verletzung zu tun?« Ich stand auf. »Du mußt doch den Grund kennen. In all den Jahren hat er dir sicher erzählt, warum . . .«

Aber sie hatte sich abgewandt. »Ich kümmere mich um das Abendessen.« Ich schaute ihr nach, als sie hinausging. Ihr Benehmen verwirrte mich.

Als ich allein war, dachte ich wieder an die in Labrador verschwundenen Männer. Briffe — diesen Namen

18

hatte Farrow in der Bar des Flughafens, auf dessen Baustelle ich arbeitete, erwähnt. Briffe war der Leiter einer geologischen Expedition, und ich fragte mich, was man in solchen Unglücksfällen unternahm. Wenn nun niemand außer meinem Vater die Nachricht empfangen hatte? In Kanada mußte man sie gehört haben. Und falls man sie über eine Entfernung von gut zweitausend Meilen hinweg erhalten hatte ... Aber wie aus Dads Aufzeichnungen hervorging, hatte Goose Bay nicht geantwortet. Und wenn er infolge eines sonderbaren Zufalls als einziger Funker auf der ganzen Welt den Ruf gehört hatte, war ich der Faden, an dem das Leben jener Männer hing.

Welch erschreckender Gedanke ... Während des ganzen Abendessens grübelte ich darüber nach — viel intensiver als über Vaters Tod, denn daran konnte ich ja doch nichts mehr ändern. Nach der Mahlzeit sagte ich zu meiner Mutter: »Ich gehe mal zur Telefonzelle.«

»Wen willst du anrufen?«

»Das weiß ich selbst nicht.« Im Canada House saßen die Leute, die informiert werden müßten, aber das war jetzt geschlossen. »Vielleicht die Polizei.«

»Mußt du denn unbedingt etwas unternehmen?« Unglücklich stand sie vor mir und rang die Hände.

»Ja, irgend jemand muß es erfahren.« Und weil ich ihr Verhalten noch immer nicht begriff, fragte ich, warum sie versucht hatte, mir den Funkkontakt zu verheimlichen.

»Ich wußte nicht, ob du ...« Sie zögerte, doch dann fügte sie hastig hinzu: »Nun ja, ich wollte nicht, daß man sich über deinen Vater lustig macht.«

»Daß man sich über ihn lustig macht? Also wirklich, Mutter! Womöglich hat sonst niemand diesen Hilferuf gehört. Wenn diese Männer sterben, wäre es deine Schuld.«

Ihr Gesicht wurde ausdruckslos. »Ich wollte nicht, daß man sich über ihn lustig macht«, wiederholte sie eigensinnig. »Du weißt ja, wie die Leute in dieser Gegend sind.«

»Das hier ist viel wichtiger als die Meinung irgendwelcher Leute«, erwiderte ich ungeduldig. Und weil ich spürte, wie bedrückt und müde sie war, küßte ich sie. »Man wird uns deshalb nicht behelligen«, beruhigte ich sie. »Aber ich habe einfach das Gefühl, es melden zu müssen. Es wäre nicht das erstemal, daß er einen Funkruf empfangen hätte, den kein anderer bekam«, argumentierte ich, verließ das Haus und ging zur U-Bahn-Station.

Ich hatte keine Ahnung, an wen ich mich bei Scotland Yard wenden sollte, und so wählte ich schließlich die Nummer 999. Es erschien mir merkwürdig, die Polizei anzurufen, als ob uns jemand überfallen oder auf andere Weise geschädigt hätte. Als die Verbindung hergestellt war, hatte ich Mühe, den Fall zu erklären. Ich wollte von meinem Vater und seiner Amateurfunkstation erzählen. Daß er aus Aufregung über einen Funkspruch gestorben war, komplizierte die Dinge.

Doch der Beamte antwortete, er habe alles verstanden und würde die kanadischen Behörden in Kenntnis setzen. Als ich die Zelle verließ, hatte ich das Gefühl, als ob eine Zentnerlast von meinen Schultern genommen worden wäre. Nun trug Scotland Yard die weitere Verantwortung, und ich mußte mir keine Sorgen mehr machen. Wieder zu Hause, packte ich das Logbuch in meinen Koffer und ging zu meiner Mutter in die Küche. Jetzt, wo die Behörden informiert waren, begann ich die Angelegenheit von Mums Standpunkt aus zu betrachten. Warum sollte ich mich um zwei Männer in einem entlegenen Land kümmern, wenn mein Vater tot in seinem Bett lag?

20

Mutter verbrachte die Nacht im kleinen Gästeraum, und ich schlief auf der Couch im Wohnzimmer. Am Morgen erwachte ich mit der Einsicht, daß eine ganze Menge Dinge erledigt werden mußten — die Vorbereitungen für das Begräbnis, ein Besuch beim Rentenamt . . . Zuvor hatte ich nicht gewußt, daß ein Todesfall keineswegs nur Trauer mit sich bringt.

Nach dem Frühstück schickte ich ein Telegramm an Mr. Meadows und ging zu einem Bestattungsunternehmen. Als ich kurz vor elf nach Hause zurückkehrte, trank Mrs. Wright, die Nachbarin, gerade Tee mit meiner Mutter. Sie hörte ein Auto vorfahren und trat ans Fenster. »Ein Streifenwagen. Ich glaube, die Polizei kommt zu Ihnen.«

Ein Inspektor und ein Hauptmann Mathers von der Canadian Air Force wollten das Logbuch sehen. Als ich es aus dem Koffer nahm und übergab, entschuldigte ich mich für die nahezu unleserlichen Eintragungen. »Vater war teilweise gelähmt und . . .«

»Das wissen wir«, unterbrach mich der Inspektor. »Wir haben natürlich Erkundigungen eingezogen.« Er schaute nicht mehr auf die Seite, wo die letzten Notizen standen, sondern blätterte in dem Heft, und der Hauptmann spähte ihm über die Schulter.

Ich fühlte mich ziemlich unbehaglich. Vaters Gekritzel war so chaotisch, und in den Händen des Beamten sah das Logbuch mehr denn je wie ein zerfleddertes Schulheft aus. Beklommen erinnerte ich mich an Mutters Worte: »Ich wollte nicht, daß man sich über ihn lustig macht.«

Nachdem der Inspektor jede einzelne Seite studiert hatte, schlug er wieder die letzte auf. »Sie sagten, Ihr Vater sei unmittelbar nach dieser Eintragung gestorben?«

Ich schilderte, was geschehen war, wie meine Mutter

21

Dads Ruf gehört, sein Zimmer aufgesucht und ihn kraftlos am Tisch hatte stehen sehen.

»Aber Sie waren zu jenem Zeitpunkt nicht hier?«

»Nein, ich habe einen Job in der Nähe von Bristol.«

»Und wer war hier? Nur Ihre Mutter?«

»Ja.«

Er nickte. »Nun, ich fürchte, ich muß mit ihr reden. Aber vorher würden wir uns gern den Funkraum Ihres Vaters anschauen.«

Ich führte die beiden nach oben. Während der Hauptmann das Funkgerät inspizierte, wanderte der Inspektor umher, betrachtete die Bücher und die Landkarte an der Wand. »Es funktioniert«, erklärte der Hauptmann. Er hatte den Empfänger eingeschaltet und die Kopfhörer aufgesetzt, seine Finger glitten über die Wähltasten. Inzwischen hatte der Polizist die alten Logbücher in der Schublade gefunden und blätterte darin.

Schließlich wandte er sich zu mir. »Tut mir leid, daß ich diese Frage stellen muß, Mr. Ferguson, aber wir waren beim Arzt und erfuhren, daß Ihr Vater vor etwa drei Monaten einen Schlaganfall erlitten hat. Waren Sie damals hier?«

»Ja, aber nur für ein paar Tage. Er erholte sich sehr schnell.«

»Und in der Zwischenzeit waren Sie nicht mehr da?«

»Nein. Wir bauen gerade ein Rollfeld — äußerst dringlich, und ich fand keine Gelegenheit . . .«

»Worauf ich hinaus will — konnten Sie den Geisteszustand Ihres Vaters beurteilen? Vielleicht hat er sich das alles nur eingebildet.«

»Mit Sicherheit nicht.« Plötzlich geriet ich in Wut. »Falls Sie andeuten wollen, mein Vater . . .« Ich hielt inne, denn ich erkannte plötzlich, was ihn zu dieser Frage veranlaßt hatte. »Soll das heißen, daß niemand anders den Funkspruch empfangen hat?«

»Es sieht so aus.« Er drehte sich zum Hauptmann um. »Zweifellos hat er den Weg der Expedition verfolgt. In diesen Notizheften finden sich einige Dutzend Hinweise, aber . . .« Der Inspektor zögerte, dann zuckte er mit den Schultern. »Schauen Sie sich das selber an.« Er gab dem Kanadier die Logbücher, und ich hätte genausogut Luft sein können, als sich der Air-Force-Offizier darüber beugte und der Polizist ihn stumm beobachtete, um auf eine Reaktion zu warten.

Nach einer Weile ertrug ich die Spannung nicht mehr. »Was stimmt denn nicht mit diesem Funkspruch?«

»Alles okay, nur . . .« Der Inspektor verstummte, und der Hauptmann blickte von den Logbüchern auf.

»Offensichtlich hatte er Verbindung mit Ledder.« Seine Stimme klang skeptisch, und als wäre ihm das bewußt, fügte er hinzu: »Ich erkundigte mich bei unseren Leuten in Goose. Simon Ledder und seine Frau sind als Amateurfunker registriert, unter dem Sendezeichen VO6AZ. Sie arbeiten im Außendienst, und in diesem Fall fungierte ihre Station als Stützpunkt für die McGovern Mining and Exploration Company. Sie empfingen Briffes Berichte über R/T und leiteten sie an das Büro der Firma in Montreal weiter.«

»Und?« Ich verstand nicht, warum sie immer noch zweifelten. »Wenn niemand anders die Nachricht erhalten hat . . .«

»Das ist es nicht«, fiel er mir rasch ins Wort und schaute den Inspektor an, der sich wieder an mich wandte.

»Tut mir leid, Mr. Ferguson. Das alles muß sehr schlimm für Sie sein. Aber Briffe und der andere Mann wurden für tot erklärt — schon vor einer Woche, nicht wahr, Mathers?« Er warf dem Kanadier einen Blick zu.

»Das stimmt, Inspektor.« Der Hauptmann nickte.

23

»Am 25. September, um genau zu sein.« Er warf die Hefte auf den Tisch. »Ich möchte nicht taktlos erscheinen«, sagte er zu mir. »Um so weniger, weil Sie sagten, Ihr Vater sei an der Aufregung über diesen Funkspruch gestorben. Aber es steht fest, daß sich Bert Laroche, der Pilot des abgestürzten Flugzeugs, allein auf den Weg machte. Am 25. erreichte er eine Baustelle der Iron Ore Railway und berichtete, die beiden anderen seien tot gewesen, als er sie verlassen habe. Er war fünf Tage unterwegs, also können sie am 20. September nicht mehr gelebt haben. Und nun erzählen Sie, Ihr Vater habe gestern eine Funknachricht von Briffe erhalten. Ganze neun Tage nach Briffes Tod.« Er schüttelte den Kopf. »Das ergibt keinen Sinn.«

»Der Pilot könnte sich geirrt haben«, entgegnete ich.

Erschrocken starrte er mich an. »Ich glaube, Sie wissen nichts von Nordkanada, Mr. Ferguson. Solche Fehler macht man dort nicht. Und einem erfahrenen Flieger wie Bert Laroche passiert so was ganz sicher nicht. Sein Beaver-Wasserflugzeug prallte gegen einen Felsen, als er in einem Schneesturm auf einem See zu landen versuchte. Briffe und Baird wurden verletzt. Er brachte die beiden an Land, die Maschine versank. Das geschah am 14. September. Baird starb schon nach kurzer Zeit, Briffe ein paar Tage später, und da brach Laroche auf.«

»Aber der Funkspruch!« rief ich. »Wie hätte mein Vater wissen können ...«

»Die Medien haben darüber berichtet«, sagte Mathers. »Mehrmals.«

»Aber sicher nicht über den See«, wandte ich ungeduldig ein. »Wie konnte mein Vater von diesem See mit dem Felsen erfahren haben? Und wieso wußte er, daß Briffe und Baird Verletzungen erlitten hatten und der Pilot verschwunden war?«

»Ich sage Ihnen doch — damals waren Briffe und Baird schon tot.«

»Sie deuten also an, mein Vater habe das alles erfunden?«

Mathers hob die Schultern, griff nach dem letzten Logbuch und studierte die betreffende Eintragung. »Es ist einfach unmöglich. Wenn Ihr Vater eine Mitteilung erhielt — warum wurde sie von niemand anderem empfangen?«

»Sie haben das doch gecheckt — oder?«

»Wir checken es immer noch. Aber, glauben Sie mir, hätte irgend jemand in Kanada die Nachricht bekommen, wäre das sofort gemeldet worden. Alle Zeitungen haben ausführlich über die Suche nach den Expeditionsteilnehmern berichtet.«

»Mag sein. Vielleicht hat wirklich kein anderer den Funkspruch empfangen. Mein Vater erhielt ihn jedenfalls, und den Beweis dafür finden Sie in diesem Logbuch.« Er gab keinen Kommentar dazu ab, blätterte wieder in den älteren Heften, und ich fügte verzweifelt hinzu: »Einmal war er der einzige, der die Nachricht einer Jacht bei Timor entgegennahm. Und ein andermal hatte er Kontakt mit . . .«

»Aber das ist ein R/T. Wie konnte er von Briffes uraltem Gerät einen telefonischen Funkanruf erhalten?« Der Hauptmann studierte immer noch die Hefte, dann klappte er sie plötzlich zu. »Es gibt wohl nur eine einzige Erklärung«, sagt er zum Inspektor, der zustimmend nickte.

Ich wußte, was er meinte, und ärgerte mich. Nachdem ich getan hatte, was mir richtig erschien, versuchten diese beiden Fremden meinen Vater als Verrückten hinzustellen. Nun bereute ich, daß ich die Polizei informiert hatte, und gab meiner Mutter recht. Wie sollte ich diesen Leuten begreiflich machen, ein einsamer Mann könne durchaus eine Menge Unsinn in seine Schulhefte kritzeln und dennoch als verläßliche Informationsquelle dienen, wenn er einen Funkspruch empfangen hatte? »Sicher hat noch jemand die Nachricht erhalten«, behauptete ich hilflos. Und weil sie schwiegen und unbehaglich dreinschauten, ließ ich meinen Gefühlen freien Lauf. »Sie glauben, mein Vater habe alles nur erfunden, nicht wahr? Nur weil er eine Kopfverletzung erlitten hatte, teilweise gelähmt war und kleine Bilder in seine Hefte zeichnete, nehmen Sie ihn nicht ernst. Aber Sie täuschen sich, er war ein erstklassiger Funker. Was immer der Arzt oder sonst jemand erzählen mag — wenn mein Vater vor seinem Funkgerät saß, unterlief ihm nicht ein einziger Fehler.«

»Vielleicht«, entgegnete der Kanadier, »aber wir sind zweitausendfünfhundert Meilen von Labrador entfernt, und Briffe hatte kein Funkgerät, sondern ein Funktelefon.«

»Genau. Vater notierte in seinem Logbuch, er habe Briffes Stimme gehört.«

»Ich weiß, doch das haben wir gecheckt. Briffe hatte ein altes 48-Gerät aus Kriegszeiten, das kanadische Äquivalent zum 18-Gerät der British Army. Es wurde modifiziert, so daß es auf dem 75-Meter-Telefonband funktionierte, aber er benutzte es trotzdem in Verbindung mit einem Kurbelinduktor. Selbst wenn er eine Antenne anstelle einer Wippe besessen hätte — Goose wäre an der äußersten Grenze seiner Reichweite gewesen. Deshalb stand er mit Ledder in Verbindung, nicht direkt mit Montreal.«

»Davon weiß ich nichts«, erwiderte ich. »Aber eins weiß ich genau: Sehen Sie diese Bücher? Alle handeln von Labrador. Dieses Gebiet faszinierte ihn. Er wußte, was in den Männern vorgehen mußte, die sich dort verirrt hatten. Und er wußte, wie wichtig ihr Funkspruch war. Deshalb fand er plötzlich seine Stimme wieder und rief nach meiner Mutter. Und er erhob sich aus seinem Rollstuhl, obwohl er jahrelang . . .«

»Moment mal!« unterbrach mich der Hauptmann. »Sie scheinen nicht zu begreifen, was ich Ihnen zu erklären versuche. Diese Männer sind tot, seit über neun Tagen.«

»Aber die Nachricht . . .«

»Es gab keine Nachricht«, entgegnete er mit ruhiger Stimme und fuhr fort: »Sehen Sie, Ferguson, es tut mir leid um Ihren Vater. Aber wir sollten praktisch denken. Vier Flugzeuge haben das Gebiet fast eine Woche lang abgesucht. Dann kam Laroche an und meldete, die beiden seien gestorben. Daraufhin bliesen wir die Aktion ab. Und nun fordern Sie mich auf, eine neue Suchaktion zu starten, Menschen und Maschinen in eine gottverlassene Gegend zu schicken, nur weil Ihr Vater kurz vor seinem Tod eine Nachricht in ein Schulheft notiert hat — eine Nachricht, die er — selbst wenn sie tatsächlich gesendet wurde — aus technischen Gründen niemals empfangen konnte.«

Ich wußte nichts einzuwenden. »Nun, wenn es aus technischen Gründen unmöglich war . . .«

»Er war über zweitausend Meilen außerhalb der normalen Reichweite. Natürlich besteht immer die Chance, daß jemand trotz einer so großen Entfernung einen Funkspruch aufschnappt, und deshalb ließ ich alle Amateurfunker in Kanada befragen. Ich bat auch Ledder um einen lückenlosen Bericht. Sie können also davon ausgehen, falls am 29. September ein Funkspruch aus dem fraglichen Gebiet kam, hätten wir bestimmt jemanden gefunden, der ihn entgegennahm.«

Der Inspektor nickte. »Wenn es Ihnen nichts ausmacht, werde ich diese Notizhefte vorerst behalten. Ich möchte Sie von unseren Experten überprüfen lassen.«

»Nein, es macht mir nichts aus.« Noch mehr zu sagen erschien mir sinnlos. Und doch — mein Blick schweifte zur Karte von Labrador. Warum war Dad so mühsam aufgestanden, um sie zu betrachten? Warum? Was hatte er gedacht?

»Ich glaube, es ist gar nicht mehr nötig, Mrs. Ferguson zu belästigen«, bemerkte der Inspektor. Sie stiegen die Treppe hinab, und ich begleitete sie zur Tür. »In ein bis zwei Tagen schicke ich Ihnen die Hefte zurück«, versprach der Polizeibeamte.

Ich beobachtete, wie sie zum Streifenwagen gingen und davonfuhren. Warum sollten die Logbücher von Experten geprüft werden? Natürlich, ich wußte es, und es kam mir vor, als hätte ich meinen Vater im Stich gelassen. Andererseits, wenn die Männer tot waren... Ich betrat das Wohnzimmer, wo ich mich Mutters vorwurfsvollem Blick und Mrs. Wrights neugierigen Fragen gegenübersah.

Aber es gab Näherliegendes zu regeln, und beim Begräbnis drängte die Trauer alles sonstige in den Hintergrund meines Bewußtseins.

Erst am Morgen meiner Rückkehr nach Bristol wurde ich an die seltsame Funknachricht erinnert, die den Tod meines Vaters verursacht hatte. Der Postbote brachte ein an mich adressiertes eingeschriebenes Paket, das die Logbücher enthielt. Der formelle Begleitbrief lautete: »Wie ich Ihnen eröffnen muß, waren die kanadischen Behörden nicht in der Lage, den Funkspruch zu bestätigen, den Ihr Vater, Mr. James Ferguson, angeblich am 29. September erhalten hat. Unsere Experten haben die beiliegenden Aufzeichnungen überprüft. In Anbetracht ihres Gutachtens und der Aussage des einzigen Überlebenden, daß die beiden übrigen Expeditionsteilnehmer tot wären, halten die kanadischen Behörden es für sinnlos, die Suche wiederaufzunehmen.

28

Sie baten mich jedoch, Ihnen für Ihre Mühe zu danken . . .« Und so weiter und so weiter.

Das war's also. Die Experten — vermutlich Psychiater — hatten die Logbücher studiert und die Überzeugung gewonnen, daß mein Vater wahnsinnig gewesen war. Wütend zerriß ich den Brief, und um zu verhindern, daß meine Mutter die Papierfetzen fand, steckte ich sie zusammen mit den Heften in meinen Koffer.

Sie brachte mich zum Bahnhof. Seit dem Besuch des Inspektors und des Hauptmanns waren die Umstände, die zu Vaters Tod geführt hatten, nicht mehr erwähnt worden. In stillschweigender Übereinkunft hatten wir es vermieden, über jenen Funkspruch zu reden. Aber jetzt, kurz vor der Abfahrt des Zuges, ergriff sie meine Hand und sagte: »Du wirst dich hoffentlich nicht mit dieser Sache in Labrador befassen, Ian? Ich könnte es nicht ertragen, wenn du . . .« Das Pfeifsignal ertönte, sie küßte und umarmte mich, wie sie es seit meiner Kindheit nicht mehr getan hatte. Tränen rannen über ihr müdes, bleiches Gesicht.

Ich stieg ein, und der Zug setzte sich in Bewegung. Sie stand da und schaute mir nach, eine kleine einsame Gestalt in Schwarz. Dann wandte sie sich jäh ab und eilte den Bahnsteig hinab. Ich frage mich oft, ob sie im Grunde ihres Herzens wußte, daß sie mich erst nach langer Zeit wiedersehen würde.

2

Ich hatte vergessen, mir Lesestoff zu besorgen. Deshalb saß ich zunächst nur da, sah die Rückfronten der Häuser vorübergleiten, bis sich London verflüchtigte und grüne Felder hinter den Fabrikgebäuden auftauchten.

Dabei dachte ich an den Abschied von meiner Mutter, die Art und Weise, wie sie von Labrador gesprochen hatte — aber nicht von jenem Funkspruch. Daß zwei Menschenleben auf dem Spiel stehen mochten, schien Mum nicht zu interessieren. Nur Labrador beschäftigte sie, und das fand ich merkwürdig. Nun kehrten meine Gedanken zu Dad zurück. Ich wünschte, ich hätte ihn besser gekannt. Dann hätte ich vielleicht verstanden, warum er so fasziniert von Labrador gewesen war.

Schließlich holte ich die Logbücher aus dem Koffer und blätterte wieder darin. Kein Wunder, daß die Polizei und die sogenannten Experten jene Funknachricht nicht ernst nahmen ... Welch ein wirres Gekritzel! Und doch, die Labrador-Expedition zog sich wie ein roter Faden durch das Chaos.

Während meiner Ausbildung zum Ingenieur hatte ich gelernt, jedes Problem auf das Wesentliche zu konzentrieren, und ehe ich wußte, was ich tat, packte ich einen Schreibblock und einen Bleistift aus und notierte mir alle Eintragungen in den Logbüchern, die mit Briffes Expedition zusammenhängen konnten. Losgelöst von Krakeln, Zeichnungen und Angaben über andere Funksprüche wurde der rote Faden immer sichtbarer. Er erzählte eine ganz bestimmte Geschichte, wenn man auch zwischen den Zeilen lesen mußte, um ihr folgen zu können. Bald stellte ich fest, daß mein Vater nur selten wörtliche Eintragungen gemacht hatte. Oft genügten eine Linie oder ein Buchstabe, um eine Funknachricht zu markieren. Das überraschte mich nicht, denn es war ihm sehr schwer gefallen, leserlich zu schreiben. Mehrere Anmerkungen konnte ich beim besten Willen nicht entziffern.

Alles in allem hatte ich dreiundsiebzig Hinweise gefunden. Zwölf waren unleserlich, sieben sortierte ich nach einiger Zeit aus, weil sie anscheinend nicht mit dem Thema zusammenhingen. Den restlichen vierundfünfzig entnahm ich mit Hilfe einiger Mutmaßungen, was geschehen war. Schätzungsweise hatte Briffe seine Expedition Ende Juli gestartet, denn die erste Eintragung, die einen Standort des Expeditionstrupps betraf, war am 10. August vorgenommen worden. Die Angabe lautete nur: »A2 – wo ist das?« Drei Tage später folgte ein Hinweis auf das »Minipi-River-Gebiet«. Und am 5. August hatte mein Vater notiert: »Nach A3 gekommen.« Die weiteren Eintragungen – »B1«, »B2« und »B3« mußten Code-Bezeichnungen für die Landesteile, die erforscht werden sollten, sein. A1 war die erste Eintragung gewesen, und mein Vater hatte offenbar von Anfang an Ledders Berichte empfangen. Ich entdeckte keine Angaben über den Zweck der Expedition – ob Briffe nach Gold oder Uran oder einfach nur nach einem gewöhnlichen Metall wie Eisenerz gesucht hatte. Vielleicht hatte er auch nur ganz allgemeine Forschungen betrieben. Doch das bezweifelte ich, da er die erkundeten Gebiete und seine Berichte chiffriert hatte. Daß die Standort-Codes in späteren Berichten nicht mehr vorkamen, deutete auf negative Forschungsergebnisse hin. Das galt für mehrere Gebiete, unter anderem für A2. A3 entpuppte sich später als die »Mouni-Stromschnellen«, B2 als »nahe dem alten H. B.-Posten«. Neben den Vermerk »Mouni-Stromschnellen« hatte mein Vater geschrieben: »Winokapau! Die richtige Richtung.«

Am 9. September hatte die Expedition das Gebiet C1 erreicht. Später wurde es als »Disappointment« bezeichnet, und dann stellte sich heraus, daß es sich um den Namen eines Sees handelte. Diese bruchstückartigen Informationen stammten offenbar alle aus der selben Quelle – von VO6AZ. Und sie waren immer zur selben Tageszeit eingetroffen – um 22 Uhr. Eine Eintragung am 3. August schien der erste Hinweis auf die Expedition zu sein und lautete nur: »Interessant — irgendein Code.« Am nächsten Tag war hinzugefügt worden: »22 Uhr. Wieder VO6AZ. Ein Forschungsbericht?« Daneben stand, mit Bleistift gekritzelt: *»Engagiert von der McGovern Mining and Exploration Company, Montreal?«*

Und auf der nächsten Seite ganz oben las ich, wieder mit Bleistift geschrieben: *»Achtung auf 20-Meter-Band, 10 Uhr.«* Eine Eintragung später im August besagte: »22 Uhr — VO6AZ. Wieder ein Code! Warum kein normaler Bericht?« Auf der folgenden Seite stand: *»Briffe, Briffe, Briffe. Wer ist Briffe? 74-Meter-Funktelefon. Netzfrequenz 3.780 Kilozykel. Achtung 20 Uhr.«* Aber diese Eintragungen verschwanden beinahe unter einem wilden Gekritzel, so daß ich sie kaum entziffern konnte. Zwei Seiten weiter wurde der Name Laroche zum erstenmal erwähnt, in Großbuchstaben, dick unterstrichen, mit einem Fragezeichen, und dahinter stand: *»Ledder fragen.«*

Abgesehen von all dem Unsinn und den Krakeleien, die fast alle Seiten in den Logbüchern meines Vaters entstellten, bestätigten die Notizen, was ich ohnehin schon wußte. Er hatte Nachrichten von Simon Ledder in Goose Bay empfangen, die für die McGovern-Firma in Montreal bestimmt gewesen waren. Diese täglichen chiffrierten Berichte gaben Informationen von Briffe weiter, um jeweils 20 Uhr von irgendwo in Labrador empfangen. Eine halb ausradierte Eintragung lautete in etwa: »3.480 — nichts, nichts, nichts, immer wieder nichts.« Das verriet mir, daß mein Vater auch Briffes Sendefrequenz ständig überwacht hatte. Aber ich fand bis zum 14. September eindeutige tägliche Mitteilungen, jeweils um 22 Uhr empfangen. An jenem Tag war das Flugzeug abgestürzt, danach änderte sich das System, die Eintragungen häuften sich, die Kommentare wurden ausführlicher.

Zwei Tage zuvor hatte Briffe offenbar um eine Flugbeförderung der Expeditonsteilnehmer nach C2 ersucht, denn die Eintragung vom 13. September lautete: »Flugzeug verspätet. Schlechtwetter. B. verlangt die üblichen zwei Flüge. Drei Mann beim ersten, Baird und er selbst beim zweiten. *Falls C2 nördlich von C1, kommen sie näher heran.*«

Der Transport fand offenkundig am 14. September statt, aber der erste Flug erwies sich als schwierig, denn um 19.45 Uhr war die folgende Eintragung gemacht worden: »Glück — Kontakt VO6AZ. Beaver-Wasserflugzeug nicht zurück.« Darüber hatte Dad gekritzelt: »*Schwierigkeiten . . . ständig auf 75-Meter-Band achten.*« Eine Stunde später, um 20.45 Uhr: »Nebel aufgelöst. Beaver immer noch vermißt.« Nun hatte VO6AZ offenbar stündlich, jeweils fünfzehn Minuten vor der vollen Stunde, Informationen nach Montreal gefunkt, denn die nächste Angabe war um 21.45 Uhr gemacht worden, kommentarlos und inmitten kleiner Zeichnungen kaum zu entziffern. Die letzte Seite zeigte ein wüstes Durcheinander, und ich brauchte lange, um einen Sinn daraus zu entnehmen. Die folgende Eintragung bereits eine halbe Stunde später lautete: »22.15 Uhr: Vorhut sicher in C2 angekommen. Beaver zurück. Höllische Wettervorhersage. B. fliegt . . .« Der letzte Teil der Notiz war völlig unleserlich, der Kommentar um so deutlicher. »*Disappointment, elendes Camp. Ist das der Grund? Kaum eine Stunde. Der Narr! Was hat er vor?*«

Danach war wieder jeweils fünfzehn Minuten vor der vollen Stunde die Uhrzeit angegeben — 22.45 Uhr, 23.45 Uhr, 0.45 Uhr, bis 3.45 Uhr, aber ohne Eintragungen. Diese leeren Stellen erweckten den Eindruck einer unheimlichen Endgültigkeit. Und obwohl die sanfte englische Herbstlandschaft am Fenster meines Zugabteils vorbeizog, sah ich nur die Kälte und den Nebel, die trostlose Einsamkeit von Labrador, die Finsternis, die auf das kleine Wasserflugzeug herabsank, und meinen Vater, der die halbe Nacht vor dem Funkgerät saß und herauszufinden hoffte, ob die Männer in Sicherheit waren oder nicht.

Natürlich richteten sich die Eintragungen im Logbuch nach der britischen Sommerzeit, die Goose Bay um viereinhalb Stunden voraus ist. Briffes Meldung, das Flugzeug sei zurückgekehrt, mußte schon kurz nach 17 Uhr erfolgt sein. Die Anmerkung meines Vaters »Kaum eine Stunde« bezog sich offenbar auf die Tatsache, daß Briffe nur eine knappe Stunde vor dem Einbruch der Dunkelheit gestartet war.

Der Zug hielt in Swindon, und ich starrte auf die letzte Seite des Logbuchs. Ich konnte der Polizei nicht übelnehmen, daß sie Dad für geistesgestört hielt. Über eine Viertelstunde hatte ich gebraucht, um allein diese eine Seite zu entziffern. Ich sah ihn vor meinem geistigen Auge, wie er in seinem Rollstuhl saß, die Kopfhörer über den Ohren, und auf Neuigkeiten über Briffes Wohlergehen wartete, die niemals eintreffen sollten. Die langen, schweigsamen Stunden vertrieb er sich, indem er zeichnete. Löwen, Fische mit Gesichtern und Kanus bedeckten die Heftseite, auch Quadrate und Kreise, alles mögliche, was seiner rastlosen Hand und seiner Phantasie gefiel. An dieser Stelle hatte er geschrieben: »C2 — C2 — C2 — wo zum Teufel ist das?« Und: »*Verloren und für immer verschwunden.*« Und um diese Worte rankten sich die Namen Winokapau — Tishinakamau — Attikonak.

Als der Zug weiterfuhr, griff ich nach dem letzten Logbuch, das meine Mutter vor mir versteckt hatte. In jener Nacht hatte Vater offenbar nur wenig Schlaf gefunden, denn die erste Eintragung war um 8 Uhr gemacht worden. »Ledder konnte keinen Kontakt aufnehmen.« Und eine Stunde später: »Kein Kontakt.« Danach hatte er stündlich nur die Uhrzeit notiert. Zu Mittag empfing er bruchstückhafte Nachrichten und Sendungen von anderen Stationen. Einmal tauchte das Wort »Greenwood« auf, das schien eine Code-Bezeichnung zu sein, ebenso wie »Mayday«, denn unmittelbar danach fand ich die Notiz: »Suchflugzeuge angefordert.« Es folgte ein Hinweis auf schlechte Wetterprognosen, und zwei Tage später: »Nova Scotia, Luftrettungsdienst.«

Auch dieses Buch wimmelte von Zeichnungen und Krakeleien, die sich über den Einband sowie die erste Seite erstreckten und bezeugten, wie viele Stunden mein Vater einsam vor dem Funkgerät gesessen hatte. Wäre mir seine Handschrift nicht so vertraut gewesen, hätte ich die Kritzeleien wohl kaum enträtseln können.

Ich verglich die Eintragungen mit meinen Notizen, und während ich die Seiten umblätterte, versuchte ich mir die Männer vorzustellen, die in die Katastrophe verwickelt gewesen waren: Briffe, der Expeditionsleiter, ein gewisser Baird und der dritte, der Pilot. »Ledder kontaktiert immer wieder Laroche.« Dies stand auf der zweiten Seite, und zwei Tage später hatte Dad den Namen LAROCHE in Großbuchstaben notiert – und darunter: »Nein, es ist unmöglich. Ich muß verrückt sein.« Nirgends fand ich die Namen der drei Männer, die am ersten Flug zum Gebiet C3 teilgenommen hatten, aber ich entdeckte einen weiteren Hinweis auf diese Leute zwischen Notizen über Nachrichtensendungen: »Vorhut aus C2 evakuiert, alle drei in Sicherheit.«

Ich glaubte, zwei andere Eintragungen könnten mit der Tragödie zusammenhängen, eine davon ließ sich nur teilweise entziffern. Am 23. September hatte Vater geschrieben: »17.05 Uhr — Kontakt mit VO6AZ — nach Geologen gefragt.« Und zwei Seiten weiter: »17.18 Uhr — VO6AZ. *Sie haben es also nicht verges- sen . . .«* Der Rest war völlig übermalt, und ich konnte lediglich die Initialen meines Vaters — J. F. F. — lesen, aus unerfindlichen Gründen mitten in einem Satz. Bis zum 26. September hatte er auszugsweise Nachrichten- sendungen über die Suche notiert und dann am selben Tag, um 13 Uhr herum, nur ein Wort: »Finis.« Später, um 17.14 Uhr: »Kontakt mit Ledder. Briffe und Baird tot. L. in Sicherheit.« Und er hatte hinzugefügt: »L-L- L-L- L . . . *Unmöglich!«*

Während der Zug in Bristol einfuhr, erkannte ich, daß mein Vater die Geschichte der ganzen Expedition nicht nur mit großem Interesse verfolgt, sondern auch direkte Verbindung mit VO6AZ aufgenommen hatte, um gewisse Punkte zu klären. Und angesichts der Tat- sache, daß er sich nur kurze Notizen für seinen persön- lichen Gebrauch gemacht und die Funksprüche keines- wegs detailliert wiedergegeben hatte, gewann ich die Überzeugung, daß sein Gehirn einwandfrei funktioniert haben mußte. Einige Kommentare verstand ich nicht, und wenn man die Krakeleien und Zeichnungen be- trachtete, konnte man ihn natürlich für verrückt halten. Hätten sich die sogenannten Experten jedoch bemüht, die Hinweise auf die Expedition herauszusuchen, hät- ten ihnen die logischen Zusammenhänge aufgehen müssen.

Auf der Fahrt zum Flughafen dachte ich darüber nach — und an den Augenblick, da meine Mutter ihn auf seinen zwei Beinen stehen und nach der Karte von Labrador greifen sehen hatte. Mit der letzten Nachricht mußte es irgendeine besondere Bewandtnis haben. Ob die Männer nun tot waren oder nicht — mein Vater hat- te sich bestimmt nichts eingebildet. Sollten alle seine

Anstrengungen vergeblich gewesen sein, weil es mir erst im Zug gelungen war, die relevanten Passagen im Logbuch herauszufinden? Hätte ich es doch schon vorher geschafft und die Polizei darauf aufmerksam gemacht . . .

Kurz nach sechs erreichte ich den Flughafen, zu spät, um mich im Büro der Firma zu melden. Ich fühlte mich traurig und niedergeschlagen, und statt mich in mein Quartier zurückzuziehen, suchte ich die Airport Bar auf. Farrows Anblick, der sich mit ein paar anderen Charterpiloten einige Drinks genehmigte, brachte mich auf den Gedanken, daß ich vielleicht doch noch etwas unternehmen könnte, um die Behörden umzustimmen. Farrow war der kanadische Pilot, der mir von der Suche nach den vermißten Geologen erzählt hatte. Und da er Transatlantik-Charterflüge zu übernehmen pflegte, landete er hin und wieder in Goose Bay.

Während ich mein Glas leerte, dachte ich darüber nach, dann ging ich zu den Piloten und bat Farrow um ein Gespräch unter vier Augen. »Es dreht sich um den Forschungstrupp, der verschwunden ist«, erklärte ich ihm, als er mir zur Theke folgte.

»Die Suche wurde vor über einer Woche abgeblasen. Briffe und Baird sind tot. Nur der Pilot konnte sich retten.«

»Ich weiß«, erwiderte ich und fragte, was er trinken wolle.

»Fruchtsaft. Morgen muß ich fliegen.« Ich gab die Bestellung auf, wandte mich wieder zu ihm und begegnete seinem prüfenden Blick. Er hatte babyblaue, kluge Augen in einem runden, freundlichen Gesicht. »Was haben Sie denn auf dem Herzen?«

»Landen Sie manchmal in Goose Bay?«

»Klar. Bei jedem Westflug, wenn der Flughafen nicht geschlossen ist.«

»Kennen Sie einen Funker namens Simon Ledder?«

»Ledder?« Er schüttelte den Kopf. »Wo arbeitet er denn? In der Kontrolle?«

»Das weiß ich nicht genau. Seine Adresse lautet c/o D. O. T. Communications.«

»Das ist die zivile Funkstation. D. O. T. ist die Abkürzung für Department of Transport. Die sind auf der amerikanischen Seite.«

Die Drinks wurden serviert, und ich bezahlte. Dabei spürte ich wieder Farrows forschenden Blick, während er an seinem Saft nippte. Offensichtlich erwartete er, daß ich ihm reinen Wein einschenkte. Jetzt, da ich mit ihm allein war, wußte ich nicht, was ich sagen sollte. Ich wollte ihm nicht mehr als unbedingt nötig verraten, nicht die ungläubige Miene riskieren, die er sonst zweifellos aufsetzen würde. »Landen Sie morgen in Goose Bay?«

»Ja, etwa einundzwanzig Uhr nach unserer Zeit.«

»Würden Sie mit Ledder reden — oder ihn anrufen?«

»Warum?«

»Nun ja . . .« Es war so verdammt schwierig. »Er ist ebenfalls Hobbyfunker. Und er hatte dreimal Kontakt mit einem britischen Amateur — Station G2STO. Darüber gibt es Aufzeichnungen. Könnten Sie ihn um eine Kopie bitten?«

»Worum geht es in diesen Aufzeichnungen?«

Ich zögerte. Aber er mußte es wissen. »Um Briffe und seine Expedition. Ledder war die Funkverbindung zwischen dem Forschungstrupp und der Bergbaufirma, bei der die drei Männer gearbeitet haben. Er wurde von den Behörden um einen Bericht über alle seine Funkkontakte mit Briffe und auch mit G2STO ersucht.«

»Wie können Sie das wissen?« Farrows Stimme, meist sanft und ruhig, nahm plötzlich einen anderen Klang an.

38

»Jemand hat es mir erzählt«, antwortete ich vage. Jetzt war er neugierig geworden, und das machte mich nervös. »Tut mir leid, daß ich Sie damit belästigte. Aber als ich Sie hier sah, dachte ich, Sie könnten vielleicht mit Ledder sprechen . . .«

»Schreiben Sie ihm doch einfach.« Als ich schwieg, fügte er hinzu: »Sollten Sie mir nicht ein bißchen mehr sagen — zum Beispiel, warum Sie sich so für diesen Bericht interessieren?«

Aufmerksam musterte er mich und wartete auf eine Erläuterung. Und da erkannte ich, daß ich keine andere Wahl hatte, als ihn einzuweihen. »G2STO war mein Vater.« Wahrheitsgemäß schilderte ich alles, was geschehen war, seit ich die telegraphische Nachricht von meiner Mutter erhalten hatte. Als ich zu dem Funkspruch von Briffe kam, unterbrach mich Farrow: »Von Briffe? Der war schon Tage vorher tot.«

»Ich weiß«, entgegnete ich müde. »Das hat mir die Polizei versichert.« Ich zog die Notizen hervor, die ich mir im Zug gemacht hatte, und gab sie ihm. »Aber wenn Briffe tot war — wie erklären Sie sich das hier?«

Er strich das Blatt Papier auf der Theke glatt und studierte langsam und sorgfältig, was ich geschrieben hatte.

»Das sind Angaben aus dem Logbuch meines Vaters«, sagte ich.

Er nickte, runzelte die Stirn und drehte das Blatt um. Nun las er die letzte Eintragung.

»Glauben Sie, daß er verrückt war?« fragte ich. Stumm starrte er auf das Papier, während ich fortfuhr: »Die Behörden sind davon überzeugt und wollen die Suche nicht wiederaufnehmen. Heute morgen bekam ich einen Brief von der Polizei.«

Farrow schwieg immer noch, und ich wünschte, ich hätte meine Erkenntnisse für mich behalten. Der Tod der beiden Männer galt als amtliches Faktum, und das allein mußte den Eindruck erwecken, mein Vater hätte sich das Ganze nur eingebildet. Und dann richteten sich die babyblauen Augen plötzlich auf mich. »Sie finden, man müßte weitersuchen?«

Ich nickte.

»Haben Sie die Logbücher, oder sind sie noch bei der Polizei?«

»Nein, ich habe sie zurück«, antwortete ich widerstrebend, denn ich wollte sie ihm nicht zeigen. Aber statt das zu verlangen, bombardierte er mich mit weiteren Fragen. — Als er neue Einzelheiten erfahren hatte, beugte er sich schweigend über das Papier. Vielleicht las er meine Notizen noch einmal durch. Oder er dachte nur über die Situation nach, denn er wandte sich abrupt zu mir.

»Haben Sie die reine Wahrheit erzählt?«

»Ja.«

»Und das Logbuch sieht völlig chaotisch aus, wenn man nicht alle Kontakte heraussucht, so wie Sie's hier gemacht haben?« Er klopfte auf den Zettel.

Ich nickte. »Wenn man etwas mehr über die drei direkten Funkverbindungen zwischen Ledder und meinem Vater wüßte — wie Ledder auf Dads Fragen reagiert hat . . .«

»Eins verstehe ich nicht«, murmelte Farrow. »Wie konnte Ihr Vater diesen Funkspruch empfangen? Soviel ich mich erinnere, besaß Briffe nur ein 48-Gerät. Das habe ich irgendwo gelesen. Es wurde mittels eines Kurbelinduktors betrieben. Das kommt mir einfach unmöglich vor.«

Diesen Einwand hatte auch Hauptmann Mathers erhoben. »Unter gewissen Umständen kann ein solcher Kontakt doch sicher hergestellt werden«, erwiderte ich.

»Vielleicht. Das weiß ich nicht. Aber ein altes 48-

Gerät hat eine sehr begrenzte Reichweite — das weiß ich.« Er zuckte mit den Schultern. »Trotzdem wäre es denkbar. Um sicherzugehen, müßten Sie diesen Ledder fragen.« Er griff nach dem Papier und starrte es so lange an, daß ich schließlich den Eindruck gewann, er würde mir nicht helfen und suchte nur nach Worten, um es mir beizubringen. Aber Farrow war meine einzige Chance. Ich kannte sonst niemanden, der an Ledder herantreten könnte. Und irgendwie mußte ich mir Gewißheit verschaffen. Wenn sich mein Vater alles nur eingebildet hatte — okay. Doch ich mußte Klarheit haben, um meines Seelenfriedens willen die Bestätigung erhalten, daß die beiden Männer wirklich tot waren.

Und dann legte Farrow das Papier beiseite. »Sie sollten nach Goose fliegen und selber mit Ledder reden.«

Ich traute meinen Ohren nicht. »Ich — soll nach Goose fliegen?«

Er grinste leicht. »Auf andere Weise werden Sie nicht hinkommen.«

Dieser Vorschlag war so unglaublich, daß ich im Augenblick nichts zu sagen wußte. Meinte er das ernst? »Ich wollte Sie doch nur bitten, mit ihm zu reden«, murmelte ich schließlich, »und herauszufinden, wie er über meinen Vater dachte — ob er ihn für verrückt hielt. Sie könnten diese Notizen mitnehmen.«

»Hören Sie mal, wenn Sie überzeugt sind, daß Ihr Vater bei klarem Verstand war, dann sind diese Notizen und alle Eintragungen im Logbuch unmißverständliche Fakten. Wenn Sie das glauben, müssen Sie Ihre Nachforschungen selber anstellen. Abgesehen von der Frage, ob Briffe lebt oder nicht, sind Sie das Ihrem Vater schuldig. Wenn ich zu diesem Ledder gehe, wird er meine Fragen beantworten — und das wär's dann. Und sollten Sie ihm einen Brief schreiben, würde das auch nicht viel nützen. Aber falls für Sie feststeht, daß Ihr

Vater eine Nachricht von Briffe bekam, müssen Sie hinfliegen und das persönlich überprüfen. Das ist der einzige Weg, um die Behörden wachzurütteln.«

Die Art und Weise, wie er mir die Verantwortung
aufbürdete, entsetzte mich. »Aber — ich habe kein
Geld.«

»Diesbezüglich kann ich Ihnen helfen.« Farrow ließ
mich nicht aus den Augen. »Morgen früh um sieben
fliege ich nach Westen. Gegen halb vier am Nachmittag
werden wir in Goose sein — nach dortiger Zeit. Sie hätten zwei Stunden Zeit, Ferguson. Ich könnte die Kontrolle per Funk veranlassen, Ledder zum Flughafen zu
schicken. Nun?«

Er meinte es ernst, so unglaublich mir das auch erschien. »Und mein Job? Ich kann doch nicht einfach
verschwinden.«

»Am Freitag wären Sie wieder hier.«

»Aber . . .« Es kam so plötzlich, und Kanada war eine fremde Welt für mich. Abgesehen von einer Reise
nach Belgien, hatte ich England noch nie verlassen.
»All die Formalitäten — und das Gewicht eines zusätz-
lichen Passagiers . . .« Verzweifelt suchte ich nach Ausreden.

Er fragte, ob ich einen britischen Paß besäße. Den
hatte ich im Vorjahr für meinen Urlaub in Brügge und
Gent gebraucht, er lag bei meinen Sachen in meinem
Quartier. Als Farrow mir erklärte, mein Gewicht und
mein Gepäck würden bezüglich der Sicherheitsvor-
schriften keinen Unterschied machen und er sei sowohl
mit den hiesigen als auch mit den dortigen Beamten
von den Zoll- und Einwanderungsbehörden gut befreundet, konnte ich nur noch sagen: »Ich werde drüber
nachdenken.«

Da packte er meinen Arm, und die babyblauen Augen nahmen einen harten Ausdruck an. »Entweder Sie

42

glauben an die Aufzeichnungen Ihres Vaters oder nicht. Also?«

Seine Stimme klang fast beleidigend, und ich stieß erbost hervor: »Verstehen Sie denn nicht? Die Nachricht hat seinen Tod verursacht.«

»Okay. Dann sollten Sie der Bedeutung dieser Nachricht ins Auge blicken.«

»Wie meinen Sie das?«

Seine Hand, die meinen Arm immer noch umschloß, lockerte sich. »Sehen Sie mal, mein Junge«, sagte er sanft, »wenn Briffe sich wirklich am 29. September gemeldet hat, ist entweder ein schrecklicher Fehler begangen worden oder . . . An die Alternative will ich lieber nicht denken.« Seine Worte erinnerten mich an Hauptmann Mathers' schockierte Miene angesichts meines Einwands, der Pilot könne sich geirrt haben. »Begreifen Sie jetzt, warum Sie persönlich mit Ledder reden müssen? Dieser Nachricht zufolge . . .«, Farrows Finger trommelten auf meinen Notizzettel, ». . . irrte sich Laroche, als er behauptete, Briffe und der andere Bursche seien tot. Und ich warne Sie — es wird einiger Überredungskünste bedürfen, um die Behörden vom Gegenteil zu überzeugen.« Nun tätschelte er freundschaftlich meinen Arm, und die babyblauen Augen verloren ihren kalten Blick und wirkten plötzlich mitleidvoll. »Nun, es liegt bei Ihnen. Sie sind der einzige, der überzeugt ist, daß die Aufzeichnung dieser Funksprüche den Tatsachen entspricht — solange sich kein anderer findet, der sie empfangen hat. Und wenn Sie den Mut aufbringen, zu Ihrer Überzeugung zu stehen . . .« Nach einer kurzen Pause fügte er hinzu: »Ich wollte Ihnen nur erklären, was auf Sie zukommt.«

Seltsam — nachdem er diese deutlichen Worte geäußert hatte, fühlte ich mich nicht mehr unsicher. Plötzlich wußte ich, was ich tun mußte, und hörte mich ohne

Zögern sagen: »Wenn Sie alles regeln können, fliege ich morgen mit Ihnen.«

»Okay, mein Junge. Sind Sie auch wirklich fest entschlossen?«

Ich erinnerte mich an das letzte Weihnachtsfest, das ich daheim verbracht hatte, und vor meinem geistigen Auge sah ich Dad mit seinen Kopfhörern vor dem Funkgerät sitzen, die langen, sensitiven Finger über den Tasten. »Ja, ich bin fest entschlossen.«

Langsam nickte er. »Eine sonderbare Sache«, murmelte er und runzelte leicht verwirrt die Stirn. Würde er sein Angebot jetzt, da ich es angenommen hatte, wieder rückgängig machen? Doch er fügte nur hinzu: »Wir treffen uns unten in unserem Frachtbüro, am Ende des Blocks, neben dem Hangar Nummer eins — morgen früh, Viertel vor sechs. Nehmen Sie Ihren Paß mit und eine Reisetasche. Und packen Sie ein paar warme Sachen ein, sonst frieren sie hinten im Flugzeugrumpf. Alles okay?«

»Ja, aber — es ist doch nicht so einfach, jemanden in ein anderes Land zu fliegen.« Das war eine automatische Reaktion. Jetzt, da ich zugestimmt hatte, erschienen mir die Schwierigkeiten unüberwindlich. Farrow lachte und klopfte mir auf die Schulter. »Zwischen Kanada und den Vereinigten Staaten gibt's keine Probleme. Das ist immer noch ein Dominion — keine Fingerabdrücke, keine Visa. Ich muß Sie lediglich durch die Einwanderungsbehörde und den Zoll schleusen, das ist alles.« Er schaute mich ein paar Sekunden lang an, als ob er mich einschätzen wollte, dann mahnte er: »Vergessen Sie die warmen Sachen nicht.« Nachdem er mir kurz zugenickt hatte, kehrte er zu seinen Freunden am anderen Ende der Bar zurück.

Ich stand da, das Glas in der Hand, von dem ich noch keinen Tropfen getrunken hatte, und ein Gefühl grenzenloser Einsamkeit erfaßte mich.

44

3

In dieser Nacht fand ich kaum Schlaf. Bereits um halb sechs betrat ich das Frachtbüro der Charterfirma. Natürlich war Farrow noch nicht da. Im grauen Morgenlicht wanderte ich auf und ab, fühlte mich innerlich leer und kalt. Das Büro war geschlossen, das Rollfeld verlassen. Ich zündete mir eine Zigarette an und überlegte, wie schon während der ganzen Nacht, ob ich einen Narren aus mir machte. Mit donnerndem Getöse startete ein Flugzeug, und ich beobachtete, wie es in der tiefhängenden Wolkendecke verschwand. In einer knappen Stunde — falls Farrow Wort hielt — würde ich auch da oben sein und die Reise nach Westen antreten, über den Atlantik. Ich erschauerte. Diese Nerven!

Es war fast sechs, als Farrow in einem verbeulten Sportwagen vorfuhr. »Springen Sie rein!« schrie er. »Sie müssen nur noch geimpft werden. Alles andere ist erledigt.«

Wir rissen einen Doktor, mit dem er befreundet war, aus dem Schlaf, und eine halbe Stunde später hatte ich meinen Impfschein. Die Formalitäten beim Zoll und bei der Einwanderungsbehörde waren erledigt, und ich stand wieder im Frachtbüro. Ich unterschrieb das »Blutpapier«, das die Charterfirma im Falle meines Ablebens bei einem Flugzeugabsturz aller Verantwortung enthob, dann verschwand Farrow und ließ mich etwa zwanzig Minuten warten. Jetzt gab es kein Zurück mehr. Weil ich gewissermaßen zu dem Flug verpflichtet war, schwand meine Nervosität allmählich.

Kurz vor sieben versammelte sich die Crew, und ich folgte den Leuten über das Rollfeld zu einer großen viermotorigen Maschine, die gegenüber dem Büro stand. An Bord, in einem schwach beleuchteten Frachtraum mit Metallwänden, häufte sich die Ladung in der

Mitte, am Boden festgezurrt. »Leider nicht sehr bequem«, meinte Farrow, »aber normalerweise befördern wir keine Passagiere.« Freundschaftlich kniff er mich in die Schulter. »Die Toilette finden Sie achtern.« Die Tür des Flugzeugrumpfes fiel ins Schloß, und er ging mit der Crew zum Cockpit. Ich blieb allein zurück.

Kurz nach sieben starteten wir, und obwohl ich nie zuvor geflogen war, spürte ich, was geschah ... Ein Motor nach dem anderen sprang an und wurde getestet, dann dröhnte der ohrenbetäubende Chor von allen vieren, und ich fühlte den Sog der Luftschraube, als sich die Maschine in Bewegung setzte, das Schwanken der trübe beleuchteten Stahlkammer, die Vibrationen ringsum. Plötzlich kam das Flugzeug zur Ruhe, und ich wußte, daß wir den Boden verlassen hatten.

Das erhebende Gefühl des Aufstiegs verebbte allmählich, verdrängt von der Monotonie des Flugs. Reibungslos glitten wir dahin, Stunde um Stunde. Ich döste ein wenig, hin und wieder erschien Farrow oder ein anderer von der Crew. Kurz nach zehn brachte mir der Navigator Sandwiches und heißen Kaffee. Eineinhalb Stunden später landeten wir im isländischen Keflavik. Steifbeinig stieg ich aus und blinzelte ins kalte Sonnenlicht.

Der Flughafen war ein Gelände mit uncharakteristischen modernen Nutzbauten und der Atmosphäre eisiger, lebloser Luft wie im Weltall. Aber in der Cafeteria gab es immerhin Rühreier mit Speck und Kaffee, in der von lauten Echos erfüllten Halle vertrieben sich Transitpassagiere die Zeit, indem sie Ansichtskarten schrieben und isländische Souvenirs in bunten Nationalfarben an Kiosken kauften. Über eine Stunde lang genossen wir die Wärme, während die Maschine aufgetankt und einer der Motoren gecheckt wurde. Alles war in Ordnung; so saß ich um halb eins wieder in der Stahlkam-

46

mer, von hohlem Getöse umgeben, und die letzte Flug-
etappe begann.

Wir stiegen auf eine große Höhe, um dem Sturmgürtel über der Grönlandküste auszuweichen, und es war
eisig kalt. Immer wieder versank ich in unruhigem
Schlaf, die Monotonie wurde nur gelegentlich von einer
Tasse Kaffee, dem Lunchpaket und kurzen Gesprächen
unterbrochen, wenn Leute von der Crew nach achtern
kamen. Nach meiner Uhr war es zwanzig nach neun, als
mich der Bordingenieur aufscheuchte. »Der Kapitän
sagt, wenn Sie Labrador aus der Luft sehen wollen,
sollten Sie sofort nach vorn kommen. In fünfzehn Minuten landen wir.«

Ich folgte ihm ins Cockpit. Zu meiner Überraschung
war es taghell, und ich vergaß die langen, kalten Stunden im Frachtraum. Nicht, daß es etwas zu sehen gegeben hätte — nur das Grau der Wolken hinter der Windschutzscheibe und davor die Silhouette von Farrows
Kopf. Als ich am Funker vorbeiging, ergriff er meinen
Arm und zog mich zu sich hinab. »Ich hab' dem Tower
Bescheid gegeben!« schrie er mir ins Ohr. »Ledder wird
sich mit Ihnen treffen, okay?«

»Danke.«

Farrow drehte sich halb zu mir um und zeigte neben
sich auf den Sitz des Bordingenieurs. »Jetzt geht's run-
ter.« Er wies mit dem Daumen hinab. Die Motoren waren bereits gedrosselt. »In einer Höhe von zweitausendfünfhundert Metern kommen wir aus den Wolken
raus.« Er klopfte auf den Höhenmesser, dessen Zeiger
langsam zurückging, und fügte hinzu: »Sie werden genug Zeit haben, um mit Ledder zu reden. Der Backbordmotor achtern muß gecheckt werden.« Er deutete
mit dem Kopf nach links, wo die Flügelspitze in Nebel-
turbulenzen schwankte. Der Außenbordmotor war de-
fekt, der Propeller auf Segelstellung gefahren.

47

»Wahrscheinlich bleiben wir über Nacht in Goose. Morgen können wir starten — hoffentlich.«

Ich wollte fragen, ob eine Bruchlandung drohte, aber es schien niemanden zu stören, daß wir nur mit drei Motoren flogen. Und so setzte ich mich wortlos hin, starrte durch die Windschutzscheibe und wartete auf den Augenblick, da ich Labrador zum erstenmal sehen würde. Und weil es nichts zu sehen gab, dachte ich wieder an meinen Vater. Hatte ihn sein Kriegsdienst als Bordfunker jemals nach Labrador geführt? Oder unternahm ich nun, was er sich ein Leben lang gewünscht hatte? Ich erinnerte mich an seine Bücher, die Landkarte. Was mochte ihn an diesem Land so fasziniert haben? Abrupt wurde der Schleier vor meinen Augen weggerissen, und da lag Labrador.

Zuerst fiel mir die trostlose Atmosphäre auf — die Grimmigkeit, die Einsamkeit, die Leere. Wasser umgab tristes, flaches Ödland mit hellen Sandflecken und Gletschern. Wo das Land an den Himmel grenzte, erhoben sich keine Gipfel, von der Küstenebene stieg es in einer schnurgeraden schwarzen Linie an, völlig gestaltlos — ein fernes, unwirtliches Plateau, das in seiner Einförmigkeit den Eindruck endloser Weite weckte, als würde es sich bis zum Pol erstrecken.

»Da ist Goose!« schrie Farrow mir ins Ohr und deutete nach unten. Aber ich sah den Flughafen nicht. Mein Blick fixierte die dunkle Linie des Plateaus, und ich hielt den Atem an, seltsam bewegt, wie von einer uralten Herausforderung.

»Ein hübsches Land!« brüllte Farrow. »Da kann man sich jederzeit verirren — einfach so.« Er schnippte mit den Fingern. »Nichts als Seen, und einer ist wie der andere.« Plötzlich grinste er. »›Das Land, das der liebe Gott Kain geschenkt hat‹ — so nannte es Jacques Cartier, nachdem er es entdeckt hatte.«

Das Land, das der liebe Gott Kain geschenkt hatte — die Worte mischten sich mit meinen Gedanken, um einen kalten Schauer durch mein Herz zu jagen. Wie oft sollte ich mich später an dieses Zitat erinnern!

Das Wasser der Goose Bay kam uns entgegen, das Rollfeld war klar zu sehen. Der Bordingenieur klopfte mir auf die Schulter, und ich kletterte aus seinem Sitz und kehrte ins Halbdunkel des Frachtraums zurück. Wenig später landeten wir.

Als die Motoren verstummt waren, öffnete der Navigator die Tür der Stahlkammer. Tageslicht drang herein, brachte Wärme und den Geruch von Regen mit sich, und ich blickte durch die offene Tür über ein nasses Rollfeld hinweg zu einer Reihe grüngestrichener Gebäude mit Wellblechdächern. Ein Mann wartete auf der Landebahn, groß, in einem Plastikregenmantel.

Ich packte meine Sachen zusammen, und Farrow kam zu mir. »Ich quartiere sie im T.C.A. Hotel ein. Dort können Sie etwas essen. Übrigens, jetzt ist es . . .«, er schaute auf seine Armbanduhr, »5.22 Uhr. Zwischen Goose und England besteht ein Zeitunterschied von viereinhalb Stunden. Sobald ich die Leute vom Wartungsdienst informiert habe, fahren wir zum Hotel. Mit der Einwanderungsbehörde habe ich schon gesprochen.«

Er wandte sich zur Luke, und ich hörte eine Stimme fragen: »Kapitän Farrow? Ich bin Simon Ledder. Ich soll hier auf Sie warten.« Er sprach langsam, und es klang verwirrt und leicht verärgert.

Während ich zur Tür eilte, erwiderte Farrow: »So, da ist der Mann, mit dem Sie reden wollen.« Ich sprang hinter ihm auf das Rollfeld. Lässig winkte er mir zu und ging davon.

»Wo finde ich Sie?« rief ich ihm nach. Ich wollte ihn nicht aus den Augen verlieren. Dieser Flughafen erschien mir so riesig und verlassen.

»Keine Bange, ich werde Sie nicht vergessen«, antwortete er über die Schulter. Seine Crew wartete auf ihn, und als er sie eingeholt hatte, setzten sie gemeinsam ihren Weg fort. Ich hörte das etwas schrille Lachen des Bordingenieurs, ehe sie im Hangar verschwanden.

»Warum wollten Sie mich sehen?« Ledders Stimme klang ausdruckslos. Er stand dicht neben mir, die Hände in den Taschen, mit gelangweilter Miene.

Während der monotonen Flugstunden hatte ich mir diese Begegnung ausgemalt. Jetzt, da ich mit ihm allein war, fehlten mir die Worte. Die Hinweise auf Ledder in Dads Logbüchern hatten diesem Mann eine Bedeutung verliehen, die nicht zu diesem mürrischen Gesicht paßte. »Erinnern Sie sich an den Namen Ferguson?« fragte ich. »James Finlay Ferguson. Jetzt ist er tot, aber . . .«

»Die Expedition von 1900. Meinen Sie die?« In den Augen, die mich durch eine dicke Hornbrille musterten, flackerte plötzliches Interesse.

Ein Instinkt hätte mir sagen müssen, daß eine Brücke über eine Kluft der Vergangenheit geschlagen wurde, aber ich dachte nur an Briffe und die Notizen meines Vaters. »Nein, ich meine die Station G2STO und Ihre Funkkontakte mit James Ferguson.« Das Interesse war erloschen, das Gesicht wieder leer. »Ihr Sendezeichen ist doch VO6AZ«, fragte ich.

Er nickte und wartete.

»In den letzten Wochen nahm G2STO dreimal Verbindung mit Ihnen auf. Erinnern Sie sich?«

»Klar. Es war sechsmal, um genau zu sein.« Seine Stimme klang müde, dann fügte er hinzu: »Sind Sie von der Polizei oder von der Luftwaffe?«

Darauf antwortete ich nicht. Ich dachte, er würde vielleicht bereitwilliger mit mir reden, wenn er glaubte, ich käme von einer Behörde. »Können wir uns irgendwo in Ruhe unterhalten?« Es begann wieder zu regnen, weiter unten auf dem Rollfeld begannen die Motoren eines Flugzeugs warmzulaufen. »Ich hätte ein paar Fragen . . .«

»Fragen?« Das schien an seinen Nerven zu zerren. »In den letzten Tagen hörte ich nichts als Fragen nach diesem verdammten Hobbyfunker. G2STO! Das alles hängt mir zum Hals raus. Der verrückte Bastard behauptet, er habe einen Funkspruch von Paul Briffe empfangen. Deshalb sind Sie doch da, oder?« Ledder verbarg seine feindseligen Gefühle nicht. »Einen ganzen Tag habe ich geopfert, um einen Bericht über ihn zu schreiben. Der Flughafenleiter hat eine Kopie, falls Sie's lesen wollen. Ich habe nichts hinzuzufügen, überhaupt nichts.«

Ich war zu wütend, um etwas zu erwidern. Nun hatte ich diese weite Reise unternommen — nur um festzustellen, wie wenig entgegenkommend Ledder war. Das hatte ich bereits befürchtet, als mein Blick zum erstenmal auf diesen einsamen, grimmigen Mann im Regenmantel gefallen war.

»Also — möchten Sie den Bericht lesen?« fragte er.

Ich nickte, und wir überquerten das Rollfeld. Mein Schweigen schien ihn zu verwirren. Er schaute mich an und bemerkte: »Briffe konnte gar nicht mehr funken.«

»Wieso wissen Sie das?«

»Wieso ich das weiß? Der Mann war tot. Wie, zum Teufel, kann jemand, der seit einer Woche tot war, plötzlich funken?«

»Sie wissen nicht, daß er tot war.«

Er blieb stehen. »Was meinen Sie?«

»Er wurde für tot erklärt, das ist alles.«

»Das ist alles, sagen Sie?« Neugierig starrte er mich an. »Worauf wollen Sie hinaus?«

»Es steht keineswegs fest, daß er nicht mehr gefunkt hat. Es sei denn, Sie haben an jenem Tag auf seine Fre-

51

quenz geachtet. Haben Sie das am 29. September um zwei Uhr getan?«

»Man nannte mir einen anderen Zeitpunkt — neun Uhr fünfundzwanzig.«

»Ja, natürlich.« Ich mußte den Zeitunterschied von viereinhalb Stunden berücksichtigen. »Sie haben sich um seine Frequenz gekümmert?«

Ledder schüttelte den Kopf. »Warum sollte ich? Drei Tage vorher war die Suche eingestellt worden, und ich sah keinen Grund zu der Annahme . . .«

»Also können Sie nicht völlig sicher sein.«

»Ich sage Ihnen doch — Briffe war tot.« Ich hatte seine Berufsehre verletzt, und er fügte erbost hinzu: »Hätte ich geglaubt, daß die Chance eines Kontakts bestand, hätte ich aufgepaßt. Aber er war seit dem 20. tot.«

Vielleicht war er meinem Vater gar nicht so unähnlich, wenn es um Funkverbindungen ging. »Was das betrifft, haben Sie nur die Aussage des Piloten.«

Verblüfft blinzelte er mich an. »Behaupten Sie etwa . . . Um Himmels willen, Laroche ist okay!« Er musterte mich in plötzlichem Argwohn. »Sie sind nicht von der Polizei, auch nicht von der Luftwaffe. Wer sind Sie?«

»Ian Ferguson. Der verrückte Bastard, den Sie erwähnt haben, war mein Vater. Und zufällig glaube ich, daß er eine Funknachricht von Briffe bekam.« Meine Eröffnung schockierte ihn offensichtlich, aber ich ließ ihm keine Zeit, sich von seinem Schrecken zu erholen. »Mein Vater nahm mehrmals Kontakt mit Ihnen auf.« Ich zog den Zettel hervor, auf dem ich Dads Aufzeichnungen notiert hatte. »Das erste Mal am 23. September, dann am 25. und 26. Kam er Ihnen verrückt vor?«

»Nein, aber das war, bevor . . .«

»Er war also bei klarem Verstand?«

»Er stellte mir ein paar sonderbare Fragen«, antwortete Ledder ausweichend.

Ich zögerte, doch das war nicht der richtige Augenblick, um herauszufinden, wie diese Fragen gelautet hatten. »Vergessen sie erst mal, daß Briffe für tot erklärt wurde und daß mein Vater jenen Funkspruch empfing. Denken Sie an Ihren ersten Kontakt mit G2STO. Wie haben Sie reagiert?«

»Ich sagte doch — er stellte sonderbare Fragen«, erwiderte er unbehaglich. »Sonst fiel mir nichts auf. Er war nur ein Amateur, einer unter vielen.«

»Hören Sie . . .«, begann ich eindringlich, um ihm die schwerwiegende Bedeutung der Sache klarzumachen. »Mein Vater war Funker, so wie Sie.« Es mochte doch eine Art Freimaurerei zwischen diesen Männern geben, deren Welt aus Äther bestand, einen Sinn für Brüderlichkeit. »Ich weiß, er trat über W/T mit Ihnen in Verbindung, und da kriegen Sie nur Unmengen von Punkten und Strichen, aber es kommt noch was anderes rüber . . .«

»Es ist nicht so wie beim Funktelefon, und wir verständigten uns immer nur mittels Morsezeichen.«

»Natürlich«, bestätigte ich ungeduldig. »Eine andere Möglichkeit hatte er nicht. Trotzdem müssen Sie gemerkt haben, was für ein Mensch er war, in welcher Stimmung . . .«

»Es waren doch nur Morsezeichen. Wenn ich mit ihm gesprochen hätte — dann vielleicht . . .« Ledder zuckte mit den Achseln. »Um die Wahrheit zu gestehen — ich habe nicht über ihn nachgedacht, damals noch nicht.«

Es regnete immer stärker, aber er traf keine Anstalten, irgendwo Schutz zu suchen, und ich fragte erneut, was er von meinem Vater gehalten hatte. »Sie müssen einen ganz bestimmten Eindruck gewonnen haben.« Als er nicht antwortete, fuhr ich seufzend fort: »Bedeuten Ihnen die Leute, mit denen Sie in Funkverbindung stehen, überhaupt nichts? Sie müssen sich doch ein Bild von ihnen machen . . .«

»Er war nur ein Hobbyfunker, das ist alles«, entgegnete er irritiert. »Ich habe mit so vielen Kontakt.«

Plötzlich fühlte ich mich sehr müde. Mein Vater war diesem mißgelaunten kanadischen Funker völlig unwichtig gewesen. Die Reise nach Goose erschien mir sinnlos. Verzweifelt fragte ich: »Aber Sie hatten nicht das Gefühl, daß er unzurechnungsfähig war?«

»Ich sage Ihnen ja, ich habe nicht über ihn nachgedacht. Seine Fragen überraschten mich, das war alles.«

Zweitausend Meilen hatte ich zurückgelegt und war noch keinen Schritt weitergekommen. Als ich mich nach Dads Fragen erkundigte, erklärte er, die stünden in seinem Bericht. »Zumindest alle, an die ich mich erinnern konnte«, ergänzte er. »Wenn Sie mit mir ins Haus kommen, zeige ich Ihnen eine Kopie.« Ich zögerte, weil er die Einladung so widerwillig ausgesprochen hatte, und er schaute auf seine Uhr. »Nach halb sechs. Der Flughafenleiter wird schon weg sein.«

»Also gut.« Ich hoffte, ihm in seinem Gemäuer mehr zu entlocken. Wortlos wandte er sich ab und führte mich am Hangar vorbei.

Als wir das offene Tor passierten, trat Farrow heraus und rief mir zu: »Wenn Sie mit mir schnell ins Büro gehen, können wir die restlichen Formalitäten erledigen.« Dann schlug er Ledder vor: »Wir würden Sie gern in die Stadt mitnehmen. Der Laster muß jeden Augenblick kommen.«

»Okay, danke. Das erspart mir eine unfreiwillige Dusche. Das ist am allerschlimmsten an diesem Kaff.« Ledder schenkte mir ein schwaches Lächeln. »Wir dürfen keine eigenen Autos haben. Wahrscheinlich wegen Benzinmangel. Die Bucht ist das halbe Jahr zugefroren, und die Vorräte müssen eingeflogen werden.«

Wir gingen ins Büro, und während die Beamten meinen Paß und mein Gepäck überprüften, flüsterte mir Farrow zu: »Haben Sie erfahren, was Sie wissen wollten?«

»Noch nicht.«

»Na, Sie haben ja noch viel Zeit. Wir starten morgen früh um sieben — vorausgesetzt, die Leute arbeiten die ganze Nacht an unserem defekten Motor.«

»Sie übernachten hier?« fragte Ledder und fügte, nachdem Farrow genickt hatte, hinzu: »Dann essen Sie was, Mr. Ferguson, und kommen nachher zu mir. Die D.O.T-Häuser liegen gebenüber vom Hotel.«

Der Laster war bereits eingetroffen. Wir stiegen ein, und wenig später holperten wir eine Sandstraße an der Bucht entlang. Der Flughafen blieb hinter uns zurück, trostlos im Regen, und an der Hafenmole entdeckte ich einen Dampfer und mehrere Wasserflugzeuge, klein und verschwommen im schwindenden Tageslicht. Bulldozer hatten neben der Straße den Kiesboden aufgerissen, entwurzelte Bäume lagen umher, hie und da erhob sich das gelbe Holz eines neuen Gebäudes aus dem nackten Land. Goose erschien mir trist und häßlich, wie die erste Siedlung in einem neuerschlossenen Gebiet — ein Fehdehandschuh, den man der Natur ins Gesicht geworfen hatte. Gestrüpp und Fichten drängten sich heran, um an die weite Wildnis landeinwärts zu erinnern.

Das Hotel bestand aus einigen niedrigen Holzhütten, sternförmig angeordnet. Dazwischen wuchsen kümmerliche Büsche im Sand. Der Regen hatte nachgelassen, und als wir aus dem Laster stiegen, sah ich die Hügel jenseits der Bucht, dunkel und fern und von einem intensiven Blau. Plötzlich war es viel kälter geworden. Ledder zeigte mir sein Haus, hinter Bäumen kaum zu sehen. »Kommen Sie nach dem Essen.« Wir trennten uns.

Ich folgte Farrow und der Crew ins Hotel, wo wir vom heißen Atem einer auf Hochtouren laufenden Dampfheizung begrüßt wurden. Die Halle besaß die Atmosphäre einer kahlen Baracke, aber die Zimmer waren erstaunlicherweise hübsch und komfortabel, und das Essen schmeckte mir.

Kurz vor halb acht trat ich wieder in den schneidenden Wind. Es war dunkel, die Sterne funkelten frostig. Ein dünner bleicher Nordlichtvorhang zitterte am Himmel, tiefe Stille hüllte mich ein. Zwischen den Bäumen schimmerte warmes Licht durch Ledders orangefarbene Vorhänge.

In einem bunten, kurzärmeligen, am Kragen offenen Hemd kam er zur Tür. Ein kleines Mädchen begleitete ihn; im Hintergrund unterhielten sich seine Frau und eine andere Dame, untermalt von einem gellenden Radio. Er machte uns alle miteinander bekannt, und ich stand da und fühlte mich unbehaglich, weil ich allein mit ihm reden wollte. Der Raum war überheizt und voll neuer Möbel, in leuchtenden Farben gepolstert. »Möchten Sie eine Tasse Kaffee?« fragte Mrs. Ledder.

Ich schüttelte den Kopf. »Danke, ich habe gerade eine getrunken.«

Sie lachte. Jung und fröhlich, mit einem runden Gesicht und hellem Haar, sah sie recht hübsch aus, war aber etwas zu füllig. Aber vielleicht gewann ich diesen Eindruck, weil sie ein Baby erwartete und ein weites Umstandskleid trug. »Da merkt man gleich, daß Sie kein Kanadier sind, Mr. Ferguson. Kein Kanadier würde eine Tassse Kaffee ablehnen, nur weil er gerade eine getrunken hat. Simon und die Jungs trinken ständig Kaffee. Wollen Sie es sich nicht doch noch einmal überlegen?«

Wieder schüttelte ich den Kopf, und Ledder sagte: »Wenn Sie keinen Kaffee wollen, können wir runtergehen, da ist es ruhiger.« Er öffnete eine Tür unter der

56

Treppe und knipste eine Lampe an. »Sie müssen die Unordnung entschuldigen, aber ich installiere gerade neue Geräte.«

Ich folgte ihm ein paar Stufen hinab in einen Heizungskeller. Ein Schreibtisch an der Wand war von Funkausrüstung umgeben, die einer Barrikade glich, der Boden mit Spielzeug, Haushaltsgeräten, Weihnachtsschmuck und Werkzeugen übersät. In einer Ecke entdeckte ich einen Kinderwagen. »Arbeiten Sie hier?« fragte ich.

»Klar. Ständig bitten mich Leute, irgendwas zu reparieren.«

»Ich meine — funken Sie hier?«

Er nickte und ging zum Schreibtisch. »Ich hab's Ihnen ja gesagt — ein einziges Durcheinander.«

Ich wußte nicht, was ich erwartet hatte. Vermutlich einen wohlgeordneten Funkraum. Es erschien mir unglaublich, daß dieser chaotische Keller VO6AZ sein sollte, daß Ledder von hier aus, über den Atlantik hinweg, mit meinem Vater in Verbindung gestanden hatte. »Ich weiß, bei mir sieht's nicht so blitzsauber wie in der D.O.T.-Station aus.« Er setzte sich an den Schreibtisch und wühlte in einer Schublade. »Aber eins dürfen Sie mir glauben — ich habe hier Geräte, von denen Goose Radio nur träumen kann.« Nachdem er die Schublade geschlossen hatte, reichte er mir ein paar mit Maschine beschriebene Kanzleiblätter. Die Überschrift lautete: »Bericht über britische Amateurfunkstation G2STO.« Mit einem Lächeln entschuldigte er sich: »Sie müssen eins bedenken, als ich das tippte, wußte ich, daß Briffe tot war. Und ich kannte den Namen Ihres Vaters nicht. Hätte ich ihn gekannt, hätte ich vielleicht einen Sinn in alldem gesehen.«

Als er an seinem Tisch saß, wirkte er wie ein anderer Mensch, viel vitaler — vielleicht, weil dies seine Welt

57

war, so wie es die Welt meines Vaters gewesen war. »Für mich war G2STO verrückt.« Er sprach leichthin, die Feindseligkeit war verflogen. »Tut mir leid, aber ich hatte die ganze Sache ziemlich satt. Ich hätte mir seinen Namen aus dem Buch heraussuchen sollen.«

Ich starrte auf den Bericht und überlegte, warum der Name einen Unterschied gemacht hätte. Ledder hatte sechs Kontakte aufgelistet, zwei von den mir unbekannten betrafen Briffes Funkspruch. »Wie ich sehe, nahm mein Vater am 11. August zum ersten Mal Verbindung mit Ihnen auf. Er fragte nach Briffes Sendezeit, und die nannten Sie ihm, auch die Sendefrequenz.«

»Klar. Das war kein Geheimnis.«

»Wie war die Frequenz?«

»3-7-8-0.«

Ich zog mein Notizbuch hervor. »11. August: Briffe, Briffe. Wer ist Briffe?« Ich zeigte Ledder die Eintragung. »War es das?«

Er beugte sich vor und blickte auf das Papier. »75-Meter-Funktelefonband. Netzfrequenz 3-Punkt-7-8-0. Ja, das war's.«

Ich erklärte die halb ausradierte Eintragung, die ich in Dads Logbuch gefunden hatte. »Schauen Sie mal. Das Datum konnte ich nicht entziffern, aber es muß Ende August gewesen sein.«

»3-Punkt-7-8-0 — nichts, nichts, nichts, immer wieder nichts«, las er laut und langsam, dann sah er zu mir auf. »Und?«

»Das bedeutet, daß mein Vater Briffes Frequenz überwachte.«

»Es bedeutet, daß er neugierig war, klar. Aber das waren mehrere Amateure. Zwei Kanadier, einer in Burnt Creek, der andere oben auf Baffin Island, der regelmäßig zuhörte. Das bedeutet gar nichts. Sie waren nur interessiert, sonst nichts.«

»Und der Kontakt am 26. September? An diesem Tag wurde die Suche abgeblasen. Ihrem Bericht zufolge nahm mein Vater an jenem Abend Verbindung mit Ihnen auf, um Briffes Frequenz zu checken und zu fragen, ob der Mann in einem Notfall eine andere benutzen könnte. Ist es nicht offensichtlich, daß er Briffe überwacht hat?«

»Paul Briffe besaß nur ein altes 48-Gerät, mittels eines Kurbelinduktors betrieben, und ein britscher Funker muß außerhalb der normalen Reichweite von zweitausend Meilen gewesen sein.«

»Außerhalb der normalen Reichweite — ja«, bestätigte ich ungeduldig. »Trotzdem hat mein Vater aufgepaßt. Das wußten Sie, aber Sie schreiben in Ihrem Bericht, G2STO könne unmöglich einen Funkruf von Briffe erhalten haben. Das begründen Sie unter anderem mit der Erklärung: ›Natürlich hätte ein Freak-Kontakt zustande kommen können, aber es ist unwahrscheinlich, daß G2STO in diesem besonderen Moment empfangsbereit war.‹ Was soll das heißen?«

»Das, was da steht«, erwiderte Ledder in scharfem Ton. »Wenn man alle Punkte zusammenfaßt — Briffes Funkspruch zu einem Zeitpunkt, wo er schon tot war, ein Freak-Kontakt und die entfernte Möglichkeit, daß Ihr Vater in jenem Augenblick aufpaßte — muß man zu der Überzeugung gelangen, daß es keine Verbindung gab.«

»Warum nicht? Vieles spricht dagegen, das gebe ich zu, aber es wäre nicht unmöglich.«

»Oh, um Himmels willen!« rief er gereizt. »Am Abend des 14. stürzte das Flugzeug ab. Wir waren in ständiger Funkbereitschaft — bis zum 26., als die Suche beendet wurde. Nicht nur wir, auch die Air Force, die Regierungsstationen und zahlreiche Amateurfunker. Drei Tage nachdem wir den Versuch, eine Funkverbindung herzustellen, aufgegeben hatten, meldete G2STO einen Kontakt. Angenommen, Briffe hat wirklich am 29. einen Funkspruch gesendet. Um diesen zu empfangen, hätte ihr Vater drei Tage lang jeweils vierundzwanzig Stunden aufpassen müssen. Das glaube ich einfach nicht.«

»Er war gelähmt und hatte nichts anderes zu tun.«

Ledder starrte mich an. »Tut mir leid«, sagte er tonlos. »Man hat uns nichts über ihn erzählt.«

»Auch nicht, daß er unmittelbar nach dem Empfang dieses Funkspruchs starb?«

»Nein. Das erklärt wohl alles — ich meine, warum Sie hier sind. Darüber habe ich mich die ganze Zeit gewundert.«

»Briffes Nachricht hat ihn getötet.«

Neugierig hob er die Brauen. »Auf welche Weise?«

Ich erzählte ihm, wie mein Vater nach meiner Mutter gerufen und was sich danach ereignet hatte.

»Davon wußte ich nichts.« Seine leise Stimme klang bestürzt und mitfühlend. »Über die Einzelheiten informierte man mich nicht. Ich kannte nicht einmal seinen Namen. Beim Abendessen dachte ich darüber nach. Es waren seine Fragen, die mich auf den Gedanken brachten, er müßte verrückt sein. Hätte man mir seinen Namen genannt, wäre sofort klar gewesen, worauf er hinauswollte. Aber seine Fragen kamen mir so verdammt irrelevant vor.« Er wies mit dem Kinn auf den Bericht in meiner Hand. »Lesen Sie's selber, sie stehen alle da drin. Dann werden Sie verstehen, was ich meine. Aber wenn jemand wie ein Blitz aus heiterem Himmel mit solchen Fragen kommt, muß man ihn einfach für wahnsinnig halten.«

Das mußte ich zugeben, denn beim zweiten Kontakt am 10. September war er von Dad gefragt worden, ob Briffe jemals den See des Löwen erwähnt habe. Das hatte Ledder verneint und sich geweigert, den genauen Standort von C1 zu verraten. Daraufhin hatte mein Vater um Einzelheiten über die Berichte der drei Männer oder wenigstens um den Code gebeten, damit er den Weg der Expedition selbst verfolgen konnte. »Er ersuchte mich, Laroche nach dem Löwensee zu fragen und ihn später über die Reaktion des Mannes zu informieren«, hatte Ledder geschrieben.

»Erklärte er, warum Sie Laroche diese Frage stellen sollten?« wollte ich wissen.

»Nein. Jedenfalls waren das verdammt komische Fragen.«

Am 15. September, einen Tag nach dem Verschwinden der Geologen, hatte sich Dad unter anderem erkundigt, warum Briffe bestrebt gewesen sei, C2 so schnell zu erreichen. »Hatte ich Laroche nach dem Löwensee gefragt? Wie war seine Reaktion gewesen? Wo war C2? Meine negativen Antworten schienen ihn zu ärgern.« Am 23. September hatte sich mein Vater wieder gemeldet und um Informationen über Laroche ersucht. »Könnte ich herausfinden, ob sich einige kanadische Geologen noch an die Expedition von 1900 ins Attikonak-Gebiet erinnern?« Zwei Tage später dieselbe Frage . . . »Ich erklärte, davon würde man immer noch sprechen, und fügte hinzu, wenn er Einzelheiten erfahren wollte, solle er sich ans Ministerium für Bergbau in Ottawa wenden.«

Und dann kam ich zum letzten Kontakt, bei dem Ledder Briffes Sendefrequenz bestätigt hatte.

Ich faltete den Bericht zusammen, legte ihn auf den Schreibtisch und spürte, wie Ledder mich beobachtete und gespannt auf eine Erklärung dieser Fragen wartete. Offenbar nahm er an, ich würde Bescheid wissen, und da das nicht zutraf, fühlte ich mich unbehaglich. Meine Kehle war plötzlich wie zugeschnürt. Tränen brannten

61

in meinen Augen. Um Zeit zu gewinnen, kam ich auf C2 zu sprechen. »Lag es im Attikonak-Gebiet?«

Er nickte. »Klar. Die Vorhut kampierte am rechten Flußufer.« Und dann fügte er hinzu: »Warum interessierte er sich für den Attikonak River? Und für diesen Löwensee?«

»Keine Ahnung.« Damit gab ich zu, daß ich meinem Vater nie besonders nahe gestanden hatte. »Vielleicht weiß es meine Mutter«, murmelte ich verlegen.

Verwirrt starrte er mich an. »Aber diese Fragen ergeben doch einen Sinn für Sie, oder?«

Was sollte ich antworten? Ledder würde sich nur von der Echtheit jenes Funkspruchs überzeugen lassen, wenn ich ihm erklären konnte, was hinter Vaters Fragen steckte. Und das wußte ich nicht. Es hing mit der Landkarte und den Büchern und den Erinnerungsgegenständen aus dem kanadischen Norden zusammen, mit jener geheimen Welt, die ich nie mit Dad geteilt hatte. »Das ist eine lange Geschichte.« Abgesehen von dieser Bemerkung hatte er nie davon gesprochen. Wäre ich doch nur beharrlicher in ihn gedrungen ... Mit etwas Geduld hätte ich ihm sicher einiges entlocken können.

Ledder hatte nach seinem Bericht gegriffen, starrte ihn an, und warf ihn plötzlich auf die Papiere, die den Schreibtisch übersäten. »Am liebsten würde ich mich selber ohrfeigen. Ich hätte nur in dem Buch nachschauen müssen. Aber ich hatte es jemandem im D. O. T. geliehen und war zu faul, um's mir wiedergeben zu lassen.« Er hatte mein Schweigen mißverstanden. »Ich bin eben einfach nicht darauf gekommen.« Mit einem kurzen Blick bat er um Entschuldigung.

»Worauf?«

»Daß sein Name wichtig war.«

»Wichtig? Wie meinen Sie das?«

»Nun ja, hätte ich gewußt, daß er James Finlay Ferguson hieß . . .« Abrupt verstummte er, sah mich an und runzelte verwirrt die Stirn. »Er war doch verwandt mit ihm?«

»Verwandt?« Ich hatte keine Ahnung, was das sollte. »Mit wem?«

»Mit dem Ferguson, der 1900 im Attikonak-Gebiet starb.«

Meine Augen verengten sich. Das war es also. Die Expedition von 1900. »War damals ein Ferguson dabei?«

Er nickte. »Klar, James Finlay Ferguson.« Nun musterte er mich, als zweifelte er an *meinem* Verstand. »Wußten Sie das nicht?«

Ich schüttelte den Kopf, und meine Gedanken kehrten zu halb vergessenen Erinnerungen aus der Kindheit zurück — die Ängste meiner Mutter, Dads Besessenheit von Labrador. *Das* war also die Ursache gewesen.

»Aber der Name?« fragte Ledder fast ärgerlich, als wäre er um etwas betrogen worden, das eine kleine Abwechslung in die Monotonie dieses entlegenen Außenpostens gebracht hätte. »Wo er doch all diese Fragen stellte? Sie meinen, es handelt sich um eine zufällige Namensgleichheit? Hat sich Ihr Vater nur deshalb für das alles interessiert?«

»Nein, sicher nicht. Hastig fügte ich hinzu: »Er sprach nie davon.« Auch ich fühlte mich betrogen — weil Vater die Vergangenheit nicht mit mir geteilt hatte, obwohl dies mein gutes Recht gewesen wäre.

»Er hat nie davon gesprochen? Warum nicht?« Ledder beugte sich vor. »Das müssen wir mal klären. War ihr Vater mit dem Ferguson verwandt, der damals nach Labrador ging?«

»Natürlich. Das muß es sein.« Es gab keine andere Erklärung. Wie schade, daß meine Großmutter schon in meiner Kindheit gestorben war, daß ich nicht mehr mit ihr reden konnte . . .

»Und in welcher verwandtschaftlichen Beziehung standen sie zueinander?«

»Wahrscheinlich war dieser Ferguson Dads Vater.« Etwas anderes konnte ich mir nicht vorstellen, denn ich hatte keine Großonkel.

»Und Ihr Großvater.«

Ich nickte. Meine Großmutter Alexandra hatte ihren Sohn, der seltsamerweise im Jahr 1900 auf die Welt gekommen war, James Finlay genannt.

»Wieso wissen Sie, daß er ihr Großvater war?« fragte Ledder. »Wo Sie doch nicht einmal wußten, daß zu Beginn unseres Jahrhunderts diese Expedition stattfand?«

Ich berichtete von dem Sextanten, dem Paddel und den anderen Relikten an der Wand von Vaters Funkraum, von meiner Großmutter und dem Haus in Schottland — und wie sie in jener Nacht mein Zimmer betreten hatte, als ich kaum alt genug gewesen war, um es in meinem Gedächtnis zu bewahren. »Ich glaube, sie wollte mir von der Expedition erzählen.« Jetzt, wo ich mit Ledder darüber sprach, paßten die Puzzleteile zusammen — der Fanatismus meines Vaters und alles andere. Und dann erkundigte ich mich nach der Expedition. »Können Sie mich über die Einzelheiten informieren? Was geschah mit Ferguson?«

»Keine Ahnung. Ich weiß nicht allzuviel darüber. Nur, was der Geologe in der Firma erwähnt hat. Sie brachen in Davis Inlet auf, zu zweit. Zwei weiße Männer, ohne Indianer. Einer war Prospektor, der andere Trapper, und das Unternehmen endete mit einer Tragödie. Der Trapper konnte sich mit knapper Not retten, Ferguson — der Prospektor — starb. Mehr weiß ich nicht.« Er wandte sich zum Schreibtisch und blätterte in seinem Logbuch. »Da ist die Antwort des Geologen. ›Expedition von 1900 wohlbekannt, weil einer der zwei Männer, James Finlay Ferguson, nicht zurückkehrte!‹«

»Und er war Prospektor?«

»Das hat Tim Baird gesagt.«

»War er auf Goldsuche?« Wie ich mich nun entsann, hatte mir meine Mutter einmal verboten, nach meinem Großvater zu fragen, und ihn als verkommenes Subjekt bezeichnet, das ein böses Ende genommen und sein Leben damit vergeudet habe, hinter schnödem Gold herzujagen.

»Tim verriet mir nicht, wonach Ferguson gesucht hatte.«

Doch das spielte keine Rolle. Es mußte Gold gewesen sein. Das stand für mich ebenso fest wie die Tatsache, daß jene längstvergangenen Ereignisse die Einsamkeit meines Vaters jahrelang begleitet hatten. Hätte ich ihn doch veranlaßt, mir die ganze Geschichte zu erzählen . . .

»Und er hat nie davon gesprochen?« Ledder schaute mich skeptisch an. »Seltsam.«

»Ich sagte Ihnen doch, er konnte nicht sprechen. Er war vor so langer Zeit verwundet worden. Ich erinnere mich nicht einmal mehr an den Klang seiner Stimme.«

»Aber er konnte schreiben.«

»Das fiel ihm sehr schwer.«

»Hat er keinen schriftlichen Bericht hinterlassen?«

»Nicht, daß ich wüßte. Zumindest fand ich nichts dergleichen, als ich seine Sachen durchsuchte. Es war ihm immer zu kompliziert, das alles niederzuschreiben. Was hat Ihnen der Geologe sonst noch mitgeteilt?«

»Nur das, was ich Ihnen vorgelesen habe.« Ledder kritzelte mit einem Bleistift auf dem Einband seines Logbuchs.

»Und dieser Tim Baird? Nannte er den Namen des Trappers? Erzählte er, wohin die beiden Männer gingen oder was sie suchten?«

»Nein. Ich glaube, er wußte nicht viel darüber. Nun

habe ich Ihnen alles gesagt, was ich weiß.« Er schüttelte den Kopf und blickte mit gerunzelter Stirn auf die Ornamente, die er zeichnete. »Seltsam, daß Ihr Vater Sie nie eingeweiht hat — wo er sich doch so brennend für das alles interessierte.«

»Vermutlich nahm ihm meine Mutter das Versprechen ab, Stillschweigen zu bewahren. Sie wollte verhindern, daß ich etwas davon erfuhr. Wahrscheinlich haßt sie Labrador«, fügte ich hinzu und dachte an die Szene auf dem Bahnsteig, kurz vor meiner Abreise. Und nun war ich in Labrador.

Meine Gedanken kehrten zu den Fragen zurück, die Dad gestellt hatte, und ich griff wieder nach Ledders Bericht. Die Landkarte über dem Sender, der Name »Löwensee«, der darauf geschrieben war... »Haben Sie Laroche nach dem Löwensee gefragt?«

»Nein, dazu kam ich nicht.« Ledder hatte zu kritzeln aufgehört und schaute mich an. »Es lag nicht so sehr an den merkwürdigen Fragen, daß ich Ihren Vater für verrückt hielt — eher an seiner Besessenheit von dieser alten Geschichte.«

»Er war nicht verrückt«, entgegnete ich in scharfem Ton. Ich verstand noch immer nicht, warum Laroches Reaktion so viel für Dad bedeutet hätte.

»Nein, das war er nicht«, stimmte er zögernd, fast widerstrebend zu. »Hätte ich gewußt, daß er James Finlay Ferguson hieß, hätte das alles einen Sinn ergeben. Aber selbst wenn er bei klarem Verstand war...« Der Satz blieb unvollendet, und Ledder spielte nachdenklich mit seinem Morsealphabet. »Er führte doch ein Logbuch?«

»Natürlich«, bestätigte ich und reichte ihm meinen Notizzettel. »Da finden Sie alle Eintragungen, die Briefe betreffen, vom ersten Kontakt mit Ihnen bis zu jener letzten Nachricht.« Ich versuchte zu erklären, das

66

Schreiben sei meinem Vater schwergefallen, deshalb habe er den Inhalt der diversen Funksprüche nur angedeutet. Aber Ledder schien mir nicht zuzuhören. Sorgfältig studierte er die Liste, kaute an seinem Bleistift und nickte gelegentlich, als würde er sich an etwas erinnern.

Schließlich schob er das Blatt beiseite, lehnte sich zurück, so daß der Stuhl gegen die Wand kippte, und starrte zum anderen Ende des Kellers. »Seltsam — einerseits ergibt es einen Sinn, andererseits nicht...« Nach einer Weile neigte er sich wieder vor. »Hier zum Beispiel.« Er zeigte auf die Eintragung vom 18. September: »Laroche. Nein, unmöglich. Ich muß verrückt sein.« Fragend schaute er mich an. »Was hat er damit gemeint?« Ich schüttelte nur den Kopf, und er fuhr fort: »Und da, am 26., einen Tag nachdem Laroche in Menihek ankam. ›L-L-L-L-L...‹ Unmöglich.« Auch dazu konnte ich keine Erklärung abgeben. »War er oft allein?«

»Meine Mutter sorgte für ihn.« Ich wußte, worauf er hinauswollte.

»Aber das Zimmer, das Sie beschrieben haben, die Stunden, die er täglich am Funkgerät verbrachte... Da war er doch allein?« Als ich nickte, sagte er: »Wir kennen solche Männer oben im Norden. Die Leere und die Einsamkeit... Sie bilden sich alles mögliche ein. ›Groggy‹ nennen wir das.« Und dann wollte er wissen, ob ich die Logbücher mitgebracht hätte.

Diese Frage hatte ich befürchtet. Wenn er die vollgekritzelten Schulhefte sah, würde er meinen Vater wieder für verrückt halten. Aber wenn ich seine Hilfe beanspruchen wollte, war es sein gutes Recht, die Aufzeichnungen zu sehen. »Sie sind in meinem Koffer.«

Ledder nickte. »Darf ich mal reinschauen?« Während er meine Notizen noch einmal durchlas, klopfte er mit dem Bleistift auf das Papier. Offenbar spürte er mein Zögern, denn er fragte: »Brauchen Sie eine Taschenlampe?« Er nahm eine aus der obersten Schreibtischschublade und gab sie mir. »Gehen Sie einfach raus, und kommen Sie wieder, das macht Ethel nichts aus.« Dann beugte er sich wieder über den Zettel.

Die beiden Frauen saßen immer noch im Wohnzimmer. Als ich eintrat, verstummten sie, und Mrs. Ledder erkundigte sich: »Möchten Sie jetzt eine Tasse Kaffee.« Der Raum wirkte adrett und heiter nach dem chaotischen Keller.

»Nein, danke, ich hole nur rasch was aus dem Hotel«, erklärte ich. Lächelnd nickte sie mir zu, und ich trat in die Nacht hinaus. Die Sterne verbargen sich hinter Nebelschleiern. Nie zuvor war mir so kalt gewesen.

Ich nahm die Schulhefte aus meinem Koffer, und als ich in den Keller zurückkehrte, schrieb Ledder etwas in sein Logbuch. Das Funkgerät war eingeschaltet, und im Knistern atmosphärischer Störungen erklang eine Stimme, in einer Fremdsprache. »Brasilien.« Er sah zu mir auf. »Es ist nicht schwer, Südamerika zu kontaktieren.«

Als er den Empfänger ausgeschaltet hatte, gab ich ihm die Hefte und betonte, die Krakeleien und Zeichnungen seien irrelevant. Aber er winkte nur ab, und ich beobachtete, wie er in den Heften blätterte. »Jedenfalls war er viel allein, das steht fest«, murmelte er, und das Herz wurde mir schwer.

»Er hat nur gekritzelt, um sich die Zeit zu vertreiben.«

»Klar, das hat nichts zu sagen.« Ledder zeigte auf seinen Schreibblock, der von Krakeleien wimmelte. »Irgendwas muß man ja tun, wenn man auf einen Funkspruch wartet. Das ist genauso wie beim Telefonieren.« Er lächelte mich an, und in diesem Augenblick begann ich ihn zu mögen.

»Was für ein Mensch ist Laroche?« Diese Frage beschäftigte mich, seit Farrow mich auf die mögliche Bedeutung der mysteriösen Funknachricht hingewiesen hatte.

»Laroche?« Ledder schien sich mühsam von Dads Logbüchern loszureißen. »Ach, ich weiß nicht... Ein Frankokanadier, aber ein anständiger Kerl. Groß, mit leicht angegrautem Haar. Ich habe ihn nur ein einziges Mal gesehen. Er kümmerte sich um die Beaver unten in der Wasserflugzeugbasis, und unsere Wege kreuzten sich nicht. Dafür stand ich mit Tim Baird in Verbindung, Bill Bairds Bruder. Er leitet den Stützpunkt, sorgt für die Vorräte und alles, was sonst noch gebraucht wird.« Er hatte die Seite mit der letzten Eintragung aufgeschlagen, und während er mit dem Bleistift gegen seine Zähne klopfte, las er langsam vor: »›Suchen Sie nach kleinem See mit Felsen, geformt wie...‹ Geformt — wie was?«

Ich schwieg und wartete ab, ob seine Gedanken denselben Weg gehen würden wie meine.

Ledder blätterte das Heft noch einmal durch. »All diese Löwenzeichnungen... Ob Laroche einen Löwensee kennt? Könnte es sein, daß der Felsen wie ein Löwe aussieht? Diese Zeichnung hier stellt einen Löwen in einem Felsblock dar — und die da auch.« Er schaute zu mir auf. »Sie haben eine Karte von Labrador erwähnt, die über dem Schreibtisch Ihres Vaters hängt. War der Löwensee eingezeichnet?«

»Ja.« Ich beschrieb den Bleistiftkreis in der Gegend zwischen dem Attikonak Lake und dem Hamilton River.

Er nickte. »In diesem Gebiet lag C2.« Er spielte wieder mit dem Morsealphabet, und plötzlich schlug er auf den Tisch. »Verdammt! Es kann nicht schaden, wenn ich's Ihnen sage. Wohin fliegen Sie?«

»Nach Montreal.« Ich wartete mit angehaltenem Atem.

»Okay. Dort hat die Firma ihr Büro.« Ledder zögerte kurz, schüttelte den Kopf und runzelte die Stirn. »Verrückt«, murmelte er, »aber man kann nie wissen. Da oben im Norden passieren immer wieder verrückte Dinge.« Er griff zum Empfänger, die Kontrollampe flammte rot auf, ein leises Summen ertönte, während das Gerät warmlief. Dann setzte er die Kopfhörer auf und rückte seinen Stuhl näher an den Schreibtisch. Wenig später klopfte sein Daumen auf die Tasten, und ich hörte sein Morsesignal summen.

Ich zündete mir eine Zigarette an. Plötzlich fühlte ich mich erschöpft, aber auch entspannt. Immerhin hatte ich einiges erreicht und einen anfangs feindseligen Mann veranlaßt, in Aktion zu treten. Doch in Montreal mußte alles noch einmal durchgekaut werden — wie mein Vater gestorben war, all die Erklärungen. Alles mußte wieder und wieder erzählt werden. Lohnte sich das überhaupt angesichts der leeren, endlos scheinenden Wildnis in der Dunkelheit hinter dem Flughafen? Inzwischen mußten die beiden Männer gestorben sein, so oder so. Sie konnten unmöglich eine ganze Woche lang überlebt haben. Aber eine winzige Chance bestand immer noch, und wegen meines Vaters und wegen irgendwelcher Gefühle, die mir im Blut lagen, mußte ich diese Sache zu Ende bringen.

Ledder schaltete seinen Sender aus und nahm die Kopfhörer ab. »Hier, das habe ich gefunkt.« Er reichte mir den Zettel, auf dem er seine Nachricht notiert hatte. »Alles weitere muß die Firma entscheiden.« Das schien ihn zu erleichtern.

»Möglichkeit, daß G2STO Funkspruch von Briffe empfing, sollte nicht ignoriert werden«, las ich. »Empfehle dringend, mit Fergusons Sohn zu sprechen ...«

Ich schaute ihn an. »Mr. Ledder, ich weiß nicht, wie ich Ihnen danken soll.«

Plötzlich wirkte er verlegen. »Ich tue nur, was ich für richtig halte. Es gibt eine winzige Chance, und ich finde, die sollte man nutzen.«

»Die Behörden sind anderer Meinung. Sie glauben, mein Vater wäre verrückt gewesen.« Ich erzählte vom psychiatrischen Gutachten. Jetzt, da Montreal informiert war, hatte ich nichts mehr zu verlieren.

Aber er lächelte nur. »Vielleicht verstehe ich ihn besser als diese Leute. Wir Funker sind eine sonderbare Spezies.« Nun erreichte das Lächeln auch seine Augen.

»Bestand die technische Möglichkeit, daß er eine Nachricht von Briffe empfing?«

»O ja. Ein Freak-Kontakt. Wenn Briffe tatsächlich was gesendet hat, könnte es zu Ihrem Vater gelangt sein. Schauen Sie mal.« Er zeichnete eine Skizze auf seinen Block, um zu demonstrieren, daß die Wellen auch bei einem schwachen Signal von der Ionosphäre zur Erde und von dort wieder zur Ionosphäre zurückprallen können. »So reisen sie um die ganze Erde herum, und wenn meine Antenne zufällig auf einen Punkt eingestellt ist, wo sie von der Ionosphäre abprallen, kann ich einen Funkspruch empfangen, der in einer Entfernung von sechstausend Meilen gesendet wurde.«

»Und Briffes Sender war im Flugzeug, als es abstürzte.«

»Ja. Aber die Maschine versank im See, nichts davon konnte geborgen werden. Laroche besaß nichts mehr außer den Kleidern, die er am Leib trug. Zumindest habe ich das gehört.«

Möglich, aber unwahrscheinlich. Immer wieder drohte Laroche die Glaubwürdigkeit meines Vaters zu beeinträchtigen.

»Ich habe die Leute gebeten, Sie am Dorval Airport

zu erwarten, und Ihre Flugnummer angegeben«, sagte Ledder. »Und ich habe auch ersucht, sich bei D. O. T Communications nach Ihnen zu erkundigen. Heute abend rechne ich nicht mehr mit einer Antwort, aber morgen früh müßte sie kommen.«

Ich nickte. Mehr hätte er nicht tun können. In diesem Augenblick rief seine Frau die Treppe herab, Mrs. Karnak sei gegangen und sie habe frischen Kaffee für uns gemacht.

Wir setzten uns ins Wohnzimmer, und beim Kaffee erzählte mir Ledder in allen Einzelheiten von Briffes Verschwinden — natürlich aus dem Blickwinkel eines Mannes, dessen Kontakt zur Außenwelt ausschließlich aus Funkverbindungen besteht. Wie mein Vater war er stets auf Informationen angewiesen gewesen, die er dem Äther entnommen hatte, den Nachrichtensendungen und den Funksprüchen der Suchflugzeuge. Aber im Gegensatz zu meinem Vater hatte er sich nahe dem Schauplatz der Ereignisse befunden und die Expeditionsteilnehmer sogar getroffen — Briffe zweimal, Laroche einmal, und über Bill Baird wußte er eine ganze Menge aufgrund zahlreicher Gespräche mit dessen Bruder Tim, dem Basisleiter der Firma.

Am 12. September hatte Briffe um einen Flug von C1, dem Lake Disappointment, zu C2 am Ufer des Attikonak River angesucht. Dieser Wunsch wurde im Rahmen des täglichen Berichts ausgesprochen. Die Erforschung des Gebiets am Disappointment Lake war abgeschlossen gewesen. »Der See der Enttäuschung ...« Ledder grinste. »Briffe meinte, das sei ein passender Name.« Dann erklärte er, fünf Mann hätten an der Expedition teilgenommen und sich stets nach der gleichen Methode von einem Standort zum nächsten bewegt. Drei Männer — Sagon, Hatch und Blanchard — waren als Vorhut vorausgeflogen, um das neue

72

Lager aufzuschlagen, mit so vielen Vorräten, wie das Wasserflugzeug und ein Kanu fassen konnten. Briffe und Baird folgten beim zweiten Flug, mit dem Funkgerät, dem anderen Kanu und dem restlichen Proviant.

So hatte man es auch am 14. September gehalten. Ledder ergänzte nun mehr oder weniger die Informationen, die im Logbuch meines Vaters standen. Eigentlich war der Flug für den 13. September angefordert worden, aber wegen des schlechten Wetters hatte Laroche beschlossen zu warten. Am nächsten Tag besserte sich das Wetter, und er startete am frühen Morgen. Ledder hatte beobachtet, wie die kleine Beaver-Maschine wie ein breiter Pfeil über das stille Wasser der Bucht geglitten, hochgestiegen, im Kreis geflogen und dann im Nebel hinter Happy Valley verschwunden war. An jenem Tag hatte er dienstfrei gehabt und sich etwa eine Stunde später ins 75-Meter-Band eingeschaltet. Briffes Funkspruch war erst um 11.33 Uhr durchgekommen. Laroche sei gelandet, er selber könne das Camp wegen dichten Nebels nicht verlassen, sein Flug nach C2 müsse verschoben werden. Die Verspätung der Nachricht lag an der Kondensation auf den Anschlußklemmen des Kurbelinduktors.

Ledder informierte Montreal sofort über die Flugverzögerung. Offenbar war es üblich, daß der Funkempfänger ständig beobachtet wurde, von ihm selbst oder von Ethel. Wann immer ein Flugzeug Proviant in die Wildnis transportierte oder die Expeditionsteilnehmer zu einem neuen Standort brachte – Montreal blieb auf dem laufenden. Um 12.30 Uhr meldete Ledder die Nachricht von Briffe, der Nebel habe sich aufgelöst, und die Beaver sei mit der Vorhut unterwegs.

Danach hörte er nichts von Briffe, bis der Expeditionsleiter um 15 Uhr berichtete, die Beaver sei nicht zurückgekehrt und der Nebel, habe sich erneut verdich-

73

tet. Ledders Funkspruch, der diese Information nach Montreal weitergeleitet hatte, war von meinem Vater aufgeschnappt worden.

»Da begann ich mir Sorgen zu machen«, erzählte Ledder. »Wir hatten in den Radionachrichten gehört, ein Sturmgürtel würde sich vom Atlantik her nähern. Es sah gar nicht gut aus, und ich bat Briffe, sich stündlich zu melden.«

Wie Briffe um 16 Uhr mitgeteilt hatte, war der Nebel verflogen, die Beaver jedoch nicht zurückgekommen. Um 17 Uhr erklärte er, das Flugzeug sei wieder da. Kurz bevor sich der Nebel erneut herabgesenkt hatte, war Laroche auf einem See gelandet, etwa zehn Meilen von C2 entfernt. Sobald es aufgeklart hatte, war die Beaver zurückgeflogen. Die Vorhut befand sich also in C2, und Briffe wollte mit Baird und der restlichen Ausrüstung noch vor dem Einbruch der Dunkelheit dort ankommen.

»Ich sagte ihm«, berichtete Ledder, »wegen der ungünstigen Wetterprognose würde ich das für keine gute Idee halten.« Er blätterte in seinem Logbuch, das er aus dem Keller mitgenommen hatte, und zeigte mir die betreffende Eintragung.

»Wetter zusehends schlechter«, las ich. »Wolkenhöhe 300 Meter, Sichtweite 150, starker Regen. Der Flughafen in Goose wird bald dichtmachen. Ankommende Flugzeuge und Transatlantikflüge in Keflavik gestoppt. Über dem Labrador-Plateau wird der Regen bald in Schnee übergehen. Ostwind über 20 Knoten. Wird morgen 40 Knoten erreichen. Regen, Schneeregen oder Schnee in höheren Regionen. Sichtweite manchmal gleich null.«

»Und Briffe beschloß trotzdem, weiterzufliegen?« fragte ich.

»Ja, oder er hätte am Disappointment bleiben müssen, und das Terrain an diesem See ist miserabel. Das hätte womöglich das Wasserflugzeug ruiniert. Und so riskierte er den Flug.«

Ich erinnerte mich an den Kommentar meines Vaters. Er hatte Briffe einen Narren genannt. (»Was hat er vor?«) Hatte es außer der Sorge um die Beaver noch andere Gründe für Briffes Entschluß gegeben? »Der Pilot hat doch immer das letzte Wort?«

»Das nehme ich an«, erwiderte Ledder. »Aber Laroche ist gewiß kein Angsthase.«

»Er hätte hierher zurückkehren können.«

Ledder zuckte die Achseln. »Die Windstärke betrug zwanzig Knoten, und er hätte womöglich zuwenig Treibstoff gehabt oder Goose nicht gefunden. Vielleicht hielt er es für das kleinere Übel, nach C2 zu fliegen.« Und dann berichtete er, Briffe habe es versäumt, sich wie vereinbart um 22 Uhr zu melden, er selbst sei mit seiner Frau die ganze Nacht im Funkraum gewesen. »Aber wir hörten nichts von ihm.«

Am Morgen hatte sich das Wetter so verschlechtert, daß es unmöglich gewesen war, in Goose zu landen, geschweige denn ein Suchflugzeug in den Norden zu schicken. In den nächsten beiden Tagen änderte sich die Situation nicht, dann nahm ein Wasserflugzeug von der Basis Kurs auf C2 und kehrte mit der Nachricht zurück, Briffe und seine Leute seien verschwunden. Die Suchaktion begann, die Air Force steuerte vier Lancasters vom Luftrettungsdienst in Nova Scotia bei, die Iron Ore starteten in Menihek ihre eigenen Suchflugzeuge.

Ledder schilderte gerade die Einzelheiten der Operation, als seine Frau ihn erinnerte, sie hätten versprochen, um neun in die Offiziersmesse zu gehen. »Vielleicht möchte Mr. Ferguson mitkommen«, schlug sie vor. Aber ich hatte kein kanadisches Geld, und außerdem wollte ich allein sein, um alles zu überdenken was ich an diesem Abend erfahren hatte. Ich entschuldigte mich mit der Erklärung, ich würde lieber früh in die Federn kriechen, trank meine Kaffeetasse leer und stand auf.

»Sobald die Antwort von der Firma kommt, verständige ich Sie.« Ledder begleitete mich zur Tür. »Wenn ich noch irgendwas tun kann, geben Sie mir Bescheid.« Ich bedankte mich und stieg die Holzstufen hinab, hinaus in die Nacht. »Viel Glück!« rief er mir nach.

Dann schloß er die Tür, und ich war allein im Dunkel. Die Sterne hatten sich verborgen, es schneite. In der tiefen Stille hörte ich beinahe die Flocken fallen. Ohne die Hilfe einer Taschenlampe brauchte ich eine Zeitlang, bis ich den Weg zum Hotel fand.

Erst um Mitternacht ging ich ins Bett. Vorher saß ich in der Wärme meines Zimmers, machte mir Notizen und überlegte, was ich den Firmenangestellten sagen sollte. Offenbar war ich sehr müde, denn es war bereits Viertel vor sieben, als ich am Morgen erwachte. Erschrocken sprang ich aus dem Bett, voller Angst, ich hätte meinen Flug verpaßt.

In aller Eile zog ich mich an und lief zu Farrows Zimmer. Zu meiner Erleichterung war er noch da. In Hemd und Hose lag er auf dem Bett. Widerstrebend öffnete er die Augen und blinzelte mich schläfrig an. »Ich dachte, ich hätte mich verspätet«, erklärte ich.

»Regen Sie sich ab«, murmelte er, »ohne Sie starte ich nicht. Es geht erst um halb zehn los, oder noch später. Deshalb wäre es sinnlos gewesen, Sie zu wecken.« Er drehte sich auf die Seite und schlief wieder ein.

Um neun holte uns der Laster ab, und bis kurz vor halb elf warteten wir am Flughafen, während der Wartungsdienst, der die ganze Nacht am schadhaften Motor gearbeitet hatte, die Reparatur beendete.

Es schneite nicht mehr, die Luft war kalt und frisch,

von den Vorboten des Winters erfüllt. Schwarzgrau umgab uns das Land, nicht einmal die Büsche zeigten andere Farben. Die düstere Atmosphäre wirkte fast beängstigend.

Ich erzählte Farrow, wie Ledder auf die Lektüre von Dads Logbüchern reagiert und daß er Communications angerufen habe. Aber nun meldete er sich nicht, schickte mir keine Nachricht.

Um zehn Uhr zwanzig starteten wir, und ich hatte noch immer nichts von ihm gehört. Vom Cockpit aus beobachtete ich, wie Goose unter dem Backbordflügel immer kleiner wurde. Vor uns lag ein trostloser Fichtenwald, durch den sich der Hamilton River schlängelte. Bald tauchten wir in die Wolken ein, und als wir weiter oben herauskamen, sah ich noch immer keine Sonne. Die dichten Schwaden unter uns glichen einer grauen Schneedecke.

Später saß ich im Sitz des Bordingenieurs, spähte durch einige Risse in der Wolkenschicht zur Erde hinab, die mir seltsam nah erschien, obwohl ich wußte, daß wir in einer Höhe von über 1800 Meter flogen. Der Boden war geriffelt wie ein Sandstrand bei Ebbe, hin und wieder erhoben sich Felsen, geglättet von den Gletschern der Eiszeit, und dazwischen schimmerte Wasser wie Metallflächen, an den Rändern weiß gefroren.

Immer weiter flogen wir, und das Terrain unter uns änderte sich nicht. Noch nie hatte ich eine so grimmige Gegend gesehen. Das Land, das der liebe Gott Kain geschenkt hat ... Und es schien kein Ende zu nehmen. Nach einer Weile klopfte mir der Bordingenieur auf die Schulter, und ich ging in den Frachtraum, wo ich mich frierend und deprimiert hinsetzte.

Etwa eine Stunde später kam der Funker zu mir und sagte, Farrow wolle mit mir reden. »Gerade haben wir eine Nachricht aus Goose erhalten.«

77

Wieder im Cockpit, nahm ich von Farrow einen Zettel entgegen. »Presd. McGovern Mng & Ex auf dem Iron-Ore-Flughafen«, las ich. »Will Ferguson möglichst bald befragen. Können Sie ihn in Seven Islands absetzen?«

»Nun, was soll ich machen?« schrie Farrow.

»Seven Islands? Das ist doch nur ein indianisches Fischerdorf.«

»Glauben Sie?« Er lachte. »Dann werden Sie eine Überraschung erleben. Die Iron Ore Company baut eine Bahnlinie von dort nach Norden, um an die Bodenschätze im Zentrum Labradors heranzukommen. Für Sie würde sich's lohnen, das zu sehen, da Sie Ingenieur sind. So ungefähr das derzeit größte Projekt auf diesem Kontinent.«

Die Linie, die mein Vater auf die Landkarte gezeichnet hatte, war also eine Bahnverbindung. »Können Sie dort landen?« fragte ich skeptisch.

»Klar. Die haben ein gutes Rollfeld, und das brauchen sie auch. Die Außencamps werden ausschließlich durch Lufttransporte versorgt. Sogar Zement für den Damm in Menihek und Bulldozer für die Erzvorkommen am Knob Lake lassen sie einfliegen.« Er schaute mich über die Schulter an. »Aber ich kann da unten nicht auf Sie warten. Verstehen Sie? Sie wären auf sich selbst gestellt.«

Ich wußte nicht, was ich sagen sollte. Plötzlich erschien mir Farrows Flugzeug unendlich kostbar, eine vertraute, freundliche Oase in der Weite von Kanada, die sich vor mir entfaltete. Es zu verlassen, das wäre genauso, als würde ich mitten im Atlantik von einer Schiffsreling ins Meer springen.

»Entscheiden Sie sich!« brüllte Farrow. »Wenn wir Sie in Seven Islands absetzen sollen, müssen wir sofort den Kurs ändern.« Neugierig beobachtete er mich. Offenbar erkannte er mein Dilemma, denn er fügte hinzu:

»Sie wollen es doch, nicht wahr? Immerhin haben Sie die Leute aufgescheucht, und ein höheres Tier als den Präsidenten der Firma können Sie sich nicht wünschen.«

Mir blieb keine Wahl. Das war mir bereits klar gewesen, als ich die Nachricht gelesen hatte. »Also gut.« Höflichkeitshalber fügte ich hinzu: »Macht es Ihnen auch wirklich nichts aus, dort zu landen?«

»Nun ja . . .« Grinsend zeigte er durch die Windschutzscheibe. »Da ist St. Lawrence. In einer Stunde sind wir in Seven Islands. Okay?« Ich nickte, und er gab dem Navigator und dem Funker seine Anweisungen, dann wandte er sich zu mir. »Vielleicht erwähnt man mich sogar in den Zeitungen, wenn die armen Teufel gerettet werden.«

Etwas optimistischer kehrte ich in den Frachtraum zurück und dachte, daß ich vermutlich von irgendeiner göttlichen Vorsehung geleitet wurde.

Diese Stimmung erfüllte mich immer noch, als das Flugzeug zur Landung ansetzte. Ich spürte, wie die Landeklappen ausgefahren und die Motoren gedrosselt wurden, und wenig später setzte die Maschine auf dem Rollfeld auf. Eine Zeitlang fuhren wir dahin, holperten über unebenen Boden, dann hielten wir, leise tickten die Motoren.

Farrow öffnete mir die Luke des Frachtraums. »Viel Glück. Und passen Sie gut auf sich auf. Wir bleiben bis morgen mittag in Montreal, falls Sie mit uns nach Hause fliegen wollen.«

»Natürlich will ich das!« schrie ich, entsetzt über die Vorstellung, er könnte ohne mich nach England zurückkehren.

Er klopfte mir auf die Schulter, und ich sprang hinaus, in den Luftstrom der langsam rotierenden Propeller. »Ich werde rechtzeitig da sein!« rief ich Farrow zu.

Die Luke fiel ins Schloß, und ich entfernte mich um einige Schritte. Meine Reisetasche in der Hand, beobachtete ich den Start. Farrow winkte mir durch die Windschutzscheibe, die Motoren dröhnten, wirbelten Staub auf, und das Flugzeug, das mich über den Atlantik befördert hatte, polterte über den festgefahrenen Sand des Rollfelds. Ich sah es emporsteigen, schaute ihm nach, bis es nur mehr ein winziger Punkt am Himmel war, und der Abschied von Farrow fiel mir sehr schwer.

Jetzt war ich allein, hier kannte ich niemanden. Eine Weile blieb ich noch stehen, spielte mit dem Kleingeld in meiner Tasche. Meine Brieftasche enthielt nur ein paar Pfund. Keine Menschenseele kam auf mich zu.

TEIL ZWEI

Die Bahnlinie in Labrador

1

Als ich die Maschine nicht mehr sehen konnte, ging ich langsam zu den kleinen Fertighäusern, die als Flughafengebäude fungierten. Ich fühlte mich verlassen, fast verloren, denn in Seven Islands gab es nichts, was mich aufgemuntert hätte. Nur eine von Bulldozern gewalzte Straße, Staub, ein Ahornblatt im Herbstwind, Neubauten in der Ferne und Depots... Das Gelände wirkte irgendwie barbarisch und glich dem Versorgungslager für ein Schlachtfeld. In offenen, hangarähnlichen Schuppen häuften sich Kisten und Säcke, Maschinenteile und Autoreifen, ein Gabelstapler schleppte einen Teil des Zeugs zu einem verbeulten Dakota, neben dem mehrere Männer standen und rauchten — eine bunt zusammengewürfelte Gruppe mit sonderbarem Kopfschmuck und farbenfrohen Buschhemden, umgeben von Gepäck, zu dem unter anderem Schlafsäcke und dicke Steppjacken zählten.

Dieser Ort strahlte die Atmosphäre aus, die am Rand

einer unwegsamen Wildnis zu herrschen pflegt. Im Büro wußte man nichts von mir. Niemand erwartete mich, nicht einmal eine Nachricht. Als ich mich nach den Büros der McGovern Mining & Exploration Company erkundigte, hatte man noch nie davon gehört. »Sind Sie Geologe?« fragte der Flughafenleiter.

»Nein.« Ich wollte keine näheren Erklärungen abgeben.

»Nun, was sind Sie denn?«

»Ingenieur, aber das hat nichts damit zu tun . . .«

»Am besten melden Sie sich bei der Q. N. S. & L. R.« Er ging zur Tür und rief dem Fahrer, der gerade den Laster startete, etwas zu, dann drehte er sich wieder zu mir um. »Er nimmt Sie mit, okay?« sagte er, setzte sich an seinen Schreibtisch und studierte eine Frachtliste. Da mir anscheinend nichts anderes übrigblieb, verließ ich das Büro und stieg in den Dakota. Ich hoffte, am Ziel meiner Fahrt würde jemand wissen, wohin ich mich wenden sollte, oder mir wenigstens ein Telefonat gestatten. »Was ist die Q. N. S. & L. R.?« fragte ich den Fahrer, während wir durch ein Zauntor auf eine Sandstraße holperten, und dachte an die Bleistiftlinie, die mein Vater auf die Karte gezeichnet hatte.

»Die Quebec North Shore and Labrador Railway.« Er schaute mich an, ein Lächeln milderte die harten Züge seines verwitterten, von der Sonne geröteten Gesichts. »Sind Sie aus England!« Er trug ein scharlachrot gemustertes Buschhemd, aus dem offenen Kragen quoll Brusthaar, grau vom Straßenstaub. Mit der kanadischen Army war er in England gewesen. Nach einer Weile überquerten wir die Gleise, und er erzählte von der Bahnlinie. »Ich arbeitete an der Tote Road, als wir vor zwei Jahren anfingen. O Mann, das war wirklich mühsam. Jetzt sind die Amerikaner dort. Die haben die nö-

82

tige Ausrüstung, um die Gleise zu ebnen. Haben Sie einen Job bei der Bahn?«

Ich schüttelte den Kopf und blickte zum Horizont, wo Gebäude wie Pilze emporwuchsen. Zur Linken stapelte sich Baumaterial, Gleisteile und Schwellen. Dazwischen standen Lagerschuppen, so groß wie Hangars, und riesige elektrische Diesellokomotiven mit fabrikneuem Anstrich.

»Mir würde es nichts ausmachen, wieder an der Bahnlinie zu arbeiten«, fuhr er fort. »Immer nur herumfahren — das zerrt an den Nerven. Aber es ist gut, mit anzusehen, wie so was entsteht, und dran beteiligt zu sein. Sie sollten sich das anschauen, Mister, damit sie daheim erzählen können, wie wir mitten im Nichts eine Bahnstrecke bauen. Sehen Sie sich's lieber jetzt an, solange es noch warm ist. In einem Monat wird alles zufrieren.« Er trat auf die Bremse, und der Laster stoppte ruckartig. »Okay, Mister, da ist das Büro.« Sein großer Stierkopf wies auf einige Holzhütten. Über einer Tür hing ein Schild mit der Aufschrift »Q. N. S. & L. R.«

Der Flughafenleiter mußte mich telefonisch angemeldet haben, denn der Mann im Büro hielt mich für einen soeben eingetroffenen Ingenieur. Als ich erklärte, ich käme nur kurz vorbei, um den Präsidenten der McGovern Mining & Exploration Company zu sprechen, sagte er: »Verdammt! Und ich dachte, das wäre zu komisch, um wahr zu sein.«

»Würden Sie mir den Weg zum Büro der Company zeigen?« bat ich.

Er kratzte sich am Kopf. »Die gibt's hier nicht, nur uns selber und die Iron Ore Company und die Baufirma.« Er kippte seinen Stuhl nach hinten und musterte mich. »Wie heißt dieser Bursche?«

»Das weiß ich nicht. Man sagte mir nur, ich soll ihn hier in Seven Islands treffen.«

»Heute morgen hat ein gewisser McGovern mit uns gefrühstückt. Der kam gestern abend aus Montreal herüber — ein großer Mann mit einer Stimme wie eine Muskatreibe. Ist er das?«

»Könnten Sie irgendwen anrufen und das für mich rausfinden? Das Flugzeug hat mich nur seinetwegen hier abgesetzt. Irgendwo muß eine Nachricht für mich liegen.«

Seufzend griff er zum Telefon. »Vielleicht weiß die Iron Ore Company was von Ihnen. Die kümmern sich um Bergbau und Forschung, wir sind nur für die Bahnlinie zuständig.« Bald hatte er jemanden am Apparat, nannte meinen Namen und erklärte, wen ich sehen wolle. Eine Zeitlang hörte er zu, dann legte er auf. »McGovern ist Ihr Mann. Aber im Augenblick ist er beschäftigt. Eine Konferenz.« Der Stuhl kippte nach hinten, der Mann betrachtete mich mit neu erwachtem Interesse. »Gerade hab ich mit Bill Lands geredet. Der überwacht Burnt Creek und all die Geologentrupps. Gleich kommt er her. Übrigens, ich heiße Staffen — Alex Staffen.« Er gab mir die Hand. »Ich bin der Personalchef. Bill meint, Sie seien wegen dieser Beaver hier, die abgestürzt ist.« Ich nickte, und er schüttelte den Kopf, sog Luft zwischen die Zähne. »Eine schlimme Sache. Briffe war ein netter Kerl. Kannten Sie ihn?«

»Nein.«

»Ein Frankokanadier, aber trotzdem nett. Ein Typ wie die *Voyageurs*.« Er starrte auf den Schreibtisch. »Für seine Tochter muß es schrecklich sein . . .« Plötzlich sah er wieder zu mir auf. »Sie glauben, es gibt noch Hoffnung?« Als ich nicht antwortete, fügte er hinzu: »Angeblich wurde in England ein Funkspruch empfangen.« Sein Blick schien mich zu durchbohren. »Wissen Sie was drüber?«

»Deshalb bin ich hier.«

Anscheinend spürte er, daß ich nicht davon sprechen wollte, denn er nickte nur und schaute durch das Fenster auf tristen Sand und Kies, auf schäbige Hütten. »Ein Glück für Paule, daß er's überlebt hat.«

Er meinte vermutlich den Piloten, und ich fragte, ob er wisse, wo Laroche jetzt sei. Das schien ihn zu überraschen. »Hier natürlich.«

»In Seven Islands?«

»Klar. Laroche und Paule Briffe . . .« Das Telefon auf seinem Schreibtisch läutete, und er meldete sich. »Harry West? Oh, um Himmels willen! Ein Schienenauto? Verdammt!« Er machte sich eine Notiz. »Okay, Ken Burke wird Zwei-zwei-vier übernehmen. Nein, er fliegt hin.« Wütend warf er den Hörer auf die Gabel. »Der Idiot hat sich den Fuß von einem Schienenauto zermalmen lassen. Man sollte meinen, nach sechs Monaten beim Bahnbau müßte er wissen, wie man mit so einem Ding umgeht.«

Die Tür schwang auf, ein großer Mann eilte herein. Er hatte ein gebräuntes Gesicht, getrockneter Schlamm bedeckte seine Stiefel. »Das ist Bill.« Eine harte Faust umschloß meine Hand, als Staffen uns miteinander bekannt machte. »Gerade hab ich ihm erzählt, Briffe sei ein richtiger *Voyageur*-Typ gewesen.«

»Klar, der kannte den Norden wie seine Westentasche.« Bill Lands wandte sich zu mir, sanfte blaue Augen in einem staubigen Gesicht taxierten mich. »Gehen wir in mein Büro, okay? Mr. McGovern müßte jetzt fertig sein.« Er nickte Staffen zu, und als ich ihm zur Tür hinaus folgte, bemerkte er: »Übrigens, ich habe nach Laroche geschickt.«

»Laroche? Warum?«

Bill Lands warf mir einen durchdringenden Blick zu. »Wenn man jemanden Lügner nennt, sagt man's ihm besser ins Gesicht.« Dabei ließ er es bewenden. Er

85

führte mich einen Zementweg entlang, zu einer anderen Hütte. »Kennen Sie McGovern?« fragte er über die Schulter.

»Nein, ich bin aus England.«

Er lachte. »Das brauchen Sie mir nicht zu erzählen.« An der Hüttentür blieb er stehen. »Ich muß Sie warnen. Mac ist ein hartgesottener Kerl. Den Großteil seines Lebens hat er im Nordwesten verbracht. Und er findet, das tragische Ende der Expedition ist das Schlimmste, was er je gehört hat.« In seinem Büro angekommen, setzte er sich an seinen Schreibtisch und bedeutete mir, ihm gegenüber Platz zu nehmen. »Und so denke ich auch. Rauchen Sie?« Lässig warf er mir eine Packung amerikanische Zigaretten in den Schoß. »Bert hat mich einige tausend Meilen geflogen. Wir arbeiten schon seit 1947 zusammen — seit beschlossen wurde, eine Forschungsstation in Burnt Creek einzurichten und das Eisenerzprojekt ernsthaft voranzutreiben.« Er griff nach der Packung und zündete sich selbst eine Zigarette an. »Bert ist ein feiner Kerl.«

Ich schwieg, denn ich war hier, um mit McGovern zu reden.

»Und Paule, Briffes Tochter . . . Was glauben Sie, wie Sie sich fühlen wird, wenn sie von Ihrem Anliegen erfährt?« Lands lehnte sich zurück, musterte mich mit halbgeschlossenen Augen durch den Rauch, die Zigarette im Mundwinkel, und ich spürte, daß er sich mühsam beherrschte. »Hat Alex Ihnen von Bert und Paule erzählt?« Ohne eine Antwort abzuwarten, fügte er hinzu: »In diesem Herbst wollten sie heiraten.« Er starrte mich an, und ich wußte, daß er mich haßte, und wünschte, ich wäre tot. »Paule arbeitet hier in diesem Büro, seit ihr Vater den Job bei McGovern übernommen hat. Damals zogen sie von Burnt Creek nach Seven Islands.« Nun nahm er die Zigarette aus dem

Mund und beugte sich vor. »Was wird aus Paule, wenn sie das hört? Ihr Vater war ihr ein und alles. Sie wuchs im Norden auf, die beiden kampierten zusammen im Busch, treckten durch die Wildnis und fuhren Kanu. Als wäre sie ein Junge gewesen ... Er war ihr Held. Und jetzt ist er tot. Warum wollen Sie falsche Hoffnungen wecken?«

»Und wenn er nicht tot ist?«

»Bert war dort, und er sagt, Briffe sei tot.« Erbost zeigte er mit der Zigarette auf mich. »Warum lassen Sie die Dinge nicht auf sich beruhen?«

Er war gegen mich. Alle würden gegen mich sein und eine geschlossene Front bilden, um mich zu bekämpfen.

»Ich glaube es einfach nicht.« Lands lehnte sich zurück und drückte eine Zigarette im Aschenbecher aus. »Wenn Bert sagt, daß die beiden tot sind, dann sind sie tot. Es ist nicht seine Schuld, daß er als einziger überlebt hat. So was passiert nun mal. Er ist einer der besten Buschflieger im Norden. 1949 starteten wir mal in Fort Chimo, und das Wetter verschlechterte sich plötzlich ...«

Er verstummte, als eine Tür im Korridor zufiel, und eine rauhe Stimme sagte: »Das finde ich auch. Es wäre sinnlos, auf diesen Konzessionen zu beharren.«

»Da ist McGovern.« Lands stand auf und ging zur Tür. »Wir sind hier drin.«

»Gut, Bill, ich komme gleich.« Und dann fügte die heisere Stimme hinzu; »Das wär's also. Tut mir lcid, daß es nicht geklappt hat.«

Lands kehrte zu mir zurück. »Ich habe die Berichte gelesen und weiß, was über Ihren Vater drinsteht.« Seine Hand packte meine Schulter. »Aber er ist tot, und niemand kann ihn mehr verletzen. Die anderen leben. Tun Sie Paule nicht weh, nur um irgendwas zu bewei-

87

sen.« Er sprach in sanftem Ton, aber mit grimmiger Miene, und mein Atem stockte.

Dann drang McGoverns rauhe Stimme von der Tür herüber. »Erwarten Sie nicht zuviel von uns, was die Nordkonzessionen betrifft. In einem knappen Monat wird alles zufrieren.«

»Okay«, erwiderte jemand anderer. »Tun Sie Ihr Bestes, Mac. Wir müssen wissen, woran wir festhalten und was wir aufgeben sollen.«

Die Tür im Korridor fiel wieder zu, und McGovern trat ins Büro, ein breitschultriger Mann mit kantigem Kinn, schmalen Lippen und einem wettergegerbten Gesicht voll unzähliger Falten. Harte Augen, die grauen Kieselsteinen glichen, taxierten mich. »Sind Sie auch ein Hobbyfunker?« Die Stimme zerrte an meinen Nerven. Sie klang feindselig — oder bildete ich mir das nur ein?

»Nein.« Ich war aufgestanden, aber er reichte mir nicht die Hand. Statt dessen warf er eine prallgefüllte Aktentasche auf den Schreibtisch und sank in Bill Lands' Sessel. Die Tasche paßte genausowenig zu ihm wie der korrekte Anzug. Irgendwie wirkte er ungezähmt, und die weiße Mähne über der niedrigen, breiten Stirn verstärkte diesen Eindruck noch. Es kam mir so vor, als wäre mit diesem Mann ein Teil der nördlichen Wildnis ins Büro gekommen, und ich fürchtete mich vor ihm, noch ehe er anfing, mich zu befragen.

Bill Lands räusperte sich. »Nun, dann lasse ich euch zwei allein . . .«

»Nein, bleib hier, Bill. Du sollst hören, was dieser Junge zu sagen hat. Ist Bert schon da?«

»Nein, aber er müßte jeden Moment hier sein.«

»Gut, dann hol dir einen Stuhl.« McGoverns Blick richtete sich wieder auf mich. »Sie haben also neue Informationen für uns — irgend etwas, das die Vermutung nahelegt, Briffe könnte noch am Leben sein?« Er hob die buschigen Brauen. »Nun?«

»Eigentlich sind es keine neuen Informationen, Sir.«

»Was wollte dieser Ledder? Sie trafen ihn in Goose, und er funkte eine Nachricht an unser Büro. Sie wären wohl kaum hierhergekommen, wenn Sie uns nichts Neues mitzuteilen hätten. Was haben Sie Ledder erzählt?«

Mein Mund fühlte sich trocken an. McGovern war ein Typ, den ich nie zuvor kennengelernt hatte, und seine dominierende Persönlichkeit drohte mich zu erdrükken. »Nichts Neues«, murmelte ich. »Ich konnte ihn nur davon überzeugen, daß mein Vater einen Funkspruch entgegennahm.«

»Davon steht hier nichts.« Er nahm ein Papier aus seiner Aktentasche und setzte eine Brille mit Metallrand auf seine breite Nase. »›Möglichkeit, daß G2STO Funkspruch von Briffe empfing, sollte nicht ignoriert werden‹«, las er vor. »›Empfehle dringend, mit Fergusons Sohn zu sprechen.‹ Warum soll ich das tun? Was haben Sie ihm gesagt?« Aufmerksam musterte er mich über den Brillenrand hinweg. »Was hat Ledder bewogen, dieses Gespräch vorzuschlagen?«

»Es lag an den Angaben, die ich über den Kontakt meines Vaters mit Briffe machte. Kurz danach starb Dad . . .«

»Das wissen wir«, unterbrach er mich. »Verraten Sie mir doch endlich, was Ledder zu diesem Funkruf veranlaßt hat.«

»Es ging nicht so sehr um die Fakten, eher um die Hintergründe der ganzen Geschichte. Hätten Sie meinen Vater gekannt . . .«

»Es gibt also nichts Neues?«

Was sollte ich sagen? Er beobachtete mich herausfordernd, die weitgeöffneten Augen blinzelten kein einziges Mal. Das verwirrte mich, und ich schwieg.

Schließlich lockerte sich seine starre Haltung, und er neigte sich über die Papiere, die er auf dem Schreibtisch ausgebreitet hatte. »Sie heißen Ian Ferguson?«

»Ja.« Meine eigene Stimme klang mir fremd in den Ohren.

»Also, Ferguson, bevor wir weiterreden, möchte ich Ihnen versichern, daß der Bericht über den angeblichen Funkkontakt Ihres Vaters sehr ernst genommen wurde — nicht nur von mir, sondern auch von der Air Force und anderen Behörden. Hätten wir irgendwo auf der Welt einen zweiten Funker gefunden, der imstande gewesen wäre, Briffes Nachricht zu bestätigen, hätten wir die Suche fortgesetzt. Aber als wir den Polizeibericht über die näheren Umstände erhielten...« Ein leichtes Schulterzucken drückte die mangelnde Glaubwürdigkeit meines Vaters aus.

Nun gehorchte mir meine Stimme wieder. »Wenn Sie sich nur für Fakten interessieren, wissen Sie vielleicht zu würdigen, was ich in Goose erfuhr«, sagte ich ärgerlich. »Natürlich konnte Briffes Funkspruch nicht bestätigt werden, weil die anderen Funker nicht mehr auf ihn achteten, nur mein Vater. Hätten Sie Ledders Bericht gelesen, wüßten Sie, daß mein Vater am 26. wieder Verbindung mit ihm aufnahm, an dem Tag, wo die Suche abgeblasen wurde, und fragte, ob Briffe in einem Notfall eine andere Frequenz benutzen könne. Ledder verneinte das und wiederholte Briffes Frequenz. Das beweist doch wohl, daß mein Vater ständig empfangsbereit war.«

»Ich verstehe. Und Sie verlangen von mir, daß ich glaube, Ihr Vater hätte täglich vierundzwanzig Stunden auf einen Funkspruch gewartet, den er unmöglich bekommen konnte — von einem Mann, der schon tot war?« McGoverns Blick schien hinzuzufügen: ›Wenn Sie jetzt ja sagen, weiß ich endgültig, daß Ihr Vater verrückt war.‹ »Nun?«

»Er hatte Briffes Sendefrequenz und nichts anderes zu tun. Und er war besessen ...«

»War das Empfangsgerät auf Briffes Frequenz eingestellt, als Sie am Abend nach dem Tod Ihres Vaters zu Hause eintrafen?«

Ich hatte versäumt, das zu überprüfen. »Das weiß ich nicht«, entgegnete ich und fühlte mich hilflos und wütend.

Schritte klangen im Korridor auf, und Bill Lands ging zur Tür. »Da ist Bert.«

»Sag ihm, er soll warten«, befahl McGovern, dann schaute er mich wieder an. »Sie behaupten also, Ihr Vater habe einen Funkruf von Briffe erhalten? Und Sie haben diese weite Reise unternommen, um uns davon zu überzeugen — ohne eine einzige neue Information? Ist das richtig?«

»Aber ich sagte doch soeben ...«

»Sie haben gar nichts gesagt. Nichts, was ich nicht schon wußte.« Er zog weitere Papiere aus der Tasche, entfernte zwei und reichte mir die restlichen Blätter. »Lesen Sie diese Berichte sorgfältig, und wenn Sie etwas Neues beisteuern können, würde ich's gern hören.« Nachdem er aufgestanden war, fügte er hinzu: »Aber eins müssen Sie sich vor Augen führen: Der Mann, der da draußen wartet, ist Bert Laroche, der Pilot des abgestürzten Wasserflugzeugs, und er sagt, Briffe sei gestorben.«

»Was Laroche sagt, kümmert mich nicht.« Meine Stimme klang atemlos. »Ich weiß nur, daß mein Vater ...«

»Sie nennen Bert Laroche einen Lügner — mehr noch, Sie beschuldigen ihn ...«

»Das ist mir egal!« stieß ich hervor. »Ich interessiere mich nicht für Laroche.«

»Nein, warum sollten Sie auch? Sie kennen ihn

nicht, und Sie verstehen seine Welt nicht.« Mit kalten Augen starrte er mich an.

»Ich interessiere mich für Briffe.«

»So?« fragte er verächtlich. »Den haben Sie auch nie getroffen — und den anderen — Baird — ebensowenig. Keiner dieser Männer bedeutet Ihnen etwas. Nur Ihr Vater. Und ihm zuliebe machen Sie uns eine Menge Ärger und bringen einen anständigen Mann in Mißkredit.« McGovern war um den Schreibtisch herumgegangen. Nun stand er vor mir und packte meine Schulter, um meinem Protest zuvorzukommen. »Lesen Sie diese Berichte so aufmerksam wie möglich. Und bedenken Sie — danach werden Sie Laroche kennenlernen und alles weitere in seiner Gegenwart sagen.« Ohne zu blinzeln, schienen mich die steingrauen Augen zu durchbohren. »Bedenken Sie auch, daß Ihr Vater laut Laroche am 29. keine Nachricht von Briffe empfangen haben kann. Okay?« Er nickte Bill zu, und die beiden Männer verließen das Büro.

Draußen im Korridor begrüßte er Laroche mit leiserer Stimme, dann wurde die Tür geschlossen, und ich war allein. Die Stimmen verklangen, die Wände ringsum drohten näher zu rücken, fremd und feindselig — isolierten mich. War es erst zwei Tage her, daß ich Farrow in der Airport Bar getroffen hatte? Es kam mir wie eine Ewigkeit vor, und ich hatte das Gefühl, England würde in endloser Ferne liegen. Ich wünschte, ich wäre nie nach Kanada geflogen.

Automatisch begann ich die Berichte zu lesen — eine Zusammenfassung der Notizen meines Vaters in den Logbüchern, meine Aussage vor der Polizei, die Beschreibung des Funkraums, technische Angaben über die Möglichkeiten des R/T-Empfangs. Und dann kam ich zum Gutachten des Psychiaters. »Es ist nicht ungewöhnlich, daß physische Frustration zu geistigen Stö-

92

rungen führt, und unter solchen Umständen kann ein morbides Interesse an Katastrophen oder menschlichen Tragödien Illusionen bewirken, die der betreffenden Person eine herausragende aktive Rolle im Lauf der Ereignisse zuschreiben, die sie beschäftigen. Das geschieht vor allem dann, wenn die Person meistens allein ist. In gewissen seltenen Fällen resultiert eine solche geistige Störung in außerordentlichen physischen Anstrengungen. Und im vorliegenden Fall . . .«

Ich warf die Papiere auf den Tisch. Wie konnten sie nur so dumm sein! Doch dann erkannte ich, daß es weniger ihre Schuld war als meine. Hätte ich jene frühere Expedition erwähnt, hätten sie vielleicht verstanden, warum mein Vater so besessen von Labrador gewesen war. All die Fragen, die Ledder verwirrt hatten . . . Ich durfte ihnen wirklich keinen Vorwurf machen. Auch mir wären die Fragen rätselhaft gewesen, bis Ledder von meinem Großvater erzählt hatte. Nicht einmal jetzt begriff ich all die Zusammenhänge.

Ich zog meine Notizen über die Angaben in Dads Logbüchern hervor und sah sie noch einmal durch. Der Name Laroche starrte mir ins Gesicht. Warum hatte sich mein Vater so für Laroche interessiert? Warum war dessen Reaktion wichtig? Ich studierte noch einmal die Papiere, die McGovern mir gegeben hatte, darunter eine Liste aller Funkstationen, die man kontaktiert hatte — militärische, zivile und Amateure —, und die Berichte der Piloten von den Suchflugzeugen. Aber was ich suchte, fand ich nicht, und ich nahm an, daß McGovern vorhin Laroches Bericht entfernt hatte.

Nachdenklich lehnte ich mich zurück. Was für ein Mensch mochte Laroche sein? Würden mir seine Erklärungen helfen, zu entscheiden, was ich tun müßte. McGovern würde nichts unternehmen, da machte ich mir keine Illusionen. Aber wenn es Laroche gelungen war, Briffes Tochter vom Tod ihres Vaters zu überzeugen ... Ich wußte nicht, was ich glauben sollte. Vielleicht hatte Lands recht, und es wäre besser, wenn ich die Dinge auf sich beruhen ließe und nach Hause flöge.

Die Tür hinter mir ging auf, und McGovern trat ein. »Nun?« fragte er und schloß die Tür. »Haben Sie alles gelesen?«

»Ja, aber ich konnte Laroches Aussage nicht finden.«

»Er wird Ihnen selbst erzählen, was geschehen ist.« McGovern blieb vor mir stehen. »Aber ehe ich ihn hereinrufe, will ich wissen, ob in diesen Berichten irgendwelche wichtige Fakten fehlen. Wenn ja, sagen Sie's mir, solange wir noch allein sind.«

Ich sah zu ihm auf, und die harten grauen Augen in dem lederartigen Gesicht musterten mich durchdringend. Seine Feindseligkeit war offenkundig, und meine Grenzen wurden mir bewußt. Ich war nicht dazu erzogen worden, mit solchen Männern umzugehen. »Das hängt davon ab, was Sie unter wichtigen Fakten verstehen«, erwiderte ich unsicher. »Dieses psychiatrische Gutachten basiert auf der Annahme, mein Vater wäre nur ein unbeteiligter Beobachter gewesen. Die Experten waren nicht lückenlos informiert.«

»Was meinen Sie?«

»Sie wußten nichts von der Herkunft meines Vaters, und ohne die ergeben die Fragen, die er Ledder stellte, und ein Großteil seiner Notizen keinen Sinn.«

»Reden Sie weiter!«

Ich zögerte. Wie sollte ich das wenige, was ich wußte, in Worte fassen? »Ist Ihnen bekannt, daß 1900 eine Expedition ins Attikonak-Gebiet stattfand?«

»Ja.« Es kam mir vor, als würde seine Stimme plötzlich vorsichtig klingen.

»Der Expeditionsleiter muß mein Großvater gewesen sein.«

94

»Ihr Großvater!« Er starrte mich an. Offensichtlich hatte ihn meine Eröffnung schockiert.

»Vielleicht verstehen Sie nun, warum sich mein Vater so brennend für Labrador interessierte. Das erklärt die Fragen, die er Ledder stellte und die den Psychiatern sinnlos erschienen. Deshalb hielten sie ihn für verrückt.«

»James Finlay Ferguson war also Ihr Großvater.« Langsam nickte er. »Das habe ich mir schon gedacht. Sobald ich den Namen Ihres Vaters hörte, ahnte ich, daß dies alles mit jener Expedition zu tun hat. Bert auch. Mein Gott! Sie sind bereits die dritte Generation, Ferguson, und es gab immer nur Gerüchte. Nichts wurde bewiesen. Nicht einmal diese Frau konnte etwas beweisen. Und nun kommen Sie mit wilden Anschuldigungen hierher, die jeder substantiellen Grundlage entbehren.« Die Adern an seiner Stirn schwollen an vor Zorn. »Warum, zum Teufel, haben Sie den Behörden nicht erzählt, daß Ihr Vater in der Vergangenheit lebte? Oder wagten Sie es nicht? Glauben Sie, dadurch würde er noch verrückter wirken?«

»Er war nicht verrückt.« Ich schrie beinahe. Von seinen Worten hatte ich nur die Hälfte verstanden. »Und was die Behörden betrifft — von der Expedition meines Großvaters erfuhr ich erst gestern abend.«

»Vorher hatten Sie nie davon gehört?« Ungläubig starrte er mich an.

Ich berichtete von meinem Gespräch mit Ledder, der per Funk nur knappe Informationen von einem Geologen erhalten hatte.

»Großer Gott!« rief McGovern. »Also kennen Sie die Einzelheiten nicht, Sie wissen nicht, wer Ihren Großvater auf jener Expedition begleitet hat . . .«

»Nein. Aber deshalb bin ich nicht hier, sondern weil mein Vater ein erstklassiger Funker war und ich überzeugt bin . . .«

»Okay, ich gebe zu, dies wirft ein anderes Licht auf die ganze Sache. Aber nur, was die Motivation Ihrer Reise angeht«, fügte er hastig hinzu. »Es bedeutet keineswegs, daß Briffe noch lebt. Sie mögen nichts über die Ferguson-Expedition gewußt haben. Aber Ihr Vater wußte alles.«

»Was hat das damit zu tun?«

»Sehr viel. Sein Motiv ist offensichtlich.«

»Worauf wollen Sie hinaus?«

»Vergessen Sie's doch! Sie sind nicht darin verwickelt, und das akzeptiere ich. Aber ich kann nicht akzeptieren, daß Ihr Vater wirklich diesen Funkspruch empfangen hat.« Als ich zu protestieren anfing, brachte er mich mit einer ungeduldigen Handbewegung zum Schweigen. »Warten Sie, bis Sie mit Laroche gesprochen haben.«

Er ging hinaus und schloß die Tür hinter sich. Durch die dünne Holzwand hörte ich Flüsterstimmen. Was erklärte er ihnen? Instruierte er Laroche, was er mir erzählen sollte? Das konnte ich nicht glauben. Es mußte mit jener Expedition von 1900 zusammenhängen. Wenn ich nur wüßte, was damals alles geschehen war ... Ich drehte mich auf meinem Stuhl um, beobachtete die Tür und fragte mich wieder, was für ein Mann Laroche sein mochte. Wenn mein Vater recht hatte, mußte der Pilot einen schrecklichen Fehler gemacht haben.

Die Tür schwang wieder auf, und McGovern kam herein. »Tretet ein, alle beide!« befahl er und setzte sich wieder an den Schreibtisch. Lands folgte ihm, und dann ein dritter Mann, groß und schlank, mit einem Gesicht, wie ich es nie zuvor gesehen hatte. Die Sonne sandte einen staubigen Strahl ins Büro, und der Neuankömmling trat mitten hinein, das Gesicht dunkel und kantig, irgendwie geheimnisvoll, mit hohen Wangenknochen, kleinen Falten in den Augenwinkeln, als würde er ständig die Lider zusammenkneifen, um zu einem fernen Horizont zu blicken. Eine Schnittwunde zog sich über die Stirn bis zum rechten Auge, teilweise verheilt, unter schwarzem, getrocknetem Blut. Das Haar war zu beiden Seiten der Verletzung abrasiert worden und wuchs nun nach, wie schwarzer Pelz auf der weißen Kopfhaut. Auch die Braue war abrasiert, und das verlieh seinen Zügen eine seltsam schiefe Wirkung.

McGovern forderte ihn auf, sich einen Stuhl zu holen, und als Laroche sich setzte, warf er mir einen kurzen Blick zu. Seine braunen Augen lagen tief in umschatteten Höhlen. Offensichtlich hatte er sehr lange unter einer starken inneren Anspannung gestanden. Eine fahle Blässe unter der gebräunten Haut wies auf qualvolle Erschöpfung hin. Und dann lächelte er mich an, zog eine Pfeife aus der Tasche und entspannte sich. Er hatte strahlendweiße Zähne, und das Lächeln veränderte seinen Gesichtsausdruck, so daß er plötzlich jungenhaft, fast fröhlich wirkte. Diese Miene hatte ich auch bei Farrow und seinen Freunden gesehen, unbeschwert und trotzdem sehr konzentriert. Laroche erschien mir jetzt jünger, obwohl sich sein Haar an den Schläfen bereits grau färbte.

Lands hatte die Tür geschlossen. Nun zog er einen Stuhl an den Schreibtisch und setzte sich. McGovern beugte sich zu mir vor. »Also, bringen wir's hinter uns. Sie glauben wohl immer noch, Ihr Vater hätte eine Nachricht von Briffe erhalten?«

Ich nickte, beobachtete Laroche und versuchte ehrlich mit mir selbst zu sein, ihn so zu sehen, wie er wirklich war — als erfahrenen Buschflieger. Einen so schwerwiegenden Fehler konnte er unmöglich begangen haben — nicht in einer solche Situation, nicht, wenn er mit Briffes Tochter verlobt war.

97

Ungeduldig schlug McGovern mit der Faust auf den Tisch. »Sitzen Sie nicht so rum, Mann!« schrie er mich an »Erklären Sie uns, warum Sie immer noch davon überzeugt sind!« In ruhigerem Ton fügte er hinzu: »Sie scheinen nicht zu bedenken, daß wir Paul Briffe kannten. Er war mit mir befreundet, auch mit Bill, und Bert sollte sein Schwiegersohn werden. Wir alle wünschten, er wäre noch am Leben.« Seufzend lehnte er sich in seinem Sessel zurück. »Aber daran glauben wir nicht. Als ich zum erstenmal von diesem angeblichen Funkspruch hörte, dachte ich, Bert hätte sich vielleicht geirrt. In der Wildnis ist es manchmal schwierig, ganz sicher zu gehen . . .« Dazu äußerte er sich nicht weiter. »Doch als ich einen lückenlosen Bericht bekam und feststand, daß niemand anderer den Funkspruch empfangen hatte, sah ich keinen Grund, die Suche wiederaufnehmen zu lassen. Und Sie behaupten nach der Lektüre dieser Papiere immer noch, Ihr Vater habe jene Nachricht erhalten? Warum?«

Ich starrte ihn an. Wie ein Fels saß er hinter dem Schreibtisch. Wie konnte ich ihm klarmachen, welche Gefühle ich für Dad hegte? Wieder empfand ich eine beklemmende Hilflosigkeit, stärker denn je. »Ich möchte hören, was Laroche zu sagen hat«, erwiderte ich eigensinnig.

»Natürlich. Aber verraten Sie uns zuerst, wieso Sie Ihrer Sache so verdammt sicher sind.«

»Weil ich weiß, was für ein Mensch mein Vater war.«

»Haben Sie das psychiatrische Gutachten gelesen?«

»Erwarten Sie, daß ich diesem Unsinn zustimme?« entgegnete ich ärgerlich. »Er war nicht verrückt, und er hatte keine Illusionen.«

»Haben Sie unter einem Dach mit ihm gelebt?«

»Nein.«

»Wie können Sie dann so genau über seinen geistigen Zustand Bescheid wissen?«

»Weil ich sein Sohn bin.« Allmählich gewann ich den Eindruck, gegen eine Betonwand anzurennen. »Ein Sohn sollte doch merken, ob sein Vater verrückt ist oder nicht. Und Dad war nicht verrückt. Er hatte festgestellt, daß es sich um den Löwensee handelte, daß die Nachricht von Briffe stammte. Warum sollte er sonst . . .«

»Was sagen Sie da?« unterbrach mich Laroche, und plötzlich war es totenstill im Raum.

Er schaute mich an, dann wandte er sich zu McGovern, der hastig die Initiative ergriff. »Lassen wir Ihren Vater erst mal aus dem Spiel.« Wieder neigte er sich vor, seine Augen hielten meinen Blick fest. »Sie werden nun erfahren, was wirklich geschehen ist, und danach werden Sie uns zustimmen, daß jeder Zweifel ausgeschaltet werden muß. Los, Bert! Erzähl ihm alles.«

Laroche zögerte, musterte mich und fuhr sich mit der Zunge über die Lippen. »Okay, das ist wohl am besten. Dann kann er sich selber ein Bild machen.« Er starrte auf seine Hände hinab und erschien mir sehr nervös. Doch als er weitersprach, war ich mir dessen nicht mehr so sicher. Er hatte einen leichten Akzent. Hin und wieder hielt er inne, aber offenbar nur, um nach den richtigen Worten zu suchen. Die Stimme klang emotionslos. Vermutlich hatte er jene Ereignisse schon sehr oft geschildert.

Am Abend des 14. September, etwa um halb sieben, waren sie aufgebrochen. Einen Teil der Vorräte, ein Zelt und ein Kanu hatten sie am Disappointment-See zurückgelassen und in aller Eile das Flugzeug bestiegen. Der Sturm peitschte bereits die Wellen auf, mit einer Windstärke von zwanzig Knoten. Das Gebiet C2 lag ungefähr eine halbe Flugstunde entfernt, aber bevor sie die Hälfte der Strecke bewältigt hatten, sank die Wolkendecke tiefer herab, und im wirbelnden Schneeregen konnten sie kaum etwas sehen.

»Ich hätte landen sollen, als noch die Möglichkeit dazu bestand«, sagte Laroche. Er schaute mich nicht an, schaute niemanden an, saß nur da und erstattete mit seiner ausdruckslosen, fremdländisch klingenden Stimme Bericht.

Vom Wetter gezwungen, war er immer tiefer geflogen, bis das Schwimmgestell die Strauchkiefern gestreift hatte, und schließlich von einem See zum nächsten gehüpft. »Jeder See war anders, nur die kleinsten konnte ich ganz überblicken. Die anderen sah ich im schwachen Licht nur als verschwommene Wasserflecken, von Schneeregen verschleiert.« Er glaubte die Windstärke unterschätzt zu haben. Beim Nebelflug mit der Vorhut und bei der Notlandung war es ihm nicht gelungen, sich das Gelände einzuprägen. Wäre das möglich gewesen, hätte es ihm in der einbrechenden Dunkelheit und wegen der schlechten Sicht ohnehin nichts genützt. Er hatte sich nach dem Kompaß gerichtet. Und nach der vorausberechneten Zeit begann er zu suchen, flog in weiten Kreisen, dicht über den Baumwipfeln. Auf diese Weise verstrichen fünfzehn Minuten, es wurde immer finsterer. Vom Attikonak River war nichts zu sehen — auch sonst nichts, woran er sich hätte orientieren können.

Und dann fing es zu schneien an. Ein Schneesturm nahm ihm die letzte Sicht. »Ich hatte keine Wahl. Gerade überquerte ich einen See; ich beschrieb eine enge Kurve und steuerte die Nase nach unten.« Zwischen den Bäumen am Ufer war das Schwimmgestell zerbrochen. Hart schlug die Maschine auf der Wasserfläche auf, sprang zweimal hoch und prallte dann gegen einen Felsen, der plötzlich vor Laroche aufragte. Er traf ihn mit dem Steuerbordflügel, so daß die Beaver herumschwang und mit der Breitseite auf die Klippe stieß. Der Rumpf zerbarst, Laroche wurde gegen die Windschutzscheibe geschleudert, und er verlor die Besinnung.

Als er zu sich kam, lag das Flugzeug halb im Wasser, davor erhob sich der Felsblock. Leicht benommen kroch er in den Frachtraum, wo er den bewußtlosen Baird fand, von einem Metallteil eingekeilt, das die rechte Hand verletzt und eine Gesichtshälfte aufgerissen hatte. »Auch Paul war verletzt.« Die Augen halb geschlossen, sprach Laroche weiter, und ich konnte nicht bezweifeln, daß sich alles so abgespielt hatte, wie er es erzählte. Seine Stimme und die Einzelheiten, die er schilderte, wirkten überzeugend.

Er hatte für seine Kameraden getan, was er konnte, und das war nicht viel gewesen. Auf dem Fels wuchsen keine Bäume, und so gab es kein Brennholz. Der Sturm dauerte zwei Tage, dann hackte Laroche einen Teil des Schwimmgestells ab und brachte damit die beiden Verwundeten an Land. Er machte Feuer, baute einen Unterschlupf aus Zweigen und holte Vorräte aus dem Flugzeug. Zwei Tage später brach erneut ein Sturm los. Der Wind blies von Nordwesten her, und am folgenden Morgen war die Beaver verschwunden. Das Unwetter hatte das Lagerfeuer gelöscht, und Laroche konnte kein neues anzünden, weil alle Streichhölzer aufgeweicht waren und er sein Feuerzeug verloren hatte. In der Nacht zuvor war Baird gestorben, in der nächsten fand auch Briffe den Tod. Danach begann Laroche nach Westen zu trecken. »Ich wußte, daß ich die westliche Richtung beibehalten mußte, dann würde ich früher oder später auf die Bahnlinie stoßen...« Fünf Tage und Nächte lang schlug er sich durch die Wildnis, fast ohne Nahrung. Am Nachmittag des 26. September hatte er die Mile 273 erreicht, wo eine Crew mit einem Greiferkran an den Gleisen arbeitete. »Ich glaube, das ist alles.« Zum erstenmal sah er mich an. »Ich hatte Glück, daß ich lebend da rauskam.«

»Also, das wär's.« McGoverns Stimme klang sehr

101

entschieden. Offenbar nahm er an, ich müßte mich nun endlich zufriedengeben.

»Nahmen Sie auch das Funkgerät mit, als Sie die Vorräte aus dem Flugzeug holten und an Land brachten?« fragte ich Laroche.

»Nein, das war mit der Beaver untergegangen.«

»Und Sie sind sicher, daß Briffe tot war, als Sie ihn verließen?«

Mit großen Augen schaute er mich an, dann wandte er sich wie hilfesuchend an McGovern. Aber es war Lands, der antwortete: »Das hat er doch soeben erzählt, oder?« rief er ärgerlich. »Was wollen Sie denn sonst noch?«

»Vermutlich möchten Sie die Leichen sehen«, bemerkte McGovern.

»Haben Sie die beiden begraben, Mr. Laroche?« erkundigte ich mich. Ich dachte, wenn ich ihn in die Enge triebe . . .

»Um Himmels willen!« stieß Lands hervor.

»Nein, ich habe sie nicht begraben«, erwiderte Laroche. »Dazu fehlte mir wohl die Kraft.« Rasch fügte er hinzu: »Später suchte ich sie. Mit einem Piloten überflog ich zweimal das Gebiet von Mehinek aus. Aber da draußen gibt es Tausende von Seen, buchstäblich Tausende . . .« Seine tonlose Stimme erlosch.

»Ja, Tausende«, bestätigte ich. »Aber nur einen Löwensee.« Wieder spürte ich jene seltsame Spannung im Büro, und MacGovern starrte mich ebenso entsetzt an wie Laroche.

»Zum Teufel, was für eine Rolle spielt der Name des Sees, wenn er ihn nicht finden konnte?«

Aber ich sah Laroche an. »Sie wußten, daß es der Löwensee war, nicht wahr?« Von der Bedeutung dieser Frage überzeugt, hakte ich nach. »Dieser Felsen in der Mitte . . .«

102

»Es hat geschneit«, murmelte er.

»Bei der Bruchlandung. Aber später . . . Haben Sie den Felsen später gesehen? Er hat die Gestalt eines Löwen.«

»Keine Ahnung. Das ist mir nicht aufgefallen.«

»Aber Sie haben doch die Berichte gelesen? Sie kennen den Inhalt der Nachricht, die mein Vater empfing?« Er nickte, und ich fuhr fort: »Briffes Funkruf kam vom Löwensee.«

»Das wissen Sie nicht«, warf McGovern ein.

»Warum funkte er denn dann: ›Suchen Sie nach kleinem See mit Felsen, geformt wie . . .‹ Nur zwei Worte fehlen — ›ein Löwe‹.«

»Das sind reine Vermutungen«, entgegnete McGovern. »Außerdem hat Ihr Vater das alles nur erfunden, auf der Grundlage seiner Informationen über die Ferguson-Expedition.«

»Glauben Sie das wirklich? Das sind die letzten Worte, die er vor seinem Tod schrieb.«

»Deshalb entsprechen sie noch lange nicht der Wahrheit. Er konnte nicht wissen, daß er sterben würde.«

Empört sah ich ihn an. »Mühsam stand er auf, um eine Landkarte zu studieren. Der Löwensee ist darauf eingezeichnet. Und die Logbücher wimmeln von Löwenzeichnungen . . .«

»Also gut.« McGovern seufzte tief auf. »Angenommen, Briffe hat einen Funkspruch gesendet, mit dem bewußten Wortlaut. Können Sie mir sagen, wo der See liegt?«

»Im Attikonak-Gebiet, östlich vom Fluß.«

»Verdammt, das wissen wir! Wir wissen bis auf dreißig Meilen genau, wo die Beaver abstürzte. Trotzdem konnten wir den See nicht finden. Die genaue Stelle hat Ihr Vater nicht bezeichnet, oder?«

»Nein.« Ich beobachtete Laroche, der seine Pfeife stopfte, wobei er den Kopf gesenkt hatte.

103

»Dann hilft uns das alles nicht weiter.« Klang McGoverns Stimme erleichtert? Rasch blickte ich zu ihm hinüber, aber die steingrauen Augen verrieten nichts. »Wie Bert sagte — in dieser Gegend gibt es Tausende von Seen.«

»Aber nur einen mit diesem Fels, der einem Löwen gleicht«, erwiderte ich hartnäckig.

»Sie wissen nicht, wie es da draußen war«, sagte Laroche leise. Offenbar hatte er inzwischen seinen eigenen Gedanken nachgehangen. »Es schneite, später sank Nebel herab. Und es gab so viel zu tun . . .« Wieder verstummte er, als wollte er sich nicht mehr an jene Tage erinnern.

»So kommen wir nicht weiter«, bemerkte McGovern in geschäftsmäßigem Ton. »Der Löwensee wird in Dumaines Buch erwähnt, auch in den Zeitungsberichten über — den Überlebenden.« Er warf Laroche einen kurzen Blick zu, dann sah er mich wieder an. »Ihr Vater könnte den Namen gelesen haben, den die Expeditionsteilnehmer von 1900 dem See gaben — ihrem letzten Lagerplatz. Dort starb Ihr Großvater. Und wie ich finde, beweist das alles, daß Ihr Vater in der Vergangenheit lebte.«

Ungläubig schüttelte ich den Kopf. »Wollen Sie denn nicht einmal versuchen, es zu verstehen? Mein Vater war Funker, der Äther seine Welt. Niemals hätte er einen Funkspruch erfunden.« Ich erklärte, welche Mühe es ihn gekostet haben mußte, aus dem Rollstuhl aufzustehen, wußte aber, daß es sinnlos war. McGoverns harte Gesichtszüge milderten sich nicht, die Augen zeigten keinerlei Mitgefühl.

Er ließ mich ausreden, dann schaute er auf seine Uhr. »Tut mir leid. Das alles nützt uns nichts. Hätten Sie uns etwas Neues erzählt — einen brauchbaren Anhaltspunkt gegeben . . .« Ohne den Satz zu beenden,

104

erhob er sich, kam um den Schreibtisch herum und blieb vor mir stehen. »Ich muß jetzt gehen. Natürlich weiß ich es zu würdigen, daß Sie die weite Reise unternommen haben, um uns das alles zu sagen. Aber Sie vertreten einen persönlichen Standpunkt — einen sehr persönlichen, das müssen Sie doch einsehen.«

»Sie werden also nichts unternehmen?«

»Was kann ich denn tun? Soll ich die Suche fortsetzen? Da müßte ich erst mal die Behörden von der Notwendigkeit einer solchen Aktion überzeugen.«

Erregt sprang ich auf. »Zuvor sind Sie im dunkeln getappt, nun haben Sie eine Orientierungshilfe. Wenn Sie diesen See suchen...« Ich drehte mich zu Laroche um. »Um Himmels willen, machen Sie ihm das klar!« Als er nicht antwortete und auf seine Pfeife starrte, rief ich wütend: »Sie wollen nicht, daß die beiden Männer gefunden werden!« Da hob er ruckartig den Kopf und hielt erschrocken den Atem an.

»Bert ist zweimal über das betreffende Gebiet geflogen«, erinnerte mich McGovern in ruhigem Ton. »Obwohl er im Krankenhaus hätte liegen müssen.« Nach einer kleinen Pause fügte er hinzu: »Ich verstehe Ihre Enttäuschung, das ist ganz natürlich, nachdem Sie diesen weiten Weg auf sich genommen haben. Auch ich bin enttäuscht. Das sind wir alle. Als ich Ledders Nachricht bekam, hoffte ich...« Er wandte sich ab, zuckte mit den Schultern, und in dieser Geste lag etwas Endgültiges. »Ihr Flugzeug ist nach Montreal geflogen, nicht wahr?«

»Ja.« Plötzlich hatte mich jeglicher Kampfgeist verlassen.

»Heute abend fliegt eine Maschine nach Montreal«, sagte er zu Lands. »Kannst du ihm einen Platz darin verschaffen, Bill?«

»Klar.«

McGovern blickte wieder auf seine Uhr und fragte Laroche: »Hast du deinen Wagen dabei? Dann könntest du mich vielleicht in die Stadt fahren. Ich bin schon spät dran.« Er griff nach seiner Aktentasche. »Ich bin Ihnen sehr dankbar, Ferguson, wirklich. Wenn ich irgendwas für Sie tun kann — geben Sie mir Bescheid.« Und damit verließ er das Büro. Laroche zögerte, schaute mich an, als wollte er etwas sagen, dann eilte er McGovern nach.

Die Tür fiel hinter ihm ins Schloß, und ich stand reglos da, fühlte mich benommen und erschöpft. Ich hätte Laroche aufhalten und einen letzten Versuch unternehmen sollen. Aber was hätte das genützt? Selbst wenn er den Namen des Sees gekannt hatte, bedeutete das keineswegs, daß er ihn finden würde. Und die Welt hatte sich an den Tod der beiden Männer gewöhnt. Dies war das Hindernis, das sich mir entgegenstellte — das und die Sturheit von Leuten wie McGovern, die nur eindeutige Fakten akzeptieren wollten. »Verdammt! Zum Teufel mit Ihnen allen!«

Eine Hand umfaßte meinen Arm. Ich hatte Bill Lands' Anwesenheit vergessen. »Was haben Sie denn erwartet?« fragte er in freundlichem Ton. »Wir geben die Männer da oben im Norden nicht so leicht verloren.«

Ich riß mich los. »Begreifen Sie denn nicht....« Und dann verstummte ich, denn ich erkannte, daß er sich alles angehört hatte und immer noch glaubte, Briffe wäre tot. Er war ein unbeteiligter Außenseiter, und wenn ich ihn nicht überzeugt hatte — wen konnte ich dann auf meine Seite ziehen?

»Ich werde mich mal um den Flug nach Montreal kümmern, und danach möchten Sie sicher was essen.«

Etwa zehn Minuten ließ er mich allein, dann kehrte er zurück und berichtete, alles sei geregelt. »Die Maschine startet gegen halb neun.« Er führte mich in die Abendröte hinaus, über eine Kiesfläche, die einem ausgetrockneten Flußbett glich. In der Ferne erklang das klagende Tuten einer Lokomotive. »Der Proviantzug nach Head of Steel«, erklärte Lands. »Da fahre ich morgen auch hin.« Ein vergnügter Unterton schwang in seiner Stimme mit, und er lächelte mich an. Er wirkte nicht unsympathisch, dieser große Amerikaner, der nun ins Licht der untergehenden Sonne blinzelte.

Wir betraten eine Hütte, ähnlich jener, die wir soeben verlassen hatten. Stimmengemurmel, das Klirren von Geschirr und Essensgerüche begrüßten uns. Das gefiel mir, denn ich war hungrig. Ich setzte mich mit Lands an einen Tisch voller Fremder, die mich nicht beachteten und konzentriert weiteraßen. Die Gespräche drehten sich um die Bahnlinie, hauptsächlich um technische Dinge. An einer Stelle sprengten sie Felsformationen, an einer anderen mußten sie das Moor aufschütten, und die Crew in Head of Steel schaffte es, täglich eine Gleisstrecke von anderthalb Meilen zu legen. Dutzende von Baustellen, Tausende von Männern, eine Luftbrücke — eine ganze Welt für sich, und sie dachten an nichts anderes als an diese Bahnverbindung, träumten von nichts anderem, kannten weder beim Essen noch beim Schlafen einen anderen Gedanken. Es kam mir vor, als würde ich in diese Mentalität hineingesogen, und während ich ihre Mahlzeit teilte, fiel es mir schwer, mich nicht als ein Teil dieser Gruppe zu fühlen.

Und dann fragte jemand, ob ich zu den neuen Gleisen fliegen würde. Als ich erklärte, ich würde nach England zurückkehren, starrte er mich an, als stammte ich von einem fernen Planeten. »Obwohl wir da oben so ein angenehmes Klima haben!« Sie lachten, und ich fühlte mich wie in einem netten Freundeskreis.

Lands wartete, bis ich gegessen hatte, dann gingen

wir hinaus. Der westliche Himmel glühte im Schein der sinkenden Sonne. »Bevor Sie abfliegen, werden Sie noch was zu sehen bekommen«, sagte er. »Das Nordlicht müßte heute ziemlich hell sein.« Er schaute auf seine Uhr. »Bis zum Start haben Sie noch etwas Zeit, aber ich muß in die Stadt.«

Ich schüttelte den Kopf, und er verschwand, um etwas anderes anzuziehen und seinen Wagen zu holen. Inzwischen sollte ich mein Gepäck an mich nehmen und ihn dann vor dem Q. N. S. & L. R.-Büro treffen. Ich überquerte die Kiesfläche, fühlte mich allein und irgendwie ausgeliefert. Meine zielstrebige Entschlossenheit war verflogen. Als ich über die Schulter blickte, sah ich Lands bei der letzten Hütte stehen und mit einer Frau reden. Sie wandten sich in meine Richtung, und ich eilte weiter zum Büro. Sicher wußten mittlerweile all diese Leute, was mich nach Seven Islands geführt hatte. Staffen würde es erzählt haben, und dieser Gedanke verstärkte das bedrückende Gefühl meines Fehlschlags. Hätte ich doch wenigstens Bill Lands überzeugt... Ich mochte ihn.

Meine Reisetasche in der Hand, verließ ich das Büro und betrachtete den westlichen Himmel, der purpurrot leuchtete. Jetzt, wo ich diesem Land bald den Rücken kehren würde, spürte ich seine eigenartige Anziehungskraft.

Hastige Schritte erklangen hinter mir im Kies, und eine leise Stimme mit fremdländischem Akzent fragte: »Sind Sie Mr. Ferguson?«

Ich drehte mich zu der Frau um, mit der Lands gesprochen hatte. Eigentlich war sie keine Frau, sondern ein Mädchen mit schwarzem Haar, kurzgeschnitten wie bei einem Jungen, vollen Lippen und einem gebräunten Gesicht ohne Make-up. Schon bei jener ersten Begegnung machte sie einen tiefen Eindruck auf mich. Ich glaube, es lag an ihrer Vitalität, einer gewissen Unbändigkeit oder an ihren Augen, die das seltsame, glutvolle Himmelslicht widerspiegelten. Wie auch immer – ich fühlte mich sofort zu ihr hingezogen. »Ja, ich bin Ian Ferguson.«

Sie schwieg, starrte mich nur an, ihre Nasenflügel bebten. Ihr Blick drückte Nachdenklichkeit aus, ihre schmalen Hände umklammerten den Rand ihrer Lederjacke, als müßte sie sich daran festhalten. Und dann stellte sie sich vor: »Ich bin Paule Briffe.«

Wahrscheinlich hatte ich es schon in der ersten Sekunde geahnt, weil sie so starke, mühsam in ihrer Seele festgehaltene Emotionen ausstrahlte. »Es tut mir leid«, murmelte ich verlegen und wußte nicht, was ich sonst noch sagen sollte.

»Bill erzählte mir, Ihr Vater sei gestorben – und daß Sie deshalb hierhergekommen sind.« Ihre Stimme klang gepreßt, krampfhaft beherrscht, schien am Rand eines hysterischen Ausbruchs zu zittern. »Das verstehe ich. Glauben Sie mir, ich verstehe es.« Und dann verlor sie plötzlich ihre eiserne Selbstkontrolle. »Aber es hilft ihm nicht, es ist sinnlos!« stieß sie hervor. »Fliegen Sie nach England zurück, lassen Sie uns in Ruhe!«

»Ich bin wegen Ihres Vaters hier.«

Ich dachte, das würde sie beruhigen, aber sie hatte offenbar nicht zugehört. »Sie sind hergekommen, haben einigen Menschen weh getan, und das ist Ihnen egal. Bitte, lassen Sie uns jetzt in Ruhe!«

»Aber Ihr Vater . . .«, begann ich.

»Mein Vater ist tot!« schrie sie. »Er ist tot – tot! Verstehen Sie?« Mit großen, angstvollen Augen schaute sie mich an.

»Und wenn mein Vater recht hatte?« erwiderte ich sanft. »Wenn er wirklich diesen Funkspruch empfing . . .«

»Ihr Vater! *Mon Dieu*! Es interessiert Sie nicht, was in uns vorgeht. Sie wollen nicht zugeben, daß Ihr Vater verrückt war, und deshalb kommen Sie hierher und machen uns Schwierigkeiten.« Sie ballte die kleinen Hände, ihre festen Brüste preßten sich gegen das Leder der Indianerjacke. Und während ich sie bestürzt anstarrte, stockte ihr der Atem, doch dann fügte sie rasch hinzu: »Nein, das war nicht richtig von mir. Aber es ist so schrecklich — so furchtbar.« Sie wandte ihr Gesicht der untergehenden Sonne entgegen. »Ich denke weniger an mich selbst. Vater ist tot, das läßt sich nicht ändern. Aber Albert . . .« Sie sprach den Namen französisch aus. »Es bringt ihn um den Verstand. Gerade habe ich mit ihm geredet. Es ist so grauenhaft, was Sie behaupten.« Ihre Stimme war zu einem Flüstern herabgesunken.

»Und wenn er doch einen Fehler gemacht hat?«

Mit blitzenden Augen fuhr sie zu mir herum. »Verstehen Sie es denn nicht? Er war dabei, als mein Vater starb, seinetwegen wurde die Suche abgebrochen. Und jetzt erzählen Sie uns, Vater habe zwei Wochen nach dem Flugzeugabsturz einen Funkspruch gesendet. Das ist entsetzlich . . .« Ein heftiges Schluchzen entrang sich ihrer Kehle. »Es ist nicht wahr! Es kann nicht wahr sein!«

Was sollte ich sagen? Wie reagiert man, wenn man etwas glaubt, das einen anderen Menschen in tiefste Verzweiflung stürzt? Ich wußte es nicht, und so schwieg ich, erschrocken angesichts einer so wilden Leidenschaft, die mir fremdartig erschien.

»Warum sagen Sie nichts?« Sie packte meinen Arm. »Gestehen Sie mir die Wahrheit! Bitte!«

Die Wahrheit! Was war die Wahrheit? Kannte ich sie wirklich? Stand sie im Logbuch meines Vaters? »Tut mir leid, ich weiß nicht, was wahr ist. Ich wünschte, ich

110

wüßte es. Ich kann nur von den Notizen meines Vaters ausgehen. Er glaubte, daß ihr Vater noch gelebt und von einem gewissen Löwensee einen Funkspruch gesendet hat.«

Paule Briffe hielt den Atem an. »Der Löwensee!« Klares Verständnis verdrängte die leidenschaftliche Erregung aus ihren Augen. »Wieso wissen Sie das?«

»Es wurde in dem Funkruf angedeutet, den mein Vater empfing.«

»Da war nur von einem kleinen See mit einem Felsen die Rede.« Ihre Stimme zitterte wieder. »Ich habe es selbst gelesen. Albert gab mir den Bericht.«

»Auch Ledders Bericht?« Als sie den Kopf schüttelte, fuhr ich fort: »Darin wird der Löwensee erwähnt.« Ich berichtete von der Landkarte im Funkraum meines Vaters, von den Logbüchern, und ich erklärte, wie besessen er wegen der Ferguson-Expedition von Labrador gewesen sei. Wie gebannt, fast schockiert hörte sie mir zu. »Begreifen Sie nun, warum ich herkommen mußte?« fragte ich.

Ein paar Sekunden lang blieb sie stumm, ihr Gesicht war blaß geworden. »Der Löwensee«, flüsterte sie, als hätte sie ihn in einem Traum gesehen. »Mein Vater hat oft davon erzählt — am Lagerfeuer. Er kannte die Geschichte, und er dachte, eines Tages würde er den See finden. Ständig suchte er danach. Mein Leben lang hörte ich diesen Namen.« Sie starrte wieder zur glutroten Sonne. »*Dieu me secou — rait!*« wisperte sie. »Gott helfe mir . . .« Sie schlang die Finger ineinander, als kniete sie vor einem Altar, dann musterte sie mich aufmerksam von Kopf bis Fuß. »Sie sind ehrlich. Wenigstens sind Sie ehrlich. Dafür danke ich dem Allmächtigen.« Ihr Blick hielt dem meinen eine Zeitlang fest, dann flüsterte sie: »Ich muß nachdenken — und beten.« Langsam ging sie davon und wirkte so verloren, daß ich

111

mich ihr sehr nahe fühlte in meiner eigenen Einsamkeit und ihr folgen wollte.

Doch dann blieb ich stehen, denn wie ich in einer plötzlichen weisen Einsicht erkannte, vermochte ich ihr nicht zu helfen. Sie mußte selbst entscheiden, wie sie sich verhalten sollte, und ihr Entschluß würde ihre Beziehung zu Laroche so oder so gefährden. Ich empfand Paules Dilemma so schmerzlich, als würde es mich selbst quälen. Und diese Emotion erneuerte auf seltsame Weise meine Entschlußkraft. Es kam mir vor, als hätte mich Paule um Hilfe gebeten, und ich wußte, daß ich nicht aufgeben durfte, daß ich mein Ziel weiterverfolgen mußte, bis ich die Wahrheit herausgefunden hatte.

Auf einmal schienen sich Vergangenheit und Gegenwart untrennbar zu vereinen, und der Löwensee bildete den Dreh- und Angelpunkt aller Ereignisse. Ich wandte mich nach Norden und spürte die Kälte des leichten Winds, der vom Labrador-Plateau herabwehte. In dieser Stimmung traf mich Bill Lands an, als er in seinem schlammbespritzten Kombi vorfuhr und mir zurief, ich solle hineinspringen. »Ich reise nicht ab«, erwiderte ich.

Er starrte mich an, über den Beifahrersitz gebeugt, die Hand am Griff der Tür, die er für mich geöffnet hatte. »Wie meinen Sie das?«

»Ich bleibe hier, bis ich die Wahrheit herausgefunden habe.«

»Die Wahrheit? Die haben Sie heute nachmittag von Bert gehört.« Er runzelte die Stirn. »War Paule hier bei Ihnen? Haben Sie mit ihr gesprochen?«

»Ja.«

»Was haben Sie ihr gesagt?« Seine Stumme bebte vor Zorn. Er rutschte über den Beifahrersitz, stieg aus und blieb vor mir im Kies stehen. »Haben Sie ihr einzu-

112

reden versucht, ihr Vater sei immer noch am Leben, da draußen in der Wildnis?« Mit schmalen Augen starrte er mich an, und ich dachte, er würde mich schlagen.

»Nein.«

»Was dann?«

»Sie fragte nach der Wahrheit, und ich antwortete, die würde ich nicht kennen.«

»Und jetzt ist sie wohl beruhigt, was? Warum, zum Teufel, mußte Bert ihr von Ihnen erzählen!« Lands riß mir die Reisetasche aus der Hand und warf sie auf den Rücksitz seines Kombis. »Okay. Fahren wir. Sie haben schon genug Schaden angerichtet. Los, steigen Sie ein!«

»Ich bleibe hier«, wiederholte ich, und meine Stimme nahm einen kindischen, eigensinnigen Klang an.

»Sie reisen ab, ob Sie wollen oder nicht!« Er packte mich am Arm und warf mich buchstäblich durch die Beifahrertür.

Es erschien mir sinnlos, Widerstand zu leisten. Er war ein großer, kräftig gebauter Mann. Aber als er am Steuer saß und den Motor startete, sagte ich: »Sie können mich zwar am Flughafen absetzen, aber nicht zwingen, an Bord der Maschine zu gehen.«

Lands warf mir einen kurzen Blick zu. »Ich verstehe Sie nicht. Warum, zum Teufel, akzeptieren Sie Berts Geschichte nicht und lassen es dabei bewenden?« Ich schwieg, und er fragte: »Wieviel Geld haben Sie noch — kanadisches Geld?«

»Gar keins.«

Er nickte. »Das dachte ich mir.« Plötzlich lächelte er. »Und wovon wollen Sie leben, wenn Sie hierbleiben? Seven Islands ist so teuer wie eine Goldgräberstadt.«

»Staffen hat zu wenig Ingenieure«, entgegnete ich gelassen. »Und ich bin ein Ingenieur.«

Wir waren in eine Sandstraße eingebogen, und er fuhr nach Osten und trat das Gaspedal durch. »Alex wird Ihnen keinen Job geben — ebensowenig wie die anderen, wenn sie hören, daß Sie nur hier sind, um Ärger zu machen.«

»Ich bin nicht hier, um Ärger zu machen — ich möchte nur die Wahrheit herausfinden. Und wenn Sie sich um Briffes Tochter sorgen — meinen Sie nicht, daß sie ein Recht auf die Wahrheit hat? Sie weiß, daß ich hier bin — und warum. Sie weiß von jenem Funkspruch, und wenn sie die Wahrheit nicht erfährt, wird sie sich bis ans Ende ihrer Tage den Kopf darüber zerbrechen. Sie sagten, ihr Vater sei ein Held für sie gewesen, Mr. Lands. Nun kennt sie jemanden, der nicht an seinen Tod glaubt, und wenn man die Dinge auf sich beruhen läßt, wird sie nie mehr zu ihrem Seelenfrieden zurückfinden.«

Lands stoppte den Wagen vor dem Büro des Flughafenleiters. »Ein Grund mehr, um Ihre Abreise zu gewährleisten.« Er stieß die Tür an seiner Seite auf. »Sie steigen ins Flugzeug, und Paule wird sich sagen, daß nichts an Ihren Behauptungen dran ist. Okay?« Prüfend schaute er mich an und wartete vergeblich auf eine Antwort. »Nun, es spielt keine große Rolle, ob Sie mir zustimmen oder nicht. Sie fliegen heute abend los, und das war's dann. Versuchen Sie bloß nicht, irgendwas Cleveres zu unternehmen!« fügte er drohend hinzu. »Wenn ich aus der Stadt zurückkomme und Sie immer noch hier sehe — verdammt, dann bringe ich Sie um! Und glauben Sie nur ja nicht, daß ich scherze.« Er stieg aus und ging ins Büro.

Der Himmel verdunkelte sich und schimmerte nur noch am Horizont rötlich. Im Osten breitete sich eine violette Nacht aus. Davor zeichnete sich die schwarze Silhouette eines Dakotas ab, ein Gabelstapler beförderte Vorräte zu dem Laster und der kleinen Gruppe von Männern, die daneben warteten, um zum nördlichen

114

Teil der Bahnlinie geflogen zu werden. Ich wünschte, ich würde zu ihnen gehören, verspürte den heftigen Drang, in Aktion zu treten. Aber vielleicht konnte ich in Montreal die Initiative ergreifen, die Behörden aufsuchen, irgend etwas tun.

Die Tür an meiner Seite wurde aufgerissen. »Alles klar«, verkündete Lands. »Da drüben steht Ihre Maschine.« Er deutete mit dem Kinn auf ein kleines zweimotoriges Flugzeug. »Um halb neun startet sie. Wenn Sie mir ins Büro folgen würden — ich möchte Sie der Obhut des Flughafenleiters übergeben.«

Plötzlich fühlte ich mich sehr müde und war froh, Seven Islands verlassen zu können. »Darf ich Sie bitten, mir ein bißchen Geld zu leihen?« fragte ich, als Lands mir mein Gepäck reichte.

»Klar. Wieviel wollen Sie?«

»Nur so viel, daß ich bis morgen mittag auskomme. Dann fliegt meine Maschine von Montreal ab.«

Er nickte. »Zwanzig Dollar müßten genügen.« Er zog seine Brieftasche hervor und gab mir vier Fünfdollarscheine.

»Sobald ich zu Hause bin, schicke ich Ihnen das Geld.«

»Vergessen Sie's!« Lands tätschelte meinen Arm. »Um ehrlich zu sein, ich hätte noch mehr gezahlt, um Sie von hier wegzukriegen. Wahrscheinlich bin ich ein furchtbar sentimentaler Kerl, aber ich kann einfach nicht mit ansehen, wie das Leben zweier Menschen wegen einer Situation zerstört wird, die sich nicht mehr ändern läßt.« Er führte mich ins Büro, wo der Flughafenleiter saß, den ich bereits kannte. »Das ist Mr. Ferguson aus England. Kümmern Sie sich um ihn, Ed. Und sehen Sie zu, daß er seinen Flug nicht verpaßt.«

»Klar, Mr. Lands.«

»Hier ist das Ticket.« Lands legte ein Stück Papier

115

auf den Schreibtisch und wandte sich an mich. »Jetzt muß ich gehen. Ed wird Sie an Bord bringen.« Er schüttelte mir die Hand. »Freut mich, daß Sie doch noch zur Vernunft gekommen sind.« Ein paar Sekunden lang zögerte er, als ob er nicht sicher wäre, ob es richtig war, mich zu verlassen, doch dann sagte er: »Also dann — gute Reise!« Und damit ging er hinaus, stieg in seinen Kombi und fuhr davon.

»Sie müssen etwa eine Stunde warten«, erklärte Ed und schrieb meinen Namen in ein Formular, dann inspizierte er meinen Paß. »Die Maschine startet um halb neun. Ich gebe Ihnen rechtzeitig Bescheid.«

»Danke.« Ich schlenderte in den Hangar, der an das Büro grenzte und mit Vorräten vollgeräumt war.

Am Horizont hatte sich der letzte rötliche Schimmer verflüchtigt. Scheinwerfer überfluteten das Rollfeld, und der Dakota stand immer noch da. Der letzte Rest der Fracht wurde von den Männern eingeladen, untätig stand der Gabelstapler neben dem Tor des Hangars. Die Leute gingen auf ein Flugzeug zu.

Vielleicht hatte die Idee schon während der ganzen Zeit im Hintergrund meines Bewußtseins gelauert. Jedenfalls wanderte ich nun über das Rollfeld und mischte mich unter die Bauarbeiter, die neben der Maschine warteten, bis sie an Bord gehen konnten. Ich hatte keinen definitiven Plan geschmiedet, wußte nur, daß dieses Flugzeug der Bahnlinie folgen würde, und es zog mich wie magnetisch an. »In dieser Kiste dürfte es ziemlich kalt werden«, meinte der Mann neben mir. Er hatte ein dunkles, verschrumpeltes Gesicht, halb verborgen von einer großen Pelzmütze mit Ohrenklappen. »Fliegen Sie zum ersten Mal rauf?« Ich nickte, und er fuhr fort: »Das dachte ich mir.« Er spuckte einen Tabakpfriem auf den Boden. »Wohin gehen Sie?«

Unsicher zögerte ich, aber er schaute mich an und

erwartete eine Antwort. »Zwei-zwei-vier«, erwiderte ich, denn ich erinnerte mich, daß man einen Ersatzingenieur dorthin schicken wollte.

»Hm — sollte mich nicht wundern, wenn's da oben schneit.« Er grinste, als würde ihn der Gedanke freuen, wie schrecklich ich frieren würde.

Ich entfernte mich von ihm und schlenderte zwischen den anderen umher.

»Fliegen Sie mit?« Ein Mann mit Schirmmütze stand in der Luke des Frachtraums und starrte mich an.

»Ja.« Erst jetzt erkannte ich, daß ich mich auf etwas einließ, das meine Fähigkeiten womöglich überstieg.

»Nun, dann warten Sie, bis ich Ihren Namen aufrufe. Okay, Jungs, starten wir!« Und er begann die Namen aufzuzählen und hakte sie auf einer Liste ab, während die Männer an Bord kletterten.

Mit einer Passagierliste, wie sie bei jedem normalen Flug üblich war, hatte ich nicht gerechnet. Rasch verkleinerte sich die Gruppe. Wie sollte ich erklären, daß ich eine Baustelle an der Bahnlinie aufsuchen wollte, obwohl mein Ticket für den Flug nach Montreal galt? Irgendwie mußte ich bluffen. Ich dachte an Staffen, der dringend Ingenieure brauchte.

»Wie heißen Sie?« Der letzte war an Bord gegangen, und der Mann mit der Liste musterte mich mißtrauisch.

»Ferguson«, antwortete ich und hörte das Zittern in meiner Stimme.

Sein Finger glitt über das Papier. »Ihr Name steht nicht da. Was sind Sie?«

»Ingenieur.«

»Diese Maschine fliegt zum Eins-drei-vier.« Er sprang neben mir auf den Boden. »Arbeiten Sie dort?«

»Nein, im Zwei-zwei-vier.« Rasch fügte ich hinzu: »Der dortige Ingenieur hatte einen Unfall, ich soll ihn ersetzen.«

117

»Ja, das stimmt. Heute abend wurde West hierhergeflogen.« Er sah mich wieder an, und ich spürte, wie er
einen Entschluß zu fassen suchte. »Haben Sie einen
Flugschein?«

»Den hat der Flughafenleiter. Mr. Lands fuhr mich
hierher und bat ihn, dafür zu sorgen, daß ich den Flug
nicht verpasse.«

»Davon hat Ed mir nichts gesagt.« Er zauderte und
blickte wieder auf die Liste. »Okay, gehen wir ins Büro
und klären wir das. Es dauert noch ein bißchen!« rief er
dem Mann am Anlasser zu.

»Was habt ihr denn für Schwierigkeiten, Mike?«
fragte der Pilot, der nun in der Luke zum Frachtraum
erschien.

»In einer Minute sind wir wieder da. Lassen Sie Ihr
Gepäck hier stehen«, sagte Mike zu mir. »Wir müssen
uns beeilen.«

Wir rannten zum Büro. Jetzt gab es kein Zurück
mehr. Irgendwie mußte ich Ed veranlassen, mir zu
glauben. Ich entsinne mich, daß ein Auto vorfuhr, als
wir die Hütte erreichten, aber ich hatte andere Sorgen.
Schweigend stand ich im Büro, während mein Begleiter
dem Flughafenleiter die Situation erklärte.

»Sie fliegen mit der Beechcraft«, sagte Ed zu mir.
»Um halb neun, nach Montreal.«

»Das muß ein Irrtum sein«, entgegnete ich.

»Nein, Mister.« Er hielt mein Ticket hoch. »Da sehen Sie's selber. Montreal.«

Ich wiederholte, ich müsse zum Zwei-zwei-vier, und
fügte hinzu: »Heute nachmittag, als ich eintraf, waren
Sie doch hier. Ich kam her, um einen Job zu bekommen. Und den habe ich nun gekriegt.«

Er nickte. »Das stimmt, ich erinnere mich. Sie kamen mit dem Frachter und wußten nicht, an wen Sie
sich wenden sollten.« Ed kratzte sich am Kopf.

»Vielleicht hat man mir ein falsches Ticket gegeben. Oder es wurde nicht richtig ausgefüllt. Mr. Lands hatte den Auftrag, mich herzufahren und darauf zu achten, daß ich den Flug nicht versäume.« Ich zog meinen Reisepaß aus der Tasche. »Hören Sie, wenn Sie mir nicht glauben, daß ich Ingenieur bin . . .«, begann ich und schlug die Seite auf, wo mein Beruf eingetragen war.

Er starrte auf das Wort »Ingenieur«. »Also, ich weiß nicht . . . Wer hat das Ticket ausstellen lassen?«

»Mr. Staffen.«

»Den erreiche ich jetzt nicht mehr. Er hatte um sechs Dienstschluß.«

»Wäre in der Maschine zum Eins-drei-vier Platz für mich?«

»Ja, sicher.«

»Könnten Sie das Ticket nicht einfach ändern?« schlug ich vor. »Nach Montreal fliege ich auf keinen Fall, das steht fest. Warum sollte ich denn schon wieder abreisen, wo ich doch eben erst angekommen bin.«

Er lachte. »Das hat was für sich.«

»Und wo ich gerade den Job gekriegt habe. Außerdem betonte Mr. Staffen, ich müsse sofort zu meinem Arbeitsplatz, er habe viel zu wenig Ingenieure.«

»Klar, die müssen ständig von einer Baustelle zur anderen gebracht werden.« Er schaute mich an, ich sah, daß er eine Entscheidung traf, und sagte nichts mehr. »Okay, wahrscheinlich war's ein Mißverständnis. Und Sie sind ja auch alt genug, um zu wissen, wo Sie hinfliegen sollen.« Kichernd strich er das Wort »Montreal« auf meinem Ticket durch, ersetzte es durch »Eins-drei-vier« und nahm dann die entsprechende Änderung in seinen Unterlagen vor. »So, jetzt stehen Sie auf der Liste. Ein Glück, daß Sie's rechtzeitig gemerkt haben, sonst wären Sie daheim in England, ehe Sie gewußt hätten, wie Ihnen geschieht.« Sein gutmütiges Geläch-

119

ter wirkte sehr sympathisch, und ich hoffte, man würde ihm keine allzu großen Schwierigkeiten machen, weil er sich von mir hatte bluffen lassen.

Aber ich fand keine Zeit, um darüber nachzudenken, denn Mike drängte mich zur Eile. Der Backbordmotor lief bereits, als wir über das Rollfeld rannten, und durch den kalten Luftstrom, den der kreisende Propeller aussandte, wurde ich an Bord gezerrt. Irgend jemand warf mir meine Reisetasche zu, und während ich sie auffing, sah ich einen Mann aus dem Flughafenbüro treten und zur Maschine herüberstarren. Die Scheinwerfer eines Lasters, der ins Zauntor polterte, streifte ihn, und ich erkannte Laroche.

Dröhnend erwachte der Steuerbordmotor zum Leben. Bei diesem Geräusch stürmte Laroche auf das Rollfeld. »Vorsicht!« Eine Hand stieß mich nach hinten, die Luke fiel krachend ins Schloß, und ich sah nur noch den schwach beleuchteten Laderaum, die in der Mitte gestapelte Fracht und die Bauarbeiter, die zu beiden Seiten saßen.

Das Flugzeug konnte immer noch gestoppt werden. Wenn Laroche dem Flughafenleiter versichert hatte, ich müßte nach Montreal ... Plötzlich heulten die Motoren unisono, die Maschine setzte sich in Bewegung, beschrieb einen weiten Bogen zum Ende der Startbahn. Immer schneller, rollte es dahin, und der Frachtraum zitterte heftig, während die Räder über den unebenen Boden holperten.

Ich zwängte mich zwischen zwei Männer in der Sitzreihe gegenüber der Tür, die Hände auf den Knien. Niemand sprach, der Motorenlärm verhinderte eine Unterhaltung, und in der Luft lag eine Spannung, die stets zu entstehen scheint, ehe ein Flugzeug emporsteigt.

Am Ende des Rollfelds wendete die Maschine. Nur noch wenige Sekunden. Fest umklammerte ich meine

Knie, als die beiden Motoren immer lauter donnerten. Ein heftiger Ruck ging durch den Frachtraum, die Bremsen wurden gelockert. Wenig später erhoben wir uns in die Luft, meine Nerven und verkrampften Muskeln entspannten sich.

Erst jetzt wurde mir bewußt, was ich getan hatte. Ich war auf dem Weg nach Labrador.

2

Wir stiegen sehr lange höher und höher, und es wurde immer kälter. Ich zog meinen Mantel an, doch das machte kaum einen Unterschied. Das Flugzeug war ein Relikt aus dem Krieg, durch den Frachtraum spannte sich immer noch das Absprungseil für die Fallschirmjäger. Ein eisiger Luftzug drang durch die Ritzen der schlecht schließenden Luke. Das trübe Licht verlieh den Gesichtern der Männer eine geisterhafte, körperlose Wirkung. Nie zuvor hatte ich solche Gesichter gesehen, und sie schienen die Welt zu symbolisieren, in die ich nun reiste – alt und wettergegerbt, auch junge, eine Mischung von Rassenmerkmalen, darunter chinesischen und afrikanischen.

Der ratternde Motorenlärm ging in ein stetiges Dröhnen über, als die Maschine in gerader Bahn flog, die Kälte wurde noch schlimmer. »Wir sind jetzt über dem Moisie River«, sagte mein kleiner, vierschrötiger Nc benmann, der ein breites Indianergesicht hatte. »Waren Sie schon mal hier oben?« Ich schüttelte den Kopf. »Nun arbeite ich schon den zweiten Winter an der Bahnlinie«, fügte er hinzu. »Durch die ganze Moisie-Schlucht und zum Hochland hinauf...« Stolz schwang in seiner Stimme mit.

»Wann kommen wir im Eins-drei-vier an?«

»Ich glaube, in einer Stunde. Einmal bin ich im Kanu den ganzen Moisie raufgefahren und rüber zum Ashuanipi. Sechs Wochen. Mit dem Flugzeug braucht man eine Stunde.« Er nickte, versank in Schweigen, und ich fürchtete mich ein bißchen, während wir durch die Nacht nach Labrador brausten.

In den Büchern meines Vaters hatte ich einiges über diese Region gelesen. Ich wußte, daß sie großteils unerforscht war, ein weißer Fleck auf der Landkarte, vor viertausend Jahren noch von den Gletschern der ausgehenden Eiszeit bedeckt. Und die Männer ringsum spendeten mir keinen Trost. Alle gehörten einer Organisation an, ich war ein Außenseiter. Die kantigen, schwach beleuchteten Gesichter, die Kleidung — alles an ihnen repräsentierte die Grimmigkeit der Gegend, in die ich nun flog.

Ich war unvorbereitet und unerfahren, und trotzdem galt meine größte Sorge der Frage, ob Laroche einen Funkspruch zur Baustelle gesendet hatte, um mich mit der nächsten Maschine zurückbringen zu lassen.

Aber mit der Zeit betäubte die beißende Kälte alle Gedanken, und als das schmerzhafte Eis in meinem Körper das Gehirn endgültig ausgeschaltet hatte, wurden die Motoren gedrosselt. Bald darauf landeten wir und kletterten in eine andere Welt hinaus — eine Welt mit festgefrorenem Boden und ein paar Hütten vor einem sternenhellen Hintergrund aus Strauchkiefern. Zur Linken entdeckte ich massive Fahrzeuge im Lampenschein, Maschinerie surrte. Doch das Geräusch erschien mir dünn und substanzlos, verglichen mit der überwältigenden Weite und Einsamkeit. Das Nordlicht drapierte einen unheimlich gespenstischen Vorhang am Himmel, der schwankte und seine Gestalt ständig veränderte und eine unerklärliche Faszination ausübte. Ich starrte ihn

122

an, gebannt von seiner Schönheit, voller Ehrfurcht. Und ringsum spürte ich die rauhe, eiserne Härte des Nordens, die Atmosphäre eines wilden, ungezähmten Landes, vom Menschen noch unberührt.

Steifbeinig gingen wir zu den Flughafengebäuden, einfachen Holzhütten, und drängten uns ins Büro des Flughafenleiters, wo wir uns in der Wärme der Dieselheizung wie in einem Schmelzofen fühlten. Namen wurden aufgerufen, der Flughafenleiter erteilte mit heiserer Stimme Instruktionen, wechselte zwischen Englisch und Französisch hin und her, als handle es sich um ein und dieselbe Sprache. Die Männer gingen zu einem wartenden Lastwagen.

»Ferguson!«

Der Klang meines Namens erschreckte mich, unsicher trat ich vor.

»Sie sind Ferguson, nicht wahr? Da ist eine Nachricht für Sie.« Der Flughafenleiter gab mir einen Zettel. »Die ist vor einer halben Stunde per Funk gekommen.«

Von Lands, war mein erster Gedanke. Dieses Camp ist die Endstation für mich . . . Und dann sah ich Laroches Namen am Ende der Mitteilung. »Wir müssen unbedingt miteinander reden. Ich nehme heute nacht den Güterzug. E. T. A. 0800. Reisen Sie nicht ab, ehe Sie mit mir gesprochen haben, Laroche.«

Ich starrte auf das Papier. Warum hatte er mich nicht gestoppt? Es wäre ein leichtes für ihn gewesen, den Flughafenleiter anzuweisen, er solle mich hier festhalten. Statt dessen folgte er mir. Hatte ich ihn überzeugt? Bedeutete das . . .? Und dann hörte ich eine unverkennbare Lancashire-Stimme: »War Ferguson in dieser Maschine, Sid?«

»Da ist er«, erwiderte der Flughafenleiter, und ich wandte mich zu einem kleinen Mann mit müdem Gesicht, der in der Tür eines Nebenraums stand. Er trug ein Khakihemd mit hochgekrempelten Ärmeln und eine grüne Augenblende. Hinter seiner Schulter entdeckte ich ein Funkgerät.

»Haben Sie die Nachricht erhalten?«

»Ja, danke.«

»Sind Sie ein Freund von Laroche?« Ich wußte nicht, was ich sagen sollte, aber glücklicherweise erwartete er keine Antwort. »Sie sind Engländer, was?« Ich nickte, und da kam er auf mich zu und hielt mir die Hand hin. »Dann gibt's hier immerhin zwei von unserer Sorte. Ich bin Bob Perkins und komme aus Wigan, Lancashire.«

»Das habe ich bereits erraten.«

»Aye, es besteht wohl kaum Gefahr, daß man mich für einen Kanadier hält.« Die müden blauen Augen zwinkerten freundlich. »Zehn Jahre bin ich schon in diesem verdammten Land. 1951 wanderte ich aus und kam direkt hierher, als Funker. Die Leute finden immer noch, ich würde komisch reden. Diese Nachricht ist doch von dem Piloten, dessen Maschine abgestürzt ist?« Ich nickte, und er fuhr fort: »Aye, ich dachte mir gleich, daß unmöglich zwei Männer existieren können, die so heißen.« Zögernd schaute er mich an. »Möchten Sie eine Tasse Tee?« Überrascht, weil mir hier inmitten von Nirgendwo etwas so typisch Englisches angeboten wurde, bejahte ich. Er führte mich in den Funkraum. »In diesem Camp bin ich erst eine Woche. Fünf Tage, um genau zu sein. Vorher war ich in Zwei-neunzig. Ich erinnere mich gut an den Tag, wo sie diesen Laroche auflasen. Ein Riesenwirbel war das«, fügte er hinzu, während er zu seinem Wasserkessel ging, der auf einem Dieselofen dampfte. »Unzählige Reporter kamen hier an, und wir konnten den Luftverkehr kaum bewältigen.«

»Wer hat ihn gefunden?« fragte ich — bestrebt, etwas mehr über Laroche zu erfahren, ehe ich ihn treffen würde.

»Ach, irgendein Bauarbeiterteam. Er stolperte aus dem Busch direkt vor einen Greiferkran. Ray Darcy, der Ingenieur von Zwei-dreiundsechzig, brachte ihn her. Er forderte per Funk ein Flugzeug an und fuhr ihn dann zwanzig Meilen die alte Tote Road rauf. Das dauerte etwa eine Stunde. Zumindest sagte er das. Diese Straße ist ziemlich schlimm. Milch und Zucker? Bei einem Burschen wie Ray Darcy weiß man nie . . .« Er reichte mir einen verbeulten Blechbecher. »Ein toller Typ. Er kam nach Labrador, um einen Monat lang zu angeln, und blieb zwei Jahre. Sind Sie Angler?«

»Nein.«

»Hier kann man großartig fischen. Mir fehlt leider die Geduld dafür. Die braucht man. Nicht, daß Ray Darcy besonders geduldig wäre. Er ist ein Künstler und malt Bilder. Aber wenn's ums Geschichtenerzählen geht, ist er ein echter Angler. Zwanzig Meilen auf der Tote Road, in einer Stunde — das kann unmöglich stimmen. Aye, und Sie sollten mal seinen Jeep sehen. Eine verrückte Kiste — mit dem Schlamm zusammengekleistert, der dran hängengeblieben ist . . .«

Und so redete er in einem fort weiter. Ich saß da, trank meinen Tee und hörte zu, genoß seine Freundlichkeit und die beruhigende Gewißheit, daß er aus England stammte. Allein diese Tatsache bedeutete mir sehr viel. Sie gab mir Selbstvertrauen und befreite mich von dem Gefühl der Einsamkeit.

Bob Perkins war der erste Freund, den ich auf meinem Weg in die Wildnis von Labrador fand. Und obwohl er nicht viel über Laroche erzählen konnte — er hatte ihn nur ein einziges Mal gesehen, als der Pilot auf einer Bahre zum Flugzeug getragen worden war — kannte ich nun den Namen des Mannes, der mehr wissen mußte.

Ich entlockte Bob noch weitere wichtige Informationen. Das Camp 224 war ziemlich groß und gut organisiert. Ein Ingenieursstab schickte täglich per Fernschreiber Berichte zum Seven-Islands-Stützpunkt. Offensichtlich nicht der richtige Ort für mich. Diese Leute würden sofort feststellen, daß ich an der Bahnlinie nichts verloren hatte. Zwanzig Meilen hinter 224 lag Head of Steel, und jenseits davon führten die neuen Gleise zu isolierten Baustellen, wo die Crews mit Bulldozern und Greiferkränen ins jungfräuliche Land vordrangen. Keine Bahn, keine Telefonleitung — nur die alte Tote Road und der Flughafen verbanden die Camps mit der Basis. Das Camp 263 breitete sich laut Bob sehr schnell aus, war aber nach wie vor nicht mehr als eine Lichtung im Strauchkiefernwald, primitiv und äußerst unkomfortabel. »Das einzige anständige Camp zwischen Zwei-zwei-vier und Menihek ist Zwei-neunzig, direkt am See, mit einem großen Rollfeld auf einem Berghang. Hauptsächlich C. M. M. K.-Personal — das ist die Firma, die diese Bahnlinie baut. Die haben sogar einen Hubschrauber für den Boß.«

»Einen Hubschrauber!« Aber selbst wenn ich den Piloten überreden könnte, mich in das fragliche Gebiet zu bringen — ich würde den Löwensee nicht finden. Wie Laroche erklärt hatte, gab es da oben Tausende von Seen. Und das mußte ich glauben, wenn ich mich an die Gegend erinnerte, die wir von Goose aus überflogen hatten. Hatte mein Vater die Lage des Sees gekannt? Falls ja — würde meine Mutter Bescheid wissen?

Perkins erzählte, man hätte den Hubschrauber bei dem Versuch benutzt, Briffes und Bairds Leichen zu bergen. »Er flog zweimal hin — vergeblich. Er fand die Stelle nicht.«

»Wer? Laroche?«

»Aye. Zwei Tage nachdem sie ihn abgeholt hatten, kam er zurück. Er sah gräßlich aus. Eine lange Schnittwunde an der Stirn, das Gesicht kalkweiß. Sie hätten ihm nicht erlauben sollen, herzufliegen. Aber er sagte, er müsse die Stelle suchen. Len Holt, der Hubschrauberpilot, brachte ihn zweimal hin. Aber es nützte nichts. Ich sah ihn, als er das zweite Mal zurückkehrte. Sie mußten den armen Kerl aus der Maschine heben, so fertig war er.«

»Wurde er von einem gewissen McGovern begleitet?« fragte ich. Er schüttelte den Kopf. »Laroche war allein.«

Ich erkundigte mich nach dem Camp 263. Aber er konnte mir nicht mehr mitteilen, als ich bereits wußte. Er war nie dort gewesen, hatte die Männer nur darüber reden hören. »Es muß sehr schlimm sein. Und das Essen ist miserabel. Ein neues Camp. Alle neuen Baustellencamps sind grauenvoll.« Neugierig schaute er mich an. »Sie gehen doch nicht dahin?«

Inzwischen hatte ich eine Entscheidung gefällt. Ich würde nicht auf Laroche warten. Zuerst wollte ich mit Darcy sprechen. »Doch, ich muß so schnell wie möglich hin.« Und dann fragte ich, ob ich mein Ziel noch in dieser Nacht erreichen könnte. »Es ist dringend.«

»Und Laroche? Sie wollten doch auf ihn warten.«

»Sagen Sie ihm, ich werde mich von Zwei-dreiundsechzig aus melden.«

»Aber . . .«

»Laroche arbeitet nicht für die Firma«, unterbrach ich Bob. »Ich habe den Auftrag, möglichst schnell an meinem Arbeitsplatz einzutreffen. Und daran halte ich mich. West wurde verletzt, ich soll ihn ersetzen.«

Er nickte. »Ja, sein Fuß wurde von einem Schienenauto zermalmt.« Ich dachte, er würde das Thema noch weiter verfolgen, aber er fügte nur hinzu: »Nun, Sie müssen ja wissen, was zu tun ist.«

»Kann ich heute nacht noch hinfliegen?«

127

»Nein. Die Flüge nach Norden stoppen nicht mehr bei uns. In etwa einem Monat wird dieses Camp hier aufgelöst. Am besten, Sie versuchen's mit dem Güterzug. Dann würden Sie Ihren Freund Laroche sehen und morgen vor Einbruch der Dunkelheit in Head of Steel ankommen.«

Also saß ich hier fest. »Gibt es keine andere Möglichkeit?« Aus Angst, er könnte glauben, daß ich Laroche aus dem Weg gehen wollte, erklärte ich: »Morgen muß ich im Zwei-dreiundsechzig sein.«

Er schüttelte den Kopf. »Nein...« Abrupt verstummte er. »Moment mal! Ich glaube, der Bettungsschotterzug ist heute abend aufgehalten worden...« Er eilte ins Büro des Flughafenleiters, ich hörte ihn mit dem Mann sprechen, dann telefonierte er. Nach einer Weile kehrte er zurück. »Okay, Sie können mitfahren. Normalerweise ist der Zug um diese Zeit schon weg. Aber letzte Nacht ist der Schotter oben an den Gleisen festgefroren, und sie sind zurück gefahren, um neuen zu holen. Den verladen sie immer noch.«

»Wann fährt der Zug ab?«

»Nicht vor zwei. Ein paar Waggons müssen noch beladen werden. Zumindest hat mir das der Vorarbeiter erzählt.«

Ich fragte, wie weit mich der Zug bringen würde, und er erwiderte, gerade würden sie direkt hinter Head of Steel an der Schotterbettung arbeiten.

»Im Gegensatz zum Güterzug hält er nirgends, also müßten Sie in vier Stunden dort sein.« Er goß sich noch einmal Tee ein. »Nun, soll ich Sid sagen, daß Sie mitfahren? Allzu bequem werden Sie's aber nicht haben.«

»Das macht nichts.« Mir kam es nur darauf an, mit Darcy zu sprechen, ehe Laroche mich einholen würde.

Er nickte und ging wieder nach nebenan, den Becher

in der Hand. Es war sehr heiß im Funkraum, und langsam wurde ich schläfrig. »Okay«, sagte Bob, als er zurückkehrte. »Sie fahren im Dienstwagen mit Onry Gaspard. Das ist der Zugführer. Er wird sich um Sie kümmern.« Nachdem er auf seine Uhr geschaut hatte, erklärte er: »Bis zur Abfahrt haben Sie noch vier Stunden Zeit. Legen Sie sich ein bißchen hin. Sie sehen ziemlich müde aus.«

Ich nickte. Jetzt wo alles geregelt war, fühlte ich mich ziemlich erschöpft. »In den letzten Tagen bin ich fast nur herumgeflogen.« Und dann fiel mir ein, daß Farrow mich am nächsten Morgen auf dem Dorval Airport erwarten würde. Außerdem mußte ich Mr. Meadows verständigen — und meine Mutter. »Erst werde ich einige Briefe schreiben«, erwiderte ich und gestand, die Leute bei mir daheim würden noch gar nichts von meiner Reise nach Kanada wissen.

»Telegraphieren Sie doch!« Er riß einen Zettel von einem Block, der neben dem Funkgerät hing. »Da schreiben Sie alles auf, und ich funke es sofort zur Basis.«

So einfach war das. Ich erinnerte mich, wie klein ich die Welt in Simon Ledders Keller gefunden hatte. Zögernd fragte ich: »Könnten Sie einen Funker in Goose kontaktieren?«

Er runzelte skeptisch die Stirn. »Ich will's versuchen. Das hängt davon ab, ob er empfangsbereit ist. Was für ein Sendezeichen hat er?«

»VO6AZ«, antwortete ich, dann nannte ich die Frequenz.

»VO6AZ?« Neugierig hob Bob die Brauen. »Der war doch Briffes Funkkontakt während der Expedition.«

Ich nickte und befürchtete, zahlreiche Fragen heraufbeschworen zu haben. »Würden Sie mit ihm in Verbindung treten«

129

Er schwieg eine Zeitlang und schien nachzudenken. »Okay«, entgegnete er schließlich. »Es wird eine Weile dauern. Und vielleicht erreiche ich ihn gar nicht. Wollen Sie selber mit ihm reden, oder genügt eine Nachricht?«

»Eine Nachricht.«

»Was für einen Job hat er in Goose? Ist er bei der Air Force?«

»Nein, bei D. O. T. Communications.«

»Dann funke ich an Goose Radio. Das kriege ich immer.«

»Wunderbar.«

»Also, notieren Sie die Nachricht, und nach Dienstschluß sage ich Ihnen, ob ich sie senden konnte.« Er zog einen Bleistift hinter seinem Ohr hervor und gab ihn mir.

Zunächst saß ich nur da, wußte nicht, was ich Ledder mitteilen sollte, und spürte, wie er mich beobachtete. Zweimal fing ich zu schreiben an, dann strich ich alles wieder durch. Der Schlafmangel umnebelte mein Gehirn, und ich war mir nicht sicher, wieviel ich verraten durfte. Schließlich entschied ich mich für folgenden Wortlaut: »Company weigert sich, den Fall ernst zu nehmen. Fahre in den Norden von Labrador und bemühe mich, Löwensee zu finden. Bitte informieren Sie Farrow. Ersuchen Sie ihn, bei Rückkehr nach Bristol Mr. Meadows von Runway Construction Engineer sowie meiner Mutter, Mrs. Ferguson, 119 Landsdown Grove Road, London, N. W. 1., Bescheid zu geben. Lasse ihn bitten, sie telegraphisch zu fragen, ob mein Vater ihr jemals die exakte Lage des Löwensees mitgeteilt hat. Antwort c/o Perkins, Funker, Camp 134, Q. N. S. & L. R., Seven Islands. Danke für Ihre Hilfe. Ian Ferguson.« Ich las den Text noch einmal durch, dann gab ich Bob den Zettel. »Hoffentlich macht es Ihnen nichts aus, daß ich Sie als Postkasten benutze.«

»Das ist schon okay.« Er stand auf, las die Nachricht, sah mich an und ich ahnte, welche Fragen ihm auf der Zunge lagen. Aber dann steckte er das Papier in die Tasche. »Wenn Sie ein bißchen schlafen wollen, fahren Sie besser ins Camp rein. Draußen steht ein Laster, der wird Sie hinbringen. Sie können sich auf das Gästebett in meinem Zimmer legen.«

Ich bedankte mich. »Übrigens, ich wäre Ihnen sehr verbunden, wenn Sie diesen Funkspruch vertraulich behandeln würden.«

»Aye — ich werde niemandem was erzählen«, erwiderte er langsam. »Aber wenn Sie kein Engländer und mir unsympathisch wären, würde ich mich vielleicht anders verhalten.« Sicher erriet er, warum ich hier war — insbesondere, nachdem Laroche gefunkt hatte, ich solle auf ihn warten. »Kommen Sie, ich bitte den Chauffeur, Sie zu unserem Quartier zu bringen. Um Mitternacht habe ich Dienstschluß, dann werden Sie erfahren, ob ich Goose erreichen konnte.« Er führte mich zum Laster hinaus und sprach mit dem Mann, der daneben stand. »Um halb zwei holen Sie ihn wieder ab. Er nimmt den Schotterzug nach Norden.«

Das Nordlicht war mittlerweile erloschen, die Nacht rabenschwarz. Nur ein einzelner Stern funkelte tief über den Strauchkiefern. Ein eisiger Wind fegte Pulverschnee über den Boden. »Wenn ich Sie nicht wecke, wissen Sie, daß Ihre Nachricht angekommen ist«, rief mir Bob Perkins zu, nachdem ich in den Wagen gestiegen war. »Und wenn Laroche eintrifft, sage ich ihm, er fände Sie oben im Zwei-dreiundsechzig. Okay?« Er grinste mich an, während sich das schwere Vehikel in Bewegung setzte.

Am Ende der Flughafengebäude bogen wir in eine Sandstraße, durch die sich im Scheinwerferlicht dicke Furchen zogen, hart wie Zement. Vor einer Holzhütte hielten wir. »Okay, Mister, da ist das Quartier.« Der Fahrer war Italiener. »Ich soll Sie also um halb eins abholen?«

»Ja. Bitte, vergessen Sie's nicht! Der Zug fährt um zwei.«

»Okay, ich werde dran denken.« Er schaltete, und der Laster holperte über die Furchen davon. Die Schweinwerfer streiften die Hütten, die das Camp 134 bildeten. Irgendwo in der Finsternis summte ein elektronischer Generator. Sonst war nichts zu hören. Ein paar Lichter schimmerten. Die Umgebung wirkte unbeschreiblich einsam — und beängstigend verlassen.

Ich betrat die Hütte und knipste die Lampe an. Die nackte Glühbirne beleuchtete einen kleinen Flur, mit einer Duschkabine und einer Toilette am Ende. Schwarzer Sand bedeckte die kahlen Bodenbretter und knirschte unter meinen Füßen. In der Ecke dröhnte ein Dieselofen und verbreitete intensive Hitze. Es gab drei Zimmer. Zwei Türen standen offen, und ich sah, daß die Betten belegt waren. Ich betrat den Raum neben der Dusche. Hier war es kühler, niemand lag in den beiden Betten. Auf dem Tisch dazwischen entdeckte ich ein Foto in einem Lederrahmen, das meinen Freund aus Lancashire zeigte, Hand in Hand mit einem Mädchen. Ein Regal enthielt Taschenbücher, hauptsächlich Western, und das halbfertige Modell eines vollgetakelten Segelschiffs. In einer Ecke lag ein zusammengerollter Schlafsack, im Schrank hing warme Kleidung.

Zwei Segeltuchtaschen, mit dem Namen »Koster« versehen, standen auf einem Bett. Ich stellte sie neben mein Gepäck auf den Boden, schaltete das Licht aus und legte mich hin, ohne etwas anderes als das Jackett und die Hose auszuziehen. Es gab keine Laken, die Decken waren rauh vom Sand. Ihr muffiger Geruch blieb noch lange in meiner Nase hängen, denn vorerst fand ich keinen Schlaf. Ich mußte über so viele Dinge nachdenken. Als ich dann endlich eingenickt war, schien es nur wenige Minuten zu dauern, bis jemand an der Schulter rüttelte. »Ist es schon soweit?« fragte ich und erinnerte mich an den Schotterzug. Das Licht brannte und als ich die Augen öffnete, sah ich das leere Bett gegenüber und den Wecker, der an der Wand hing. Es war noch nicht Mitternacht. Und dann schaute ich den Mann an, der mich geweckt hatte, starrte auf die halbverheilte Schnittwunde am rasierten Oberkopf. Sofort richtete ich mich kerzengerade auf. »Sie!« Ich war plötzlich hellwach, Panik erfaßte mich. »Wie sind Sie hierhergekommen?«

»Mit dem Flugzeug.« Laroche hatte meine Schulter losgelassen, nun stand er vor mir und musterte mich. »Ich hatte Angst, Sie nicht mehr anzutreffen, wenn ich auf den Güterzug warten würde.« Er zog den Reißverschluß seines Parkas auf, setzte sich ans Fußende des Betts und zerrte an seinem Seidenschal. »Verdammt heiß hier drin.«

Der Dieselofen im Flur lief auf Hochtouren, das zugenagelte, mit Papier verdeckte Fenster ließ keinen Luftzug herein. Schweiß klebte an meinem Gesicht und Hals, und es war stickig im Zimmer. Doch mein Herz hämmerte aus einem anderen Grund schmerzhaft gegen die Rippen.

»Tut mir leid, daß ich Sie geweckt habe. Sie müssen sehr müde sein.«

Ich schwieg, denn ich traute meiner Stimme nicht. Der Mann jagte mir Angst ein — warum, kann ich mir bis heute nicht erklären. An der Narbe lag es wohl nicht, obwohl sie ihn im grellen Licht der nackten Glühbirne stark entstellte, auch nicht an seiner Miene. Abgesehen von seiner unvermuteten Ankunft hatte er nichts an sich, was mich hätte erschrecken müssen. Es kann nur eine instinktive Reaktion gewesen sein. Vielleicht war in den Sekunden meines Erwachens irgend etwas von seiner seelischen Verfassung auf mich übergegangen.

Er nahm das Seidentuch ab und wischte sich damit übers Gesicht. Was würde er nun tun? Ich beobachtete, wie er aus dem Parka schlüpfte, dann saß er da, in einem dicken Wollhemd, an den Handgelenken zugeknöpft, und starrte ins Leere. Er sah so verzweifelt müde aus, unter der fahlen Haut zeichneten sich die hohen weißen Wangenknochen ab, dunkle Schatten umgaben die Augen.

»Haben Sie Lands gesagt, wo ich bin?« Meine Stimme klang trocken und rauh.

»Nein.« Er nahm eine Packung Zigaretten aus der Tasche seines Parkas und bot mir eine an. Es war eine automatische Geste, und als ich den Kopf schüttelte, steckte er eine Zigarette in den Mund und starrte wieder vor sich hin, als wäre er zu erschöpft, um sie anzuzünden. »Erst wollte ich mit Ihnen reden«, erklärte er. Nach einer Weile zog er ein Streichholz aus der Tasche und riß es mit einem Daumennagel an. Die Flamme milderte seine Züge vorübergehend und zeigte mir Augen, die in tiefe Gedanken zu versinken schienen. Seine Hände zitterten leicht, und er sog hastig den Rauch ein, als würden seine Nerven danach schreien. Abrupt fragte er: »Warum sind Sie hierhergeflogen? Glauben Sie mir nicht?« Er schaute immer noch zu Boden.

Ich gab keine Antwort. Stille erfüllte den Raum, das metallische Ticken des Weckers klang unnatürlich laut, und ich hörte sogar die leisen Atemzüge, die aus dem Nebenzimmer drangen. Das Schweigen der verlassenen Welt da draußen drohte durch die dünnen Holzwände hereinzukriechen. Warum hatte er Lands nicht informiert? Warum wollte er mich zuerst sprechen?

»Wieso glauben Sie mir nicht?« fragte er in scharfem Ton. Offenbar zerrte die Stille an seinen Nerven. »Sie glauben mir doch nicht, oder?«

»Darum geht es nicht.«

»Nein, vermutlich nicht.« Er packte das Seidentuch, als wollte er es in Fetzen reißen. Dann murmelte er etwas, das wie »Schicksal« klang, und schüttelte den Kopf. »Ich kann mir noch immer nicht vorstellen, daß es wahr ist«, flüsterte er. »Der Sohn des alten Mannes, der am Funkgerät sitzt, den Berichten lauscht und abwartet, ob es geschehen wird ...«

»Sprechen Sie von meinem Vater?«

Doch er schien meine Frage nicht zu hören. »Wie ein Alptraum ...« Und dann sah er mich an. »Sie bilden sich wohl ein, ich hätte die beiden getötet?« Er lachte kurz auf. Doch in seiner Stimme schwang kein Funke Humor mit, und das Gelächter entsetzte mich genauso wie seine Worte. »Weil ich Laroche heiße?« fügte er bitter hinzu. »Oh, schauen Sie nicht so verwirrt drein! Als ich Ledders Bericht las, wußte ich sofort, was Ihr Vater gedacht hatte.« Er ließ das Tuch fallen und packte mein Handgelenk. »Sie müssen mir glauben«, fuhr er eindringlich fort. »Ich bin nicht schuld am Tod dieser Männer.«

»Das habe ich auch nie angenommen«, erwiderte ich, zutiefst erschüttert, weil er es für nötig hielt, eine solche Erklärung abzugeben.

»Nein?« Forschend blickte er mir ins Gesicht. »Warum sind Sie dann hier? Wieso erzählen Sie Paule, ich sei ein Lügner und ihr Vater wäre noch am Leben? Obwohl Ihnen niemand geglaubt hat ... *Mon Dieu!* Und dann behaupten Sie, Staffen habe Sie engagiert, und kommen hierher, statt nach Montreal zu fliegen. Bilden Sie sich ein, ich wüßte nicht, was Sie denken? *C'est incroyable!*« Wütend drückte er die Zigarette in der Ta-

135

bakdose aus, die auf dem Tisch zwischen den Betten stand und als Aschenbecher diente, dann hob er das Seidentuch auf und wischte sich wieder das Gesicht ab. Wahrscheinlich schwitzte er nicht nur wegen der Hitze im Zimmer, sondern auch vor Erschöpfung. »Sie hätten Mac heute nachmittag die Wahrheit sagen sollen, dann hätten wir es im Büro austragen können, nur wir drei. Hätten Sie ihm erklärt, warum Sie hier sind . . .«

»Das habe ich doch getan.« Hatte er mir bei jener Unterredung nicht zugehört? »Ich kam hierher, weil mein Vater einen Funkspruch von Briffe empfangen hatte und . . .«

»Das ist nicht der wahre Grund«, unterbrach er mich ungeduldig und winkte ärgerlich ab.

»Doch«, beharrte ich.

»Um Himmels willen, ich bin kein Narr!« rief er. »Sie können sich unmöglich solche Sorgen um einen Mann machen, den Sie nie gesehen haben. Wie alt sind Sie?« fragte er unvermittelt.

»Dreiundzwanzig.«

»Und ich wette, Sie haben England vorher noch nie verlassen.«

»Nur einmal. Ich habe einen Urlaub in Belgien verbracht.«

»Ein Urlaub in Belgien«, wiederholte er so verächtlich, daß ich mir schrecklich unbedeutend vorkam angesichts der vielen tausend Meilen, die er schon geflogen war, über nicht kartographiertes Land. »Und ich soll Ihnen glauben, daß Sie nach Kanada gereist sind, wo Sie keine Menschenseele kennen — nur eines Mannes wegen, von dem Sie nie gehört hatten, bevor Ihr Vater ihn erwähnte. Sie verständigten die Behörden, und dabei hätten Sie es bewenden lassen, wären Sie nicht von irgendwelchen persönlichen Gründen motiviert worden.«

»Wenn die beiden noch leben . . .«

»Sie sind tot!« stieß Laroche hervor.

»Wie konnte mein Vater dann jene Nachricht erhalten?«

Aber Briffes Funkkontakt mit der Außenwelt schien ihn nicht zu interessieren. »Warum haben Sie ihn belogen?«

»Wen?«

»McGovern.«

»Ich habe ihm die Wahrheit erzählt. Mein Vater starb, weil . . .«

»Sie haben ihn belogen!« Er schrie beinahe. »Denn Sie sagten, Sie würden den Namen des Mannes, der Ihren Großvater auf der Expedition begleitet hat, nicht kennen.«

»Das stimmt. Bevor ich mit Ledder in Goose sprach, wußte ich nichts von der Ferguson-Expedition.«

Laroche starrte mich an, als hätte ich behauptet, die Erde sei eine Scheibe. »Das ist absurd. Wie Sie zugegeben haben, war Ihr Vater von Labrador besessen. Sie können nicht aufgewachsen sein, ohne den Grund für diesen Fanatismus zu erfahren. Und als Sie seine Notizen über den Funkspruch lasen, muß Ihnen klar gewesen sein, warum er ihn erfunden hat. Sonst wären Sie nicht hergekommen . . .«

»Er hat ihn nicht erfunden!« protestierte ich erbost.

»Okay, dann war es eben Einbildung.«

»Auch das nicht.« Plötzlich zitterte ich vor Zorn. Begriff er denn nicht, daß dies alles Wirklichkeit war — real genug, um meinen Vater in den Tod zu treiben? Er empfing einen Funkruf und notierte ihn in seinem Logbuch. Und dieser Funkspruch stammte von Briffe. »Es ist mir egal, was Sie sagen, was sonst jemand sagen mag . . .«

»Er kann keine Nachricht erhalten haben.« Laroches

Stimme nahm einen schrillen Klang an. »Das Funkgerät war an Bord, als das Flugzeug versank. Das habe ich bereits erklärt. Briffe konnte unmöglich funken.« Ich gewann beinahe den Eindruck, er wollte sich selbst überzeugen, starrte ihn an, und der Schweiß auf meiner Haut wurde kalt.

Er hatte nicht gesagt: »Weil Briffe tot war.« Nur daß die Beaver mit dem Funkgerät versunken sei . . . »Was war mit Briffe?«

Doch er wiederholte nur: »Er konnte unmöglich funken.« Diesmal sprach er leise, mehr zu sich selber. In seiner Aufregung hatte er die Bedeutung meiner Frage nicht verstanden. Abrupt kehrten seine Gedanken zur Ferguson-Expedition zurück. Daß ich nichts davon gewußt hatte, schien ihn zu beunruhigen. »Ich glaube es einfach nicht«, murmelte er. »Sie können doch nicht aufgewachsen sein, ohne gehört zu haben, was Ihrem Großvater damals zustieß.«

»Es war aber so.« Ich fand das völlig unwichtig. »Was macht das für einen Unterschied? Mir geht es nur um . . .«

»Was das für einen Unterschied macht?« Er starrte mich an, neuer Schweiß trat auf seine Stirn. »Es bedeutet . . .« Nachdenklich schüttelte er den Kopf. »Nein, einen solchen Zufall kann es nicht geben. Warum hat er Ihnen nichts erzählt?« Offenbar konnte er sich nicht von diesem Thema losreißen.

Und aus irgendeinem Grund erschien es mir in diesem Augenblick wichtig, ihn zu überzeugen. »Ich glaube, das lag an meiner Mutter«, erwiderte ich und berichtete, wie sie versucht hatte, das letzte Logbuch vor mir zu verstecken. »Sie hatte Angst vor Labrador. Vermutlich wollte sie verhindern, daß ich in irgendwas hineingezogen wurde, und nahm meinem Vater das Versprechen ab . . .«

»Aber diese Frau!« fiel Laroche mir ungeduldig ins Wort. »Das Tagebuch . . .« Mühsam beherrschte er sich. »Wann starb Ihre Großmutter?«

»Ich glaube, damals war ich zehn.«

»Also alt genug. Hat sie nie mit Ihnen über ihren Mann gesprochen? Das muß sie doch getan haben. Eine so entschlossene Frau — voller Haß . . .«

»Als ich noch sehr klein war, kam sie einmal in mein Zimmer und wollte mit mir reden. Ich hatte Angst, und meine Mutter rannte herein. Danach besuchten wir sie nie wieder.«

Das schien ihn endgültig zufriedenzustellen. »Sie kamen also hierher, ohne von jener Expedition zu wissen.« Jetzt klang seine Stimme sehr müde.

»Ja. Ich erfuhr es erst von Ledder. Warum ist das so wichtig?«

Aber seine Gedanken gingen andere Wege. »Und wie konnten Sie wissen, daß es der Löwensee war, wenn Sie nicht . . .« Er verstummte und strich sich über die Lider. »Natürlich, die Eintragung im Logbuch, die Landkarte, Ledders Bericht . . . Aber Sie konnten nur Mutmaßungen anstellen.« Seine Schultern sanken nach vorn, und plötzlich wirkte er viel kleiner. »*Mon Dieu!*« flüsterte er, und seine Hände begannen zu zittern. »Es stimmt also.«

»Was?«

»Der Funkspruch . . .« Er mußte geantwortet haben, ohne zu überlegen, denn er fügte rasch hinzu: »Deshalb sind Sie hier. Ich wollte sichergehen.« Und dann stand er hastig auf. »Jetzt muß ich schlafen.« Wieder fuhr er sich über die Augen. »Ich habe Kopfschmerzen.« Jetzt sah es so aus, als dränge es ihn, aus dem Zimmer zu fliehen.

Aber inzwischen hatte ich die Bedeutung seiner Worte erkannt. »Es war also der Löwensee. Sie sagten, das sei Ihnen nicht aufgefallen . . .«

139

Ein wildes Glitzern in seinem Blick brachte mich zum Schweigen. Er stand am Fußende des Betts und starrte in mein Gesicht. »Was spielt das für eine Rolle, ob es der Löwensee war oder nicht?« fragte er mit bebender Stimme. »Sie erklärten doch, vorher hätten Sie von alldem nichts gewußt. Was spielt es dann für eine Rolle?«

»Keine.« Ich fröstelte und fuhr fort, weil ich nicht anders konnte: »Aber — wenn Sie wußten, woher Briffes Funkspruch kam . . .«

»Er hat nicht gefunkt!« herrschte er mich an. »Niemand hat an der Unfallstelle gefunkt!«

»Wieso hat mein Vater dann . . .«

»Ich sage Ihnen doch, das ist unmöglich.« Laroche war leichenblaß geworden. »Ihr Vater hat sich das eingebildet. Er war verrückt — besessen von Labrador. Und er hat die ganze Geschichte so lange in seinem Innern verschlossen. Diesen Funkspruch erhielt er nur in seiner Phantasie.« Keuchend stieß er hervor: »So muß es gewesen sein — so muß es gewesen sein«, wiederholte er, als könnte er seine Vermutung dadurch in Realität verwandeln. »Briffe hatte keinen Sender. Und Baird . . . Bill Baird war tot, ohne jeden Zweifel.«

»Und Briffe?« flüsterte ich. »War Briffe tot?«

Langsam richtete er seine Augen auf mich, und ich beobachtete, wie sie sich weiteten, während ihm bewußt wurde, was er gesagt hatte. Er öffnete den Mund, brachte aber keinen Laut hervor, und in diesem Moment wußte ich mit absoluter Sicherheit, daß Briffe bei Laroches Aufbruch noch gelebt hatte. Es gelang ihm nicht, die Lüge erneut auszusprechen, die in Lands' Büro so glatt über seine Lippen gekommen war, und ich saß im Bett, starrte ihn an, unfähig, meinen Abscheu zu verbergen. »Warum gaffen Sie so?« schrie er, dann riß er sich zusammen. »Natürlich, die verdammte Narbe.

140

Damit sehe ich ziemlich komisch aus.« Unbehaglich lachte er und griff nach seinem Parka.

Er wandte sich ab, und ich wagte nicht zu fragen, warum er meinen Flug zu diesem Camp nicht gemeldet hatte oder wieso er sich so brennend für die Ferguson-Expedition interessierte. Ich wollte ihn nur noch loswerden.

»Jetzt muß ich schlafen.« Laroche hatte seinen Parka angezogen, und nun murmelte er vor sich hin: »Ich brauche dringend meinen Schlaf.« Blindlings ging er zur Tür, dann blieb er stehen, als hätte ihn ein Gedanke wie ein unsichtbarer Faden zurückgehalten. »Was werden Sie jetzt tun?« Er drehte sich wieder zu mir um. »Sie sollten nach Hause fliegen. Niemand glaubt Ihnen.«

Ich schwieg und hoffte, er würde gehen. Aber er kehrte zum Fußende des Betts zurück. »Sie wollen in die Wildnis weiterreisen und die beiden suchen, nicht wahr?« Konnte er lesen, was hinter meiner Stirn vorging? Und lag das wirklich in meiner Absicht? Bisher hatte ich mich nicht getraut, zu überlegen, was ich nach dem Gespräch mit Darcy tun würde. »Sie werden nicht hinkommen«, fügte er hinzu. »Niemals.« Krampfhaft schluckte er. »Sie wissen nicht, wie es dort ist. Da gibt es nichts, gar nichts. Nur Strauchkiefern und Moor und Rentiermoos und Wasser — ein See nach dem anderen. Sie müssen verrückt sein, wenn Sie auch nur daran denken. Sie werden sterben — Sie wissen nicht, wie es dort ist.«

Ich hörte, wie sich die Tür der Hütte öffnete. Schritte hallten über den kahlen Bretterboden, und dann erschien Bob Perkins auf der Schwelle seines Zimmers. Bei Laroches Anblick hielt er inne. »Verzeihung . . .« Unsicher schaute er uns an. »Ich glaubte, Sie würden schlafen.« Er zögerte kurz, dann sagte er: »Wenn Sie ungestört miteinander reden wollen . . .«

141

»Nein«, unterbrach ich ihn rasch, »wir sind schon fertig.« Seine Ankunft erfüllte mich mit namenloser Erleichterung.

Laroche musterte ihn unschlüssig. »Ich muß nachdenken«, murmelte er und wandte sich wieder an mich. »Der Proviantzug kommt erst um acht Uhr früh. Und in der Zwischenzeit verkehren keine Flugzeuge. Morgen sehen wir uns noch einmal — wenn ich geschlafen habe.« Mit einer fahrigen Geste schlang er sich das Tuch um den Hals. »Morgen reden wir noch mal.« Und dann schob er sich an Perkins vorbei. Langsam, wie benommen, entfernte er sich; mühevoll schienen ihn seine Füße durch den Flur zu schleppen, und dann fiel die Hüttentür hinter ihm ins Schloß. Wieder spürte ich den Schweiß auf meinem Gesicht und merkte, daß ich am ganzen Körper zitterte.

»Das war Laroche, nicht wahr?« fragte Perkins. Ich nickte und fühlte mich plötzlich völlig kraftlos. »Das dachte ich mir.« Neugierig schaute er mich an, und ich dachte, er würde mich mit Fragen bestürmen. Aber dann ging er zu seinem Bett und begann sich auszuziehen. »Übrigens, ich habe Ihre Nachricht nach Goose gefunkt.«

»Danke.«

»Ledder konnte ich nicht erreichen, aber sie werden ihn verständigen.«

»Tut mir leid, daß ich Ihnen so zur Last falle.«

»Schon gut.« Er zögerte, ließ es nur widerwillig dabei bewenden, aber als ich schwieg, knipste er das Licht aus und kroch ins Bett. »In anderthalb Stunden kommt Luigi. Laroche soll nicht wissen, wohin Sie fahren, nicht wahr?«

»Nein, das soll er nicht.«

»Okay, ich werde ihm nichts erzählen. Von der Funknachricht auch nicht.«

»Danke.« Nach einer kleinen Pause fügte ich hinzu: »Sie sind ein sehr guter Freund.«

»Aye, einem Landsmann helfe ich gern. Gute Nacht und *bon voyage*, wie die Franzosen sagen.«

Wenig später schnarchte er friedlich, aber ich konnte nicht schlafen, weil ich unentwegt an Laroches Besuch denken mußte. Sein Verhalten und seine innere Anspannung waren so merkwürdig gewesen. Da gab es irgend etwas, das ich nicht verstand — ein Geheimnis, tief in seiner Seele verschlossen. Der Ton, in dem er gesagt hatte: »Sie bilden sich wohl ein, ich hätte die beiden getötet! . . .« Und sein Interesse an der Ferguson-Expedition erschien mir fast pathologisch. Oder hing dieses sonderbare Benehmen mit seiner Verletzung zusammen? Ich wußte nur, daß er Briffe lebend zurückgelassen hatte. Nun mußte ich nur noch jemanden finden, der mir glaubte, oder den Löwensee aufspüren.

Eine Ewigkeit schien zu verstreichen, bis der Laster kam. Endlich hörte ich ihn vor der Hütte anhalten, im Flur flammte das Licht auf, und der Italiener steckte den Kopf zur Tür herein. »Wenn Sie den Schotterzug erreichen wollen, sollten Sie sich beeilen, Mister.«

Perkins rührte sich nicht. Er lag auf dem Rücken und schnarchte mit offenem Mund. Ich zog mich rasch an und trug meine Reisetasche zum Laster hinaus. Die Nacht war bitterkalt und sternenlos, kein Lichtschimmer zeigte sich im schlafenden Camp. Auf derselben Straße mit den harten Furchen holperten wir an den Flughafengebäuden vorbei zur Schottergrube, wo sich die schwarze Silhouette des Zugs am Rand einer Böschung abzeichnete.

Der Fahrer setzte mich direkt unterhalb des Dienstwaggons ab, einem antiquierten Vehikel, aus dessen Dach ein eiserner Schornstein ragte. Eine Taschenlampe blitzte über mir auf. »Wer ist da?« rief jemand, und

143

als ich mein Anliegen erklärt hatte, schrie der Mann: »Henri! Ein Passagier für dich!«

Eine Öllampe flackerte neben den Schotterwaggons. »*Bon, bon.*« Ich kletterte die Böschung zu den Schienen hinauf, wo ich erwartet wurde. »*Bonjour, M'sieur.*« Der Lampenstrahl schien mir in die Augen. »Sie sind Engländer, nicht wahr? Ich bin Henri Gaspard.« Er schüttelte mir die Hand, sein Gesicht glühte im Licht der Taschenlampe — ein trauriges, faltiges Gesicht mit einem gewachsten Schnurrbart. Unglaublicherweise trug er eine Pillenschachtelmütze von der Canadian Pacific Railway mit Goldlitzen, und damit wirkte er an diesem gottverlassenen Ort so altmodisch und pittoresk, als wäre er einem illustrierten Buch über die Soldaten der *Grande Armée* entsprungen. »Sie kommen gerade noch rechtzeitig, *mon ami*. Wir fahren jetzt los.« Er führte mich zum Dienstwaggon und bedeutete mir, einzusteigen. »Mein Domizil. *Entrez, M'sieur.*«

Henri verließ mich, und ich betrat den Waggon. Drinnen sah es makellos sauber und zu meiner Überraschung sehr gemütlich aus. Zu beiden Seiten standen Stockbetten, ein Nebenabteil war wie ein Salonwagen eingerichtet, mit gepolsterten Ledersitzen und einem Tisch, zur Rechten entdeckte ich einen Holzkohlenherd. Die Mahagonitäfelung und die Öllampen an der Decke vervollständigten die Atmosphäre im König-Edward-Stil.

Erschöpft setzte ich mich. In Perkins' dunklem Zimmer, meinen Gedanken an Laroche ausgeliefert, hatte ich befürchtet, diese nächste Etappe meiner Reise niemals zu erreichen. Und jetzt war ich hier.

Lange Zeit passierte gar nichts, dann erklangen plötzlich laute Stimmen und ein Pfiff. Ich ging zur Plattform hinter dem Waggon. Fackeln loderten entlang der Gleise, die Lokomotive tutete klagend. Kupplungen

144

knirschten in anschwellendem Crescendo, der Dienstwaggon geriet ruckartig in Bewegung. Henri schwang
sich an meiner Seite auf die Plattform. »*Alors, n'mar-
chons.*«

Ich blieb draußen stehen und beobachtete, wie das
einzige erleuchtete Fenster vorüberglitt, das die Flughafengebäude markierte. Danach sah ich nichts mehr, keinen Schimmer, kein Anzeichen eines Camps. Der
Strauchkiefernwald umfing uns, und es gab nur noch
das Rattern der Räder auf den Schienensträngen, die
Kälte und die schwarze Nacht. Ich kehrte in die Wärme
des Abteils zurück, wo die Öllampe an ihrem Haken
tanzte, und Henri folgte mir, um am Herd Kaffee zu
brauen.

Nachdem ich eine Tasse mit ihm getrunken und eine
Zigarette geraucht hatte, entschuldigte ich mich und
kletterte in eines der oberen Betten. Diesmal schlief ich
sofort ein. Zwischendurch nahm ich nur undeutlich
wahr, wie der Zug hielt, spürte Bewegungen, hörte
Stimmen. Irgendwann klirrten die Kupplungen so laut,
daß ich erwachte. Ich fror, kalter Schweiß klebte die
Kleider an meinen Körper. Ich drehte mich zu einem
staubigen Fenster und starrte in eine eisgraue Welt voller Weihnachtsbäume, mit Schnee gepudert, und traute
meinen Augen nicht. Langsam stieg ich vom Bett hinunter und ging zur hinteren Plattform. Einige Männer
wanderten am Zug entlang, der im Schneckentempo
weiterkroch, öffneten die Doppeltüren der Waggons,
und zu beiden Seiten der Gleise quoll Schotter heraus.
Hinter uns bildeten die Schienen zwei schwarze Striche,
die schon nach wenigen Metern vom Weiß der Strauchkiefern verschluckt wurden. Als ich auf den Boden
sprang, um nach vorn zu schauen, bot sich mir der gleiche Anblick — eine rauhe, frostige Welt, in der der Zug
wie ein einsamer schwarzer Eindringling wirkte.

Ich stieg wieder in den Dienstwaggon, denn für diese Kälte war ich unzulänglich gekleidet. Niemand war da, und ich setzte mich zitternd auf ein unteres Bett und starrte durchs Fenster. Ein Schild mit der Aufschrift 235 glitt vorbei, dann polterte der Zug über ein paar Weichen und hielt, rangierte nach rückwärts und bog auf ein anderes Gleis, wo er wieder stoppte. »*Le fin du voyage!*« rief mir Henri von der hinteren Plattform aus zu. »Kommen Sie, ich übergebe Sie der Obhut meines Freundes Georges.«

Als wir ausstiegen, stellte ich fest, daß wir uns auf Doppelgleisen befanden. Dicht hinter uns stand eine Reihe alter Waggons mit qualmenden Eisenschornsteinen. »Der Quartierzug«, erklärte Henri, während wir durch weichen Schnee stapften. »Dort können Sie frühstücken.« Er schaute auf meine Schuhe und schüttelte den Kopf. »*Pas bon.* Holen Sie sich warme Sachen aus dem Ausrüstungslager, falls Sie noch eine Weile leben wollen, *mon ami.*« Grinsend fügte er hinzu: »*C'est le mauvais temps.* Dieses Jahr hat es zu früh geschneit.«

Wir kletterten in den vierten Waggon. Ein blanker, auf Böcken stehender Tisch mit Holzbänken zu beiden Seiten nahm die ganze Länge ein, aus dem Hintergrund drangen Kaffeeduft und brutzelnde Geräusche. Nach der Kälte draußen kam es mir hier so heiß vor wie in einem Schmelztiegel. »Georges!« rief Henri, worauf ein großer Mann mit schmutziger weißer Schürze erschien. Ich wurde ihm vorgestellt, dann drückte mir Henri die Hand und ging.

»In einer Viertelstunde gibt's Frühstück«, verkündete Georges und verschwand wieder im Küchenabteil.

Wenig später kamen die Männer herein, eine bunt zusammengewürfelte Schar, teilweise nur halb angezogen. Sie sanken auf die Bänke, die Augen noch vom Schlaf gerötet und schwiegen. Ein Junge stellte Platten

146

mit Steaks, Speck und Eiern und Brotlaiben auf den Tisch, dann Kaffeekannen und Blechschüsseln voller Cornflakes. Es war ein sehr üppiges Frühstück, das hastig verschlungen wurde. Die Konversation bestand ausschließlich aus lautstarken Forderungen, dieses oder jenes herüberzureichen. Dann enteilten sie so schnell, wie sie aufgetaucht waren — ein Heuschreckenschwarm, der einen Tisch voller Krümel, und eine Spülwanne voll schmutziger Teller, Gabeln und Messer hinterließ.

Was sollte ich nun tun? Ich saß da und leerte meine Kaffeetasse, während der Junge den Tisch abwischte. Draußen schneite es dichter denn je; große, feuchte Flocken wirbelten dahin. Eine Dieselmaschine tutete, der leere Schotterzug rollte am Fenster vorbei. Und dann entschwand er aus meinem Blickfeld, einsame Gleise blieben zurück, dahinter die triste Masse verkümmerter Strauchkiefern, die widerstrebend aus dem flachen Boden wuchsen, vom Schnee weiß gefärbt. Ich hatte nicht erwartet, dem Winter schon so früh zu begegnen.

Als Georges zurückkehrte, fragte ich, wie ich nach Head of Steel gelangen könnte. »Glauben Sie, daß irgendwer von hier aus hinfährt?«

Er schüttelte den Kopf. »Die Jungs hier sind vom Schotterteam. Sie verarbeiten das Zeug, das sie grade mitgebracht haben. Die fahren nicht nach Head of Steel. Aber ich denke, heute wird jemand mit einem Schienenauto vorbeikommen. Brauchen Sie warme Sachen? In diesen blitzschnellen kleinen Dingern ist es verdammt kalt.«

»Würde ich hier was kriegen? Ich muß so bald wie möglich weiter . . .«

»Klar, ich kümmere mich drum. Die Jungs lassen immer ihr abgelegtes Zeug hier.«

Georges entfernte sich und kam nach wenigen Minuten mit einem Kleiderbündel zurück, das ziemlich schmutzig aussah. Er warf es auf den Tisch. »Suchen Sie sich was raus. Der Parka hier ist gar nicht so übel. Und diese Stiefel sind auch noch okay«, meinte er, nickte mir zu und ging wieder davon.

Der wasserfeste Parka war dunkel vor Schmutz und Öl-flecken, die Kapuze zerrissen. Ich fand auch eine alte Pelzmütze mit Ohrenklappen und eine wasserdichte Ho-se, steif vor Dreck. Die war etwas zu eng und der Parka zu groß, aber die Stiefel paßten. Ich folgte Georges in die Küche und versuchte ihm die Sachen mit den zwanzig Dollar abzukaufen, die Bill Lands mir gegeben hatte. Aber er erwiderte, der Kram sei überhaupt nichts wert. Schließlich setzte ich mich wieder ins Speiseabteil, starr-te aus dem Fenster und beobachtete die Gleise. Doch die blieben leer. Jetzt, wo ich wetterfest angezogen war, hörte es zu schneien auf, die Sonne kam hinter den Wolken hervor.

Zu Mittag leistete mir das Schotterteam wieder Ge-sellschaft. Nachdem ich die Hälfte eines großen Steaks verzehrt hatte, glaubte ich das ferne Tuten einer Loko-motive zu hören, ein schwaches Geräusch, über dem Lärm der fünfzig Leute, die neue Energien in ihre Kör-per schaufelten, kaum zu vernehmen. Aber ich sprang auf, lief zur Tür und schaute auf die Schienen.

Zunächst dachte ich, daß ich mich geirrt hätte. Im Norden und Süden waren die Gleise leer, schwarze Li-nien, die sich im Nichts von Labrador verloren. Dann trug der Wind wieder den jammervollen Laut heran, und ich entdeckte weit unten im Süden einen kleinen dunklen Fleck, der sich nicht zu bewegen schien, aber immer größer wurde.

Ich sprang aus dem Waggon und wartete neben den Schienen, sah den Fleck wachsen und schließlich den gelben Anstrich des Dieseltriebwagens, der sich vom

148

Grauweiß des schmelzenden Schnees abhob. Er passierte die Weichen und donnerte das Nachbargleis entlang auf mich zu. Ich spürte, wie der Boden unter meinen Füßen vibrierte.

Die Gleise vor mir zitterten immer heftiger, dann drückte mich ein gewaltiger Luftstrom an den Speisewagen. Es roch nach heißem Öl, riesige Räder schwirrten vorbei, und hinter der Lokomotive folgte eine lange Reihe von Stahlwaggons, deren speziell konstruierte Drehgestelle einen rasenden Trommelwirbel schlugen. Danach fuhren Waggons voller Schwellen vorbei, und nach zwei weiteren Frachtwagen kam der Dienstwaggon.

Ich kehrte in den Speisewagen zurück und setzte mich wieder an den Tisch. »War das der Güterzug?« fragte ich den Mann an meiner Seite.

Er nickte mit vollem Mund, und ich aß mein Steak auf. Dabei überlegte ich, ob Laroche in einem der Waggons sitzen würde.

Die Männer gingen wieder an die Arbeit, und ich begleitete sie. Ihr Transportmittel parkte hinter dem Quartierzug und bestand aus kleinen Schienenfahrzeugen, jeweils zu dritt aneinandergekuppelt. Mit ihrer aufrechten Karosserie glichen sie einer antiquierten Zahnradbahn. »Fahren Sie nach Head of Steel?« fragte ich den Vorarbeiter. Aber er schüttelte den Kopf, und ich beobachtete, wie er sein kleines, offenes Schienenauto mit der Perspex-Windschutzscheibe startete, den Hebel des Riemenantriebs nach vorn schob und hinter seinem Team die Schienen hinabtuckerte. Bei den Weichen stoppte er kurz, um die Schienen wieder gerade zu stellen, dann fuhr er weiter. Bald verhallte das emsige Rattern des kleinen Vehikels.

Die Sonne hatte ihr kurzes Zwischenspiel beendet. Die Welt war wieder kalt und grau, und ich kehrte in

149

die Wärme des Speisewagens zurück. Nun wünschte ich, daß ich mit dem Güterzug hierhergefahren wäre. Mitterweile hatte man den Tisch abgeräumt und die Bänke an die Wand gerückt. Es war fast halb zwei. Farrow würde bereits nach Hause fliegen. In dieser Wildnis konnte ich mir meine englische Heimat kaum noch vorstellen. Ich setzte mich an ein Fenster und blickte über die leeren Gleise hinweg zu dem dichten Wall aus Strauchkiefern. Wenn ich zu Fuß ginge ... Zehn Meilen — etwa vier Stunden. Kurz vor dem Einbruch der Dunkelheit wäre ich in Head of Steel. Niemand würde mich sehen. Ich müßte am Güterzug vorbeischleichen und dann nach Norden wandern.

Langsam verstrich die Zeit, niemand fuhr auf den Schienen heran. Ich wollte gerade aufbrechen, als Stimmen unterhalb meines Fensters erklangen. Gleich darauf öffnete sich knirschend die Tür am Ende des Waggons, zwei Männer traten ein, riefen nach Georges, verlangten Kaffee und Krapfen. »Ist Mr. Lands schon vorbeigekommen?« fragte der ältere.

»Tut mir leid, Mr. Steel, den habe ich schon zwei Wochen oder noch länger nicht mehr gesehen«, antwortete der Koch.

Steel zog seine pelzgefütterten Handschuhe aus und warf sie auf den Tisch. Er war ganz in Olivgrün gekleidet, mit passender Strickmütze. Sein schmales runzliges Gesicht sah so aus, als wäre es in der Kälte geschrumpft. Prüfend musterte er mich. »Sind Sie wegen des Eskers hier, den wir gefunden haben?«

»Nein«, entgegnete ich, ohne zu wissen, was ein Esker war, und wünschte mir nur, zu verschwinden, ehe Lands eintraf. Also ergriff ich meine Pelzkappe und die Handschuhe.

Aber Steels Begleiter stand zwischen der Tür und mir, ein großer, breitschultriger junger Mann in einem rotgefütterten Parka, eine Pelzmütze tief in die Stirn gezogen. »Was für einen Job haben Sie denn?« fragte er mit irischem Akzent.

»Ich bin Ingenieur«, erwiderte ich automatisch und erkannte meinen Fehler sofort. Diese Männer waren ebenfalls Ingenieure.

»Dann können Sie uns sicher was drüber sagen«, meinte Steel. »Bis jetzt haben wir nur gehört, daß ein Nebengleis gelegt und eine neue Schottergrube ausgehoben werden soll.«

»Ich bin erst seit gestern hier«, erklärte ich hastig, »und ich weiß nichts davon.«

Er nickte, ohne mein Gesicht aus den Augen zu lassen. »Ich dachte mir gleich, daß ich Sie noch nie gesehen habe. Kommen Sie direkt vom Stützpunkt?«

»Ja.« Ich wußte nicht, was ich tun sollte, spürte aber, daß ich sein Mißtrauen erregen würde, wenn ich mich jetzt auf den Weg machen würde.

Georges servierte den Kaffee und eine Platte voller Krapfen. »Für Sie auch?« fragte er mich, und ich sah drei Tassen auf dem Tablett.

»Bleiben Sie hier, oder fahren Sie weiter die Linie hinauf?« erkundigte sich Steel mit vollem Mund.

»Ich fahre weiter.« Eilig schüttete ich den Kaffee in meine Kehle, obwohl er siedendheiß war. Irgendwie mußte ich noch vor Lands' Ankunft die Flucht ergreifen.

»Vielleicht können wir Sie bis Head of Steel mitnehmen. Wo arbeiten Sie denn?«

Ich zögerte. Doch das spielte wohl keine Rolle. »Zwei-dreiundsechzig.«

»Ah, beim verrückten Darcy!« Steels Gefährte brach in schallendes Gelächter aus. »Jesus Christus! Daß sie den alten Teufel immer noch nicht rausgeworfen haben.«

151

Steel stopfte sich den Rest seines Krapfens zwischen die Zähne. »Falls Sie nicht wissen, was Paddy meint — Ray ist einer von den Oldtimern an dieser Bahnlinie.«

»Ich meine, er ist ein alter Schuft. Die ganze Arbeit nimmt man ihm ab, und er heimst dann die Lorbeeren ein. Aber man tut's eben, weil man ein fleißiger, stock-nüchterner gottesfürchtiger Ingenieur ist, so wie alle in dieser Wildnis — obwohl sich die wahrlich nicht mit ei-nem Paradies vergleichen läßt, wo die Milch menschli-cher Freundlichkeit aus meiner Heimat fließt.«

»Hier oben ist Alkohol verboten«, warf Steel ein.

»Das meint er nämlich. Dieser Geprächsstoff hängt ei-nem zum Hals raus, wenn man lange genug hier war.« Neugierig starrte er mich an. »Sie heißen nicht zufällig Ferguson?«

Ich nickte. Alle meine Nerven spannten sich an, wäh-rend ich auf seine nächsten Worte wartete. Aber er füg-te nur hinzu: »Als wir in Head of Steel losgefahren sind, hat jemand nach Ihnen gefragt.«

»Laroche?« würgte ich hervor.

»Ja, genau. Der Pilot von diesem Flugzeug, das ab-gestürzt ist. Kennen Sie ihn?«

»Ja...« Nun war Laroche also zwischen mir und dem Zwei-dreiundsechzig.

»Schlimm, dieser Absturz. Hat er Ihnen was drüber erzählt?«

Aber ich kannte nur einen einzigen Gedanken — La-roche hatte im Güterzug gesessen. »Hat er Ihnen ge-sagt, was er von mir will?«

»Nein, er fragte nur, ob wir Sie gesehen hätten. An-scheinend geht's um eine dringende Sache.« Dann kehrte Steel wieder zu dem Thema zurück, das ihn so interessierte. »Muß ein schrecklicher Schock für ihn ge-wesen sein. Beide Passagiere tot, und dann ganz allein durchs Niemandsland... Da merkt man, was das für

eine Gegend ist, sobald man von den Gleisen weg-
kommt. Soviel ich gehört habe, war er mit Briffes Tochter verlobt. Stimmt das?«

Das Geräusch eines Schienenautos drang herein. Der
Ire sprang auf und trat ans Fenster. »Da ist Bill.«

Laroche in Head of Steel — Lands hier . . . Ich saß in
der Falle. Das Fahrzeug hatte vor dem Speisewagen gehalten, das dicke Fensterglas dämpfte das Rattern des
Motors. Stiefel dröhnten auf dem eisernen Trittbrett,
dann flog die Tür auf. Ich fand gerade noch Zeit, mich
zum Fenster zu wenden, bevor Bill Lands hereinkam.

»Ah, du hast meine Nachricht gekriegt, Al.« Seine
Stimme erklang direkt hinter mir, als er durch das Ab-
teil ging. »Und du hast Paddy mitgebracht. Sehr gut.«
Er stand jetzt beim Ofen, und ich warf ihm einen raschen Blick zu. In seinem Parka wirkte er noch größer,
die Pelzkappe ließ seine Züge härter erscheinen. Ein
Gesicht, das in diese nördliche Wildnis paßte . . .

»Möchtest du eine Tasse Kaffee, Bill?« fragte Steel.

»Klar.« Lands wärmte sich die Hände an der Ofen-
umrandung. »Und einen Krapfen. Wißt ihr, warum ich
euch gebeten habe, mich hier zu treffen?«

»Wegen irgendeines Eskers . . .«

»Genau. Williams hat ihn gefunden.« Der Krapfen,
den Lands heißhungrig verschlang, dämpfte seine Stimme. »Ich dachte, der könnte unser Problem lösen. Der
Schotter aus dem Eins-drei-vier beginnt zu frieren.
Aber wenn wir hier eine Schottergrube ausheben, direkt
hinter Head of Steel . . .« Abrupt verstummte er. »Verdammt, mein Wagen steht immer noch auf dem Gleis.
He, Sie da!« Ich spürte seinen Blick im Rücken. Jetzt
konnte ich ihn unmöglich noch länger ignorieren. Aber
ich wagte nicht, mich umzudrehen. »Können Sie ein
Schienenauto fahren?«

Eine solche Chance hatte ich herbeigesehnt, eine Ge-

153

legenheit, zu verschwinden, ohne Argwohn hervorzurufen. Trotzdem zögerte ich, weil mir der Weg zur Tür so weit erschien. Und ich fürchtete, meine Stimme würde mich verraten.

»Ich habe gefragt, ob Sie ein Schienenauto fahren können«, stieß Lands ungeduldig hervor.

»Natürlich«, murmelte ich und eilte zur Tür.

Vielleicht lag es an meiner Stimme, oder ich hatte mich zu schnell davongemacht. Jedenfalls hörte ich ihn rufen: »Wer ist der Kerl?« Ohne eine Antwort abzuwarten, folgte er mir. »Moment mal!«

Beinahe hatte ich die Tür erreicht, wo meine Reisetasche stand. Ich hätte danach greifen und aus dem Speisewagen springen können. Aber ich hatte noch keine Zeit gefunden, zu überlegen, was es für mich bedeuten könnte, ein Schienenauto zur Verfügung zu haben. Ich spürte nur, daß ein Fluchtversuch hoffnungslos wäre, und so drehte ich mich zu Lands um.

Sobald er mein Gesicht erkannte, hielt er abrupt inne. »Ferguson!« Verblüfft starrte er mich an, als traute er seinen Augen nicht. »Wie, zum Teufel . . .« Und dann ballte er die großen Hände, seine Kinnmuskeln spannten sich.

Die Erkenntnis, daß er drauf und dran war, mich niederzuschlagen, spornte mein Gehirn an, und so fiel mir das einzige Argument ein, das ihn daran hindern konnte. »Briffe lebt.«

Er schluckte. »Briffe lebt?«

»Zumindest lebte er noch, als Laroche ihn verließ. Das weiß ich mittlerweile.«

»Und was macht Sie so verdammt sicher?« Lands' Stimme klang gefährlich leise.

»Laroche kam gestern zu mir ins Zimmer und gab es praktisch zu . . .«

»In welches Zimmer? Wo?«

»Im Eins-drei-vier.«

»Sie lügen! Bert ist in Seven Islands.«

»Nein, derzeit ist er in Head of Steel. Fragen Sie doch diese Männer.« Ich wies mit dem Kopf auf die beiden Ingenieure.

Das schien ihn zu erschüttern. »Er ist Ihnen also gefolgt?«

»Ja. Er hat Angst und . . .«

»Die hätte ich auch, wenn ich wüßte, daß ein verrückter Narr . . .«

»Ich bin nicht verrückt!« protestierte ich.

»Also, was hat das alles zu bedeuten?« Seine Stimme war wieder ruhig geworden.

»Aus irgendeinem Grund kann Laroche die Ferguson-Expedition nicht vergessen. Sein Flugzeug stürzte über dem Löwensee ab, und dort geschah etwas, das ihn beinahe um den Verstand bringt . . .« Meine Worte erstarben, als Lands einen Schritt auf mich zukam.

»Sprechen Sie weiter!« verlangte er in drohendem Ton. »Was ist denn Ihrer Meinung nach passiert?«

»Das weiß ich nicht. Jedenfalls bedrückt es ihn sehr.«

»Was?«

»Das weiß ich nicht«, wiederholte ich. »Aber ich will es herausfinden. Er fragte, ob ich mir einbilden würde, er hätte die beiden getötet. Dann erklärte er, Baird sei mit Sicherheit tot gewesen. Er sagte nicht . . .«

»Sie verdammter kleiner Lügner!« Plötzlich verlor Lands die Beherrschung. »Erst erzählen Sie mir, er hätte Briffe lebend zurückgelassen. Und nun behaupten Sie auch noch, er habe Baird getötet. Mein Gott!« schrie er, und ich wich zurück in die offene Tür. Dann erreichte ich die eiserne Plattform, und direkt neben mir dröhnte der Motor des Schienenautos. »Sie wollen also die Bahnlinie rauffahren und den Leuten all diese Schauergeschichten auftischen, Ferguson? Aber Sie werden nicht von hier wegkommen. Oh, verdammt, wenn Sie kein halbes Kind wären . . .«

In diesem Moment warf ich ihm die Tür vor der Nase zu, sprang auf die Gleise und in das Schienenauto. Ich lockerte die Handbremse, legte den Gang ein, brachte den Motor auf Hochtouren, so wie ich es dem Vorarbeiter abgeguckt hatte. Ich schob gerade den Hebel des Riemenantriebs nach vorn, als mein Verfolger neben dem Vehikel landete. Er griff nach der Haltestange, doch da setzte sich das Fahrzeug bereits in Bewegung. Lands' Hand rutschte ab, ich hörte ihn fluchen, dann die donnernden Schritte, die mir nacheilten. Aber da beschleunigte ich schon, und bald vernahm ich nichts mehr außer dem Surren des Motors und dem Klirren der Räder auf den Schienenstößen.

Ich hatte ihn abgeschüttelt. So lautete das Lied, das der Wind in meinen Ohren sang. Ich hatte ihn abgeschüttelt und ein Transportmittel gefunden. Während der Quartierzug hinter mir zurückblieb, blickte ich über die Schulter. Lands stand zwischen den Schienen, brüllte irgend etwas und schwenkte beide Arme. Ob er mich warnen wollte, wußte ich nicht. Jedenfalls winkte ich ihm aus reinem Übermut, gab noch mehr Gas, duckte mich und hatte das Gefühl, auf einem Motorrad zu sitzen.

Unter mir ratterte die Weiche zum Nachbargleis. Und dann beschrieben die Doppelgleise eine lange Kurve. Als ich wieder zurückschaute, war der Quartierzug verschwunden. Ganz allein brauste ich dahin, vor und hinter mir nichts als Schienen, links und rechts die schneebedeckten Strauchkiefern.

3

Während der ersten ein oder zwei Meilen schwebte ich wie auf Wolken, erfüllt von einem beglückenden Geschwindigkeitsrausch, besessen vom Gefühl meiner Macht. Nichts würde mich daran hindern, den Löwensee zu erreichen und Briffe zu retten ... In atemberaubendem Tempo raste ich dahin, die Räder legten sich kreischend in die Kurven, zu beiden Seiten stob das jungfräuliche Land vorbei.

Aber diese Stimmung hielt nicht an. Kälte versteifte meine Finger unter den Löchern in den Handschuhen, in den eisigen Stiefeln verwandelten sich meine Füße in tote Klumpen, beißend peitschte mir der Wind ins Gesicht. An einer Stelle, wo man die Bahnstrecke erst vor kurzem mit Schotter aufgefüllt hatte und der Stahl beinahe unter dem Kies verschwand, mußte ich den Motor drosseln. Und da wurden mir die Schwierigkeiten bewußt, die mich erwarteten. Lands hatte Head of Steel zweifellos angerufen, die ganze Organisation würde sich gegen mich stellen.

Nachdem ich ein Dutzend Telegraphenmasten passiert hatte, die neben den Gleisen lagen, dämmerte mir, daß hier noch keine Leitungen gelegt waren. Also konnte Lands nicht mit dem Camp telefonieren. Er mußte in ein anderes Schienenauto steigen und mir folgen. Dieser Gedanke veranlaßte mich, wieder Gas zu geben. Gleichzeitig krachte ein Gewehrschuß, und ich zog den Kopf ein, dann blickte ich nach hinten. Aber die Schienen hinter mir waren leer.

Ich dachte, ein Stein könnte von den Gleisen gefallen sein. Aber da knallte das Gewehr erneut, diesmal unverkennbar, und plötzlich hörte ich wildes Geschrei über dem Motorenlärm. Es drang von links heran, wo zwischen den Bäumen ein See wie Zinn schimmerte.

157

Ein Kanu trieb auf dem Wasser, ein Indianer stand im Bug, ein Gewehr an der Schulter. Ein Geweih durchpflügte die seichten Wellen in Ufernähe. Es knackte im Unterholz, und das Karibu tauchte etwa hundert Meter vor mir aus dem Wald auf. Es zögerte, tänzelte auf den Schienen, dann verschwand es mit einem angstvollen Satz in den Büschen auf der anderen Seite. Den Indianer sah ich nicht mehr, denn nun bildeten die Gleise wieder eine langgezogene Kurve. Daneben entdeckte ich Nivellierlatten, und weiter vorn traf ich die Ingenieure, die sie deponiert hatten. Sie standen um ihr Auto herum, das sie von den Schienen gehoben hatten, und als ich vorbeiratterte, rief einer der Männer etwas, das wie »Attention!« klang. Es war ein Frankokanadier mit einer Pelzmütze im Russenstil, und ehe ich begriff, daß er einen Warnschrei ausgestoßen hatte, umrundete ich bereits die nächste Biegung.

Dahinter lag wieder Schotter auf den Gleisen, und mein Fahrzeug schwankte heftig, als die Steine davonflogen. Durch den prasselnden Lärm drang eine Eulenstimme, und nach der Kurve, wieder vom Kies befreit, sah ich etwas vor mir auf den Schienen. Ich trat auf die Bremse, als der geisterhafte Eulenruf noch einmal ertönte, lauter und klarer — und plötzlich unverwechselbar.

Noch ehe mein Schienenauto ruckartig hielt, erkannte ich den gelben Anstrich einer Lokomotive, spürte die Vibration der Gleise unter mir. Ohne Hilfe konnte ich das Vehikel unmöglich rechtzeitig von den Schienen bugsieren. Und so tat ich das einzige, was mir übrigblieb — ich schaltete in den Rückwärtsgang, gab voll Gas und raste um die Kurve, zu den Ingenieuren zurück.

Sobald ich stoppte, umringten sie mich, zogen die Hebelstangen aus dem Fahrzeug und zerrten es von den

158

Schienen, während der Zug bereits um die Biegung ratterte. Vorwurfsvoll tutete die Lokomotive, laut wie eine Trompete zwischen den dichten Strauchkiefernwällen, dann verlangsamte sie die Fahrt, verströmte den Geruch von heißem Maschinenöl, und das Hämmern der Kolbenmotoren wurde etwas leiser. Der Zugführer beugte sich heraus und brüllte: »Wenn Sie Selbstmord begehen wollen, springen Sie doch einfach ins Moor und lassen Sie mich zufrieden!« Er spuckte in den Schneematsch zu meinen Füßen, dann wandte er sich wieder zu seiner Schalttafel. Das Hämmern schwoll wieder an, und der Dieseltriebwagen polterte weiter, zog zwei Holzwaggons hinter sich her, durch deren Fenster uns einige Männer desinteressiert beobachteten.

Und da sah ich Laroche wieder. Er saß im zweiten Waggon, und für einige Sekunden trafen sich unsere Blicke. Er schreckte hoch, doch da war der Waggon schon vorbeigerollt. Der Dienstwagen folgte, und Laroche neigte sich aus der offenen Tür seines Waggons. Ich dachte, er würde herausspringen. Aber da der Zug leicht war, beschleunigte er sehr schnell. Laroche hing noch eine Weile am Türgriff, dann besann er sich eines Besseren und verschwand im Innern des Waggons.

Der Frankokanadier mit der Pelzkappe musterte mich neugierig.

»Warum checken Sie nicht, ob die Strecke frei ist, bevor Sie lospreschen?«

»Ich war in Eile.« Meine Stimme zitterte ein wenig, weil mir nun bewußt wurde, in welcher Gefahr ich geschwebt hatte.

»Sie hätten sich umbringen können.«

»Ich war in Eile«, wiederholte ich, »und das bin ich immer noch.«

»Klar. Hier hat's jeder eilig. Aber Mr. Lands wird sich wohl kaum freuen, wenn Sie seine Karre zu Schrott

159

fahren.« Ich glaubte, er würde fragen, warum ich Bill
Lands' Wagen benutzte. Aber nachdem er mich eine
Zeitlang angestarrt hatte, bedeutete er seinen Leuten,
das Fahrzeug wieder auf die Schienen zu hieven. »Das
ist ja das Problem bei diesem Projekt«, murmelte er.
»Alle haben's immer viel zu eilig.«

Drei Meilen weiter wurde ich von einem Schotterteam gestoppt. Sie hatten ihre Schienenautos neben die
Gleise gestellt, um den Zug vorbeizulassen, aber die
Kräne, die einzelne Schienenteile hoben, und die Maschinen, die den Kies festwalzten, waren schon wieder
in Betrieb, und ich mußte wohl oder übel aus meinem
Vehikel steigen und meinen Weg zu Fuß fortsetzen.
Wie mir die Arbeiter erklärten, war Head of Steel nur
mehr zwei Meilen entfernt.

Die neue Teilstrecke, der ich folgte, führte durch ein
Moor, die Gleise sackten immer wieder ab, wo der
Sumpf an der Einbettung sog. Frischer Schotter bedeckte die Schwellen. Ich kam nur mühsam voran. Der
Wind hatte sich nach Norden gedreht, durchdrang meine geliehenen Kleider und kühlte den Schweiß auf meiner Haut. Am Rand des Marschlands, wo sich die
dunkle Linie des Waldes mit dem eisengrauen Himmel
vereinte, sah ich kahle Hügel — langgestreckt, als wären
sie von Gletschern niedergedrückt worden.

Ich glaubte, eine halbe Ewigkeit durch das triste
Moor zu wandern, aber dann spürte ich wieder festen
Kiesboden unter den Füßen, und hinter einer Biegung
traf ich ein Team, das mehrere Bohrgeräte und elektrische Schraubenschlüssel betätigte, um Schienenteile
aneinanderzufügen und Nägel festzudrehen. Neben
den Gleisen lagen das Fahrgestell und die Räder eines auseinandergenommenen Güterwaggons, weiter
vorn sah ich weitere Männer und Maschinen, und dahinter den Gleisbauzug. Eine Atmosphäre voller Tat-

kraft und Arbeitslust umgab mich, plötzlich wirkte Labrador bevölkert und lebendig. Die Schienen, auf den nackten Boden ohne Schotterbettung gelegt, glichen Spielzeuggleisen in einem Sandkasten, und weil sie so neu aussahen, merkte man ihnen sofort an, daß sie gestern noch nicht existiert hatten. Als ich daran entlangging, zwischen all den vielen Männern, fürchtete ich, allen aufzufallen.

Aber sie beachteten mich nicht, während ich vorbeieilte, den Blick unbehaglich auf den Stahl der Maschinen gerichtet. Ich hatte das Gefühl, jeder müßte sofort erkennen, daß ich mich unrechtmäßig an dieser Baustelle aufhielt. Und ich fragte mich, wer in Head of Steel die Aufsicht führte, was Laroche ihm erzählt haben mochte.

Als ich zu einem Güterzug kam, ließ meine Nervosität nach. Hier arbeitete niemand, ich sah nur Waggons voller Schwellen und Schienenteilen und Bolzen, die hinausgeworfen wurden, wann immer der Zug auf den neuen Gleisen ein Stück weiterfuhr. Er befand sich in einer schmalen Schlucht mit steilen Wänden, und ich mußte dicht daneben hergehen. Dann erreichte ich die Quartierwaggons. Einige Männer standen in den offenen Türen und starrten mich an, aber keiner hielt mich auf. Ich passierte die Lokomotive und den Transporthebebock, dann kam ich zu einem Kran, der ein langes Schienenteil durch die Luft schwang. Eine Pfiff erklang, und der Arm wurde zurückgeschwenkt, mit leerer Kralle. Der Zug tutete und rückte ein wenig vor. Eine neue Teilstrecke war gelegt worden.

Das rhythmische Vordringen dieser Lokomotive ins Unbekannte faszinierte mich so sehr, daß ich vorübergehend alles andere vergaß und an der Böschung hochkletterte, um das Schauspiel zu beobachten. Jedesmal, bevor der Zug hielt, balancierte bereits ein neues Schie-

161

nenteil in der Kralle des Krans. Ein Mann gab dem Kranfahrer Zeichen und rief dem Team, das die Schienen legte, Anweisungen zu. Das Metall landete auf den Schwellen, wurde mit Vorschlaghämmern festgenagelt.

Das war also Head of Steel. Ehrfürchtig sah ich mich um, betrachtete die nackte Bahnlinie vor mir — nackt bis auf ein paar Schwellen, in regelmäßigen Abständen gelegt, dann wanderte mein Blick zum dunklen Wall der Strauchkiefern. Die gelbe Spur der von Bulldozern geebneten Strecke führte hinein und wurde sofort verschluckt.

Ich weiß nicht, was ich von Head of Steel erwartet hatte. Offensichtlich konnte kein Zug weiterfahren als bis zu diesem Punkt. Aber ich hatte schon über hundert Meilen per Bahn bewältigt und den Eindruck gewonnen, die Schienen wären ein integraler Teil von Labrador. Und hier gingen sie plötzlich zu Ende.

Bis zu jenem Augenblick hatte ich die Realität meines Unternehmens wohl noch nicht richtig erkannt. Der Löwensee lag irgendwo im Nordosten — fünfzig, höchstens hundert Meilen entfernt. Doch das Land, dem das schmale gelbe Band der neuen Strecke entgegenstrebte, wirkte leer, verlassen und unzugänglich wie ein fremder Kontinent. Sogar mein Vorhaben, Darcy im Camp 263 aufzusuchen, erschien mir nun wie eine Reise ins Ungewisse.

»He, Sie da!« Ein Mann, der neben dem Burro-Kran stand, schaute zu mir herauf, ein rotes Buschhemd bildete einen grellen Farbfleck in der hereinbrechenden Dämmerung. »Was zum Teufel, machen Sie da oben? Glauben Sie vielleicht, Sie könnten sich hier ein Rodeo ansehen?«

Seine Stimme verriet Autorität, ebenso wie seine Haltung, und so stieg ich rasch die Böschung hinab.

»Wenn Sie nicht hier arbeiten, halten Sie sich von

162

der Strecke fern!« schrie er. »Wie oft soll ich euch das noch sagen?«

Er beobachtete mich immer noch, als ich die Gleise erreichte. Dort kehrte ich ihm den Rücken und rannte an den Quartierwaggons vorbei. Vielleicht bildete ich es mir nur ein, aber ich spürte, daß ich seine Neugier erregt hatte. Sicher würde er mir folgen und Fragen stellen, wenn ich nicht schleunigst verschwand.

Das hätte er wahrscheinlich auch getan, wäre die Lokomotive in diesem Augenblick nicht in lautes Jaulen ausgebrochen. Es klang anders als das übliche Tuten — laut und gebieterisch, dann ertönte ein Pfiff. »Abendessen!« rief ein Mann in meiner Nähe. Die Schienenleger steuerten den Speisewagen an, mit dem schleppenden Gang von Männern, deren Muskeln sich plötzlich entspannt hatten. Andere Teams näherten sich vom Ende des Zuges her. Auch ich stieg in den Waggon — erleichtert, weil ich mich nicht mehr allein fühlte, und außerdem hatte ich Hunger. Wenn ich mich in das Land jenseits von Head of Steel wagen wollte, mußte ich nach Einbruch der Dunkelheit loswandern — mit möglichst vollem Bauch.

Lampen erhellten den Speisewagen, den Wärme und Essensgerüche erfüllten. Niemand sprach mich an, als ich mich an den langen Tisch setzte; ich sagte ebenfalls nichts, nahm mir nur von allem, was angeboten wurde — Suppe, Steaks mit Rührei, Kartoffeln und Kohl, dann Dosenfrüchte mit Sahne. Einen gewaltigen Berg schaufelte ich in mich hinein und spülte ihn dann mit Tee und Kaffee hiunter.

Später schnorrte ich bei dem kleinen Italiener an meiner Seite eine Zigarette, saß über meiner Kaffeetasse und lauschte den Gesprächen ringsum. Ich fühlte mich angenehm müde und entspannt und wollte lieber schlafen, als wieder in die Kälte hinauszugehen.

Abrupt verstummte das Gemurmel, und durch den Zigarettenrauch sah ich den Mann im roten Hemd an der Tür stehen, neben dem Vorarbeiter des Schienenlegerteams. Beide musterten der Reihe nach die Leute am Tisch.

»Wer ist das?« fragte ich den Italiener.

»Der im roten Hemd? Das wissen Sie nicht?« Er blinzelte verwirrt. »Das ist Dave Shelton, der Boß von Head of Steel.«

Ich warf wieder einen Blick zur Tür. Die zwei Männer waren immer noch da, und Shelton schaute mir mitten ins Gesicht. Er stellte eine Frage, der Vorarbeiter schüttelte den Kopf.

»Legen Sie sich lieber nicht mit dem an«, riet mir der Italiener. »Letzte Woche hat er einem Burschen das Kinn eingeschlagen, weil der behauptete, hier würden die Arbeiter zu hart rangenommen.«

Shelton schaute wieder in meine Richtung. Dann kamen die beiden näher, und ich wußte, daß ich wieder einmal in der Falle saß. Es gab keinen Fluchtweg, und so starrte ich in meine Tasse und wartete.

»Arbeiten Sie hier?« Die Stimme erklang direkt hinter mir. Als ich nicht antwortete, packte Shelton meine Schulter und drehte mich um. »Ich rede mit Ihnen.« Da stand er — mit breiter Brust und schmalen Hüften und äußerst angriffslustig. Diesen Typ hatte ich bisher nur ein einziges Mal getroffen — in der irischen Army. »Sie sind doch der Kerl, der vorhin die Schienenleger angegafft hat, nicht wahr?«

Die Männer ringsum blieben stumm, so daß ich mitten in einer kleinen Oase des Schweigens saß.

»Also — arbeiten Sie hier?«

»Nein«, erwiderte ich.

»Was machen Sie dann in diesem Speisewagen?«

»Ich habe gegessen«, sagte ich, worauf sich zu beiden

Seiten Gelächter erhob. Shelton preßte die Lippen zusammen. Meine Erklärung war ja auch nicht sonderlich aufschlußreich gewesen. Um ihn zu besänftigen, fügte ich rasch hinzu: »Ich bin Ingenieur. Als ich hier ankam, war Essenszeit, und da ging ich den anderen einfach hinterher.«

»Wo ist Ihre Karte?«

»Welche Karte?«

»Die Bescheinigung, daß Sie von unserer Firma, eingestellt wurden. Sie haben keine, nicht wahr?« Nun grinste er selbstsicher. »Wie heißen Sie?« Nachdem er vergeblich auf eine Antwort gewartet hatte, fragte er: »Ferguson, nicht wahr?«

Ich nickte, denn es wäre sinnlos gewesen, das abzustreiten.

»Das dachte ich mir. Was glauben Sie eigentlich: sich einfach als Ingenieur auszugeben? Alex Staffen ist stinksauer.«

»Ich bin Ingenieur.«

»Okay, Sie sind Ingenieur. Aber nicht an dieser Bahnlinie.« Seine Hand umfaßte meine Schulter noch fester und zog mich auf die Beine. »Kommen Sie, mein Junge. Ich habe den Auftrag, Sie so schnell wie möglich zum Stützpunkt zurückzuschicken.« Mit einer ruckartigen Kopfbewegung bedeutete er mir, ihn hinauszubegleiten.

Mir blieb nichts anderes übrig, als ihm zur Tür zu folgen. Da sich der Vorarbeiter an meine Fersen heftete, kam ich mir vor wie ein Verbrecher, der abgeführt wurde. Vielleicht konnte ich Shelton draußen, fern von den Arbeitern, dazu bringen, sich meine Erklärungen anzuhören. Doch was würde das nützen? Staffen hatte die Maschinerie der Organisation in Gang gesetzt, um mich zurückzupfeifen. Und wenn es mir nicht gelang, dem Boß von Head of Steel die Dringlichkeit meines

165

Anliegens klarzumachen, würde er sich an seine Instruktionen halten. Was er auch mußte.

In der Mitte des Waggons wandte er sich plötzlich um. »Steht Ihr Wagen noch auf dem Gleis, Joe?« fragte er einen der Männer, einen großen Burschen mit verunstalteter Nase, der wie ein ehemaliger Schwergewichtsboxer aussah.

»Tut mir leid, Mr. Shelton, den habe ich weggeschafft, kurz bevor . . .«

»Dann holen Sie ihn, und bringen Sie den Jungen zum Zwei-vierundzwanzig.«

»Okay, Mr. Shelton.« Joe sprang auf, ohne seinen Kaffee auszutrinken.

»Er muß aber warten, bis wir die leeren Schienenfrachtwaggons weggefahren haben«, wandte der Vorarbeiter ein. »Es ist gleich soweit.«

»Dann beeilen Sie sich, Joe, und stellen Sie die Karre weiter unten auf die Schienen«, befahl der Boß. »Sonst kommen Sie erst in einer Stunde weg.«

»Okay, Mr. Shelton.« Der Mann drängte sich zwischen den Leuten, die ihr schmutziges Geschirr zur Spüle trugen, zur Tür.

Shelton sprach mit einigen Männern, die noch am Tisch saßen, und als er die Tür erreichte, bewegte sich bereits ein stetiger Menschenstrom zur Tür hinaus.

»Dürfte ich mit Ihnen reden?« bat ich. »Es ist wichtig.«

Er hatte sich durch die Menge zwängen wollen, aber nun blieb er stehen. »Was gibt's?«

»Ich kam aus gutem Grund hierher. Wenn ich's Ihnen erkläre . . . «

»Erklären Sie's Alex Staffen. Ich habe andere Sorgen.«

»Es geht um Leben und Tod«, beteuerte ich.

»Darum geht's an dieser Bahnlinie auch. Ich lege

166

Schienen, und der Winter steht vor der Tür«. Er drängte sich wieder zur Tür und rief über die Schulter: »Leute von Ihrer Sorte sind ein gottverdammtes Ärgernis!«

Ich fand keine Gelegenheit mehr, ihn anzusprechen.
Als wir auf die Plattform am Ende des Waggons traten,
hallte eine Stimme von den Gleisen herauf: »Sind Sie
da oben, Dave?« Im Lampenschein, der aus den Zug-
fenstern fiel, schimmerte das Erdreich der neuen, von
Bulldozern gebahnten Strecke hellgelb, wie dunkle
Schemen bewegten sich die Männer, dazwischen glom-
men ein paar Zigaretten. »Sie werden am Funkempfänger verlangt«, fuhr die Stimme fort. »Es ist dringend.«

»Zum Teufel! Wer ist es?«

»Das haben sie nicht gesagt. Aber es ist das Zwei-
zwei-vier, und sie wollen wissen, wie viele Schienenteile
heute gelegt wurden und wie der Plan für den Schicht-
dienst aussieht ...«

»Okay, ich komme.«

»Das hört sich so an, als wäre der Generaldirektor
dort«, meinte der Vorarbeiter. »Der wurde doch heute
im Zwei-zwei- vier erwartet, nicht wahr, Dave?«

»Ja, zusammen mit einem Vizedirektor. Wahrschein-
lich werden sie wieder Dampf machen. Jesus Christus!
Wir schaffen doch ohnehin anderthalb Meilen pro Tag.
Was verlangen sie denn noch?«

»Zwei Meilen würden ihnen sicher besser gefallen«,
erwiderte der Vorarbeiter trocken.

»Klar, das wäre Musik in ihren Ohren. Aber so
schnell können die Jungs nicht schuften.«

»Versuchen Sie's doch mit einem Bonus.«

»Das ist nicht meine Sache. So was muß die Firma
entscheiden. Aber jetzt, wo der Winter bevorsteht ...«
Shelton zögerte. »Vielleicht wäre das eine Idee.« Er
drehte sich zu mir um. »Warten Sie hier im Speisewagen. Und Sie bleiben lieber bei ihm, Pat«, wies er den

Vorarbeiter an, dann sprang er von der Plattform und verschwand im Dunkel.

Der Vorarbeiter und ich traten beiseite, um die Männer vorbeizulassen. Wäre es sinnvoll, ihm zu erklären, daß Briffe noch lebte? Ein Blick in seine versteinerte Miene genügte mir, um diesen Gedanken zu verwerfen. Außerdem stand es nicht in seiner Macht, mir zu helfen.

Ich glaube, in diesem Moment verlor ich meine Entschlußkraft. Nachdem jene Instruktionen vom Stützpunkt gekommen waren, gab es wohl keine Hoffnung mehr für mich. Vermutlich war inzwischen die ganze Organisation alarmiert worden, und ich konnte nichts unternehmen. Trotzdem hätte ich gern mit Darcy gesprochen. Perkins hatte versichert, der Mann wüßte mehr über Labrador als sonst jemand an dieser Bahnlinie. Bestimmt wäre er imstande, mir wichtige Informationen zu geben.

»Gehen Sie in den Speisewagen«, sagte der Vorarbeiter. »Da ist es wärmer.« Der Menschenstrom hatte sich verdünnt, und Pat stieß mich zur Tür.

Ich hielt inne, um zwei Männern Platz zu machen, und als sie die Tür erreichten, rief eine Stimme von draußen: »Nehmen Sie das!« Ein Arbeiter beugte sich hinab, ergriff eine Tasche und stellte sie auf die Plattform, beinahe vor meine Füße.

Ich weiß nicht, was mich bewog, nach unten zu schauen — vielleicht irgend etwas an der Form dieser Tasche, oder ich hatte die Stimme erkannt. Jedenfalls starrte ich verwirrt auf mein eigenes Gepäck hinab, das ich zehn Meilen weiter unten an der Bahnlinie im Quartierzug hatte stehen lassen, ehe ich in Lands' Schienenauto gesprungen war.

Und dann hörte ich Lands Stimme, draußen auf dem Gleis. »Okay, aber wir können's nicht tun, bevor wir nicht mit Dave gesprochen haben. So oder so, ein Funkspruch zum Zwei-dreiundsechzig muß durchgegeben werden. Ich denke . . .« Die restlichen Worte wurden von einem langgezogenen Tuten verschluckt, das die Lokomotive ausstieß.

Abrupt verstummte es, und jemand anderer fragte: »Warum ziehen wir Darcy da rein?«

»Weil alle anderen vollauf beschäftigt sind«, entgegnete Lands ungeduldig. »Ray ist der einzige, der Zeit hat und ein Fahrzeug . . .«

Mehr hörte ich nicht, und ich nahm an, daß er sich abgewandt hatte. Ich spähte hinaus und sah seine kräftige Gestalt im wattierten Parka am Zug entlanggehen. Ein Mann begleitete ihn, aber den erkannte ich nicht, weil er im Schatten der Waggons blieb.

»Worauf warten Sie?« Pat packte meinen Arm.

»Auf nichts«, erwiderte ich und überlegte, ob ich Laroche in der Finsternis gesehen hatte.

»Also, dann gehen Sie in den Waggon.«

Ich zögerte. »Das war Lands.«

»Bill Lands?« Er ließ meinen Arm los. »Na und? Kennen Sie ihn?«

Ich nickte, und dann faßte ich einen plötzlichen Entschluß. Ich hatte nichts zu verlieren. Wenn ich mich aus eigenem Antrieb an Lands wandte, würde er mir vielleicht zuhören. Womöglich konnte ich ihn sogar davon überzeugen, daß Briffe noch lebte. Zumindest läge dann die Verantwortung bei ihm, und ich hätte alles getan, was ich vermochte. Und wenn Laroche bei diesem Gespräch dabei wäre, würde Lands mit eigenen Augen sehen, wie durcheinander der Mann war. »Ich möchte mit Lands reden«, erklärte ich.

Der Vorarbeiter runzelte verblüfft die Stirn. Damit hatte er offensichtlich nicht gerechnet. »Weiß er, daß Sie hier sind?«

169

»Ja. Ich bin in seinem Schienenauto hergefahren.«

Das schien ihn zu beeindrucken. »Sie müssen warten, bis Dave Shelton zurückkommt. Fragen Sie ihn. Arbeiten Sie für eine Zeitung?«

»Nein.« Und weil ich glaubte, es würde nichts schaden, wenn er den Grund meiner Anwesenheit erfuhr, fügte ich hinzu: »Ich bin wegen des Flugzeugabsturzes hergekommen. Erinnern Sie sich daran?«

Er nickte. »Klar.«

Nun hatte ich seine Neugier geweckt. »Briffe lebt noch.«

Verdutzt starrte er mich an. »Wie kann das möglich sein? Eine Woche lang wurden die Expeditionsteilnehmer gesucht, und dann tauchte der Pilot mit der Nachricht auf, die beiden anderen seien tot. Das habe ich von Darcy gehört, als er vor ein paar Tagen hier war. Er meinte, der Bursche habe Glück, weil er noch am Leben ist.«

»Briffe ist wahrscheinlich auch noch am Leben.«

»Briffe? Sie müssen verrückt sein!«

Ich sah den ungläubigen Ausdruck in seinen Augen und merkte, daß jeder Versuch, ihn eines Besseren zu belehren, sinnlos wäre. Alle hielten Briffe für tot — dieser Mann, Lands und sämtliche anderen. Shelton würde genauso denken. Und Darcy? Der war eine Stunde lang mit Laroche allein gewesen, auf der Fahrt zum Zweineunzig. Würde Darcy ebenfalls an meinem Verstand zweifeln? »Ich möchte mit Lands reden«, wiederholte ich, ohne mir allzu große Hoffnungen zu machen.

Die Lokomotive tutete erneut — zweimal, ganz kurz. »Sie müssen warten«, entgegnete Pat. »Gleich sind wir unterwegs.«

Prellböcke klirrten, ruckartig setzte sich der Waggon in Bewegung, der gelbe Gleisrand glitt vorbei. Das war meine Chance. Wenn ich Darcy treffen wollte, mußte ich sofort die Initiative ergreifen. Ich schaute zu meiner Reisetasche hinab, die vor meinen Füßen stand. Und dieser Anblick gab wohl den Ausschlag. Sie mußte immer noch die Logbücher meines Vaters enthalten, falls Lands und Laroche sie nicht entfernt hatten. Ich würde sie Darcy zeigen. Plötzlich fühlte ich, daß es meine Bestimmung war, die Sache weiterzuverfolgen, daß man mein Gepäck deshalb hierhergebracht hatte. Das erschien mir wie ein Wink des Schicksals. Vielleicht klingt das absurd, aber damals empfand ich es so.

Das Rattern der Räder über den Schienenstößen beschleunigte sich, die gelbe Erde zog schneller vorbei. Ich umfaßte die Henkel meiner Tasche.

»Was machen Sie da?« fragte Pat argwöhnisch.

»Zufällig ist das mein Eigentum.« Ich sah noch seine erstaunte Miene, dann sprang ich von der Plattform. Ich hätte auf den Füßen landen können, aber ich setzte die ganze Kraft meiner Beinmuskeln ein, so daß ich über den Gleisrand hinausflog, zu einer Stelle, wo der Boden weicher war. Wie ich es während meines Wehrdienstes bei der Army gelernt hatte, kam ich auf einer Schulter auf. Der Atem wurde mir aus den Lungen gepreßt, ich rollte zweimal um die eigene Achse, verletzte mich aber nicht.

Als ich aufstand, sah ich, wie sich Pat aus der Tür neigte und nach mir rief. Aber er sprang nicht heraus. Es war zu spät, die Lokomotive donnerte an mir vorbei, und im Licht des Führerhauses fand ich meine Tasche. Der Gleisbauzug und der Transporthebebock folgten den Waggons, dann der Kran. Schließlich waren die Schienen leer, plötzliche Finsternis hüllte mich ein.

Ich stand eine Zeitlang reglos da und lauschte. Doch ich hörte nur noch den rumpelnden Zug, der sich von der Baustelle entfernte. Keine Stimmen drangen aus der Nacht zu mir, keine Zigarette glühte im Dunkel.

Wie durch Zauberei schien die heftig bewegte Menschenmenge verschwunden zu sein, hatte nichts als schwarze Leere zurückgelassen, durch die ein kalter Wind wehte. Wenigstens konnte ich mich an den Gleisen orientieren, und so folgte ich ihnen nach Norden. Sobald sich meine Augen an die Finsternis gewöhnt hatten, begann ich zu laufen.

Hinter mir verhallten die Geräusche des Zugs, und als ich über die Schulter blickte, stand er still, die Schienen spiegelten trübes Lichter wider. Taschenlampen flammten auf, und ich glaubte Geschrei zu hören. Aber die Männer waren mindestens eine halbe Meile entfernt — zu weit weg, um mich einzuholen zu können.

Wenige Minuten später erreichte ich das Ende der Schienen. Ich verlangsamte meine Schritte, als ich der nackten Strecke folgte. Die Lichter hinter mir waren verschwunden, von einer Biegung verdeckt. Das nächtliche Nichts von Labrador umgab mich. Und ich hörte außer dem Wispern des Windes in den Bäumen keine Geräusche mehr. Der Himmel war bewölkt, doch das spielte keine Rolle — noch nicht. Die Strecke zog sich vor mir dahin, flach wie eine Straße, ein helles Band in der Dunkelheit. Doch das änderte sich. Nach einer oder zwei Meilen wurde der Boden holpriger, von Wurzeln und weichem Erdreich durchbrochen, und kurz darauf stolperte ich in frisch aufgeschütteten Kies.

Ich kam nur noch mühsam voran. Ein paarmal geriet ich von der Strecke in die Baumwurzeln, die der Bulldozer seitlich aufgehäuft hatte. Und einmal fiel das Terrain vor mir plötzlich steil ab, und ich stürzte in die halb vergrabene Schaufel eines Greiferkrans. Zwangsläufig setzte ich meinen Weg etwas vorsichtiger fort. Dann folgte ein begradigter Streckenteil, wo ich wieder etwas schneller gehen konnte, aber nur eine Meile weit.

Zwischen Head of Steel und dem Camp 263 lagen

172

nur zwanzig Meilen. Aber um zu verdeutlichen, wie beschwerlich ein solcher Fußmarsch sein konnte, vor allem bei Nacht, sollte ich vielleicht die hier angewandte Methode des Bahnlinienbaus erklären. Die Strecke wurde nicht kontinuierlich in die Wildnis von Labrador fortgeführt, so wie normalerweise beim Schienenbau üblich, sondern in isolierten Teilstücken, die man erst später verband.

Im Anfangsstadium war eine Hilfsstraße angelegt worden, die sogenannte Tote Road, die von Seven Islands zu den Eisenerzdepots nahe dem Knob Lake führte, fast vierhundert Meilen weiter oben im Norden. Diese Straße, kaum mehr als Bulldozerspuren im Busch, folgte ungefähr der Richtung der zuvor berechneten Bahnlinie, und obwohl sie an manchen Stellen parallel dazu verlief, zog sie sich keineswegs schnurgerade hin, sondern jeweils durch jenes Gebiet, wo die Natur den geringsten Widerstand geleistet hatte. Auf der Tote Road waren die schweren Baumaschinen transportiert worden: die Schlepp- und Greiferkräne, die Bulldozer, die Planierraupen, Traktoren, Laster und Tankwagen.

Während die Tote Road entstand, hatten die Ingenieure — mit Wasserflugzeugen in die Wildnis befördert und von kleinen Camps aus operierend — den Verlauf der Bahnstrecke markiert. In strategischen Intervallen wurden Flughäfen gebaut, von diesen Stützpunkten aus belieferte man die einzelnen Camps entlang der Linie mit den nötigen Materialien.

Als ich von Head of Steel nach Norden aufbrach, plante man, die Schienen bis zum Menihek Dam, zur Mile 329, zu verlegen, ehe der Winter die Bauarbeiten zum Stillstand bringen würde. Dieser flache Stausee war ausschließlich mit Hilfe von eingeflogenem Material angelegt worden, an der Stelle, wo das Gewässer

173

des neunzig Meilen langen Ashuanipi Lake in den breiten Hamilton River floß. Nun konzentrierte sich die gesamte Organisation der Baufirma auf diese Strecke.

Die ständige Wechselwirkung von flachen, straßenähnlichen Teilstücken, Kieshaufen und Sumpfgebieten verwirrte mich. Manchmal stieß ich auf große Felsbrocken, die von jüngst erfolgten Sprengungen zeugten, und auf schwere Maschinen, die mich im Dunkel wie Todesfallen bedrohten.

Gegen Mitternacht erstarb der Wind. Ringsum wurde es unnatürlich still, und das Schweigen erschien mir irgendwie feindselig. Und dann begann es zu schneien. Große feuchte Flocken sanken langsam herab und blieben an meiner Kleidung hängen. Allmählich verwandelte sich die Finsternis in ein gespenstisches Weiß, und am Ende einer begradigten Teilstrecke stolperte ich durch Sandhaufen. Es waren weniger meine Augen als mein Instinkt, der mich auf der Bulldozerspur zwischen den Strauchkiefern weiterführte.

Kurz danach fiel das Terrain plötzlich steil ab, und ich rutschte in eine schlammige Schlucht hinab, wo die rostigen Metallteile eines halbfertigen Leitungsrohrs wie die ausgebleichten Gebeine eines Riesenwals schimmerten. Ich erkannte, wie aussichtslos der Versuch wäre, dieses Sumpfgebiet bei Dunkelheit zu durchqueren. Müde und fröstelnd ruhte ich mich ein wenig aus, dann kehrte ich um und kletterte den Hang wieder hinauf, zu einer Öffnung, die ich im weißen Wall der Strauchkiefern entdeckt hatte.

Ich verließ die Bahnstrecke. Dumpf wurde mir bewußt, daß ich einem Weg folgte. Hier kam ich kaum besser voran als auf der Bulldozerspur. Meine Füße versanken im weichen Boden, während ich von einer anderen Seite her in die Senke hinabstieg, wo das Leitungsrohr verlegt wurde. Dunkle Pfützen unterbrachen die Schneedecke, und als ich hindurchwatete, hörte ich das leise Bersten papierdünner Eisschichten, die sich darauf gebildet hatten. Dann war es wieder dicker, schwarzer, schwerer Schlamm mit tiefen Furchen, welche die Bulldozer hineingefressen hatten. Aber das Erdreich unter dem Schlamm war fest gefroren. Als ich das Schlimmste überstanden hatte und die Furchen sah, die sich immer noch vor mir ins Dunkel zogen, merkte ich, daß ich mich auf einem Abschnitt der Tote Road befand. Das Terrain stieg an, der Boden wurde immer härter, die Furchen hörten auf, das Land öffnete sich, verkümmerte Bäume standen zusehends weiter auseinander. Es fiel mir schwer, auf der Straße zu bleiben. Zweimal innerhalb weniger Minuten kämpfte ich mich durch dichtes Unterholz. Der Schnee, den ich von den Zweigen schüttelte, durchnäßte mich bis auf die Haut. Wachsende Erschöpfung hatte meine Sinne abgestumpft, wie eisige Metallbügel schnitten die Henkel der Tasche in meine steifgefrorenen Finger. Wegen der zu großen Stiefel hatten ich Blasen an meinen Füßen bekommen, die in schmerzhafte Frostbeulen übergingen.

Als ich mich wieder einmal verirrte, gab ich es auf, bereitete mir ein Lager aus Kiefernästen und wartete auf das Morgengrauen. Ich würde dann weitergehen, sagte ich mir, wenn ich ausgeruht war und wieder etwas sehen konnte. Der Schweiß an meinem Körper kühlte ab, doch das störte mich nicht, weil es ein wunderbares Gefühl war, einfach nur dazuliegen und sich nicht anzustrengen.

Ununterbrochen schneite es, aber der Schnee erschien mir nicht mehr kalt. Kein Geräusch durchbrach die überwältigende Stille, und schließlich glaubte ich sogar, die Flocken fallen zu hören.

Ich hatte nicht beabsichtigt, einzuschlafen. Aber

nachdem ich alle meine Muskeln und Nerven entspannt hatte, gab es wohl nichts mehr, was mich wach halten konnte. Der Schnee wisperte, und ich glitt in eine weiße, dunkle Welt hinüber. Der letzte Rest des Bewußtseins schwand aus meinem benommenen Gehirn.

Vielleicht hörte ich das Auto, und es weckte mich. Oder war es das grelle Scheinwerferlicht? Ich riß die Augen auf und starrte auf eine Strauchkiefer, die wie ein Weihnachtsbaum in hellem Glanz erstrahlte. Dann erklang eine Stimme. »Ich glaube, Sie sind Ferguson.«

Ich setzte mich auf, immer noch halb betäubt von Kälte und Schlaf, und wußte nicht, wo ich mich befand. Doch dann sah ich den Weg, die schneebedeckten Bäume und die schwarze Silhouette des Mannes vor den Scheinwerfern — klein und breitschultrig, wie ein dicker Gnom gebaut, was durch den wattierten Parka noch betont wurde.

Das ist weder Laroche noch Lands, war mein erster Gedanke. Ich hatte ihn nie zuvor gesehen. Er beugte sich zu mir herab, und da fiel etwas Licht auf sein zerfurchtes, mahagonibraunes Gesicht. Schneeflocken hingen an seinen buschigen Brauen. Durch randlose Brillengläser musterte er mich aufmerksam. »Da haben Sie mir was Schönes aufgehalst«, brummte er und zog mich auf die Beine. »Bis nach Head oft Steel bin ich auf der Bahnstrecke getuckert, um Sie zu suchen, und dann die Tote Road zurückgefahren, für alle Fälle.«

Mit schwacher Stimme bedankte ich mich. Meine Glieder waren so steif geforen, daß ich kaum stehen konnte. Weil ich kein Gefühl mehr in den Füßen hatte, spürte ich die Blasen und Frostbeulen nicht.

»Kommen Sie.« Der Mann hob meine Reisetasche auf. »Im Jeep gibt's eine Heizung. Anfangs wird's verdammt weh tun. Aber Sie werden bald auftauen.« Er führte mich zu einem Jeep-Kombi, einem verbeulten

Wrack, an dem ein Kotflügel fehlte, Schlamm und Schnee verbargen einen Großteil der Karosserie. Mein Retter half mir hinein, und ein paar Sekunden später polterten wir zwischen den Strauchkiefern die Straße entlang. Die Heizung lief auf Hochtouren und sandte schmerzhafte Wellen durch meine fast erfrorenen Gliedmaßen. Im reflektierten Licht der Scheinwerfer betrachtete ich das ledrige, kantige Profil des Fahrers. Er war nicht mehr jung. Groteske Anstecknadeln schmückten seine Khakimütze. »Sie haben mich gesucht?« fragte ich, und als er nickte, wußte ich, daß Lands ihn verständigt haben mußte. »Dann sind Sie Mr. Darcy.«

»Ray Darcy«, grunzte er, ohne den Blick von der Straße zu wenden. Er fuhr sehr schnell. Der Jeep schlitterte um die Kurven, die uns in verschwommenem Weiß entgegenrasten. »Bill meinte, ich würde Sie bei der zweiundfünfzigsten Meile finden.«

»Also haben Sie mit ihm gesprochen?«

»Klar.«

»War Laroche auch da?«

»Laroche?« Er warf mir einen kurzen Blick zu. »Den habe ich nicht gesehen.«

»Aber er war doch in Head of Steel?«

»Das hat man mir erzählt. Regen Sie sich jetzt ab und schlafen Sie ein bißchen. Beinahe hätten Sie dran glauben müssen.«

Aber ich saß neben dem Mann, um dessentwillen ich durch die Nacht getreckt war. Die Umstände hatten uns zusammengeführt, und trotz meiner Müdigkeit wollte ich die günstige Gelegenheit nicht verstreichen lassen. »Hat Lands Ihnen erklärt, warum ich hier bin? Hat er den Funkspruch erwähnt, den mein Vater empfangen hatte?«

»Ja.«

»Vermutlich hat er behauptet, ich sei verrückt, weil ich glaube, Briffe könnte noch am Leben sein.«

»Das hat er nicht direkt gesagt.«

»Was hat er denn gesagt?«

Wieder bedachte er mich mit einem Seitenblick. »Zum Beispiel, daß Sie James Finlay Fergusons Enkel sind.« Er steuerte den Wagen durch den Schlamm einer langgezogenen S-Kurve. »Und das finde ich genauso seltsam wie die Vorstellung, Briffe wäre imstande gewesen, einen Funkruf zu senden.«

»Was ist daran so seltsam?« murmelte ich. Warum kam die Sprache immer wieder auf die Ferguson-Expedition? »Daß jener Ferguson mein Großvater war, ist reiner Zufall.« Die Hitze machte mich allmählich schläfrig.

»Ein verdammt komischer Zufall«, erwiderte Darcy beinahe heftig.

»Es erklärt das Interesse meines Vaters an Briffes Forschungstrupp.«

»Klar. Aber nicht Ihre Anwesenheit.«

Was er damit meinte, wußte ich nicht, und ich war zu müde, um danach zu fragen. Ich konnte kaum noch die Augen offenhalten. Meine Gedanken tasteten sich wieder zur Ferguson-Expedition. Wenn ich doch bloß herausfände, was damals geschehen war. »Perkins sagte, Sie würden sich in Labrador besser auskennen als sonst jemand.« Es gelang mir nicht mehr, artikuliert zu sprechen. »Deshalb kam ich in den Norden — um Sie zu suchen und . . .«

»Schlafen Sie jetzt. Wir reden später darüber.«

Meine Lider senkten sich, übermächtige Erschöpfung schien mich zu lähmen. Aber dann gerieten wir ins Schleudern, und ich wurde ins Bewußtsein zurückgerissen. »Sie wissen alles, nicht wahr?« fragte ich, als Darcy den Jeep wieder unter Kontrolle hatte. »Ich will endlich hören, was mit meinem Großvater passiert ist.«

»Ich hab's gelesen.« Sekundenlang schaute er zu mir

herüber. »Kennen Sie die Geschichte dieser Expedition wirklich nicht?«

»Nein. Deshalb wollte ich zu Ihnen — und weil Sie Laroche aufgelesen haben.«

»Verdammt, wenn das nicht das Allerseltsamste an der ganzen Sache ist!«

»Was meinen Sie?«

»Daß Sie nichts wissen.« Er starrte mich an, die Räder streiften die Böschung am Straßenrand, Kiefernzweige peitschten die Windschutzscheibe. Nachdem er den Jeep auf die Fahrbahn zurückgelenkt hatte, meinte er: »Ruhen Sie sich jetzt aus. Wir unterhalten uns später.«

»Was ist passiert?«

»Ich sagte, Sie sollen sich ausruhen — wir reden später. Erst mal muß ich nachdenken«, fügte er hinzu und sprach dabei mehr zu sich selbst als mit mir. Ich wiederholte meine Frage, doch da wurde er wütend: »Sie sind jetzt nicht in der richtigen Verfassung für solche Diskussionen. Und ich bin's auch nicht, weil ich Sie die ganze Nacht gesucht habe. Schlafen Sie!«

»Aber . . .«

»Schlafen Sie!« Er schrie beinahe. »Verdammt noch mal! Wie soll ich denn fahren, wenn Sie mich unentwegt mit Fragen bestürmen?« Seine Stimme nahm wieder einen etwas sanfteren Klang an. »Befolgen Sie meinen Rat, und schlafen Sie, solange Sie's noch können. Wir reden, wenn ich dazu bereit bin, nicht früher. Okay?«

Ich nickte, war mir aber nicht sicher, wie er das meinte. Doch ich fühlte mich zu erschöpft, um zu widersprechen. Ich hatte einen langen Weg hinter mir — und den Mann gefunden, von dem ich Hilfe erhoffte. Wie auf Befehl schlossen sich meine Augen, mein Bewußtsein schwand. Und dann glaubte ich auf einem

179

durchfurchten Meer zu schwimmen, hin und her ge-
schaukelt vom rhythmischen Dröhnen des Motors. Als
ich die Lider wieder hob, brach der Tag an, und wir
fuhren in ein Camp, das aus mehreren Hütten bestand.

»Zwei-dreiundsechzig«, erklärte Darcy, nachdem er
festgestellt hatte, daß ich wach war.

Im kühlen Morgenlicht wirkte das Camp primitiv
und trostlos. Düster zeichneten sich die Holzbauten vor
dem Schnee ab. Zweidreiundsechzig lag auf einem
Hang oberhalb einer Teilstrecke, die erst kürzlich von
den Bulldozern in die Wildnis gebahnt worden war. Vor
jeder Tür stapelten sich zersägte Baumstämme, ein
Chaos aus Ästen und entwurzelten Bäumen umgab die
Siedlung.

Wir polterten über einen schroffen Weg, hielten vor
einer abseits gelegenen Behausung und stiegen aus.
Darcy hob etwas von dem Brennholz auf, das neben
der Tür lag, und stieß sie auf. »Normalerweise ist mein
Leben besser organisiert. Aber ich wohne erst seit ein
paar Wochen hier.«

Wir betraten einen kleinen Raum, wo er die Holz-
scheite in einen Eisenofen legte. Er hatte nicht die ganze Hütte, sondern nur dieses eine Zimmer zur Verfügung. Mein Blick wanderte über zwei Eisenbetten,
wohlgefüllte Bücherregale, mehrere Kisten und einen
Schrank aus dreischichtigem Spanholz. Dieses Domizil
erinnerte mich an eine Army-Baracke, und der
Schlamm auf dem Boden ließ erahnen, wie es hier aus-
sehen würde, wenn der Schnee schmolz. Ein großer,
funkelnagelneuer Kühlschrank stand unverständlicher-
weise an einer Wand.

Der Raum wirkte im trüben Licht, das durch schmutzige Fensterscheiben hereindrang, ziemlich trist. Aber
es war warm, und das Feuer, das flackernde Schatten
an die Holzwände warf, als Darcy das Ofentürchen öff-

nete, erzeugte eine Illusion von Gemütlichkeit. Einige Bilder schmückten das Zimmer, Ölgemälde von Labrador — eine Flußszene in Schwarz und Grau, eine Studie von Strauchkiefern im Schnee, von einer kleinen Männergruppe rings um ein Lagerfeuer, das mir so einsam und desolat vorkam, daß ich an Briffe denken mußte. »Ihre Werke?« fragte ich.

Darcy wandte sich zu mir und sah, daß ich das Bild vom Lagerfeuer betrachtete. »Ja, alle. Dilettantische Kleckserei.« Doch das meinte er offenbar nicht ernst, denn er starrte mit selbstkritischer Intensität auf das Gemälde und fügte langsam hinzu: »Ich glaube, dies ist das Beste, was ich je zustande gebracht habe.«

»Ich verstehe nicht viel davon«, murmelte ich unbehaglich. »Es sieht so kalt und bedrückend aus.«

»Soll es auch«, erwiderte er mit rauher Stimme und warf das Ofentürchen klirrend zu. »Okay, ziehen Sie Ihr nasses Zeug aus, und werfen Sie sich in die Falle. Sie können das Bett da drüben haben.« Er wies mit dem Kinn auf eins der beiden Eisengestelle, das im Gegensatz zum anderen nicht bezogen war. »Leider kann ich Ihnen keinen Drink anbieten. An dieser Bahnlinie ist Alkohol verboten, weil hier so viele Trunkenbolde aufkreuzen. Aber Sie brauchen ohnehin nur Wärme und Schlaf.«

Dampf quoll aus meinen Sachen. Ich sank auf die Matratze, zu müde, um mich auszukleiden, um irgend etwas anderes zu tun als einfach nur dazusitzen. »Ich muß mit Ihnen reden.« Das Sprechen fiel mir immer schwerer.

»Später.«

»Nein, jetzt«, würgte ich mühsam hervor. »Bald wird Laroche kommen. Lands auch. Dann ist es zu spät.«

»Ich habe Ihnen bereits erklärt, und ich erkläre es noch einmal, daß ich erst dann mit Ihnen rede, wenn

ich dazu bereit bin — keine Sekunde früher, okay?«
Abrupt kehrte er mir den Rücken und ging in die Ecke
hinter dem Ofen. »Vor Laroche oder sonst jemandem
brauchen Sie sich nicht zu fürchten. Jedenfalls nicht in
den nächsten Stunden. Hier gibt's keinen Flughafen, also müssen sie mit dem Jeep herkommen. Und sie werden erst nach dem Frühstück aufbrechen.« Er kam mit
einem Paar hoher Gummistiefel zurück. »Ziehen Sie
sich aus, und legen Sie sich hin. Sie sind völlig erschöpft.« Dicht vor mir blieb er stehen, griff über mich
hinweg in ein Regal über dem Bett und holte eine grüne Blechdose heraus. »Schlafen Sie. In etwa einer Stunde bin ich wieder da.«

Als er zur Tür stapfte, sprang ich auf. »Wohin gehen
Sie?«

»Zum Angeln.« Darcy drehte sich um und starrte
mich eigenartig an. Nachdem er die ganze Nacht auf
gewesen war, glaubte ich ihm nicht, daß er angeln würde. Aus irgendeinem Grund hatte ich angenommen, er
stünde auf meiner Seite. Jetzt war ich mir nicht mehr so
sicher. Irgendwo im Camp mußte es ein Funkgerät geben. Also konnte er Lands in Head of Steel erreichen,
wahrscheinlich auch Staffen im Hauptquartier. »Was
für Instruktionen haben Sie bezüglich meiner Person erhalten?« fragte ich.

Darcy schlenderte zu einem Wandhaken und nahm
eine Angelrute in einer grünen Segeltuchhülle herunter,
dann kam er wieder zurück. »Hören Sie, mein Junge,
wenn ich sage, ich gehe fischen, dann gehe ich fischen.
Verstanden?« Seine Stimme bebte, die Augen hinter
den randlosen Brillengläsern funkelten zornig. »Zweifeln Sie niemals an mir! Das mag ich nicht.«

»Tut mir leid«, erwiderte ich verlegen. »Ich dachte
nur . . .«

»Daß ich Sie bei Lands verpfeifen würde, nicht

wahr? Aber das habe ich nicht vor. Ich gehe fischen. Okay?«

Ich nickte und setzte mich aufs Bett. »Es ist nur irgendwie seltsam.«

»Seltsam?« Seine Stimme klang immer noch kampflustig. »Was ist denn so seltsam daran, wenn jemand angeln will?«

»Ich weiß nicht«, entgegnete ich und suchte nach Worten, die ihn besänftigen würden. »Aber — ich finde, Sie könnten auch ein paar Stunden Schlaf vertragen.«

»Ich bin kein Kind mehr«, fauchte er, »und ich brauche nicht viel Schlaf.« Dann lächelte er, und sein Ärger schien plötzlich verflogen. »Sie sind kein Angler, was?« fragte er, und ich schüttelte den Kopf. »Dann verstehen Sie's auch nicht. Das ist so wie Malen. Es hilft einem. So was ist wichtig hier im Norden. Es gibt offensichtlich viele Dinge, von denen Sie keine Ahnung haben«, fügte er sanft hinzu. »Vom Leben in einem gottverlassenen Land wie Labrador. Zwei Jahre bin ich schon da.« Er seufzte, als würde er über seine eigene Dummheit staunen. »Ich kam her, um einen Monat lang zu angeln. Das war eine Art Genesungsurlaub. Seither war ich nie mehr weg, nicht mal in Seven Islands. Das ist eine lange Zeit — Jesus, eine sehr lange Zeit.« Gedankenverloren trat er ans Fenster und starrte hinaus. »Diese Gegend kann einen von Grund auf verändern. Zum Beispiel«, fuhr er fort und wandte sich lächelnd wieder zu mir, »ist man leicht beleidigt, wenn einem ein junger Narr nicht glauben will ... Und jetzt schlafen Sie endlich«, befahl er brüsk. »Machen Sie sich meinetwegen keine Gedanken. Ich gehe zum Fluß, und wenn ich Glück habe, komme ich mit einem *Ouananish* zurück, vielleicht sogar mit einer Forelle. Okay?«

»Klar. Ich wollte nur, daß Sie mich anhören, bevor Sie irgendwas unternehmen.«

»Sicher, das verstehe ich. Aber wir haben noch viel Zeit.« Darcy öffnete die Tür. »In ein bis zwei Stunden bin ich wieder da.«

Und dann fiel die Tür hinter ihm ins Schloß. Obwohl er nicht mehr da war, blieb etwas von seiner Persönlichkeit in dem kleinen Raum zurück. Ich saß noch lange auf der Bettkante und dachte über ihn nach. Doch dann übermannte mich die Müdigkeit. Also schlüpfte ich aus den feuchten Kleidern, kroch unter die Wolldecke, die sich rauh und warm auf meiner Haut anfühlte. Daß sie modrig und nach Schmutz roch, störte mich nicht. In diesem Augenblick kümmerte mich überhaupt nichts. Ich war froh, weil ich jemanden gefunden hatte, dem Labrador so viel bedeutete wie meinem Vater zeit seines Lebens. Und obwohl ich Darcy eigenartig fand und mich ein wenig vor ihm fürchtete, wußte ich, daß er mir helfen würde. Ich schloß die Augen, und das Bild eines stämmigen kleinen Mannes, der knietief in einem kalten Fluß stand und mit geübtem Schwung seine Angelschnur auswarf, begleitete mich in meine Träume.

Als ich erwachte, stand er neben mir, und die Sonne schien zum Fenster herein. »Essen Sie gern Lachs?«

Ich setzte mich auf. »Lachs?«

»Ja, ich hab' Ihnen einen mitgebracht. Einen Süßwasserlachs. Die Montagnais nennen ihn *Ouananish.*« Er rückte einen Stuhl an mein Bett und stellte einen großen Teller darauf, legte Messer und Gabel und eine Scheibe Brot daneben. »Ich hab' zwei gefangen und mir einen mit den Jungs geteilt. Sie kriegen das größte Stück vom anderen, obwohl das gegen die Camp-Regeln verstößt. Der Fisch ist genau auf die richtige Art gekocht. Wenn man da nicht aufpaßt, kriegt man einen Bandwurm. Hatten Sie schon mal einen?«

»Nein.«

»Dann können Sie von Glück reden. Man frißt wie

ein Pferd, aber man füttert nur den Wurm, nicht sich selbst, und wird immer dünner.« Er wühlte in der Schublade eines Schreibtisches, der in einer Ecke stand, und kam mit einem Blatt Millimeterpapier zurück. Hinter der Trennwand erklangen Stimmen und schwere Stiefelschritte. »Lucy!« schrie Darcy. »Sind die Jungs fertig?«

»*Oui oui*, alles okay, Ray.«

»Die Jungs müssen die Begradigung einer neuen Teilstrecke vermessen«, erklärte er mir. »Ich werde etwa eine Stunde wegbleiben. Danach fahren wir nach Norden, zur Bockbrücke. Vielleicht fische ich ein bißchen, während Sie mir Ihre Geschichte erzählen.« Er blinzelte mich durch die Brille an. »Und dann werden wir sehen. Vielleicht reden wir mit Mackenzie.«

Und mit diesen Worten ließ er mich wieder allein. Ich begann meinen ersten *Ouananish* zu essen — eine Riesenportion festes rosa Fleisch. Dabei dachte ich erneut über Darcy nach — über seine Gemälde, seine Angelmanie. Der verrückte Darcy, wie ihn jener junge Ingenieur genannt hatte. Zwei Jahre pausenlos hier im Norden — das war wirklich eine lange Zeit, lange genug, um einen Mann in den Wahnsinn zu treiben. Ich erinnerte mich an einen Ausspruch von Lands und überlegte, ob auch Darcy in die Kategorie gehörte, die man hier als »groggy« bezeichnete.

Ich aß meinen Teller leer. Neue Kräfte strömten in meinen Körper, und ich verspürte keine Müdigkeit mehr. Neben Darcys Bett stand ein Becken, auf dem Herd dampfte eine Wasserschüssel. Steifbeinig stieg ich aus dem Bett und wusch mich, splitternackt über das Becken gebeugt. Groggy oder nicht, der Mann war enger mit diesem Land verbunden als alle anderen, die ich an dieser Bahnlinie kennengelernt hatte. Ich rasierte mich, dann setzte ich mich auf meine Matratze, stach

185

die Blasen an meinen Füßen auf und klebte Pflaster darüber, die ich in einem Apothekenschränkchen gefunden hatte. Daneben prangte das Foto eines jungen kanadischen Soldaten in einem zerkratzten Lederrahmen.

Die Ofenhitze hatte meine Kleider getrocknet. Nachdem ich mich angezogen hatte, begann ich die Bücher zu inspizieren. Würden sie mir etwas über den Besitzer verraten? Großteils handelte es sich um technische Werke, aber auch Izaak Waltons »Complete Angler« entdeckte ich, Shakespeare, in Leder gebunden, die gesammelten Gedichte von Robert Service, einige Romane von Jack London — und dann vier Bücher, die mich in den kleinen Funkraum meines Vaters zurückführten: »Labrador« von W. Cabot, die zweibändigen »Outlines of the Geography, Life and Customs of Newfoundland-Labrador« von V. Tanner und das schmale Büchlein von Henri Dumaine, »Labrador — In Search of the Truth«.

Tanners Schriften kannte ich, als Kind hatte ich mir oft die Illustrationen angesehen. Auch Cabots Werk hatte ich öfter aus Dads Regal genommen. Aber Henri Dumaines Buch war mir neu, ich griff danach und blätterte darin. Der Autor berichtete über eine Reise nach Labrador. Ich schlug das Vorsatzblatt auf. 1950 erschienen, in Toronto. Vielleicht stand etwas über die Expedition meines Großvaters darin.

Als ich die ersten Seiten etwas genauer durchsah, entdeckte ich fast auf Anhieb einen Hinweis auf jene Expedition, am Ende der fünften Seite. »Am 15. Juni 1902 brachte mich das Schiff zum Davis Inlet, zur Hudon Bay Station. Endlich hatte ich den Ausgangspunkt der Ferguson-Expedition erreicht . . .«

Ich starrte diesen letzten Satz an und traute meinen Augen nicht. Ausgerechnet in dieser Hütte im Camp

263 war ich über ein Buch gestolpert, das mir weiterhelfen konnte. Begierig verschlang ich den folgenden Text, und ein paar Zeilen weiter las ich: »Da stand ich und betrachtete die Station. Sie lag klar und sauber im hellen Sonnenlicht, die roten Ziegeldächer, noch glänzend vom soeben versiegten Regen, die Bretterwände mit einem leuchtend weißen, frischen Anstrich. Und ich dachte an Pierre. An diesen Ort war der Ärmste zurückgekommen — allein. Ich dachte auch an meine Frau Jacqueline, an die Hoffnungen, die sie in meine Reise setzte. Sie hatte am Totenbett ihres Bruders gesessen und sein letztes absonderliches Gemurmel gehört, Ausgeburten eines Gehirns, das nach jener Tragödie und all der Mühsal umnachtet gewesen war. Dann kehrte ich der Station den Rücken und blickte über das Wasser hinweg zu den Bergen von Labrador. Und da spürte ich zum erstenmal die Anziehungskraft dieses einsamen Landes, von plötzlicher Ehrfurcht ergriffen. Denn irgendwo hinter der schwarzen Linie jenes Gebirgszugs lag die Wahrheit. Wenn ich sie fand, konnte ich Pierres Namen vielleicht von dem bösartigen Verdacht befreien, der seine letzten Stunden verdunkelt und soviel zu seiner geistigen Verwirrung beigetragen hatte.«

Hastig blätterte ich weiter, suchte genauere Angaben über jene Anklagen, irgendwelche Hinweise, die mir verraten hätten, was mit meinem Großvater geschehen war. Aber Henri Dumaine hatte es offenbar für selbstverständlich gehalten, daß seine Leser über all dies Bescheid wußten, denn er ging nicht näher darauf ein. Ein eher langweiliger Bericht über den mühsamen Treck über den alten Old Indian Trail zum Naskopie füllte viele Seiten. Zwei Halbblutindianer von der Küste hatten ihn begleitet und — wie ich dem Text entnahm — von der nördlichen Wildnis ebensowenig gewußt wie er.

187

Durch meist selbstverschuldete Mißgeschicke verspätet, hatten sie am 19. Juli den Cabot Lake erreicht, dann den südlicher gelegenen Lake Michikamau überquert und sich schließlich nach Westen gewandt, zum Ashua-nipi.

»Dort fanden wir ein Lager der Montagnais-Indianer, die auf die Ankunft der Karibus warteten, und ein glücklicher Zufall half uns weiter. Zwei Jahre zuvor war ein einzelner weißer Mann an dieser Siedlung vorbeigekommen, auf dem Weg zum großen See Michikamau. Er hatte ein Kanu besessen. Aber seine Vorräte waren offenbar zur Neige gegangen, denn er hatte es vorgezogen, den Indianern aus dem Weg zu gehen. Und sie hatten sich aus irgendwelchen Gründen nicht in seine Nähe gewagt. Also konnten sie mir nicht viel erzählen, nur daß seine Kleider zerlumpt und seine Füße mit Segeltuchstreifen verbunden gewesen seien. Und er habe mit sich selbst oder mit einem unsichtbaren Geist gesprochen. Sie zeigten mir am Flußufer die Stelle, wo er kampiert hatte. Dort lagen mehrere Karibugebeine, und in der Nähe des einstigen Lagerfeuers erblickte ich ein Häufchen Patronen, deren ölige Hülsen sich teilweise aufgelöst hatten.

Dies war zweifellos einer der Plätze, wo mein Schwager auf dem Rückmarsch gelagert hatte. Die achtlos weggeworfenen Patronen zeugten von einer verzweifelten Situation. Offenbar waren wir immer noch einige Meilen von dem Ort entfernt, wo Mr. Ferguson der Tod ereilt hatte. Ich fragte die Indianer, ob sie den See kannten, den wir suchten, und wiederholte, was Pierre so oft in seinem Delirium beschrieben hatte. Aber sie wußten nichts davon und der Name, den Pierre dem See gegeben hatte, sagte ihnen nichts. Wir schenkten ihnen zwei Päckchen Tee und ein Säckchen Mehl, denn von unseren Vorräten konnten wir nicht mehr entbehren. Dann zogen wir weiter, folgten dem Ashuanipi in südlicher Richtung, suchten unentwegt . . .«

Die Tür hinter mir flog auf, und ich drehte mich um. Darcy stand auf der Schwelle. »Nun, sind Sie bereit?« fragte er ungeduldig, dann sah er das Buch in meiner Hand. »Ah, Sie haben es also gefunden.« Er kam herein und schloß die Tür. »Ich habe mich gefragt, ob Sie's entdecken würden«, fügte er hinzu, nahm mir den schmalen Band aus der Hand und blätterte lässig darin. »Langweiliges Zeug, aber ganz interessant, wenn man dieses Land kennt.«

»Oder wenn man weiß, was geschehen ist«, ergänzte ich.

»Mit Ferguson?« Er warf mir einen raschen Blick zu. »Das weiß niemand.«

»Wenn man weiß, was angeblich geschehen ist«, verbesserte ich mich. »Auf Seite fünf . . .« Ich ließ mir das Buch zurückgeben und zeigte auf die Stelle, wo der »bösartige Verdacht« erwähnt wurde. »Offenbar erhob man Anschuldigungen gegen den Überlebenden, Dumaines Schwager. Wer tat das, und was warf man ihm vor?«

»Oh, verdammt!« rief Darcy und starrte mich an. »So was Idiotisches habe ich noch nie gehört. Sie unternehmen diese weite Reise, bis zu diesem Camp, nur fünfzig Meilen von der Stelle entfernt, wo Ihr Großvater gestorben ist. Und Sie behaupten, nichts zu wissen?«

»Ich weiß tatsächlich nichts. Und ich bin Briffes wegen hergekommen.«

»Oder weil Laroches Flugzeug am selben Ort abgestürzt ist?«

»Briffes wegen«, wiederholte ich, beobachtete sein Gesicht und überlegte, ob auch er erraten hatte, wo die Beaver zu Bruch gegangen war. Ich schaute wieder auf das Buch. Erst zwei Drittel hatte ich durchgesehen. »Hat Dumaine den Löwensee erreicht?«

»Ah, Sie kennen also den Namen des Sees?«

»Ja, aber ich habe keine Ahnung, was dort passiert ist.«

»Niemand weiß es mit Sicherheit. Dumaine kam nur bis zum Ashuanipi.« Er nahm mir das Buch wieder weg. »Irgendwelche Indianer zeigten ihm das Lager eines einzelnen Weißen am Flußufer, danach fand er noch zwei Camps. Das war alles.« Den ergrauten Kopf gesenkt, blätterte er mit rissigen Wurstfingern die Seiten um. »Über einen Monat lang suchte der arme Teufel nach diesem See. Dabei hätte er lieber sehen sollen, daß er schleunigst von hier wegkam.« Anscheinend suchte er eine bestimmte Stelle in den ersten Kapiteln. »Lange bevor sie das Davis Inlet erreichten, setzte der Frost ein. Ohne die Halbblutindianer hätte er das niemals lebend überstanden.« Er klappte das Buch zu und stellte es ins Regal neben das Foto. »Und was so ironisch an der Geschichte ist — in jenem Jahr kam eine Frau ins Davis Inlet und durchquerte halb Labrador, als wäre dieses Land so harmlos wie ihr schottisches Moor. Sie wurde von drei Trappern begleitet, die sich auskannten, legte zunächst denselben Weg zurück wie Dumaine, kam dann über den Hamliton zurück zum Posten am North-West River — so frisch und munter, wie sie aufgebrochen war.«

Aber ich ließ mich nicht ablenken. »Mich interessiert vor allem der Mann, der mit meinem Großvater durch Labrador treckte. Dumaine hielt ihn für verrückt. Sein Gehirn sei — ›nach jener Tragödie und all der Mühsal umnachtet gewesen‹. Was hat ihn in den Wahnsinn getrieben?«

Darcy zuckte mit den Achseln und wandte sich zum Ofen.

190

»Können Sie nicht einmal andeuten, was geschehen ist?« beharrte ich. Als er schwieg, fuhr ich fort: »Sie müssen doch wenigstens wissen, was man diesem Pierre zur Last legte.«

Eine Zeitlang starrte er auf den rotglühenden Ofen, dann drehte er sich zu mir um. »Er wurde des Mordes an Ihrem Großvater beschuldigt.« Hastig setzte er hinzu: »Aber es gab keine Beweise. Niemand weiß, was sich da abgespielt hat. Man stellte lediglich wilde Spekulationen an . . .«

»Wer?«

Darcy zögerte. »Die Frau, von der ich sprach — Fergusons Frau, Alexandra.« Verwirrt musterte er mich. »Zumindest das sollten Sie eigentlich wissen: Mensch, Junge, sie war Ihre eigene Großmutter!« Als er merkte, daß ich völlig ahnungslos war, schüttelte er den Kopf. »Mehrere Zeitungsreporter interviewten sie, die tollsten Geschichten wurden gedruckt. Aber es kam nichts Neues dabei heraus. Es gab viel Gerede, als der arme Kerl allein auftauchte und von Gold und einem See mit einem Felsen in Löwengestalt faselte. Allem Anschein nach war er völlig von Sinnen.«

»Mein Großvater suchte also nach Gold?« Ich erinnerte mich an die Vorwürfe, die meine Mutter gegen ihn erhoben hatte.

»Klar. Sie glauben doch nicht, ein erfahrener Prospektor wie Ferguson wäre nur seinem Seelenheil zuliebe nach Labrador gegangen, oder?« Nach einer kurzen Pause meinte er: »Sie muß eine bemerkenswerte Frau gewesen sein, Ihre Großmutter. Und Sie kannten Sie gar nicht?«

Ich erklärte ihm, daß wir aufgehört hätten, sie in Schottland zu besuchen, nachdem meine Mutter sie eines Nachts in meinem Zimmer angetroffen hatte.

Darcy nickte. »Vielleicht war das eine gute Idee von

Ihrer Mutter. Trotzdem sind Sie jetzt hier. Seltsam, nicht wahr?« Dann kam er wieder auf Alexandra Fergusons Treck zu sprechen. »Auch heute wäre so was bemerkenswert. Aber das verstehen Sie natürlich nicht — noch nicht. Bisher haben Sie nicht mehr von Labrador gesehen, als eine unfertige Bahnlinie. Aber wenn man sich von den Camps entfernt, sieht das Land ganz anders aus — ein Land, mit dem man sich auseinandersetzen muß.«

»Das Land, das der liebe Gott Kain geschenkt hat«, sagte ich, ohne zu merken, daß ich Farrows Worte wiederholte.

Überrascht sah er mich an. »Ja, das stimmt. Das Land, das der liebe Gott Kain geschenkt hat.« Der Klang seiner Stimme verlieh dem Zitat eine Bedeutung, die mir einen Schauer über den Rücken jagte.

»Hat meine Großmutter den Löwensee gefunden?«

»Wer weiß . . . Wenn's so war, hat sie's verschwiegen. In den Zeitungsartikeln wird nichts davon erwähnt. Aber sie kam weiter als Dumaine, oder sie war zuerst unterwegs, denn sie kehrte mit einer rostigen Pistole, einem Sextanten und einer alten Landkartenmappe zurück. Das alles hatte ihrem Mann gehört. Sie ließ die Sachen fotografieren, aber sie weigerte sich, ihr Tagebuch zu veröffentlichen — wenn sie auch zugab, eines geführt zu haben. Vielleicht wären ihre Aufzeichnungen erschienen, hätte sie Fergusons letztes Camp gefunden. Existiert dieses Tagebuch noch?«

»Das weiß ich nicht. Die Pistole, den Sextanten und die Landkartenmappe habe ich gesehen. Mein Vater hat das alles in seinem Zimmer an die Wand gehängt, auch ein abgebrochenes Paddel und eine alte Pelzmütze. Aber ein Tagebuch ist mir nie in die Finger gekommen.«

»Schade«, murmelte Darcy. »Es wäre interessant, die

Gründe ihres Verdachts zu erfahren. Drei Monate verbrachte sie hier in dieser Wildnis, um der Route ihres Mannes zu folgen. Und in diesen einsamen drei Monaten muß ihre Seele viel Zeit gehabt haben, um sich zu verhärten.« Er ging wieder zum Ofen und wärmte seine Finger. »Merkwürdig, daß Dumaine sie in seinem Buch nicht erwähnt hat; obwohl beide Trupps fast gleichzeitig im Davis Inlet aufbrachen, nur durch wenige Tage getrennt. Ob sie sich jemals getroffen haben? Selbst wenn Dumaine Ihrer Großmutter nicht begegnete, muß er Spuren ihres Trupps entdeckt haben. Aber er nennt kein einziges Mal ihren Namen.«

»Das ist auch nicht verwunderlich. Immerhin hat sie den Bruder seiner Frau des Mordes bezichtigt.«

»So direkt hat sie das nicht behauptet. Und all dieses Gerede ...« Darcy starrte vor sich hin. »Wirklich sonderbar ... Diese zwei Männer — ich hätte gedacht, es wäre andersrum passiert.«

»Wie meinen Sie das?«

Er zuckte mit den Schultern. »Keine Ahnung. Das ist wohl eine Charakterfrage. Seit ich hier bin, denke ich viel darüber nach. Da kommt Ferguson als junger Bursche mit einem Schiff voller Einwanderer in Kanada an, geht in den Westen und arbeitet auf einem der Posten an der Hudson's Bay. Ein paar Jahre später ist er auf dem Caribou. Ich glaube, dort hat ihn das Goldfieber gepackt, denn er zog über den ganzen Berg und dann bis Dawson City, getrieben vom Klondike-Rausch Mitte der neunziger Jahre.« Darcy schüttelte den Kopf. »Muß ein hartgesottener Bursche gewesen sein.«

»Und sein Begleiter?«

»Pierre? Das war ein völlig anderer Typ. Ein Trapper, fasziniert von der Wildnis. Deshalb ist es ja so eigenartig.«

Genauere Erklärungen gab Darcy nicht, und ich

fragte mich, ob er all diese Informationen Dumaines Buch entnommen habe.

»Nein, natürlich nicht. Dumaine besaß einen Laden in einer Kleinstadt in Ontario. Er verstand die Wildnis nicht, und er machte sich auch nie die Mühe, über die Persönlichkeiten der beiden nachzudenken. Das Buch ist nur die langweilige Schilderung einer beschwerlichen Reise, zu der ihn seine Frau überredet hat und die seine Fähigkeiten überstieg.«

»Wieso wissen Sie dann so viel von meinem Großvater?«

»Hauptsächlich aus Zeitungsartikeln. Ich bat jemanden, sie für mich herauszusuchen und abzutippen. In den Montreal-Blättern sind massenhaft Artikel über die Expedition erschienen, wie Sie sich vorstellen können. Ich würde sie Ihnen gerne zeigen, aber sie liegen in meinem Koffer, und der ist immer noch im Zwei-neunzig.«

»Und warum haben Sie sich so für das alles interessiert?«

Verblüfft hob er die Brauen. »Wie, zum Teufel, soll man sich nicht für so was interessieren?« Plötzlich verzog sich sein zerfurchtes Gesicht zu einem Lächeln. »Sie scheinen es noch immer nicht zu verstehen. Ich bin keineswegs hier, weil ich für diese Bahnlinie schwärmte, und ich bin nicht einmal auf die Kohle angewiesen, die mir mein Job einbringt. Mit meinen sechsundfünfzig Jahren habe ich genug Geld gemacht, um mich für den Rest meines Lebens zu ernähren.« Er griff nach seinen Handschuhen. »Nein, ich bin hier, weil mich Labrador fasziniert.« Leise lachte er vor sich hin, während er die Handschuhe anzog. »Sicher bin ich der einzige, der nur deshalb hier arbeitet, weil er das Land liebt.« Wieder einmal redete er mehr mit sich selbst, und ich gewann den Eindruck, daß er das sehr oft tat. Aber dann schaute er mich an. »Wissen Sie überhaupt irgendwas von Labrador?«

»Mein Vater besaß viele einschlägige Bücher, und einige davon habe ich gelesen.«

Er nickte. »Dann wissen Sie, daß dies ein jungfräuliches Land ist — weder kartographiert noch von Weißen erforscht, bis sich die Hollinger-Firma für die Eisenerzvorkommen am Burnt Creek interessierte. Zum Teufel, erst viertausend Jahre sind verstrichen, seit die letzte Phase der Eiszeit zu Ende ging! Damals bestand ganz Labrador nur aus Gletschern. Und ehe die Prospektoren anfingen, Wasserflugzeuge zu benutzen, waren nur wenige Weiße in diese Wildnis vorgedrungen. Es gibt ein paar unvollständige Landkarten, wo einige Flüsse eingezeichnet sind, sonst aber nur weiße Flekken, und ein paar Bücher, die — wie Dumaines Aufzeichnungen, über Fußmärsche und Kanufahrten durch diese Region berichten. Das war alles, was man bis 1947 von Labrador wußte — bis die Regierung begann, Flugzeuge einzusetzen, um das Land zu erkunden. Und da fragen Sie, warum mich die Ferguson-Expedition fasziniert? Wie sollte sie nicht — wo mir diese Wildnis so viel bedeutet?«

Fast ärgerlich fügte er nach einer Weile hinzu: »Sie begreifen das nicht. Wahrscheinlich werden Sie's nie begreifen. Niemand, der mir hier begegnet ist, erkennt die einsame, grausame, verhaltene Schönheit von Labrador. Wie auf dem Meer oder im Gebirge ist diese Leere eine Herausforderung, die den Menschen zwingt, sich auf sich selbst zu besinnen. Verstehen Sie, was ich meine?« Er schaute mich kampflustig an, als wollte er mich davor warnen, ihn auszulachen. »Weder die Flugzeuge noch die Bahn werden diesem Land jemals etwas anhaben können. Hier wird es immer wild und einsam sein. — Glauben Sie an Gott?« Diese unvermittelte Frage verwirrte mich. »Nun?«

»Darüber habe ich nie richtig nachgedacht.«

»Nein, das tut man erst, wenn man herausfindet, wie grandios die Natur ist. Warten Sie, bis sie das Schweigen des Waldes da oben spüren, die bittere Kälte, die Ihre Eingeweide gefrieren läßt. Dann werden Sie an den Allmächtigen denken, wenn nichts mehr da ist außer Leere und Einsamkeit und die übergroße Stille, die auch dann in Ihrer Seele bleibt, wenn ein höllischer Wind tobt.« Darcy lachte leicht verlegen. »Okay, machen wir uns auf den Weg«, sagte er abrupt, stapfte zur Tür und riß sie ungeduldig auf. »Mackenzie kampiert weiter oben an der Bockbrücke. Wenn wir mit ihm reden wollen, sollten wir allmählich aufbrechen.«

Ich folgte ihm aus der Hütte, und wir stiegen in den Jeep. »Wer ist Mackenzie?« fragte ich, als wir losfuhren.

»Ein Montagnais-Indianer, einer der besten.« Darcy schwenkte den Wagen in die Camp-Straße. »Er ist Führer beim Geologentrupp, aber derzeit geht er auf die Jagd. Vielleicht hilft er Ihnen — vielleicht auch nicht.«

»Er könnte mir helfen? Wie?«

»Mackenzie hat nie einen Löwen gesehen. Dieses Wort sagt ihm nichts. Aber er kennt den See.« Er richtete seinen Blick auf mich, das Schlangenblau seiner Augen hielt mich gefangen. »Sie sind doch wohl nicht hergekommen, um in diesem Camp auf Ihrem Hintern sitzenzubleiben, bis man Sie ins Hauptquartier zurückschickt?« Nun schaute er wieder auf die Straße. Das habe ich heute morgen beim Angeln beschlossen — ich bringe Sie zu Mackenzie. Ich habe ihn schon benachrichtigen lassen, von einem der Indianer, die hier rumhängen und uns bedienen.«

4

Was ich eigentlich von Darcy erwartet hatte, weiß ich nicht. Aber es erstaunte mich, wie selbstverständlich er annahm, daß ich mein Ziel bis zum logischen Ende verfolgen wollte. Während wir über eisenharte Furchen zur Tote Road polterten, beschäftigte mich mein Problem. Denn ich konnte nicht einfach mit diesem Indianer in die Wildnis wandern. Dazu brauchte ich Vorräte und eine Ausrüstung, die ich mir nur im Stützpunkt Seven Islands besorgen konnte.

Das wollte ich Darcy erklären, aber er erwiderte nur: »Darüber reden wir, wenn wir Mackenzie gesehen haben. Vielleicht will er die Jagd nicht unterbrechen. Bald kommt der Winter, und er nimmt die Jagd sehr wichtig.« Er steuerte nach Norden, und nach einer Weile sagte er: »Ihnen ist doch klar, welche Panik Sie im Hauptquartier heraufbeschworen haben. Nie zuvor konnte jemand unbefugt die Bahnlinie rauffahren, und zwei Direktoren unternehmen gerade eine Inspektionstour. Ihretwegen sind die ganze Nacht Funksprüche hin und her geflogen, mein Junge. Wenn ich nicht so rebellisch veranlagt wäre«, fügte er grinsend hinzu, »würde ich mich nicht mit Ihnen einlassen. Aber da ich nun mal drinstecke, wird's wohl Zeit, daß ich alle Fakten erfahre. Bill hat mir in den Grundzügen erzählt, worum's geht. Und nun möchte ich die ganze Geschichte von Ihnen hören.«

Wieder einmal erzählte ich vom Tod meines Vaters und dem letzten Funkspruch, den er empfangen hatte. Aber diesmal war es anders. Ich erklärte das alles einem Mann, der Dads Gefühle verstand. Wortlos lauschte er und chauffierte den Jeep in verbissener Konzentration, das Gaspedal fast durchgedrückt. Es begann zu tauen. In großen Brocken fiel der Schnee von den Strauchkiefernzweigen herab, und die Straße verwandelte sich in eine Schlammspur. Heftig schlitterte der Jeep in den Kurven, die Räder wirbelten Schmutzfontänen nach allen Seiten.

Ich sprach immer noch, als sich der Wald lichtete. Wir kamen zu einem Flußufer, und da sah ich die Bockbrücke, eine Konstruktion aus dicken Kiefernstämmen, die über die Steine im seichten Wasser zu einer großen Rammaschine führte. Darcy bremste bei einigen Hütten, die sich um das Gerüst drängten. Die behandschuhten Hände immer noch am Lenkrad, hörte er mir zu.

Als ich meinen Bericht beendet hatte, schwieg er, stellte keine Fragen, saß nur da und starrte auf den Fluß. Schließlich nickte er, als hätte er sich zu einer Entscheidung durchgerungen. »Okay.« Er öffnete den Wagenschlag und stieg aus. »Trinken wir erst mal Kaffee.« Er führte mich zu einer Hütte am Ende des Camps. Eine dünne Rauchsäule wehte aus einem eisernen Schornstein. »Als ich das letzte Mal hier war, brachte ich Laroche weg«, erklärte er, stieß die Holztür auf und trat ein. »Rein mit Ihnen, und schließen Sie gleich wieder die Tür! Der Koch hier ist ein reizbarer Bastard, aber er macht einen verdammt guten Blaubeerkuchen!« Das verkündete er lauthals, mit gutmütigem Spott.

Blankgescheuerte Tische und Bänke standen in dem angenehm warmen Raum und es roch appetitlich nach Gebäck. Ein mürrischer Mann mit Spitzbauch kam aus der Küche. »Hab' euch rauffahren sehen«, krächzte er und stellte zwei dampfende Kaffeetassen auf den Tisch, wo wir Platz genommen hatten. »Bedient euch!« Er schob eine Büchsenmilch und eine Zuckerschüssel zu uns herüber.

»Wo bleibt der Kuchen, Sid?« fragte Darcy.

»Kuchen wollt ihr auch?«

»Natürlich.«

Der Koch wischte sich die Hände an der Schürze ab, eine Geste, die irgendwie Vergnügen ausdrückte. Nachdem er in der Küche verschwunden war, bemerkte Darcy. »Sid ist ein irrer Typ — schon fast so lange in Labrador wie ich und aus demselben Grund.«

»Und der wäre?«

Aber er schüttelte nur den Kopf und lächelte mich über den Rand der Tasse hinweg an, während er lautstark seinen Kaffee schlürfte. Und dann fragte ich ihn endlich nach Laroche. »Sie sagten, sie hätten auf dem Weg zum Zwei-neunzig hier gehalten?«

»Ja, das stimmt. Ich dachte, er könnte einen heißen Kaffee vertragen. Außerdem brauchte ich Decken. Seine Kleidung war völlig durchnäßt.« Der Koch servierte den Blaubeerkuchen, und Darcy fragte: »Erinnerst du dich an den Tag, wo ich das letztemal hier war, Sid?«

»Klar.« Plötzlich erwachten die Augen des Kochs zum Leben. »Du bist mit diesem Piloten gekommen und hast genau da gesessen, wo du jetzt sitzt. Der Kerl schaute so seltsam drein und murmelte die ganze Zeit was vor sich hin. Und dann schlief er einfach ein.«

»Es ging ihm ziemlich schlecht.«

»Allerdings, er sah wie eine Leiche aus.«

»Die Wärme machte ihn schläfrig. Seit dem Flugzeugabsturz war ihm nicht mehr so warm gewesen.«

»Ja, daran hat's wohl gelegen. Aber ich dachte, du würdest einen Toten zu diesem Flugzeug bringen.« Der Koch zögerte kurz. »Danach hab' ich dich gar nicht mehr gesehen.«

»Ich war beschäftigt.« Darcy musterte ihn prüfend. »Was hast du denn auf dem Herzen, Sid?«

»Nichts, ich hab nur nachgedacht.« Verwirrt runzelte Sid die Stirn. »Seine Augen ... Weißt du noch, wie er ständig nach allen Seiten schaute, als hätte er sich vor was gefürchtet? Und dieses Gemurmel ... Glaubst du,

daß er groggy war?« Darcy schwieg, und der Koch fügte hinzu: »Davor hab ich nur einen einzigen gesehen,
der groggy war. In den Anfangstagen, unten im Eins-
vierunddreißig.«

»Mario?«

»Genau. Mario, der italienische Koch. Der schaute
genauso um sich wie Laroche — völlig verschreckt, als
hätte er Angst gehabt, in seinem Bett ermordet zu werden. Komischer Kerl, dieser Mario.« Sid schüttelte den
Kopf. »Der murmelte auch ständig was vor sich hin, erinnerst du dich? Du warst ja dort.« Darcy nickte. »In
jener Nacht rannte er nackt in die Wildnis raus, und die
verrückten Dinge, die er in den Schnee schrieb . . . ›Ich
will sterben — verfolgt mich nicht — laßt mich in Ruhe.‹
Als wäre jemand hinter ihm hergewesen.«

»So war's ja auch.« Darcy schnitt den Blaubeerkuchen an und gab mir ein dickes Stück. »Diese Deut-
schen«, fuhr er mit vollem Mund fort. »Die haben dem
armen Bastard die Hölle heiß gemacht. Er war auch ein
sehr guter Koch.«

»O ja. Und dann stellten sie einen anderen ein, und den
versuchten sie genauso zu drangsalieren. Weißt du noch,
wie er's ihnen austrieb?« Sid lachte heiser. »›Ihr wollt
mich zum Narren halten und euch auf meine Kosten amü-
sieren?‹ fragte er. ›Wie schmeckt euch denn heute die
Suppe? Gut? Also, ich hab' reingepinkelt, und das werde ich jedesmal tun, wenn ihr mich ärgert.‹ Seither gaben Sie keinen Pieps mehr von sich.« Nun wurde Sid
wieder ernst und kehrte zum Thema Laroche zurück.
»Man sollte glauben, wenn jemand zwei Tote im Busch
zurückgelassen hat, will er sich alles von der Seele reden, sobald er wieder unter Menschen kommt. Aber
mit dir mochte er nicht drüber sprechen, was?«

»Er war ziemlich schwer verletzt«, entgegnete Darcy.

»Klar, aber trotzdem . . . Man sollte meinen, er hätte

dir sein Herz ausschütten wollen. Ich würde das jedenfalls tun. Auf dem ganzen Treck wäre ich halb wahnsinnig vor Kummer gewesen.« Sid nickte, um seinen Worten Nachdruck zu verleihen. »Aber du mußtest ihm eins ums andere wie Würmer aus der Nase ziehen. Du hast dich nach Briffe und dem anderen erkundigt. Und er sagte nur, die seien tot. Als du wissen wolltest, wie das passiert sei, schüttelte er nur den Kopf, und seine Augen irrten wild umher. Kein einziges Wort hast du mehr aus ihm rausgekriegt.«

Laroche war also schon damals nicht mehr bei klarem Verstand gewesen. »Sie glauben, er war groggy? Oder lag es nur an seiner Verletzung?«

Ein mißtrauischer Ausdruck trat in die Knopfaugen des Kochs. »Sie sind neu hier, was?« Offenbar hatte er meine Anwesenheit vergessen. Er wandte sich zu Darcy. »Ein Ingenieur?«

Statt ja zu sagen und es dabei zu belassen, antwortete Darcy: »Ferguson ist hier, weil er glaubt, Briffe wäre noch am Leben.«

»So?« Sid musterte mich mit plötzlichem Interesse. »Sie meinen, Laroche hat sich geirrt, als er erzählte, beide seien tot?«

Zu meiner Überraschung begann Darcy die Gründe meiner Reise nach Labrador genau zu erklären. Nach einer Weile unterbrach ich ihn: »Sollten wir nicht gehen?« Ich ärgerte mich, denn ich hatte nicht gedacht, daß er meine Geschichte sofort weitererzählen würde.

»Warum so eilig? Niemand wird Sie hier suchen.«

Der Koch, der die Spannung zwischen uns beiden spürte, fragte rasch: »Möchten Sie noch Kaffee?«

»Sicher«, erwiderte Darcy und sagte zu mir, nachdem Sid in die Küche gegangen war: »Wenn Sie glauben, Sie könnten geheimhalten, warum Sie hier sind, täuschen Sie sich. Außerdem — was hätte das für eine Sinn?«

201

»Er ist ein Klatschmaul.«

»Das stimmt. So sind Köche nun mal — genau wie Friseure. Und das Buschtelefon funktioniert hier viel schneller, als man von einem Camp zum anderen fahren kann. Es reicht bis zum Mehinek und noch weiter und zurück bis zum Hauptquartier, und zur Zeit gibt's hier keine Menschenseele, die nicht weiß, warum Sie die weite Reise vom Mutterland bis nach Kanada unternommen haben. Weil Sie glauben, daß Briffe noch lebt. Deshalb habe ich Sie auch hierhergebracht.« Er stand auf und beobachtete mich durch seine Brillengläser. »Wovor fürchten Sie sich? Sie haben mir doch hoffentlich die Wahrheit erzählt?«

»Natürlich.«

»Nun, was hätten Sie dann zu verlieren? Je mehr Leute Ihre Geschichte kennen, desto eher dürfen Sie hoffen, daß irgendwas getan wird. Okay?«

Der Koch kehrte mit der Kaffeekanne zurück. »Schenkt euch selber ein! Was passiert denn jetzt? Wird noch mal nach den beiden Männer gesucht?«

»Nein«, entgegnete ich, »man tut überhaupt nichts.«

»Aber wenn Sie recht haben, und die zwei sind noch am Leben . . . Sollen sie dann sterben?«

Darcy schaute mich an, und ich wußte, was er dachte. Die weite Reise, die ich auf mich genommen hatte . . . »Nein«, hörte ich mich sagen, »falls es nötig ist, suche ich sie selber.« Noch während ich das aussprach, erkannte ich die Sinnlosigkeit meines Planes. Seit Briffe jenen Funkspruch gesendet hatte, war viel zuviel Zeit verstrichen.

Ich sah Darcy nicken, als hätte er nichts anderes von mir erwartet. Er leerte seine Tasse und stellte sie auf den Tisch zurück. »Wir gehen jetzt, Sid. Mackenzie kampiert doch noch an derselben Stelle?«

»Ja, am anderen Ende der Bockbrücke.«

»Danke für den Kaffee.« Darcy nahm meinen Arm und zog mich zur Tür.

»Viel Glück, Mr. Ferguson!« rief der Koch.

Es freute mich, daß mir jemand Glück wünschte. Aber draußen vor der Hütte wurde mir wieder die trostlose Leere dieses Landes bewußt, durch das der stahlgraue Fluß strömte. Wahrscheinlich würde ich dringend ein bißchen Glück brauchen. »Sie waren der erste, der Laroche befragt hat, nicht wahr, Mr. Darcy?«

Wir hatten die Brücke erreicht, und er stellte einen Fuß auf eine Holzleiter. »Na und?«

»Wenn Sie sein Verhalten seltsam fanden — warum haben Sie es nicht den Behörden gemeldet?«

»Wenn ein Mann soviel durchgemacht hat wie Laroche, ist es sein gutes Recht, ein bißchen seltsam zu sein«, erwiderte er langsam. »Er war nur noch Haut und Knochen, als wir ihn auszogen, ehe wir ihn zum Auto zurücktrugen. Ein Skelett voller Schürfwunden. Und dazu kam die Kopfverletzung. Wie konnte ich wissen, ob sein Gehirn Schaden genommen hatte oder nicht?«

»Okay, aber Sie haben sich doch ebenso gewundert wie der Koch?«

Er schien kurz zu überlegen. »Nun ja — heute morgen ging ich zu Sid um herauszufinden, ob er damals den gleichen Eindruck hatte wie ich. An jenem Tag konnten wir natürlich nicht darüber reden. Wir waren viel zu beschäftigt, um Laroche am Sterben zu hindern.« Und damit begann er die Leiter hinaufzusteigen. Während ich ihm nach oben folgte, fügte er hinzu: »Verrückt und groggy — das ist nicht ein und dasselbe. Ich bin auch groggy. Und die Docs würden viele Leute hier als geisteskrank bezeichnen. Groggy — das bedeutet einfach nur, daß man der Außenwelt für eine Weile entflieht und nicht von ihr belästigt werden will. Man

203

möchte allein bleiben in der Freiheit einer eigenen kleinen Welt und den Rest der Menschheit zum Teufel schicken. Ich glaube, das ist der wahre Grund, warum ich bezüglich Laroche nichts unternahm. Und deshalb ging ich heute morgen fischen — um Klarheit zu gewinnen. Sie, mein Junge, waren gleichsam die Außenwelt, die in meine angenehme Einsamkeit eindrang, und das gefiel mir ganz und gar nicht.«

Inzwischen hatten wir das Ende der Leiter erreicht. Er lächelte mir zu, und wir gingen langsam über die Brücke. Plötzlich wechselte er das Thema. »Sie sind Ingenieur, also müßten Sie sich dafür interessieren.« Er zeigte auf die Holzkonstruktion unter uns. »In den Rockies hat die Canadian Pacific eine Bockbrücke nach der anderen errichtet. Das Holz hält etwa zwanzig Jahre, und jetzt ist es zu kostspielig, die Brücken wiederaufzubauen. Aber dies ist immer noch die schnellste Methode, um eine Bahnlinie durch jungfräuliches Terrain zu bauen.«

Am anderen Ende der Bockbrücke blieb er stehen und schaute zurück. Kahl und schwarz erhob sich die lange Holzkurve über dem Fluß. »Die hier könnte länger halten. Im Norden wird das Holz nicht morsch. Es gibt keine Termiten und keine Pilze. Sonderbar, was? Oben am Burnt Creek bauen sie Häuser aus ungestrichenem Spanholz.« Seine breite, dick vermummte Gestalt zeichnete sich dunkel vor dem grellen Labrador-Himmel ab. Er beobachtete die Brücke mit der Anerkennung eines Mannes, der technische Leistungen zu würdigen wußte, und gleichzeitig tranken seine Augen die Schönheit der Szenerie. Und sie strahlte tatsächlich eine eigenartige, arrogante, von Menschenhand erzeugte Schönheit aus. Darcy war eine seltsame Mischung — teils Ingenieur, teils Künstler, und ich ahnte, daß auch noch etwas Mystisches in ihm steckte.

204

»Vielleicht werde ich die Brücke irgendwann malen«, murmelte er, dann riß er sich von dem faszinierenden Anblick los. »Okay, gehen wir zu Mackenzie.«

Wir kletterten zum Ufer hinunter, wo das Wasserrauschen den pulsierenden Lärm der Rammaschine übertönte, und gingen über grauen Kies, der von kleinen Wellen überspült wurde. Ich erkundigte mich, wie lange Darcy schon wisse, daß der Indianer den See gefunden hatte. Um mich vor der tosenden Geräuschkulisse verständlich machen zu können, mußte ich laut schreien.

»Nur ein paar Wochen. Ich erfuhr es kurz nach Laroches Rückkehr. Als ich Mackenzie die Geschichte jener früheren Expedition erzählte und den Löwensee erwähnte, fragte er, was ein Löwe sei. Natürlich hatte er nie einen gesehen, und ich zeichnete einen Löwenkopf für ihn. Da wußte er sofort, was gemeint war. Er hatte den See anders genannt — See mit dem Felsen, der ein sonderbares Gesicht trägt.« Darcy blieb stehen, starrte konzentriert auf den Fluß, und ich nahm an, daß er die Angelmöglichkeiten an dieser Stelle erwog. Doch dann fuhr er fort: »Ich wollte selber hingehen. Nächstes Frühjahr, mit einem befreundeten Geologen Mir steht noch ein längerer Urlaub zu. Ich dachte, ich würde Fergusons Gold finden und mein Glück machen.« Er lachte kurz auf und wanderte weiter. Nun ging der Kies in dichtes Gestrüpp über.

Dort gab es keinen Weg, und wir kamen nur langsam voran. Immer wieder ragten Schilfbüschel aus dem Unterholz. Schließlich traten wir auf eine kleine Lichtung. Neben einem Kanu stand ein verwittertes Zelt, zwei Indianerjungen hackten Brennholz. Ich hielt inne, von einem erregenden Gedanken bewegt. Dies war eine folgerichtige Etappe meiner Reise, und ich erkannte, daß es jetzt kein Zurück mehr gab. Wie töricht — und wahrscheinlich sinnlos! Plötzliches Entsetzen packte mich, und es kam mir so vor, als würde Labrador auf mich warten.

Und dann erinnerte ich mich, daß Darcy dieses Land als Herausforderung betrachtete. Vielleicht empfand ich jetzt die gleichen Gefühle, denn ich wußte, daß ich meinen Weg fortsetzen würde, und wenn es mich das Leben kosten sollte. In diesem Augenblick verstand ich die Faszination einer verlorenen Sache, einen tief verschütteten Teil meines schottischen Erbes. Vage spürte ich jenen Mut in mir, die Instinkte, die mein Volk über zahllose Generationen hinweg in die entlegensten Teile der Erde geführt hatten. Und ich war nicht mehr allein. Langsam überquerte ich die Lichtung, ging zu dem Zelt, wo Darcy bereits mit Mackenzie sprach.

»Er glaubt, er könnte Sie zu dem See führen.« Darcy wandte sich zu mir. »Aber jetzt will er noch nicht aufbrechen. Er muß noch eine Weile jagen, um Vorräte für den Winter zu sammeln. Außerdem ist die Jahreszeit ungünstig für einen solchen Treck.«

»Ja, schlechte Zeit.« Der Indianer nickte. »Sehr schlecht.« Er war ein kleiner, untersetzter Mann, mit einer Rehlederjacke, Jeans und Mokassins bekleidet, das Gesicht breit, großflächig und wettergegerbt, aber trotzdem seltsam glatt, als hätte es der Wind nie berührt. Und da er keinen Bart trug, wirkte er alterslos.

»Wie viele Tage wird der Treck dauern?« fragte Darcy seinen Freund.

Mackenzie zuckte mit den Schultern. »Sehr schlimmes Land. Wasser und Sumpf. Man wartet besser auf den Frost.« Wimpernlose Schlitzaugen musterten mich, sehr dunkel und fremdartig, mit mongolischen Zügen.

»Laroche hat fünf Tage gebraucht, um da rauszukommen«, bemerkte Darcy.

Wieder ein Schulterzucken. »Dann vielleicht fünf Tage.« Sein Gesicht wirkte ausdruckslos, seine Haltung abwehrend. »Schlechte Zeit.«

Darcy wandte sich wieder an mich: »Natürlich hat er recht. Jeden Augenblick kann es frieren. Der falsche Zeitpunkt.«

»Ja, falsche Zeit.« Der Indianer nickte. »Warten Sie auf den Winter. Dann ist das Wasser gefroren, man geht mit Schneeschuhen. Nur drei Tage.«

Ich hätte dankbar für die Gelegenheit sein sollen, mich aus dieser gefährlichen Situation herauszulavieren. Statt dessen erwiderte ich: »Und wenn wir morgen aufbrechen? Es wären nur fünf Tage. Mr. Darcy, wenn mein Vater recht hat, gibt es da draußen ein Funkgerät. Wir könnten per Funk ein Flugzeug anfordern. Es wird doch nicht schon in fünf Tagen frieren?«

»Diese Frage kann ich ebensowenig beantworten wie Mackenzie. Vielleicht früher — vielleicht später.«

»Das muß ich riskieren.«

Er starrte mich eine Weile an, dann nickte er. »Okay. Überlassen Sie das mir. Er sorgt sich wegen der Jagd. Der Winter dauert hier oben sehr lange. Gehen Sie spazieren, ich sehe mal, was ich machen kann.«

Widerstrebend schlenderte ich am Ufer entlang. Die Sonne war für kurze Zeit hinter Wolken verschwunden und kam nun wieder hervor, der Wind wehte weiße Schwaden am blauen Himmel dahin. Die Wellen brachen sich über Untiefen, hin und wieder sprang ein Fisch hoch. Vor dem einsamen Zelt sah ich Darcy und den Indianer stehen, auf dem dunklen Schwemmsand, wo das Kanu lag. Sie neigten sich zueinander, und manchmal gestikulierte Darcy, als wollte er eine Erklärung verdeutlichen oder auf einem Standpunkt beharren. Endlich folgte er mir, und ich fragte ungeduldig: »Nun? Führt er mich hin?«

»Das weiß ich nicht.« Er wirkte seltsam geistesabwesend. »Vielleicht. Aber es gefällt ihm nicht.«

»Das Wetter kann sich doch nicht von heute auf morgen ändern.« Auf der sonnigen Lichtung war es erstaunlich warm.

»Ich glaube, das Wetter stört ihn nicht«, erwiderte Darcy nachdenklich.

»Was denn dann?« Ich wollte die Sache so schnell wie möglich regeln.

»Der See. Er behauptete, das sei ein böser Ort, und sprach andauernd von Geistern.«

»Von Geistern?« Ich starrte Darcy an. »Was für Geister meinte er?«

Er zuckte mit den Schultern. »Das wollte er mir nicht sagen.«

Aber es war offensichtlich. »Hätten Sie ihm nichts von der Ferguson-Expedition erzählt . . .«

. . . dann wüßte ich nicht, daß er den See gefunden hat.« Zögernd fügte Darcy hinzu: »Ich erwähnte nur, vor langer Zeit hätten andere Leute in dieser Gegend was Schlimmes erlebt und der Leiter jener Expedition wäre gestorben. Und dann beschrieb ich den See. Das war alles.«

»Sie sagten ihm nicht, daß mein Großvater angeblich ermordet worden ist?«

»Nein.«

Die Reaktion des Indianers erschien mir immer merkwürdiger. »Wann hat Mackenzie den See gefunden? Erst neulich?«

»Nein, auf einem Jagdausflug vor zwei Jahren.«

Ich wünschte, ich würde mehr über diesen Stamm wissen. »Sind die Montagnais sehr abergläubisch?«

»Nicht besonders. Und gerade Mackenzie hätte ich nie für abergläubisch gehalten. Ich verstehe das nicht.« Darcys Stimme klang ziemlich verwirrt. »Möglicherweise ist das nur eine Ausrede. Diese Leute sind so — sie erteilen einem ungern eine direkte Absage. Nun, ich muß wohl wieder an die Arbeit.« Wir traten den Rückweg an. »Sie sollen ihn morgen besuchen, mein Junge. Er wird mit seiner Frau reden und Ihnen dann seine Entscheidung mitteilen.«

»Das ist zu spät.« Ich erinnerte mich, daß das Hauptquartier allen Mitarbeitern die Anweisung gegeben hatte, mich sofort zurückzuschicken.

Darcy schien meine Gedanken zu lesen. »Labrador gehört der Firma nicht. Die hat nur eine Baugenehmigung. Und sobald Sie sich von der Bahnstrecke entfernt haben . . .« Ein Lächeln lag in seinen Augen. »Damit will ich sagen, daß man Sie nicht aufhalten kann — falls Sie wirklich entschlossen sind, in die Wildnis zu gehen.«

Wir kehrten zum Jeep zurück, und als wir wieder über die Tote Road holperten, ließ mich Darcy an den Erfahrungen teilhaben, die er während seines zweijährigen Aufenthalts in Labrador gesammelt hatte. Jetzt kann ich mich nicht einmal mehr an ein Viertel seiner Instruktionen erinnern — wie man mit Rentiermoos Feuer macht, wenn die Streichhölzer naß sind, wie man sich von den Früchten des Waldes ernährt, welche Fische man fangen kann. Und er erklärte auch, daß das Land von den Gletschern der Eiszeit auf bestimmte Weise geformt worden sei, so daß man sich nie verirren könne, selbst wenn man keinen Kompaß besitze und die Sonne hinter Wolken verborgen sei. Ich war mir nicht sicher, ob ich das alles verstand, denn es erschien mir immer noch unwirklich, daß ich am nächsten Tag vielleicht in die Wildnis aufbrechen würde — ganz allein mit einem Indianer.

An der Abzweigung zum Camp setzte er mich ab. »In etwa einer Stunde komme ich nach Hause. Dann kümmern wir uns um Ihre Ausrüstung und entscheiden,

209

was getan werden muß.« Er fuhr davon, um nach seinem Vermessungsteam zu sehen, und ich wanderte zu den Hütten hinab. Würde ich ihn letzten Endes überreden können, mich auf meinem Treck zu begleiten?

Ein Bulldozer kroch den schlammigen Hang herauf, und als er auf gleicher Höhe mit mir war, neigte sich ein mahagonibraunes Gesicht unter einem formlosen Hut heraus. »War das Ray Darcy, der Sie gerade abgeliefert hat?« Ich nickte, und der Mann fuhr fort: »Dann müssen Sie Ferguson sein.« Energisch kämpfte der starke Dieselmotor gegen das Schweigen zwischen den Bäumen an. »Jemand hat unten im Camp nach Ihnen gefragt und wartet jetzt in Rays Hütte.« Das Getriebe knirschte, die monströse Maschine ruckte nach vorn und begann zwei tiefe Furchen ins weiche Erdreich zu pflügen.

Das konnte nur Lands sein. Oder Laroche. Ich blieb stehen, und beobachtete, wie Wasser in die Bulldozerspuren sickerte, und fragte mich, was ich tun sollte. Nun, früher oder später würde ich Ihnen ohnehin gegenübertreten müssen. Und so stieg ich langsam den Hang hinab und wünschte, Darcy wäre an meiner Seite. Ich glaubte ihm nicht, daß Lands keine Möglichkeit hatte, mich zurückzuhalten. Labrador mochte der Firma nicht gehören, aber derzeit beherrschte sie dieses Gebiet.

Vor Darcys Hütte zögerte ich und erinnerte mich an meine letzte Begegnung mit Lands. Nun, vielleicht hatte er sich inzwischen an meine Anwesenheit gewöhnt ... Von einem plötzlichen Bedürfnis erfaßt, das alles hinter mich zu bringen, stieß ich die Tür auf.

Zunächst gewann ich den Eindruck, als ob das Zimmer leer wäre. Niemand war da, um mich zu erwarten, alles sah genauso aus wie vor meinem Aufbruch mit Darcy. Der Ofen bullerte, die Schüssel enthielt immer

210

noch das schmutzige Waschwasser, daneben stand mein benutzter Teller, im halboffenen Schrank hingen Darcys Sachen.

Und dann entdeckte ich den Rucksack, die schweren Stiefel, die Gestalt in Darcys Bett, die Decken um die Schultern gewickelt, das Gesicht zur Wand gekehrt, so daß nur das schwarze Haar zu sehen war. Überzeugt, daß es Laroche war, wollte ich auf Zehenspitzen wieder hinausschleichen. Doch in diesem Moment bewegte sich der Schläfer und drehte sich um. Unter dunklen Wimpern blinzelten mich unsichere Augen an.

Es war nicht Laroche, sondern Briffes Tochter. Bei meinem Anblick warf sie die Decken beiseite und schwang die Beine über den Bettrand. »Ich dachte, Sie würden den ganzen Tag wegbleiben. Deshalb habe ich mich hingelegt.« Sie strich sich durch das kurzgeschnittene Haar — eine Geste, die mich an Laroche erinnerte.

Im ersten Moment war ich zu verblüfft, um etwas zu sagen, stand nur da und starrte sie an. Sie trug verblichene grüne Kordhosen und ein rotkariertes Buschhemd, das Gesicht war noch vom Schlaf gerötet. Endlich gehorchte mir meine Stimme wieder: »Wie sind Sie hierhergekommen?«

»Mit dem Flugzeug — gestern abend. Ich landete im Vier-neunzig, dann nahm mich ein Laster nach Süden mit.«

»Nach Süden?« Ich hatte vergessen, daß es noch andere Camps im Norden gab — eine ganze Reihe isolierter Außenposten, durch den Luftverkehr mit der Zivilisation verbunden.

»Kurz nachdem Sie mit Ray weggefahren sind, war ich hier.«

Ihre Füße steckten in dicken Wollsocken, die ebenso entschlossen wirkten wie die schweren Stiefel unter dem Bett. Mein Blick wanderte zum Rucksack. So etwas würde ein Mann auf einer einwöchigen Bergtour mitnehmen. Daneben lagen eine Angelrute, ein Ledergürtel mit Jagdmesser und -axt, ein dicker Pullover mit Polokragen und eine Lederjacke, ähnlich der, die Paule in Seven Islands getragen hatte, aber älter. Skeptisch musterte ich diese Ausrüstung. »Warum sind Sie hierhergekommen?«

»Was sollte ich denn sonst tun?« erwiderte sie ungeduldig. »Hatten Sie erwartet, ich würde daheim bleiben, nachdem Sie abgehauen waren?«

»Also sind Sie meinetwegen hier?«

»Natürlich.«

»Wieso wußten Sie, wo Sie mich finden würden?«

Ein hartes Glitzern trat in ihre braunen Augen, wie ich es nie zuvor mit dieser Farbe in Verbindung gebracht hatte. »Da Sie Alberts Geschichte nicht glauben, mußten Sie ja wohl hierherfahren. Dieses Camp liegt der Stelle, wo er aus dem Busch kam, am nächsten. Und Ray Darcy ist der Mann, der ihn zum Flughafen brachte.«

Unverwandt schaute sie mich an, ohne mit der Wimper zu zucken, und ich hatte das unangenehme Gefühl, daß sie meine Gedanken lesen konnte. Aber nicht nur ihr Blick entnervte mich. Sie hatte etwas an sich, eine merkwürdige Ruhe — und gleichzeitig spürte ich die Anspannung in ihrem Körper, als wären alle ihre Muskeln verkrampft. Sie war Halbindianerin. Woran ich das erkannte, wußte ich nicht. Und das machte mir angst, denn ich wußte so gut wie nichts über die Indianer.

Sie stand auf, blitzschnell, fast katzenhaft. »Sie glauben immer noch, daß mein Vater lebt, nicht wahr.« Ihre Stimme klang seltsam kategorisch. Offenbar hatte sie inzwischen meine Überzeugung akzeptiert. Trotzdem klang es wie eine Anklage, so als hätte ich mich einer gräßlichen Ketzerei schuldig gemacht.

Da spürte ich, daß sie mich haßte, weil ich ihr einen Entschluß aufgezwungen hatte, und ich konnte es ihr nicht einmal übelnehmen. Zwischen ihrer Liebe zu Laroche und der Liebe zu ihrem Vater hin- und hergerissen, hatte sie sich durch meine Eröffnungen bemüßigt gefühlt, ihre Wahl zu treffen. Ich hatte gewußt, welch ein Schock unsere Begegnung in Seven Islands für sie gewesen war — aber nicht erwartet, daß sie mir folgen würde.

Paule runzelte die Stirn. »Sie antworten nicht.«

»Wie könnte ich das?« Ich wußte nicht, ob Briffe immer noch lebte.

Sie verstand sofort, was ich meinte. »Aber er lebte, als Albert ihn verließ. Daran zweifeln Sie doch nicht? Deshalb kamen Sie hierher in den Norden, statt nach England zurückzukehren.«

Ob sie nun Halbindianerin war oder nicht — jedenfalls vermochte sie logisch zu denken, und sie war zu einer unausweichlichen Schlußfolgerung gelangt. Was sie das gekostet haben mußte, wagte ich mir nicht vorzustellen.

Wortlos nickte ich.

»Und jetzt?« fragte sie. »Was werden Sie tun?«

Ich zögerte. Aber falls ich etwas unternehmen würde, hatte sie ein Recht darauf, es zu erfahren. »Vielleicht finde ich den See, wo das Flugzeug abstürzte.«

»Den Löwensee?«

»Ja. Hoffentlich kann ich morgen aufbrechen.«

»Sie?« rief Paule ungläubig. »Sie können unmöglich allein in die Wildnis wandern. Außerdem ist Albert zweimal mit einem Hubschrauber über das Gebiet geflogen — ohne Erfolg.«

Offenbar hatte sie die Möglichkeit, daß er den See nicht finden wollte, außer acht gelassen oder verdrängt, wenn sie ihr in den Sinn gekommen war.

»Ich gehe nicht allein«, erklärte ich und erzählte von dem Indianer, der anhand von Darcys Löwenkopfzeichnung den See wiedererkannt hatte. »Aber ich weiß noch nicht, ob er mitkommen wird. Er sorgt sich um die Jagd, und er hat Angst vor dem Löwensee. Deshalb will er erst einmal mit seiner Frau darüber reden. Morgen gibt er mir Bescheid.«

»Wie heißt er? Ich kenne einige, die hier oben jagen.« Als ich den Namen nannte, trat sie eifrig einen Schritt vor. »Mackenzie! Welcher Mackenzie? Es gibt so viele — einen ganzen Stamm.«

»Das weiß ich nicht. Darcy sagte, dieser Indianer würde als Führer für die Geologen arbeiten.«

»Dann kenne ich ihn!« rief sie. »Ich hatte gehofft, er würde es sein. Vor drei Jahren führte er meinen Vater in die Wildnis.« Sie setzte sich wieder auf das Bett, griff nach ihren Stiefeln und zog sie hastig an. »Wo kampiert er?«

Ich beschrieb ihr den Weg zu seinem Zelt. »Aber er weiß nichts. Den See fand er schon vor zwei Jahren. Selbst wenn er bereit ist, mich hinzuführen — es steht keineswegs fest, daß er ihn finden wird.«

»Wenn er einmal dort war, findet er ihn auch wieder«, erklärte sie entschieden. Dann runzelte sie die Stirn und sah zu mir auf. »Wollten Sie wirklich allein mit ihm gehen?«

»Ja.« Und weil sie so ungläubig dreinschaute, fügte ich hinzu: »Ich weiß, die Wildnis ist gefährlich. Aber es wird höchstens fünf Tage dauern. Außerdem gibt's dort ein Funkgerät . . .«

»Wie können Sie nur so dumm sein!« unterbrach sie mich. »Ich hab's Ihnen doch schon gesagt — das ist unmöglich! Bilden Sie sich ein, Sie könnten einfach durch Labrador spazieren wie auf einer englischen Landstraße? Die Montagnais-Gangart würde Sie umbringen. Und wir müssen sehen, daß wir schnell vorankommen.«

Sie hatte »wir« gesagt. Nun wußte ich, was ihre Aus-

214

rüstung zu bedeuten hatte, und das Herz wurde mir schwer. Es war schon schlimm genug gewesen, sie hier in diesem Camp anzutreffen. Aber ihre Absicht, uns zum Löwensee zu begleiten, jagte mir kaltes Entsetzen ein. Wenn wir dort ankamen und sich meine Befürchtungen bestätigten ... Den Schock, den Paule dann erleiden würde, wollte ich mir lieber nicht vorstellen.

Offenbar verstand sie meine bestürzte Miene falsch, denn sie sprang auf und legte in einem plötzlichen Stimmungswechsel ihre Hand auf meinen Arm. »Tut mir leid. Das war nicht sehr nett von mir. Vielleicht bin ich Ihnen eine ganze Menge schuldig. Ich glaube, ich bin noch völlig verschlafen. Gestern nacht kam ich kaum zur Ruhe .... Aber es stimmt, was ich Ihnen sagte. Immerhin bin ich in diesem Land aufgewachsen. Ich weiß, wie es hier ist.«

»Nun ja, wahrscheinlich wird Mackenzie ohnehin nicht mitkommen«, sagte ich und merkte, worauf ich zu hoffen begann.

»Doch — wenn ich ihn darum bitte. Aber ich muß mich beeilen.« Paule bückte sich, um ihre Stiefel zuzuschnüren.

Ich beobachtete, wie sie rasch in Pullover und Lederjacke schlüpfte. »Gehen Sie zu ihm?« Als sie nickte, verkündete ich: »Dann komme ich mit.«

»Nein, es ist besser, wenn ich allein mit ihm rede. Weil ich eine Frau bin, würde es ihn zu sehr beschämen, mir einen Wunsch abzuschlagen.«

»Sie sollten besser auf Darcy warten. Der würde Sie wenigstens bis zur Brücke fahren.«

Aber sie schüttelte den Kopf. »Ray ist sehr beschäftigt. Und wenn er zurückkommt, ist es vielleicht zu spät.« In ihrer Trapperkleidung sah sie wie ein Junge aus. Die großen braunen Augen glänzten wie im Fieber. »Mackenzie sagt nicht gern nein zu einem Weißen.

Wenn er sich zu sehr vor dem See fürchtet, um Sie hinzuführen, wird er sein Lager woanders aufschlagen. Und dann dürfte es einige Tage dauern, bis wir ihn aufgestöbert haben.«

»Es wäre mir lieber, Sie würden auf Darcy warten.« Er könnte die Frage beantworten, ob es richtig war, daß sie allein zu Mackenzie gehen wollte. Aber vermutlich war es richtig. Lands hatte mir erzählt, sie sei in den Forschungscamps ihres Vaters großgeworden.

Ein Auto fuhr vor, der Wagenschlag fiel ins Schloß. Erleichtert atmete ich auf. »Da ist Darcy.«

Aber es war nicht Darcy. Wenig später flog die Tür auf, und Laroche starrte mich an. Das Mädchen sah er zunächst nicht. Ich glaube, Paule war hinter mich getreten, so daß ich zwischen ihr und der Tür stand. »Man sagte mir, ich würde Sie hier finden.« Seine dunklen Augen glühten unnatürlich. »Ich muß Ihnen etwas erklären — etwas, das Sie von *mir* erfahren sollten. Wir haben beschlossen . . .«

Da entdeckte er sie und verstummte vor Schrecken. »Paule!« Er schien versteinert, vom Rechteck der Tür umrahmt. Hinter ihm lag die schlammige Lichtung des Camps im grellen Sonnenlicht. Die Verblüffung in seiner Miene verwandelte sich zu einem Ausdruck, den ich nur als Grauen bezeichnen kann.

Doch dann wurde sein Gesicht ausdruckslos. Er warf die Tür hinter sich zu, und der Lärm schüttelte offenbar die Schockwirkung von ihm ab, denn er ging zielstrebig auf Paule zu. Ein wütender Wortschwall brach aus ihm hervor, den ich nicht verstand, weil er Französisch sprach. Er zeigte auf mich, und das Mädchen erwiderte etwas, in leisem gepreßtem Ton. Plötzlich verebbte sein Zorn. »Mon Dieu!« flüsterte er. »Das hat gerade noch gefehlt.« Nun wandte er sich an mich: »Was haben Sie ihr eingeredet?«

216

Ich zögerte. Beide schauten mich an, und ich spürte ihre Feindseligkeit. Ich war ein Eindringling, und deshalb verbündeten sie sich wieder. Sie haßten mich, weil ich mit Fakten zwischen sie getreten war, für die es keine Begründung gab. »Nun?« Seine Stimme zitterte.

»Hinter der Brücke kampiert ein Indianer«, entgegnete ich nervös. »Er sagt . . .«

»Mackenzie. Ja, ich weiß Bescheid. Wir trafen Darcy unten auf der Tote Road, und er informierte uns.« Laroche lockerte seinen Schal mit langsamen Bewegungen, als wollte er Zeit gewinnen. »Sie wollen mit ihm hingehen, nicht wahr? Das hat Darcy erwähnt. Sie möchten mit Mackenzie den Löwensee suchen.«

Ich nickte und fragte mich, was nun geschehen würde.

Laroche musterte mich, sein Ärger war anscheinend restlos verflogen. »Nun, dann kann man wohl nichts machen.« Er seufzte resigniert. »Ich verstehe zwar nicht, warum Sie so fest entschlossen sind.« Langsam strich er über seinen Kopf, als würde ihn die Narbe stören. »Aber das spielt jetzt keine Rolle mehr. Ich gehe mit. Um Ihnen das mitzuteilen, bin ich hier.«

»Sie begleiten mich?« Durfte ich meinen Ohren trauen? Er nickte, und ich sah ihn entgeistert an, von einer undefinierbaren Angst erfaßt. »Warum?« Was hatte ihn bewogen, seinen Standpunkt zu ändern?

»Sie lassen mir keine andere Wahl, oder?« erwiderte er sanft, und ich spürte den Wandel, der in ihm vorgegangen war, noch deutlicher. Er wirkte völlig entspannt — wie ein Mann, der mit sich selbst ins reine gekommen war. »Heute morgen sprach ich mit Bill Lands darüber, während wir hierherfuhren. Wir gelangten beide zu der Überzeugung, daß ich noch einen Versuch unternehmen müßte. Und dann trafen wir Darcy und hörten von diesem Indianer.«

217

»Sie wollen mich also nicht zurückhalten?« Sein Sinneswandel verwirrte mich immer noch.

»Warum sollte ich?« Er strahlte wieder jenen jungenhaften Charme aus, der mir in Seven Islands aufgefallen war — und der mir gefährlicher erschien als seine Wut. Plötzlich widerstrebte es mir, mit ihm in den Busch zu gehen. Seltsam — jetzt, da die Opposition zerbröckelte, die ich seit meiner Ankunft in Kanada bekämpft hatte, wünschte ich mir nur noch, dieses triste Land zu verlassen, heimzukehren und alles zu vergessen. Aber das durfte ich nicht — noch nicht. Und so hörte ich mich fragen: »Wann brechen wir auf?«

»Morgen, bei Tagesanbruch. Falls Mackenzie bereit ist, uns zu führen.« Er wandte sich wieder zu Paule Briffe und sprach mit ihr auf französisch. Vermutlich versuchte er sie davon abzubringen, uns zu begleiten, denn ich beobachtete, wie ihr Gesicht einen eigenwilligen Ausdruck annahm. »Entschuldigen Sie uns für ein paar Minuten«, bat er mich. »Ich muß unter vier Augen mit ihr reden.« Sie gingen hinaus und schlossen die Tür hinter sich.

Ihre Stimmen drangen zu mir. Sie stritten auf französisch. Allmählich änderte sich sein Tonfall. Er flehte sie an, und plötzlich trat Stille ein. Ich stellte mich ans Fenster und sah sie beim Wagen stehen, dicht beieinander. Paule sah zu Laroche auf, die kleine Gestalt steif und irgendwie sehr entschlossen. Er zuckte die Schultern, sagte etwas, dann stiegen sie ins Auto und fuhren davon.

Ich war wieder allein. Jene seltsame Furcht erfüllte mich immer noch und drohte meinen ganzen Körper zu vereisen. Ich eilte zum Ofen, legte etwas Holz nach und wärmte mich. Aber die Hitze konnte die Kälte nicht aus meinem Herzen vertreiben. Es mag seltsam anmuten, wenn ich jetzt klaren Sinnes darüber berichte — aber in jenem Augenblick hatte ich eine böse Vorahnung.

Eine solche Angst ist kein angenehmes Gefühl, schon gar nicht, wenn es keinen bestimmten Grund dafür gibt. Und so bemühte ich mich, meine Furcht mit Logik zu meistern. Die Vorstellung, mit dem Indianer in die Wildnis zu gehen, hatte mich nervös gemacht, aber nicht erschreckt. Warum nun dieses Bangen? Die Antwort lag in der Erinnerung an die Art und Weise, wie Laroche und Paule Briffe mich angestarrt hatten. Mit Mackenzie den See zu suchen — das wäre etwas ganz anderes, als auch noch von diesen beiden begleitet zu werden. Und daß sie mir so fremd waren, von ihrer Herkunft und ihrem Wesen her, verstärkte mein Unbehagen.

Und da war noch etwas anderes, das mich wohl schon seit der Begegnung mit Laroche im Camp 134 verfolgte. Es bewog mich, Henri Dumaines Buch wieder aus dem Regal zu nehmen, hastig darin zu blättern. Wurde irgendwo der Zuname des Mannes erwähnt, der damals mit meinem Großvater in den Busch gegangen war? Aber ich fand nur den Namen Pierre. Und während ich einzelne Passagen überflog, geriet ich wieder in den Bann dieses Reiseberichts. Wie Darcy festgestellt hatte, war es nur eine triviale Schilderung des mühseligen Trecks. Aber nun stand ich auf der Schwelle eines ähnlichen Unterfangens, und die Zeilen gewannen eine faszinierende Bedeutung für mich. Draußen erlosch das Sonnenlicht, und als ich weiterlas, begann es zu schneien. Wieder einmal spürte ich, daß Briffe nicht mehr leben konnte.

Wenig später kam Darcy zurück, gefolgt von Bill Lands. Sie stampften den Schnee von ihren Füßen, und Lands sagte bei meinem Anblick: »Bert hat's Ihnen sicher schon mitgeteilt. Wir versuchen ein letztes Mal, die beiden aufzuspüren.« Ich wollte einwenden, sie hätten sich zu lange Zeit gelassen, die zwei Männer wären sicher schon tot. Aber seine nächsten Worte brachten mich zum Schweigen. »Vielleicht haben Sie recht«, fügte er mit erstaunlich milder Stimme hinzu. »Oder Sie irren sich. Aber das ist unwichtig. Sie sind hier, und heute abend wird's entlang der Bahnlinie keinen mehr geben, der noch nicht mitgekriegt hat, warum Sie da sind. Die Leute klatschen schon. Gott weiß, wo es angefangen hat. Wahrscheinlich hat dieser Narr Pat Milligan in Head of Steel alles ausgeplaudert.« Er kam zu mir und schaute mir tief in die Augen. »Falls es Ihnen Genugtuung verschafft — Ihre verdammte Hartnäckigkeit läßt mir keine andere Wahl. Übrigens — wo ist Paule? Gerade haben wir mit dem Campleiter gesprochen. Er sagte, sie sei heute morgen von Zwei-neunzig, hierhergefahren. Haben Sie sie gesehen?« Als ich berichtete, ich hätte sie schlafend in der Hütte angetroffen, erkundigte sich Lands, wie sie angezogen sei. »Wetterfest? Mit umfangreicher Ausrüstung?«

Ich nickte. »Zum Teufel!« schrie er und wandte sich zu Darcy. »Ich wußte es, Ray — schon als ich hörte, daß sie hier ist. Wo steckt sie jetzt?« fragte er mich.

»Sie wollte mit Mackenzie sprechen.«

Ärgerlich runzelte er die Stirn. »Ja, jetzt entsinne ich mich. Er hat ihren Vater mal in den Busch geführt. Und wo ist Bert?«

»Sie sind zusammen weggefahren.«

»Nun, das war wohl unvermeidlich.« Lands öffnete den Reißverschluß seines Parkas.

Darcy hob die Brauen. »Du glaubst, sie will mitgehen?«

»Natürlich.«

»Aber du kannst sie doch daran hindern?«

»Wie denn? Sie ist eigensinnig wie der Teufel. Und ich möchte sie auch gar nicht zurückhalten. Nachdem ihr neue Hoffnungen gemacht wurden, hat sie ein Recht darauf, bis zum bitteren Ende dabeizusein.« Lands fuhr zu mir herum. »Allmächtiger! Es wäre besser, wenn Sie recht hätten, sonst . . .« Er zog einen Stuhl heran und sank schwerfällig darauf. »Jetzt läßt sich ohnehin nichts mehr ändern.« Seine Stimme nahm einen resignierenden Klang an. »Aber es gefällt mir nicht, Ray. In dieser Jahreszeit . . . Es ist zu spät.«

»Vielleicht solltet ihr wieder den Hubschrauber einsetzen«, schlug Darcy vor.

Aber Lands schüttelte den Kopf. »Den brauchen sie jetzt an der Strecke. Außerdem würde der Indianer den See von der Luft aus nicht finden. Würdest du etwas für mich tun, Ray? Begleitest du sie? Ich würde selber mitgehen, aber ich habe alle Hände voll zu tun, besonders wegen dieser neuen Schottergrube.«

»Ich weiß nicht, was Staffen davon halten würde.«

»Das kann ich regeln.« Lands zögerte kurz. »Bert kennt sich da draußen aus. Aber er war verletzt, und ich bin mir nicht sicher, ob er's ertragen wird. Es darf nichts schieflaufen, Ray. Ich weiß, ich verlange sehr viel von dir . . .«

»Okay«, erwiderte Darcy beiläufig, »wenn du Staffen beruhigst . . .«

»Danke. Vielen Dank, Ray.« Erleichtert stand Lands auf. »Ich gehe jetzt in den Funkraum und nehme Verbindung mit Alex auf. Du solltest inzwischen anfangen, alles zu organisieren. Ihr braucht Vorräte für fünf Personen.«

»Du glaubst, Mackenzie wird uns führen?«

»Bestimmt. Dafür wird Paule sorgen. Überlaß lieber ihm die Entscheidung, ob es sich lohnt, ein Kanu mitzuschleppen. Das hängt von der Anzahl der Gewässer ab, die ihr vor dem Löwensee überqueren müßt. Nehmt ein leichtes Zelt mit — und die Daunenschlafsäcke, die wir den kleineren Forschungstrupps geben. Wenn ihr keine auf Lager habt, laßt euch welche von Zwei-neunzig schicken. Und seht zu, daß Bert und Ferguson richtig ausgerüstet sind.« Lands wandte sich wieder an mich: »Das wird Ihnen guttun — zu sehen, wie das ist, nachdem sie für das Ganze verantwortlich sind«, fauchte er, ehe er die Hütte verließ.

»Er hofft, daß es mich umbringen wird«, meinte ich.

Darcy grinste. »Ach, machen Sie sich deshalb keine Gedanken. Er ist eben ziemlich aufgeregt — wegen des Mädchens.«

»Man könnte glauben, er wäre in Paule Briffe verliebt.« Das sagte ich nur, weil ich mich über Lands ärgerte.

Aber Darcy nahm es ernst. »Da ist vielleicht was dran. Möglicherweise liebt er sie — auf väterliche Art.« Er kam zu mir, und sein Blick streifte das Buch, das ich aufs Bett gelegt hatte. »Sind Sie auf irgendwas Interessantes gestoßen?« Offenbar befürchtete er, ich könnte etwas Wichtiges entdeckt haben. Ich erinnerte mich, wie er am Morgen in den ersten Kapiteln geblättert hatte, als wollte er etwas Bestimmtes suchen. »Nein, nichts Neues«, erwiderte ich. Seine erleichterte Miene bestätigte meine Vermutung, und vor meinem geistigen Auge tauchte der Name Laroche auf, mit Großbuchstaben ins Logbuch meines Vaters geschrieben.

Darcy nickte. »Nun, dann gehen wir mal ins Lager und sehen, was für eine Ausrüstung wir da finden. Und dann reden wir mit dem Koch wegen der Vorräte.« Er schien die Entwicklung der Dinge sehr gelassen hinzunehmen — als gehörte ein Fünf-Tage-Treck durch den Busch zu seinem Alltag.

Mir war ganz anders zumute, und während wir durch das Camp gingen, gewann ich wieder den Eindruck, Labrador würde auf mich warten. Es ist schwierig, meine Emotionen zu beschreiben, weil man die latente Bedrohung, die von dieser Gegend ausgeht, nur verstehen kann, wenn man dort war. Viele Leute sagten mir, kein anderes Land auf der Welt lasse sich damit vergleichen. Vielleicht liegt es daran, daß es − geologisch ausgedrückt − erst vor kurzem aus den Fesseln der Eiszeit emporgetaucht ist. Was immer der Grund sein mag − an jenem Vormittag bewegte mich die bedrückende Leere ringsum wie nie zuvor. Das Camp war natürlich verlassen, und auch das spielte eine Rolle. Alle Männer arbeiteten an der Bahnlinie, und obwohl ich das ferne Dröhnen der Maschinen deutlich hörte, erschien es mir wie ein unendlich fernes, irreales Geräusch, substanzlos in der jungfräulichen, alles beherrschenden Weite. Die Hütten, die sich schwarz vom Schnee abhoben, wirkten wie schwache, einsame Außenposten, der Vergänglichkeit preisgegeben.

Unwillkürlich stellte ich mir vor, wie Briffe allein vor seinem Funkgerät gesessen hatte − seiner einzigen Hoffnung, Verbindung mit der Außenwelt zu bekommen. »Können Sie mit einem Funksender umgehen?« fragte ich Darcy, denn ich hatte plötzlich das Gefühl, unser Leben könnte davon abhängen.

»Nein, davon verstehe ich überhaupt nichts. Sie?«

»Nicht genug, um einen Funkspruch zu senden.«

»Nun, Bert Laroche weiß sicher, wie man das macht.«

Aber ich wollte nicht auf Laroche angewiesen sein. »Vielleicht wird er nicht...« Ich zögerte. »Er könnte krank werden.«

»Sie denken an das Funkgerät des Expeditionstrupps, nicht wahr?« Geistesabwesend starrte Darcy vor sich hin. »Sicher wäre es günstig, wenn sich außer Bert noch jemand damit auskennen würde. Heute abend werde ich mal mit unserem Funker reden.«

Inzwischen hatten wir den Lagerschuppen erreicht, und die nächste Stunde verbrachten wir damit, unsere

223

Ausrüstung zusammenzusuchen. Als ich wieder herauskam, war ich vollständig neu bekleidet, bis hin zu einem Netzhemd, langen wasserdichten Hosen und einem Buschhemd. In einer Ecke hatten wir Bergsteiger- und Kochgeräte gestapelt. Nun war es Zeit für den Lunch, und die Arbeiter kehrten ins Camp zurück. Die große Kantine füllte sich mit Essensgerüchen und den Stimmen der Leute, die ihre Mahlzeit verschlangen.

»Alles okay?« fragte Lands, als wir uns an seinen Tisch setzten.

»Wird schon klappen«, antwortete Darcy.

Lands nickte und wandte sich wieder zu den Vorarbeitern, mit denen er gesprochen hatte. Unser Treck war nur eins von vielen Projekten, für die er die Verantwortung trug.

Während wir aßen, kamen Laroche und Paule herein und nahmen bei uns Platz. Die düstere Miene des Mädchens verriet mir sofort, daß etwas schiefgegangen war. Lands bemerkte es ebenfalls. »Habt ihr mit Mackenzie geredet?« fragte er.

Sie nickte stumm, als traute sie ihrer Stimme nicht. Es war Laroche, der antwortete: »Er kommt nicht mit.«

»Warum nicht, zum Teufel?«

»Wegen der Karibus. Er hat erfahren, daß eine Herde nach Norden zieht.«

»Das kommt verdammt plötzlich, was?« Lands runzelte die Stirn.

»Auf diese Weise drückt er aus, daß er uns nicht führen will«, erklärte Darcy, und Paule nickte wieder.

»Als wir hinkamen, hatte er schon alles zusammengepackt, bis auf das Zelt. Das Kanu war voll beladen. Eine halbe Stunde später hätten wir ihn nicht mehr angetroffen.«

»Und ihr konntet ihn nicht umstimmen?« fragte Lands.

Sie schüttelte den Kopf. »Ich tat mein Bestes, bot ihm Geld an und Vorräte für den Winter... Aber nein, es müssen Karibus sein. Sie stehen an erster Stelle. Als ich ihm klarmachen wollte, ein Menschenleben sei wichtiger — es gehe um meinen Vater, den er kannte und wie einen Bruder liebte, erwiderte er, es habe keinen Sinn. Mittlerweile müsse mein Vater gestorben sein.« Sie war den Tränen nahe. »Dann sprach er wieder von den Karibus. Aber das war nur eine Ausrede.«

»Er behauptete, eine große Herde sei nur drei Tagesmärsche von hier entfernt«, ergänzte Laroche.

»Das war nur eine Ausrede«, wiederholte Paule. »Ich weiß es.« Und dann schaute sie Darcy an. »Warum will er uns nicht führen? Wovor fürchtet er sich?«

»Vor Geistern. Das hat er mir gesagt.«

»Vor Geistern! Aber er ist doch nicht abergläubisch. Nein, er hat vor was anderem Angst — vor etwas Konkretem. Während ich mit ihm redete, schaute er mich kein einziges Mal an.« Sie wandte sich zu Laroche. »Aber dich. Immer wieder sah er dich an. Ich glaube, wenn du nicht dabeigewesen wärst...« Ihre Stimme erstarb, hoffnungslos zuckte sie mit den Schultern.

»Ich wollte dir nur helfen«, erwiderte er müde, als hätten sie das alles schon mehrmals erörtert. »Außerdem bist du Mackenzie ins Zelt nachgegangen und hast allein mit ihm gesprochen. Trotzdem konntest du ihn ihn nicht umstimmen.«

»Nein.«

»Also sind wir wieder da, wo wir vorher waren.« Unsicher blickte Laroche in die Runde. »Ich schlage einen kleinen Trupp vor: nur ich und noch jemand. Das haben wir heute morgen beschlossen, Bill. Zwei Mann kommen schneller voran als eine größere Gruppe, und ich kann versuchen, den Weg zu finden, den ich damals genommen habe.«

225

»Nein«, widersprach Paule in entschiedenem Ton. »Was immer ihr auch vereinbart habt — ich komme mit. Verstehst du? Ich komme mit!« Ihre Hartnäckigkeit mochte an dem Wunsch liegen, dabeizusein, wenn ihr Vater gefunden wurde. Aber ich fragte mich, ob noch mehr dahintersteckte. Vielleicht Mißtrauen... »Du mußt mich so oder so mitnehmen«, fuhr sie fort. »Hier habe ich etwas.« Sie griff in die Brusttasche ihrer Jacke. »Eine Landkarte von dem Gebiet, das wir durchqueren müssen.«

»Eine Landkarte?« rief Laroche verblüfft.

»Zeig mal her, Paule«, verlangte Lands. »Wenn sie wirklich aufschlußreich ist...« Er streckte eine Hand aus.

Paule zögerte. »Ich glaube, sie ist ziemlich ungenau. Mackenzie hat sie in seinem Zelt gezeichnet.« Sie zog ein Blatt Papier hervor und reichte es Lands. »Sicher ist sie nicht besonders gut, aber vielleicht können wir uns daran orientieren.« Nervös beobachtete sie, wie er den Zettel auf dem Tisch glattstrich. »Wenigstens sind die Seen markiert. Hat er keinen vergessen?«

»Nein. Sogar die Umrisse dürften stimmen. Er hat auch Berge und Sümpfe und einige Trails eingezeichnet. Alles ein bißchen vage — aber es wäre möglich, sich danach zu richten. Auch bei einem Aufklärungsflug... Bert, schau mal her! Kannst du was damit anfangen?«

Laroche stand auf und spähte über Lands' Schulter. »Schwer zu sagen. Mackenzie hat Anhaltspunkte gewählt, die einem Bodentrupp den Weg weisen würden. Um vom Flugzeug aus eine ähnliche Perspektive zu gewinnen, müßte man ziemlich tief runtergehen. Und selbst dann...«

»Und wenn du einen Hubschrauber hättest.«

»Ich weiß nicht...« Laroche schaute rasch zu Paule

hinüber und dann wieder auf die Karte, wobei er sich mit der Zunge über die Lippen fuhr. »Man müßte es versuchen.«

»Das finde ich auch.« Lands sprang auf. »Ich rede mal per Funk mit Zwei-neunzig.«

»Da komme ich mit.«

Lands nickte und sah auf seine Uhr. »Wenn Len Holt die Maschine um halb drei hierherbrächte, hättest du noch viereinhalb Stunden Zeit. Okay?«

»Für eine Aufklärung — ja, ich denke schon. Aber das Wetter ist nicht allzu gut.«

»Nein, und es wird immer schlimmer. Die Vorhersage ist ziemlich schlecht.«

Sie verließen die Hütte, und Paule Briffe starrte ihnen nach, ohne ihre Nervosität zu verbergen. »Glaubst du, Bill wird sie dazu kriegen, den Hubschrauber herzuschicken?« fragte sie Darcy.

»Das hängt vom Campleiter ab. Es ist seine Maschine. Aber er ist ein vernünftiger Bursche, und Bill kann sehr überzeugend wirken, wenn er sich was in den Kopf gesetzt hat.«

Sie nickte und aß weiter — genau wie die Männer, schnell und konzentriert. Verstohlen beobachtete ich sie, und es überraschte mich, wieviel Vitalität und Entschlossenheit in einer so kleinen Person stecken konnten. Zwischen den kräftigen Bauarbeitern wirkte sie zierlicher denn je. Und sie fühlte sich in dieser Umgebung offenbar heimisch. Daß sie die einzige Frau hier war, schien sie nicht im mindesten zu stören. Auch die Männer akzeptierten sie, als gehörte sie zu ihnen. Als ich mich umsah, bemerkte ich, daß sie ihr immer wieder neugierige Blicke zuwarfen, aber sie bemühten sich, ihr Interesse nicht allzu deutlich zu zeigen. Wahrscheinlich war Paule die erste Frau, die sie seit Monaten sahen. Trotzdem versuchten auch die rauhbeinigsten Kerle, gute Manieren an den Tag zu legen. Das lag wohl an ihrem Ehrenkodex — einem Kodex, der in jedem Außenposten funktioniert haben mußte, während der nordamerikanische Kontinent erschlossen worden war.

»Zigarette?« Ihre kleine braune Hand hielt mir eine Packung hin, und ich nahm mir eine. Wieder einmal sagte ich mir, daß Indianerblut in ihren Adern fließen mußte. Das Handgelenk war so dünn, die Finger sahen so sehnig aus. Falls Briffe tatsächlich von den *Voyageurs* abstammte, mußten auch Indianer zu Paules Vorfahren zählen. Ich gab ihr Feuer, und die braunen Augen musterten mich durch den Rauch. »Finden Sie es nicht seltsam, daß wir zu diesem Löwensee gehen?«

»Wie meinen Sie das?« fragte ich.

»Vielleicht finden Sie dort die Wahrheit über Ihren Großvater heraus.«

»Also kennen Sie die Geschichte?« Sie nickte, und ich erinnerte mich, daß sie erwähnt hatte, ihr Vater habe oft von diesem See gesprochen. »Mir ist das nicht so wichtig«, sagte ich.

»Aber angeblich ist Ihr Großvater dort ermordet worden.«

»Das habe ich gehört. Doch es ist schon so lange her.«

»Bevor er nach Kanada kam, hatte er keine Ahnung davon«, warf Darcy ein. »Und jetzt weiß er nur, was ich ihm erzählt habe.« Er beugte sich zu Paule hinüber und schaute sie eindringlich an, als wollte er sie warnen.

»Sonderbar...« Sie beobachtete den Rauch, der sich über der glühenden Spitze ihrer Zigarette kräuselte. Ehe ich Zeit für eine Erklärung fand, sah sie mir direkt in die Augen. »Sie behaupten, mein Vater habe jenen Funkspruch vom Löwensee aus gesendet. Bleiben Sie dabei?«

»Ja.« Ich informierte sie über die Einzelheiten der

228

Nachricht, obwohl ich ihr bestimmt keine Neuigkeiten erzählte. »Es ist mir ein Rätsel, warum Ihr Verlobter nicht von Anfang an zugab, daß es der Löwensee war.«

»Vielleicht ist er sich nicht ganz sicher.« Ihre Augen umschatteten sich, sie ging in die Defensive.

»Jetzt scheint er diese Tatsache akzeptiert zu haben.«

»Das begreife ich.« Hastig drückte sie ihre Zigarette im Aschenbecher aus und stand auf. »Ich will mich ein bißchen ausruhen.«

Ich wollte ihr folgen, aber Darcy hielt mich zurück und schaute ihr nach, als sie den großen Raum durchquerte — eine kleine einsame Gestalt, die sich einen Weg zwischen den vollbesetzten Tischen bahnte. »Darüber dürfen Sie nie wieder mit ihr reden.«

»Was meinen Sie?« fragte ich. »Laroches Weigerung, einzugestehen, daß er über dem Löwensee abgestürzt ist.« Er nickte. »Und warum soll ich nicht davon sprechen?«

»Deshalb nicht«, erwiderte er mürrisch. Dann stand er auf, und ich folgte ihm nach draußen.

Lands stand mit Laroche neben einem Jeep und erklärte uns: »Alles klar. Sie waren zwar nicht begeistert, aber sie überlassen ihm den Hubschrauber für diesen Nachmittag. In einer halben Stunde wird die Maschine landen.« Er blickte zum Himmel. Im Westen lag eine reglose Wolkenschicht, die durch das helle Sonnenlicht über dem Camp um so dunkler wirkte. »Sieht nach Schnee aus«, meinte er und zuckte die Achseln. »Nun, das ist unsere einzige Chance auf einen Flug, also machen wir das Beste draus. Nimm ihn mit, Bert«, fügte er hinzu und zeigte auf mich. »Damit er endlich mal merkt, was das für ein Land ist.«

»Und Paule?« fragte Laroche.

»Ich werde ihr sagen, daß Frauen nicht in den Hubschrauber dürfen. Vermutlich wird sie mir den Kopf abreißen, aber ich will sie nicht in Gefahr bringen.«

»Die besteht nicht.«

»Man kann nie wissen . . . Nun, jedenfalls wünsche ich dir viel Glück, Bert. Hoffentlich findet ihr den See.« Lands stieg in den Jeep und fuhr die Camp-Straße hinauf.

Wir gingen zur Bahnstrecke und warteten auf den Hubschrauber. Begleitet von einem häßlichen Geräusch, das an eine Kreissäge erinnerte, näherte er sich von Norden her. Wie ein riesiges Insekt zeichnete er sich silbrig vor der düsteren Wolkenwand ab. Alle Arbeiter entlang der Bahnlinie hoben die Köpfe, um ihn fasziniert zu beobachten. Er wirkte unheimlich, wie ein Besucher von einem fremden Planeten, aber die Männer betrachteten ihn wohl eher als greifbaren Beweis dafür, daß noch andere Teile dieser Wildnis bewohnt wurden. Er plumpste auf einen flachen Teil der Strecke, nicht weit von uns entfernt, die Drehungen des Rotors verlangsamten sich und standen schließlich still.

Mein erster Hubschrauberflug stand mir bevor. Als ich einstieg, sagte ich mir, dies sei ein eigenartiger Ort für eine solche Premiere. Es war eine kleine Maschine, so präzise ausbalanciert, daß der Pilot die Batterie nach achtern in den Frachtraum bringen mußte, um mein zusätzliches Gewicht zu kompensieren.

Der Helikopter hatte eine Windschutzscheibe aus Perspex. Nichts behinderte die Sicht. Ich saß zwischen Laroche und der Tür eingeklemmt, und als wir senkrecht hochstiegen, kam es mir vor, als würde ich in einem Lehnstuhl in die Lüfte gehoben. Der Pilot bewegte den zitternden Steuerknüppel, und wir glitten seitwärts davon, parallel zur Bahnlinie, flogen immer höher, bis die großen gelben Planierraupen wie Spielsachen aussahen und die Strecke nur noch wie ein schmales, durchbrochenes helles Band wirkte, das sich durch dunklen Wald zog.

Wir folgten der Bahnlinie fast bis zur Bockbrücke, dann bogen wir nach Osten und überflogen ein Gebiet, das nur aus Strauchkiefern und Seen bestand. Die Sonne war verschwunden, das Land ein düsteres Plateau mit zahlreichen stahlgrauen kleinen Gewässern, die sich alle von Nordwest nach Südost erstreckten, so wie die Gletscher einst die Felsen geformt hatten.

Die Karte, die Mackenzie für Paule gezeichnet hatte, lag auf Laroches Knien. Nach etwa zehn Minuten bedeutete er dem Piloten, tieferzugehen. Der Lärm des Rotors machte ein Gespräch fast unmöglich. Eine Weile schwebten wir dicht über den Wipfeln. Nachdem Laroche einen kleinen See vor uns inspiziert hatte, nickte er, und wir surrten weiter.

Hinter dem See lag eine Lichtung. Der Pilot schrie etwas, sekundenlang hingen wir in der Luft, dann sanken wir hinab. Federnd berührten wir zwischen den Strauchkiefern den Boden. Der Pilot stieg aus und duckte sich unter die sanft rotierenden Drehflügel. »Warum sind wir gelandet?« fragte ich.

Laroche grinste mich an. »Ich glaube, Len hat zuviel Bier getrunken.« Das Lächeln glättete die Falten in seinem Gesicht, und er sah wieder beinahe jungenhaft aus.

Zum erstenmal wurde ich mit der Möglichkeit konfrontiert, daß man ein Flugzeug mitten im Nirgendwo landen konnte, um seine Notdurft zu verrichten. Ich mußte über die sublime Komik der Situation lachen, und Laroche stimmte ein. In diesem Augenblick geteilter Belustigung ließ die Spannung zwischen uns vorübergehend nach.

Danach blieben wir dicht über den Bäumen. Die Karte zeigte einen Trail, der von Norden nach Süden verlief — einen alten Pfad, schwierig auszumachen, aber Laroche schien ein instinktives Gefühl für die Beschaffenheit dieses Landes zu besitzen. Allmählich glaubte ich, daß wir den Löwensee an diesem Nachmittag finden würden. Weit vorgebeugt, spähte er hinab, hin und wieder gab er dem Piloten ein Zeichen, und die verkümmerten Wipfel glitten schneller unter uns davon.

Am Ende des Weges erreichten wir den nächsten See, der auf der Karte markiert war — ein langes, schmales Gewässer, dessen fernes Ende an einen Sumpf grenzte. Laroche zeigte auf die Karte, nickte, schrie dem Piloten etwas ins Ohr und unterstrich seine Worte mit einer flinken, drängenden Geste. Offenbar wollte er den Flug möglichst schnell hinter sich bringen. Die Karte zeigte nur noch drei weitere Seen, doch die Entfernungen waren nicht angegeben. »Wie weit ist es noch?« brüllte ich.

Er zuckte mit den Schultern, und ich lehnte mich zurück, starrte auf die öde Einsamkeit des Gewässers, das auf uns zukam, und betete darum, daß wir den Löwensee finden würden und diese ganze Strecke nicht noch einmal zu Fuß zurücklegen mußten. Der Himmel drohte zu erlöschen, das Land wirkte leblos, als wäre es plötzlich aus Angst vor dem Winter gestorben. Jenes kurze, erheiternde Zwischenspiel auf der Lichtung schien eine Ewigkeit zurückzuliegen. Als wir dicht über der Fläche des Sees dahinflogen, eilten kleine Wellen seitwärts davon.

Laroche blickte über die Schulter, um den Himmel hinter uns zu inspizieren. Auch der Pilot schaute zurück, und als ich durch das Seitenfenster nach hinten blickte, war der See fast verschwunden. Das Land ringsum sah verschwommen aus, die Wolkendecke wie gefrorenes Grau. Und dann brach das Gewitter über uns herein, ein heftiger Schneeregen prasselte gegen die

232

Perspexscheibe, mit lautem Gezisch, das sogar über dem Motorenlärm zu hören war. Wir sahen nur noch den Boden unmittelbar unter uns, die von Wind gepeitschten Bäume, die sich langsam grau färbten, während der Schneeregen in Schnee überging.

Ich beobachtete den Piloten. Die Lippen unter der Hakennase zusammengepreßt, umklammerte er den Steuerknüppel so fest, daß seine Fingerknöchel weiß hervortraten. Er schwieg ebenso wie Laroche. Beide saßen leicht vorgeneigt da und versuchten mit zugekniffenen Augen den Flockenwirbel zu durchdringen. Ihre Nervosität steckte mich an.

In der vergangenen Nacht hatte ich einen Schneefall erlebt, aber nicht in dieser entfesselten, bösartigen Wut. Und wenn ich auch allein gewesen war, so hatte ich mich doch nahe der Bahnlinie befunden, in relativer Sicherheit. Jetzt sah die Situation anders aus. Die Strecke lag einige Meilen hinter uns, und wir überflogen ein Land, in dem keine Menschenseele hauste, umhergebeutelt vom Sturm. Dies ist das wahre Labrador, erkannte ich und erinnerte mich schaudernd an die einsame Stimme, die durch den Äther zu meinem Vater gedrungen war.

Die Bäume verflüchtigten sich, wieder glitt ein Gewässer unter uns dahin und dann aus dem Blickfeld. Wir überflogen weitere Seen — kleine graue Flecken, die einer nach dem anderen auftauchten und dann abrupt verschwanden. Schließlich erreichten wir eine breite Wasserfläche mit Kiesufer — den dritten auf der Karte eingezeichneten See. Wie ein Stein fiel der Helikopter hinab, landete hart auf einer kleinen Kiesinsel. Der Pilot und Laroche sprangen hinaus, drückten den Frachtraum nach unten, bis der Rotor stoppte und häuften Steine auf die Kufen.

Wir saßen im Hubschrauber, die Zeit schleppte sich

dahin, während die Ufer in immer hellerem Weiß schimmerten und die Gischt am Kiesstrand gefror. Endlich zog das Gewitter vorbei, der Sturm erstarb. Aber die Kälte blieb, drang durch die Perspexscheibe, so daß ich mich wie in einer Tiefkühltruhe fühlte. Laroche schaute auf seine Uhr, dann auf den Piloten, der ausstieg und den Himmel betrachtete.

»Nun?« fragte Laroche.

Der Pilot schüttelte den Kopf. »Sieht schlimm aus.«

Da kletterte auch Laroche hinaus. Beide starrten in den Wind und sprachen miteinander. Der Pilot schaute ziemlich besorgt drein, konsultierte seine Uhr und sagte etwas zu Laroche, der ihm zunickte und mit den Achseln zuckte. Ich sah, wie er die Karte zusammenfaltete und einsteckte. Sie entfernten die Steine von den Kufen, und der Pilot kam wieder an Bord. »Wir fliegen zurück.«

Ungläubig blinzelte ich. Das Unwetter war vorbei, und wir hatten bereits die halbe Route bewältigt. »Jetzt sind wir schon so weit gekommen...« Das Dröhnen des Motors ertränkte meine Stimme, während Laroche die Drehflügel in Gang setzte.

»Tut mir leid«, schrie der Pilot in mein Ohr. »Ich habe den Befehl, die Maschine nicht zu gefährden. Sie ist der wichtigste Teil unserer Ausrüstung.«

»Ein Menschenleben ist sicher noch wertvoller als ein Helikopter«, erwiderte ich.

»Klar«, bestätigte er mißmutig. »Aber falls Sie hier draußen in einem Blizzard festsitzen wollen — ich habe keine Lust dazu. Außerdem ist Bert meiner Meinung, und er kennt dieses Land noch besser als ich.«

Also hatte Laroche die Umkehr beschlossen. »Ein Versuch würde sich doch lohnen, nicht wahr?« fragte ich, als er sich neben mich zwängte und die Tür zuknallte.

»Wollen Sie weiterfliegen?« Er warf mir einen kurzen, nervösen unbehaglichen Blick zu. Dann neigte er sich zum Piloten hinüber. »Es liegt bei dir, Len — du verstehst doch?«

»Klar. Und ich werde sehen, daß ich möglichst schnell von hier wegkomme.« Er brachte den Motor auf Hochtouren. »Wir können von Glück reden, wenn wir die Strecke erreichen, ehe es wieder zu schneien anfängt«, schrie er, während der Hubschrauber hochstieg und seitwärts über die bleierne Fläche des Sees glitt. »Und was die beiden Burschen betrifft — die sind mittlerweile sowieso tot, falls sie nach dem bewußten Zeitpunkt überhaupt noch gelebt haben.«

»Aber ich sagte doch . . .«

»Das muß Len entscheiden«, unterbrach mich Laroche mit scharfer Stimme. »Er ist der Pilot, und er sagt, daß wir zurückfliegen — okay?«

Ich ließ es dabei bewenden, denn ich hätte mich ohnehin nicht behaupten können. Außerdem fühlte ich mich jetzt, da wir in den Wind flogen, selber nicht mehr allzu glücklich. Wieder überquerten wir die kleinen Seen, ringsum lauerte ein kalter schwarzer Himmel. Die Sicht wurde immer schlechter, und wenige Minuten später gerieten wir erneut in ein Schneetreiben. Nun, wenigstens hatten wir die Route auf der Karte bis zum dritten markierten See ausgekundschaftet, ungefähr die Hälfte des Weges bis zu unserem Ziel zurückgelegt und bewiesen, daß man sich an Mackenzies kleinem Plan orientieren konnte. Das war immerhin etwas.

Wenige Meilen nördlich vom Camp erreichten wir die Bahnlinie. Hätte ein Arbeitsteam nicht ein Feuer entzündet, wären wir vermutlich darüber hinweggeflogen. Denn der Schneefall glich einer massiven grauen Wand, der weiße Teppich am Boden verdeckte beinahe die Strecke.

Wir landeten auf demselben Punkt, wo wir gestartet waren. Als wir ausstiegen, sah ich, wie Paule Briffe von einem Kieshaufen aufstand, wo sie einsame Wache gehalten hatte. Sie beobachtete uns eine Weile, dann kehrte sie uns abrupt den Rücken zu und ging langsam zum Camp. Auch Laroche hatte sie entdeckt, und die Furchen starker innerer Anspannung gruben sich wieder in sein Gesicht. Mit glanzlosen Augen schaute er ihr nach.

Der Helikopter flog sofort nach Norden zurück, und als er im Schneetreiben verschwand, erfaßte mich eine tiefe Depression. Ich wußte, daß er uns in absehbarer Zeit nicht mehr zur Verfügung stehen würde, und die Chance, den Treck durch einen wesentlich bequemeren Erkundungsflug zu ersetzen, hatten die Elemente zunichte gemacht.

Das wurde an diesem Abend auch von Lands bestätigt. Gleich nach dem Essen beorderte er uns in Darcys Hütte und verkündete kategorisch, daß wir, wenn wir zum Löwensee wollten, zu Fuß hingehen müßten. »Heute sprach ich per Funk mit dem Generaldirektor und einem Vizedirektor. Beide betonten, der Hubschrauber dürfe nur mehr zur Besichtigung der Strecke benutzt werden.« Er zuckte mit den Schultern und schaute Paule an.

»Aber wenn wir ihnen, erklären . . .«, begann ich.

»Was sollen wir ihnen erklären?« unterbrach er mich ärgerlich. »Sie wissen alles.« Er zögerte, dann fuhr er verlegen fort: »Sie glauben nicht, daß Paules Vater noch lebt. Außerdem haben sie genug andere Sorgen. Über tausend Männer arbeiten nördlich von hier an der Strecke, mit verdammt vielen Maschinen. Nur der Hubschrauber kann sie mit Treibstoff versorgen.« Und dann starrte er mich an. »Jetzt haben Sie einen Teil des Landes gesehen. Sie wissen, wie es hier ist. Behaupten Sie

236

immer noch, Ihr Vater sei bei klarem Verstand gewesen und habe diesen Funkspruch empfangen?«

Alle Blicke richteten sich auf mich, und ich erkannte, daß dies ein entscheidender Moment war. Ich brauchte nur zu sagen, ich sei mir nicht mehr sicher, und Lands würde jeden weiteren Versuch, an den See zu gelangen, unterbinden. Seine Augen schienen mich zu durchbohren, und ich spürte beinahe, wie er sich bemühte, mir seinen Willen aufzuzwingen. Auch Laroche beobachtete mich aufmerksam, seine langen Finger zogen nervös den Reißverschluß seines Parkas auf und zu. Darcys Miene drückte nur die Neugier eines Künstlers aus, der menschliches Verhalten studierte. Und Paul sah mich ebenfalls an. Aber ich erriet ihre Gedanken nicht. Ihr Gesicht war eine bleiche Maske, der Mund verkniffen. Und dann hörte ich mich tonlos antworten: »Ich bin überzeugt, daß mein Vater im Vollbesitz seiner geistigen Kräfte war und den Funkruf entgegennahm.«

Was hätte ich sonst sagen können? Wäre ich auf einen Ausweg verfallen, ich hätte ihn wahrscheinlich genutzt. Aber es gab keinen. Und ich war zu weit gegangen, um jetzt noch umzukehren.

In der drückenden Stille drang Paules tiefer Seufzer zu mir, dann brach Laroche das Schweigen: »Wieso sind Sie so sicher?« Mühsam schien sich die Frage aus seiner Kehle zu ringen.

»Weil mein Vater ein erfahrener Funker war. Und ein Mann, der den Funkverkehr als Lebensinhalt betrachtet, begeht keinen so schwerwiegenden Fehler.« Ich hatte nicht beabsichtigt, das Wort »Fehler« so stark zu betonen, aber es hing anklagend in der Luft, und Laroche war zusammengezuckt.

»Okay, das wär's wohl«, meinte Lands unbehaglich. »Jetzt liegt's bei dir, Ray. Willst du hingehen?«

»Ich denke schon«, erwiderte Darcy beiläufig.

237

»Und du, Bert?«

Laroche wandte sich zu Paule Briffe. »Wenn du es möchtest . . .«

Als sie nickte, sagte er: »Okay.« Aber er wirkte, ebenso wie Lands, keineswegs glücklich.

Sie fühlte sein Widerstreben und fragte ungeduldig: »Was sollen wir denn sonst tun — wenn wir den Hubschrauber nicht mehr benutzen dürfen? Oder . . .«

Sie warf einen Blick auf Lands, der den Kopf schüttelte. »Das ist leider unmöglich.«

»Dann sind wir uns einig?« Sie schaute uns alle der Reihe nach an. »Wir brechen also im Morgengrauen auf?«

Und so war es beschlossene Sache. Wir besprachen die Einzelheiten. Eine lange Diskussion drehte sich um die Frage, ob wir ein Kanu mitnehmen sollten oder nicht. Letzten Endes entschieden wir uns dafür. Wie ich vom Helikopter aus festgestellt hatte, würden zahlreiche Gewässer unseren Weg kreuzen. Obwohl die Last des Bootes den Fußmarsch verlangsamen würde, hofften wir auf einen erheblichen Zeitgewinn, wenn wir uns Umwege um Seen und Sümpfe ersparen konnten. Sollte sich das nicht bewahrheiten, wollten wir das Kanu einfach irgendwo liegenlassen.

Um die Dinge zusammenzusuchen, die wir für das Überleben in der Wildnis benötigten, brauchten wir etwa anderthalb Stunden. Wir schleppten alles in Darcys Hütte: Nahrungsmittel, Kochgeräte, Kleidung, Decken, ein Gewehr, Äxte, Angelausrüstung. Ein großer Haufen mußte sortiert und in einzelne Traglasten aufgeteilt werden. Kurz nach neun waren wir fertig, und ich bat Darcy, mich in den Funkraum zu führen.

Ich hatte bereits auf Briffes Funkgerät hingewiesen. Vielleicht würde einiges davon abhängen, daß wir damit umgehen konnten. Ich dachte, Laroche würde erklären,

238

er sei dazu imstande. Aber er sagte nur: »Das Funkgerät ist mit dem Flugzeug versunken. Das habe ich mehrmals erwähnt.« Er sprach im Brustton der Überzeugung, und obwohl dadurch der Sinn unserer Expedition in Frage gestellt wurde, merkte ich, daß ihm die anderen glaubten.

Während ich mit Darcy über gefrorenen Boden durch das Camp ging, überlegte ich, ob ich den Funker dazu überreden könnte, Briffes Frequenz im Auge zu behalten. »Die Funker hier sind wohl sehr beschäftigt?«

»Ich glaube nicht«, erwiderte Darcy. »So viel Funkverkehr gibt's bei uns nicht. Meistens brauen sie Kaffee oder lesen Zeitung.«

Helle Fenster leuchteten in den dunklen Umrissen einer Hütte. Darcy stieß die Tür auf. Drinnen bullerte ein Ofen, der kleine Raum war völlig überheizt. Ein Mann im T-Shirt sah widerwillig von einer Zeitschrift auf. Träge rekelte er sich in einem nach hinten gekippten Sessel, das bleiche Gesicht von einem zottigen Bart umrahmt. Während ich mein Anliegen vortrug, zeigten seine müden Augen keinerlei Interesse. Ja, er wußte, wie ein 40-Gerät funktionierte, und als ich beharrlich forderte, er solle mir das in allen Einzelheiten erklären, holte er widerstrebend einen Schreibblock hervor.

Unwillkürlich verglich ich ihn mit Ledder und meinem Vater, zwei Enthusiasten. Dieser Mann hier war nur ein Angestellter, der seine Routinearbeit erledigte. Sobald er uns die Funktionsweise des Geräts begreiflich gemacht hatte, setzte er sich wieder und griff nach seinem Magazin.

Ich zögerte. Sollten wir uns diesem Kerl ausliefern? Unser Leben konnte von Funkkontakten abhängen, und ich dachte wieder an Ledder. »Könnten Sie mit einem Funker in Goose Bay Verbindung aufnehmen? Das Sendezeichen lautet VO6AZ.«

Er schüttelte den Kopf. »Ich muß auf unserer eigenen Frequenz bleiben.«

»Erwarten Sie welterschütternde Nachrichten?« erkundigte sich Darcy, der meine Gedanken offenbar erriet.

Verwirrt starrte ihn der Funker an, ohne die sarkastische Frage zu verstehen. »Ich habe den Auftrag . . .«

»Zum Teufel mit Ihrem Auftrag!« explodierte Darcy. »Sie sind hier, um ein Funkgerät zu bedienen. Und jetzt heben Sie Ihren fetten Arsch aus diesem Sessel und versuchen, diesen Funker zu erreichen. Schnell — es ist wichtig.«

»Okay, Mr. Darcy, wenn Sie's sagen.« Er rückte seinen Stuhl nach vorn und schaute mich mißmutig an. »Wie ist die Frequenz?«

Ich diktierte sie ihm und beobachtete, wie er das Gerät in Gang setzte. Während die Minuten verstrichen, erkannte ich, wie sinnlos es war. Ich mußte hoffen, daß er es schaffen würde, mit uns in Verbindung zu treten, wenn wir am Löwensee waren, oder . . . »Können Sie Perkins in Eins-drei-vier kontaktieren?« Warum war mir das nicht schon früher eingefallen?

Er nahm einen seiner Kopfhörer ab. »Wie war das?«

»Perkins im Camp Eins-drei-vier. Kommen Sie an den ran?«

»Klar, wenn er auf Empfang geschaltet hat . . .« Er drückte auf die Tasten. »CQ — CQ — CQ. Zwei-sechs-drei ruft Eins-drei-vier. Bitte kommen. Over.«

Und dann erfüllte Bob Perkins' Stimme den Raum. Der North Country Akzent klang tröstlich und verläßlich.

Ich ergriff den Hörer, und als ich mich meldete, unterbrach er mich sofort mit der Nachricht, Farrow habe mir ein Telegramm geschickt. »Es kam kurz nach Mittag, aber ich beschloß, es erst mal liegenzulassen. Hier

240

gab's Ihretwegen einen Riesenwirbel, und ich fürchtete, alles noch schlimmer zu machen, wenn ich Sie in Zwei-sechs-drei anriefe. Sie sind also tatsächlich in Zwei-sechs-drei? Over.«

»Ja«, antwortete ich und schaltete wieder auf Emp-fang.

»Aye, ich dachte mir, daß Sie's schaffen würden. In-zwischen sind Sie vermutlich geschnappt worden. Will man Sie ins Hauptquartier zurückbringen — oder was? Over.«

»Nein. Wir suchen nach Briffe. Morgen mache ich mich mit Laroche und Darcy auf den Weg. Ich hoffe, Briffes altes Gerät funktioniert noch. Würden Sie mir einen Gefallen tun und uns auf seiner alten Frequenz überwachen? Ich muß mich drauf verlassen können, daß jemand unsere Nachrichten empfängt.«

»Sie gehen also mit Laroche, eh?« Der verblüffte Klang seiner Stimme drang deutlich durch den Laut-sprecher. Nach einer kleinen Pause fügte er hinzu: »Vielleicht sollten Sie sich den Wortlaut von Farrows Kabel notieren und dann gründlich drüber nachdenken. Ich lese ihn ganz langsam vor.« Der Funker schob mir seinen Schreibblock herüber und zog einen Bleistift hin-ter seinem Ohr hervor. »»Mutter verzweifelt, weil Sie nach Labrador gereist sind, ohne Alexandra Fergusons Tagebuch zu kennen. Stop. Großvater von Partner am Löwensee getötet. Stop. Name des Partners Pierre La-roche. Stop. Befürchte Zusammenhang...‹«

Laroche! Ich hatte also recht. Es gab da eine Verbin-dung, und es kam mir so vor, als würde mir mein Vater über den Äther mit Perkins' blecherner Stimme eine Warnung zurufen. Kein Wunder, daß er den Namen in Großbuchstaben geschrieben hatte! Und die Notiz, die mich so verwirrt hatte... »L-L-L-L-L — unmöglich.« Plötzlich hatte ich Klarheit gewonnen. Ich wandte mich

241

an Darcy. »Sie sind miteinander verwandt! Und Sie wußten es!« Er brauchte es nicht zu bestätigen. Viel zu eifrig war er darauf bedacht gewesen, den Namen des Mannes zu verschweigen, der im Zustand geistiger Umnachtung aus der Wildnis zurückgekehrt war. »Mein Gott!« flüsterte ich. »Also deshalb interessierte sich mein Vater so brennend für Briffes Expedition. Weiß Lands Bescheid?«

Darcy nickte.

»Und Paule Briffe?«

»Keine Ahnung. Wahrscheinlich weiß sie's.«

Alle hatten es gewußt — nur ich nicht. »In welcher verwandtschaftlichen Beziehung steht Laroche zum Mörder meines Großvaters?«

»In derselben wie Sie zu jenem Ferguson. Er ist Pierre Laroches Enkel.«

Die dritte Generation ... Nun verstand ich, warum mir die ganze Zeit davor gegraut hatte, mit Laroche in den Busch zu gehen. Dann hörte ich wieder Perkins' Stimme. »Haben Sie's mitgekriegt?« fragte er ungeduldig. »Ich wiederhole — haben Sie's mitgekriegt? Bitte kommen. Over.«

Ich drückte auf die Sendetaste. »Ja.« Dann wandte ich mich wieder an Darcy. Fühlte er ebenso wie ich — und wie mein Vater in den letzten Tagen seines Lebens, daß sich die Geschichte wiederholte? »Glauben Sie ...« Aber ich konnte es nicht in Worte fassen.

»Nur ein Zufall«, entgegnete er mit rauher Stimme.

Ein Zufall — ja, aber ein verdammt seltsamer. Wir beide hier in Labrador — und morgen würden wir gemeinsam zum Schauplatz jener alten Tragödie aufbrechen.

Ich war so benommen, daß ich Perkins bitten mußte, den Inhalt des Telegramms zu wiederholen. Offenbar fand meine Mutter — mit der Tatsache meines Aufenthalts in Labrador konfrontiert —, ich müßte das Tagebuch lesen, ehe ich weitere Schritte unternahm. Mit der nächsten Maschine sollte es nach Montreal geflogen und von dort direkt zu Perkins geschickt werden.

Aber es war zu spät, also schien es keine Rolle zu spielen, nachdem ich nun jene wesentliche Information erhalten hatte. »Morgen früh gehen wir los«, teilte ich Perkins mit und vereinbarte mit ihm, er solle morgens und abends jeweils zwischen sieben und halb acht auf Empfang bleiben. Er versprach, Ledder zu kontaktieren und ihn zu bitten, ebenfalls Wache zu halten.

Ich hatte getan, was in meiner Macht stand. Mit vereinten Kräften müßten es die beiden schaffen, unsere Funksprüche entgegenzunehmen falls wir welche senden konnten. »Also, viel Glück«, lauteten Perkins' letzte Worte, »hoffentlich klappt alles.« Banale Worte — nur eine Ätherstimme. Aber es beruhigte mich zu wissen, daß jemand auf unsere Nachrichten warten würde, so wie mein Vater damals auf jene von Briffe.

Als wir die Funkhütte verließen, schneite es. Keine weichen Flocken fielen vom Himmel wie in der vergangenen Nacht, sondern harte kleine Eiskristalle, die beinahe parallel zum Boden dahinjagten und die Ränder der Reifenspuren weiß bestäubten. Darcy nahm meinen Arm, seine behandschuhten Finger gruben sich schmerzhaft in mein Fleisch. »Es ist nur ein Zufall«, wiederholte er. »Am besten vergessen Sie's. Dieser Treck dürfte kein Picknick werden.«

Das brauchte er mir nicht zu sagen. Aber welch ein absurder Vorschlag, ich solle vergessen, daß Laroche der Enkel jenes wahnsinnigen Mörders war! Während wir die letzte Arrangements für den morgigen Aufbruch besprachen, beobachtete ich verstohlen Laroches Gesicht, suchte nach Anzeichen einer geistigen Störung,

243

die er nach meiner Überzeugung geerbt haben mußte. Und die Frage, was die nächsten Tage bringen würden, erschreckte mich. Als ich später im Bett lag, vermochte ich die Gedanken an die Vergangenheit noch immer nicht zu verdrängen, und ich blieb lange wach, sah zu, wie das glühende Rot des Ofens allmählich erlosch, und lauschte dem Geheul des Windes, der sich gegen die dünnen Holzwände der Hütte warf.

TEIL DREI

Der Löwensee

1

Kurz vor dem Morgengrauen riß mich das schrille Geklingel des Weckers aus dem Schlaf, und ich wußte, daß nun der Augenblick gekommen war, wo es endgültig kein Zurück mehr gab. Licht flammte auf. Ich öffnete die Augen und sah, wie Darcy sich in engen wollenen Unterhosen über den Ofen beugte. »Schneit es immer noch?« fragte ich. Es widerstrebte mir, die kuschelige Wärme meiner Decke zu verlassen.

»Wahrscheinlich schon.« Er riß ein Streichholz an, Flammen schlugen aus dem Herd. »Raus aus der Koje! In einer Viertelstunde wird gefrühstückt.«

Wir wuschen und rasierten uns, dann gingen wir durch die weiße Wüste des Camps. Paule Briffe saß bereits in der Kantine, helle Lampen schienen auf leere Tische, die den Raum riesig erscheinen ließen. Laroche trat kurz nach mir ein. »Selbst wenn sie uns den Helikopter noch mal geliehen hätten — bei diesem Wetter könnte Len nicht fliegen.« Es stürmte immer noch, die gleichen Eiskristalle wie gestern peitschten durch die Luft.

Schweigend aßen wir, jeder in seine eigenen Gedanken versunken. Der Fahrer des Lasters, den man uns zur Verfügung stellte, leistete uns Gesellschaft. Danach beluden wir den Wagen und fuhren los. Noch bevor wir die Tote Road erreichten, wurde die trostlose kleine Oase des Camps vom Blizzard verschluckt.

Der Laster, der uns das Kanu und andere Ausrüstungsgegenstände aus dem Camp Zwei-neunzig bringen wollte, war für sieben zum Treffpunkt bestellt worden. Aber als wir, von Schneewehen aufgehalten, mit zweistündiger Verspätung dort ankamen, war nichts davon zu sehen. Offenbar hatte er aufgrund der Witterungsverhältnisse die Fahrt nicht antreten können. Also blieb uns nichts anderes übrig, als in Sids Hütte zu warten und Kaffee zu trinken. Wir sprachen kaum, und die Atmosphäre war angespannt, denn Laroche und Paule behandelten einander wie Fremde, nur in ihrer Feindseligkeit mir gegenüber vereint, die sie nicht zu verbergen trachteten. Nun, ich mußte lernen, damit zu leben.

»Ich glaube, wir sollten nicht länger warten«, sagte Paule schließlich. »Die Seen werden ohnehin zufrieren, und bei dieser Kälte kommen wir ohne Kanu sicher besser voran.« Ihr kleines Gesicht war blaß, Ungeduld schwang in ihrer Stimme mit.

»Aber ohne das Zelt und die Schlafsäcke können wir nicht aufbrechen«, wandte Darcy ein.

Da mußte sie ihm recht geben. Sie begann wieder an den ausgefransten Rändern ihres Parkas zu zupfen. Und dann zog sie ihr Jagdmesser aus der Scheide und schnitt die Fäden ab. Es war ein Indianermesser mit geschnitztem Griff und langer, dünner Klinge, papierdünn vom ständigen Schleifen. Ein solches Messer paßte nicht zu einem Mädchen, und als ich es in ihren Händen sah, fröstelte ich noch mehr, denn die dünngeschliffene Schneide zeugte von häufigem Gebrauch und erinnerte mich daran, daß der Norden Paules Element war. Nach einer Weile hörte sie auf, die Fäden abzutrennen, starrte dumpf ins Leere, das Messer immer noch in den Fingern, die mit dem funkelnden Stahl spielten. Unwillkürlich verfiel ich auf einen erschreckenden Gedanken: Ich befand mich nun in einem Land, wo die Gesetze nicht galten, die ich kannte, wo man die Gerechtigkeit den Gegebenheiten anpaßte. Ich schaute zu Laroche hinüber. Auch er starrte auf das Messer in Paules Händen.

Kurz nach elf traf der Laster endlich ein. Wir verluden das Kanu, das fest zusammengerollte Bündel des Zelts und die Schlafsäcke in unser eigenes Vehikel und kehrten zur Tote Road zurück, zur Stelle, wo Laroche sie auf seinem Treck aus der Wildnis überquert hatte. Und dann gingen wir zu Fuß weiter, trugen das große Kanu und die übrige Ausrüstung.

Ein paar Schritte weit begleitete uns das Motorengeräusch des Lasters, dann wurde es vom Lärm des Windes verschluckt. Als ich zurückblickte, war die Tote Road verschwunden, ich sah nur noch Strauchkiefern, deren Äste unter der schweren Schneelast herabhingen. Wir vier waren allein mit Labrador, das sich vor uns erstreckte, und zwischen uns und der fast dreihundert Meilen entfernten Küste gab es nicht eine Menschenseele. Außer vielleicht Briffe . . .

In dieser Nacht kampierten wir am Kiesufer eines Sees, nicht größer als ein Gebirgsteich. Der Blizzard hatte sich erschöpft, es dämmerte, und unter den frostigen Sternen ragten die Bäume in weihnachtlicher Stille empor. Die weißen Zweige spiegelten sich im stahlgrauen Wasser, das Eis, das sich an den Rändern des Sees gebildet hatte, verwandelte sich in einen hellen,

247

fast leuchtenden Ring, während die Dunkelheit hereinbrach.

Es war ein schlimmer Tag gewesen — der verspätete Start, dann der beschwerliche Marsch durch tiefen Schnee und einige Sümpfe. Nur zweimal hatten wir das Kanu benutzen können, auf kurzen Wasserstrecken. Ansonsten hatten wir es getragen. Wir waren durchnäßt, schmutzig und müde, und wir hatten nicht einmal den ersten der auf Mackenzies Karte eingezeichneten Seen erreicht. Nun lagerten wir zwischen den zahlreichen kleinen Seen, die Laroche und ich am vergangenen Nachmittag so schnell und mühelos im Helikopter überflogen hatten.

Darcy angelte, bis ein Feuer brannte und der Kaffee fertig war, dann kam er mit leeren Händen zurück. »Zu kalt für die Fische.« Er warf die Angelrute zu Boden und wärmte sich die Hände über den Flammen, die nassen Schuhe dicht an der Asche. »Verdammt, ein fetter Lachs hätte mir jetzt gut geschmeckt.« Wehmütig grinste er uns an, und bei der Erinnerung an das saftige rosa Fleisch des *Ouananish*, den ich am Vortag verspeist hatte, lief mir das Wasser im Mund zusammen. Statt dessen mußten wir uns mit einem Eintopf aus Suppenpulver, Kartoffeln, Speck und Bohnen begnügen. Danach tranken wir wieder Kaffee, stark und süß, und rauchten, die heißen Becher in den Händen haltend.

Freundschaftlich legte Darcy eine Hand auf mein Knie. »Fühlen Sie sich jetzt besser?«

Ich nickte. Meine Schultern schmerzten immer noch von den Riemen des Packens, den ich geschleppt hatte, und die Blasen an meinen Fersen pochten, aber die Erschöpfung war verflogen, mein Körper entspannt. »Alles okay!«

»Spüren Sie die Faszination von Labrador?« Er lächelte mich an, aber nicht mit den Augen. »Heute haben wir höchstens fünf Meilen geschafft, ein Zehntel der normalerweise möglichen Strecke. Ein Einundzwanzigstel, wenn man den ganzen Treck nimmt.«

»Wollen Sie unsere Moral untergraben?« fragte Laroche.

Darcy musterte ihn im Feuerschein. »Ich finde nur, er müßte Bescheid wissen.« Mit einem grimmigen Grinsen fügte er hinzu: »Immerhin gibt es einen Trost. Während wir allmählich unsere Vorräte verbrauchen, wird die Last leichter.«

Das war eine Warnung. Wir waren in einer ungünstigen Jahreszeit gestartet, und beim Angeln hatte er über unsere Chancen nachgedacht. Alle drei befaßten sich mit diesem Problem, und ich hielt es für nötig, mich zu rechtfertigen. »Paules Vater hat es noch viel schwerer als wir«, platzte ich heraus.

Stumm starrten sie mich an, dann griff Paule nach dem Kochtopf und ging zum See hinab, um ihn zu spülen. Auch Darcy stand auf. »Okay, solange Sie sicher sind...«, brummte er, hob seine Axt auf, verschwand im Wald und hackte noch etwas Holz.

Laroche rührte sich nicht. Er starrte in die Flammen, die zuckende Schatten auf seine hohen Wangenknochen warfen und seiner Haut einen kupferroten Glanz verliehen, so daß er einem Indianer glich. Er trug keine Mütze, und die Narbe zog sich wie ein schwarzer Schatten über seinen Schädel. »Das hätten Sie nicht sagen dürfen«, meinte er mit sanftem Vorwurf.

»Warum nicht? Paule weiß sehr gut...«

»Reden Sie nicht drüber, das ist alles, worum ich Sie bitte. Wecken Sie keine falschen Hoffnungen!« Seine Stimme klang fast traurig. »Inzwischen ist er ganz sicher gestorben.«

Ich spürte, daß dies sein Wunsch war. »Aber als sie

249

ihn verließen, lebte er noch, nicht wahr?« Ehe ich mich zurückhalten konnte, war die Frage ausgesprochen.

Aber er schien sie nicht zu hören — oder er ignorierte sie. Während er reglos ins Feuer schaute, bedauerte ich, daß ich seine Gedanken nicht lesen konnte. Was war nach dem Flugzeugabsturz geschehen? Was, in Gottes Namen, hatte ihn bewogen, die Behauptung aufzustellen, Briffe sei tot, wenn es nicht stimmte? Und dann dachte ich an meinen Großvater, an die Ereignisse, die vor so vielen Jahren am Löwensee stattgefunden hatten. Mein Blick heftete sich auf die häßlich verkrustete Schnittwunde. Sein Leben lang würde Laroche gezeichnet sein. Wie Kain, mußte ich plötzlich denken.

Als hätte er erraten, was mir durch den Sinn ging, hob er den Kopf und schaute mich an. Sekundenlang gewann ich den Eindruck, er wollte mir etwas erzählen. Doch er zögerte, dann preßte er die Lippen zu einem dünnen Strich zusammen, erhob sich abrupt und eilte davon.

Ich saß allein am Feuer, doch vor meinem geistigen Auge sah ich immer noch Laroche mir gegenüber, das Gesicht rotglühend über den Flammen. Wieder einmal stieg die Gewißheit in mir auf, daß er ebenso verrückt sein mußte, wie es sein Großvater gewesen war. Ich versuchte diesen beängstigenden Gedanken zu verdrängen, aber er schien in meinem Gehirn Wurzeln zu schlagen.

Später, als wir uns im Zelt aneinanderkuschelten, um uns zu wärmen, wuchs meine Überzeugung. Welche andere Erklärung sollte es für Laroches Verhalten geben?

Ich sagte mir, daß er keine Schuld trage. Immerhin war er schwer verletzt worden. Aber wir alle empfinden eine primitive Furcht vor dem Wahnsinn, und wenn ich Laroche auch bemitleidete, so machte mir die Anwesenheit des friedlich schlummernden Mannes trotzdem

250

angst. Hier draußen in der Wildnis erschien mir sein Geisteszustand gefährlicher denn je, denn wir vier waren voneinander abhängig. Zweifellos machte mir auch die unnatürliche Stille ringsum zu schaffen. Nichts war zu hören außer Darcys leisem Schnarchen, dicht neben mir. Die Kälte, die vom gefrorenen Boden durch die dünnen Zeltplanen drang, raubte mir den Schlaf.

Am Morgen geriet meine Überzeugung ins Wanken. Beim ersten Tageslicht standen wir auf, machten Feuer, kochten unser Frühstück. Dichter Nebel lag über dem See, den eine dünne Eisschicht bedeckte. Während ich sah, wie methodisch Laroche das Zelt abbrach und zusammenrollte, fiel es mir schwer, ihn für verrückt zu halten. Aber gerade die Normalität seines Benehmens verstärkte mein Unbehagen. Und ich konnte nichts dagegen tun, den Mann nur beobachten und hoffen, die Anstrengung des Trecks würde keinen neuen Wahnsinnsanfall heraufbeschwören.

»Was denken Sie?«

Ich drehte mich um. Paule stand hinter mir. »Nichts«, erwiderte ich hastig. Sie war die letzte, mit der ich meine Ängste teilen wollte. Mit Darcy schon eher, sollten wir einmal allein sein. Aber nicht mit Paule — noch nicht.

Sie runzelte die Stirn. »Dann können Sie mir ja helfen, das Kanu zu beladen.«

An diesem Tag erwies sich das Kanu als sehr nützlich. Schon am frühen Vormittag überquerten wir drei Seen und mußten dazwischen nur kurze Strecken zu Fuß zurücklegen. Kurz nach zehn erreichten wir den ersten See, der auf Mackenzies Karte eingezeichnet war: ein langes, schmales Gewässer, das wir bereits vom Hubschrauber aus gesehen hatten. Wir überquerten es diagonal, folgten wieder dem alten Indianerpfad, und bald kamen wir zu Mackenzies nächstem See. Dann änderte sich das Terrain und wurde gestaltlos. Nirgends zeigten sich hohe Felsblöcke, die Seen lagen nicht in tiefen Schluchten, sondern in flachem Schwemmland, das kaum höher war als das Wasser. Wir behielten den östlichen Kurs bei, konnten uns aber an nichts orientieren. Die Erinnerung an unseren Flug war keine Hilfe, weil wir wegen des Schneesturms nichts gesehen hatten.

Trotzdem kamen wir gut voran, die kurzen Fußmärsche zwischen den Seen bereiteten uns keine Schwierigkeiten. Deshalb war ich nie mit Darcy allein. Im Kanu und an Land blieben wir alle immer dicht beisammen. Wir ruhten uns nur aus, während wir paddelten. Zu Mittag aßen wir Schokolade, Biscuits und Käse, ohne anzuhalten. Seltsamerweise war es das Mädchen, das unser Tempo bestimmte.

Im Lauf des Tages wurden die Fußmärsche beschwerlicher, und Darcy — viel älter als wir anderen — begann Ermüdungserscheinungen zu zeigen. Auch an Laroche ging die Anstrengung nicht spurlos vorüber. Seine Gesichtsmuskeln verkrampften sich, seine Schritte verloren den federnden Schwung. Immer öfter blieb er stehen, um auf die Karte zu schauen. Aber wann immer Paule ihn fragte, ob er irgendwelche landschaftlichen Merkmale erkenne, schüttelte er nur den Kopf. Als der nächste See — jener mit der Kiesinsel — nach zehn Meilen noch immer nicht auftauchte, machte sie sich Sorgen.

Ich ging nun mit ihr voraus. Mein Körper hatte sich an die Marschbedingungen gewöhnt, und wenn mich die Blasen an meinen Füßen auch störten, fanden meine Beine ihren Rhythmus. Wir sprachen kaum, denn sie fürchtete, wir würden der falschen Richtung folgen, und ich sah immer wieder nach allen Seiten. Beinahe genoß ich die herbe Schönheit meiner Umgebung.

An einem kleinen See angelangt, mußten wir auf

Darcy und Laroche warten, die das Kanu trugen. »Wie weit ist es noch bis zu dem See, wo Sie mit dem Hubschrauber gelandet sind?« fragte Paule. Bedrückt starrte sie auf die Wasserfläche, und als ich erwiderte, ich wisse es nicht, ließ sie ihr Gepäck fallen und streckte sich im Schwemmsand am Ufer aus. »Jedenfalls ist es sehr hübsch hier.« Sie schloß die Augen und versuchte sich zu entspannen. Die Sonne war hervorgekommen und hing hinter uns tief über den Bäumen. Kein Wind wehte, und ich fand es beinahe warm. »Wenn es bloß einen Hügel in der Nähe gäbe«, murmelte Paule. »Dann könnten wir das Land überblicken. Nun müssen wir wertvolle Zeit vergeuden und diesen See suchen.« Danach schwieg sie so lange, daß ich glaubte, sie wäre eingeschlafen. Aber plötzlich setzte sie sich auf. »Ist das Flugzeug wirklich am Löwensee abgestürzt? Sind Sie da ganz sicher?«

Die unvermittelte Frage verblüffte mich. »Ja. Das geht aus dem Funkspruch eindeutig hervor . . .«

»Ich weiß.« Ungeduldig winkte sie ab. »Aber Albert hat nie zugegeben, daß es der Löwensee war. In dem Felsen, gegen den die Maschine prallte, sah er keine Löwengestalt. Nun meint er, Mackenzies Karte würde uns zu weit nach Süden führen. Er will weiter nach Norden.«

Offenbar versuchte Laroche, uns vom Löwensee fernzuhalten. »Wieso glaubt er, wir wären zu weit nach Süden gegangen?«

»Weil er hier in dieser Gegend nichts wiedererkennt. Wenn der Unfall am Löwensee passierte und die Karte korrekt ist, hätten wir den ganzen Tag das Gebiet durchqueren müssen, durch das er auf seinem Rückweg kam. Aber hier war er noch nie, er erinnert sich an nichts. Er warnte mich schon gestern nach dem Hubschrauberflug, denn er fürchtete, diese Richtung wäre falsch. Jetzt ist er davon überzeugt.« Paule hob einen Kieselstein auf und warf ihn ins Wasser. »Ich weiß nicht, was am besten wäre. Sollen wir uns an die Karte halten oder weiter nördlich etwas suchen, das er wiedererkennt?«

Zwischen den Strauchkiefern hinter uns bewegte sich etwas. Laroche und Darcy tauchten auf, gebeugt unter der unhandlichen Last des Kanus. »Wir müssen uns nach der Karte richten«, beschwor ich Paule, und weil sie mich skeptisch ansah, fügte ich hinzu: »Wenn wir uns jetzt nach Norden wenden ...« Dann würden wir ihren Vater niemals finden, hatte ich sagen wollen. Doch da hätte ich erklären müssen, Laroche versuche uns vom Löwensee wegzulotsen, und das widerstrebte mir.

Sie stand auf. »Hast du inzwischen was wiedererkannt, Albert?« Ihre Stimme klang hoffnungslos, und als er den Kopf schüttelte, fragte sie: »Nicht einmal diesen großen Felsen?«

»Meine Route verlief nördlich von Mackenzies Weg — das habe ich oft genug betont«, seufzte er müde und anklagend. »Und jetzt sind wir sogar noch südlicher als der Trail auf der Karte.«

»Wieso weißt du das?«

»Nach dem letzten See, den wir identifiziert haben, sind wir ziemlich weit gegangen. Wir hätten längst den nächsten erreichen müssen, auf dessen Insel wir gestern landeten.«

»Aber es hat geschneit, die Sicht war schlecht. Wie kannst du sicher sein, daß wir zu weit nach Süden geraten sind.«

»Weil wir uns ständig nach Süden bewegt haben.« Er wandte sich zu Darcy. »Was meinen Sie, Ray?«

Darcy nickte »Bert hat recht, Paule. So ist dieses verdammte Land nun mal — es drängt einen ständig nach Süden, vor allem bei den Fußmärschen.«

254

Zögernd schaute sie von einem zum anderen. »Dann sollten wir für den Rest des Tages nach Nordosten gehen. Und wenn wir den See bei Einbruch der Dunkelheit noch immer nicht erreicht haben, müssen wir ihn suchen.«

»Warum kümmern wir uns um den See?« fragte Laroche. »Wir sollten nach Nordosten trecken, bis wir auf meine Route stoßen.«

Zweifelnd musterte sie ihn. »Wirst du sie auch wiedererkennen? Bis jetzt hast du gar nichts erkannt, nicht einmal beim Start an der Tote Road.«

»Nun, jedenfalls gehen wir bis zum Abend nach Nordosten«, sagte Darcy hastig. Und so war es beschlossene Sache. Nach meiner Meinung fragte niemand, und ich hätte ohnehin nicht mit ihnen debattieren können. Es stimmte, daß das Land uns nach Süden zwang. Aber der Gedanke, die entgegengesetzte Richtung einzuschlagen, mißfiel mir. Laroche wollte uns diesen Weg führen, und im Norden lag die Arktis.

Wir überquerten den kleinen See und zwei weitere. Am frühen Abend standen wir am Ufer einer breiten Wasserfläche mit einer Kiesinsel in der Mitte. Zunächst war ich verwirrt, denn ich dachte, Laroche hätte uns zu dem See geführt, wo wir gestern mit dem Hubschrauber gelandet waren. Doch dann sah ich, daß dieser See hier andere Umrisse hatte, und auf der Insel wuchsen verkümmerte Bäume.

Aber Paule und Darcy glaubten felsenfest, wir hätten den gesuchten See gefunden. Laroche schwieg, und als ich erklärte, dies sei der falsche See, fragte Paule: »Wie können Sie das wissen? Gestern nachmittag, während des Schneesturms, war die Sicht sehr schlecht.«

»Wir sind auf einer Kiesinsel gelandet. Wären dort Bäume gewesen, hätten wir es vermutlich bemerkt.«

Sie bat Laroche, die Karte hervorzuholen, und spähte

über seine Schulter, als er sich auf den Boden hockte und das Papier auseinanderfaltete. »Da!« rief sie triumphierend. »Mackenzie hat den See mit der Insel eingezeichnet. Er betonte, sie würde kaum aus dem Wasser ragen. Sicher meint er diesen See. Auch die Form stimmt.«

Laroche blieb immer noch stumm, und ich fragte Darcy: »Wie weit sind wir heute gekommen?«

Er überlegte kurz. »Zwanzig Meilen, vielleicht mehr.«

»Das wäre etwa die Hälfte.«

»Wenn es insgesamt fünfzig Meilen sind — ja.«

Und wir befanden uns immer noch auf dem gleichen flachen Terrain mit dem Schwemmsand aus der Eiszeit. Ich schaute Laroche prüfend an, denn ich erwog die Möglichkeit, daß Mackenzie tatsächlich diesen See hier meinte, nicht den, auf dessen Insel wir am Vortag gelandet waren. Offenbar las er meine Gedanken, denn er sagte: »Zwischen diesem See und dem von gestern gibt es keine großen Unterschiede.« Er faltete das Blatt wieder zusammen. »Beide entsprechen der Markierung auf der Karte.«

Paule runzelte die Stirn. »Laß mich noch mal sehen. Mackenzie ist immer sehr genau.«

Aber er war bereits aufgestanden. »Solange du auch drauf starren magst — du wirst niemals feststellen, ob es dieser See ist oder der andere.« Dann steckte er die Karte in die Brusttasche seines Parkas.

»Trotzdem will ich die Karte sehen«, entgegnete sie eigensinnig.

»Später.« Laroche ging zum Kanu. »Wenn wir das andere Ufer noch vor Einbruch der Dunkelheit erreichen wollen, müssen wir uns beeilen.«

Ob sie plötzlich mißtrauisch wurde, weiß ich nicht. Jedenfalls stand fest, daß Laroche die Karte seit unserem Start noch kein einziges Mal aus der Hand gegeben hatte. Aber vielleicht war Paule nur müde und deshalb schlecht gelaunt. Wie auch immer, sie lief ihm nach und packte seinen Arm. »Albert, gib mir die Karte! Sie gehört mir.« Als er erwiderte, in seiner Tasche sei sie gut aufgehoben, wiederholte Paule: »Sie gehört mir. Ich will sie haben.« Ihre Stimme nahm einen schrillen Klang an.

»Um Himmels willen, Paule!« Er schüttelte ihre Hand ab. »Nur weil du nicht sicher bist, ob das der richtige See ist . . .«

»Ich bin mir sicher.«

»Wozu brauchst du dann die Karte?«

»Weil sie mir gehört.« Sie griff nach seinem Parka. »Gib sie mir!« Jetzt schluchzte sie beinahe.

So deutlich wie nie zuvor kam die latente Spannung zwischen den beiden zum Vorschein. Ich erinnere mich noch genau an Darcys erschrockenes Gesicht. Unsanft umfaßte er Paules Arm und zog sie von Laroche weg. »Beruhige dich! Die Karte wird gut verwahrt, und wir müssen jetzt den See überqueren. Wenn stärkerer Wind aufkommt, könnte uns ein Gewässer dieser Größe tagelang aufhalten.«

Sie zögerte und starrte Laroche an, als wollte sie ihm die Karte aus der Brusttasche reißen. Dann verflog ihr Zorn plötzlich. »Natürlich, du hast recht. Wir müssen uns beeilen.« Sie lächelte Darcy an und ging zum Kanu.

Die Temperatur war beträchtlich gesunken, und es war ziemlich kalt auf dem Wasser. Schweigend paddelten wir dahin. Keine Geräusche außer dem Plätschern der Ruder und dem Flüstern der Wellen am Bootsrumpf durchbrachen die Stille. In der einbrechenden Dämmerung schien die ganze Welt den Atem anzuhalten. Die endlosen Grau- und Schwarztöne der Landschaft wirkten so statisch wie auf einem Foto.

Dann drang der Ruf einer Wildgans hinter der Kies-insel hervor, so klar und überraschend, daß mein Herz-schlag sekundenlang aussetzte. Sobald wir die Inselspit-ze umrundet hatten, sahen wir vier Vögel wie weiße Galeonen achtern vorbeischwimmen, und Darcy griff zum Gewehr. Während sie die Schwingen ausbreiteten, feuerte er. Drei Gänse durchpflügten das Wasser und erhoben sich in die Lüfte, die vierte sank zur Seite. Als wir sie ins Kanu zogen, kehrte die Stille zurück. Es fiel mir schwer zu glauben, daß sie jemals von Schnattern, heftigen Flügelschlägen und einem Schuß gestört wor-den war.

Wir erreichten das andere Ufer, und die Dunkelheit sank herab. Auf einer Halbinsel voller verkümmerter Bäume schlugen wir unser Lager auf. Paule rupfte die Gans und nahm sie aus. Inzwischen entzündeten wir ein Feuer, und wenig später hing der Vogel, von einem Holzspieß durchbohrt, an einem Kreuz aus dünnen Baumstämmen, das von zwei gegabelten, ins Erdreich gerammten Ästen gestützt wurde, und drehte sich lang-sam über den Flammen. Eine Bratpfanne fing das Fett auf. Der Anblick und der Duft des verlockenden Bra-tens paßten nicht so recht in diese entlegene Wildnis. Wir saßen um das Feuer herum, tranken Kaffee und unterhielten uns. Dabei beobachteten wir die Gans so ungeduldig wie Kinder, die sich auf ein Festmahl freuen. Der Streit um die Landkarte schien vergessen.

Es dauert lange, eine Gans über einem offenen Feuer zu rösten, aber schließlich rann Saft heraus, als sie mit einem Messer angestochen wurde. Wir durchschnitten den Strick, an dem sie hing, machten uns heißhungrig darüber her und verbrannten uns die Finger am heißen Fett. Paule benutzte ihr dünnes Indianermesser, das schon zahllose Lagerfeuer gesehen haben mußte. Der Anblick des Stahls, der im Flammenschein glühte, erinnerte mich an ihren Vater, der bei all den gemeinsamen Expeditionen auf die Jagd gegangen war. Aber der köstliche Geschmack des Gänsefleisches nahm mich dermaßen in Anspruch, daß ich nicht überlegte, was sie in diesem Augenblick empfinden mochte. Erst später, mit vollem Magen, bemerkte ich ihre düstere Miene und Laroches mürrisches Schweigen. Nach einer so wunderbaren Mahlzeit hätten sie sich ebenso wie Darcy entspannen müssen. Aber sie saßen reglos und verkrampft da, durch eine breite Kluft getrennt. Falls wir tatsächlich an dem See kampierten, den Mackenzie meinte, mußten wir morgen unser Ziel erreichen.

Die Zeit lief uns davon. Als Darcy aufstand und in den dunklen Wald wanderte, folgte ich ihm. »Ich muß mit Ihnen reden«, sagte ich, sobald wir außer Hörweite waren.

Abwartend blieb er stehen, eine massige schwarze Silhouette vor der Wasserfläche, die zwischen den Stämmen hindurchschimmerte. »Es geht um Laroche«, begann ich. Aber es war schwierig, meine Angst in Worte zu fassen, und als ich es versuchte, brachte er mich sofort zum Schweigen.

»Ian, Sie müssen vergessen, daß er Pierre Laroches Enkel ist. Was damals am Löwensee geschah, hat nichts mit der Gegenwart zu tun.«

»Ich denke doch«, widersprach ich und schüttete ihm mein Herz aus. Diesmal gab ich ihm keine Gelegenheit, mich zu unterbrechen.

Als ich verstummte, starrte er mich an. Frostig glänzte das Sternenlicht auf seinen Brillengläsern. »Wissen Sie, was Sie da sagen?«

»Ja.«

»Und Sie glauben daran? Sie meinen, er hätte die beiden getötet?« Der weiße Dampf seines Atems hing in der Nachtluft. »Guter Gott!« flüsterte er, dann schwieg er sehr lange und dachte nach. »Mir kommt er recht vernünftig vor«, murmelte er schließlich. »Um Paule mache ich mir viel größere Sorgen.« Er legte eine Hand auf meinen Arm. »Warum haben Sie mir das alles erzählt? Was erwarten Sie von mir.« Seine Stimme klang ärgerlich und verwirrt.

»Nichts. Wir können nichts tun — außer ihn zu beobachten.«

»Verdammt! Es muß eine andere Erklärung geben!«

»Welche denn?« fragte ich ungeduldig. »Es gibt nur eine einzige, die alle Fakten berücksichtigt.«

Darcy ließ meinen Arm los. »Es ist schon schlimm genug, daß Sie uns begleiten und so was glauben. Aber wenn es stimmt...« Plötzlich wirkte er wie ein erschöpfter alter Mann.

»Wenn es nicht stimmt — warum bugsiert er uns dann ständig nach Norden? Er wagt es nicht, uns in die Nähe des Löwensees zu lassen, er wagt es nicht einmal, ihn wiederzusehen. Nun, jedenfalls habe ich Sie gewarnt.«

Er blieb noch eine Weile stehen unter dem funkelnden, vom Nordlicht verschleierten Sternenhimmel, dann nickte er. »Okay, gehen wir zurück. Es wird kalt hier draußen.« Und er schlenderte zum Feuer zurück, dessen Widerschein zwischen den Kiefern zuckte.

»Hoffentlich haben Sie Paule nichts davon gesagt?«
»Nein.«

»Dann halten Sie auch in Zukunft den Mund.«

Wieder im Camp, überlegte ich, ob sie es nicht schon erraten hatte. Denn die beiden saßen genauso da, wie wir sie verlassen hatten, stumm und unbewegt. Erneut spürte ich ebenso wie Darcy die Spannung zwischen ihnen. »Es ist spät geworden«, meinte er. Als würde der Klang seiner Stimme sie von irgend etwas befreien, standen sie sofort auf und folgten ihm ins Zelt.

260

Ich warf ein paar Zweige in die glühende Asche und beobachtete, wie die Flammen aufloderten, sobald die Nadeln Feuer fingen. Wie unfaßbar friedlich es hier war ... Und jenseits des Feuerscheins lag die unendliche Weite von Labrador, frosterstarrt in nächtlicher Stille. Mit gekreuzten Beinen setzte ich mich, zündete mir eine Zigarette an und ließ die Stille auf mich einwirken. Es war die Stille des Weltalls, die Stille einer übermächtigen Einsamkeit, die mit den Sternen und dem Nordlicht harmonierte. Dies muß der Beginn der Schöpfung gewesen sein, dachte ich, diese starre Stille. Und ich konnte nachempfinden, was im ersten Menschen vorgegangen war, der ein Feuer gemacht hatte, endlich Wärme in kalter Wildnis.

Ein Zweig knackte hinter mir. Ich drehte mich um und sah Paule auf mich zukommen. »Sie sollten schlafen gehen«, mahnte sie. »Wenn Sie noch lange hier sitzen, sind Sie morgen todmüde.«

Ich nickte. »Die Nacht ist so schön — und so still.«

»Und es gibt so viel Himmel, so viele Sterne — ich weiß.« Anscheinend verstand sie meine Stimmung, denn sie ließ sich neben mir nieder. »Sie waren nie zuvor in seinem solchen Land?«

»Nein.«

»Macht es Ihnen angst?«

»Ein bißchen«, gab ich zu.

»Das kann ich Ihnen nachfühlen.« Sie berührte meinen Arm — eine freundschaftliche Geste, die mich verblüffte. »Es ist so leer, nicht wahr?« Nachdenklich hielt sie ihre Hände in den Flammenschein. »Mein Vater sagte immer, dies sei das Land des Alten Testaments.«

»Das Land des Alten Testaments!« Wie eigenartig, diese eisige, von so vielen Gewässern durchzogene Region mit einer heißen Sandwüste zu vergleichen ... Trotzdem begriff ich Briffes Standpunkt, denn wie ich

261

annahm, hatte er nichts anderes gekannt als den Norden. »Wie war Ihr Vater?«

Sie antwortete nicht sofort, und ich bereute meine Frage schon, doch da erwiderte sie: »Wenn man einem Menschen sehr nahe steht, ist es schwierig, einzuschätzen, wie er wirklich ist. Manche hielten ihn für hartherzig. Er machte ihnen ständig Beine.« Lächelnd fügte sie hinzu: »Mir auch. Aber das störte mich nicht.« Sie starrte in die Flammen, als könnte sie ihn dort sehen. »Ich glaube, Sie hätten ihn gemocht und wären gut mit ihm ausgekommen. Sie sind mutig, und das hätte ihm gefallen.« Traurig seufzte sie und schüttelte den Kopf. »Aber ich fürchte, Sie werden ihn niemals kennenlernen. Ich kann mir einfach nicht vorstellen, daß er noch lebt.« Nun beugte sie sich vor, stocherte mit einem Zweig im Feuer herum und beobachtete, wie die Flammen aufloderten. »Es wäre so tragisch, sollte das Flugzeug tatsächlich am Löwensee abgestürzt sein; denn dort sollte das Gold liegen — der Traum meines Vaters. Er wollte reich werden und eine große Mine besitzen, die seinen Namen tragen sollte. Dabei ging es ihm nicht so sehr ums Geld, obwohl wir nie viel hatten. Meine Mutter starb, als ich noch ein kleines Mädchen war, weil er es sich nicht leisten konnte, ihr einen Aufenthalt im Sanatorium zu bezahlen. Er wollte sich vor allem selbst verwirklichen, als Prospektor. Das lag ihm im Blut, wie die Leidenschaft eines Spielers. Immer wieder mußte er sein Glück versuchen — noch eine Expedition und noch eine ...«

Ich nickte. »Wie mein Großvater. Ray sagte, der sei auch so gewesen.«

Sie schaute mich an. Groß schimmerten ihre Augen im Flammenschein. »Das war eine schreckliche Tragödie.« Ihre Stimme sank zu einem Flüstern herab, und ich wußte, daß sie nicht an meinen Großvater dachte, sondern an Pierre Laroche. »Doch das hat nichts mit meinem Vater zu tun«, fuhr sie eindringlich fort. »Überhaupt nichts.«

Dabei hätte ich es bewenden lassen sollen. Aber ihre Gedankengänge erregten meine Neugier. »Sie sagten, Ihr Vater habe oft vom Löwensee gesprochen.«

»Ja. Und von einem versteckten Tal im Nahanni River Country und einem anderen See, irgendwo am Rand von Barren Lands. Die Oldtimer hatten ihm davon erzählt. Er war mit Leib und Seele Prospektor, darin sah er seinen ganzen Lebensinhalt. Ich fand ihn wundervoll. Allein zu beobachten, wie er mit einem Kanu in Stromschnellen umging — oder mit einem Gewehr ... Und am Lagerfeuer überraschte er mich immer wieder mit seltsamen, unglaublichen Geschichten — mit Geschichten über die kanadische Wildnis ...« Paule verstummte, und ich sah, daß sie weinte. Tränen rollten über ihre Wangen. Abrupt stand sie auf, in einer einzigen flinken, anmutigen Bewegung, und verließ mich ohne ein weiteres Wort.

Ich schaute zu, wie sie ins Zelt kroch, dann saß ich noch lange am Feuer, starrte in die Sternennacht und dachte an meinen Großvater, der in diesem Land gestorben war, an jene unbezwingbare Frau, meine Großmutter, die seinen Weg voller Rachsucht verfolgt hatte. Das Land des Alten Testaments — diese Worte gingen mir nicht aus dem Sinn, und die frostige Stille ringsum erschien mir plötzlich grausam und bedrohlich. Zum erstenmal in meinem Leben dachte ich an den Tod.

Ich hatte keine Religion, zu der ich mich angesichts dieses mächtigen Feindes flüchten konnte, keinen Gott, der mir beistand — nichts. Das verdankte ich der Wissenschaft. Wie ein Großteil meiner Generation hatte ich es nicht gewagt, allzu gründlich nachzudenken, und die

263

Tage meines Berufslebens waren stets ausgefüllt gewesen. Dabei hatte ich es bewenden lassen. Aber hier war alles anders. Hier wurde ich mit der Welt konfrontiert, so wie sie an ihrem Anfang ausgesehen hatte, als die Bedeutung der Ewigkeit dem menschlichen Geist zum erstenmal vor Augen geführt worden war. Und wie Darcy es vorausgesagt hatte, begann ich über Gott nachzudenken.

Aber letzten Endes trieb mich die Kälte ins Zelt. Ich kroch hinein und legte mich neben Darcy, auf weiche Kiefernzweige, deren Duft mich bald in tiefen Schlaf hüllte.

Als ich erwachte, war es vorbei mit der Stille. Tosende Wellen schlugen ans Ufer des Sees, der Wind heulte in den Bäumen. Heftig blies er von Nordwesten her, als wir unter einem grauen Himmel den Fußmarsch zum nächsten See antraten, und jagte dichten Nieselregen vor sich her. Die Wolken wurden immer dunkler, schon nach kurzer Zeit regnete es in Strömen. Schwere Tropfen prasselten gegen unsere Körper, mit einer Wut, die fast feindselig wirkte.

Diese Strecke war die schlimmste des ganzen Trecks: der Boden mit Steinen übersät, rutschig und holprig. Zusammen mit Darcy trug ich das Kanu, und der Wind drohte es immer wieder aus unseren Händen zu reißen. Lange bevor wir den nächsten See erreichten, waren wir bis auf die Haut durchnäßt. Wie ein Häuflein Elend standen wir am Ufer, den Rücken dem peitschenden Regen zugewandt, in triefenden Kleidern.

Der See war nur zweihundert Meter breit, aber die Wasserfläche brodelte unter dem wilden Sturm. Hoch stiegen die Wellen empor. »Wird unser Kanu das aushalten?« fragte ich Darcy, und der Wind blies mir einen Regenschwall in den Mund.

»Natürlich«, antwortete Paule. Aber ich merkte Dar-

264

cy an, daß ihm die Situation gar nicht gefiel. Er wischte seine Brille mit einem nassen Taschentuch ab und murmelte etwas Unverständliches vor sich hin.

Bei der Überfahrt drang so viel Wasser ins Kanu, daß es halb voll war, als wir am anderen Ufer ankamen. Auf dem nächsten Fußmarsch änderte sich das Terrain. Der Wald wurde dichter, zwischen Felsformationen fanden wir mehrere Sümpfe — zunächst nur kleine, die wir leicht umgehen konnten. Dann lag ein großes Moor vor uns. Wir erforschten es erst in nördlicher, dann in südlicher Richtung, ohne ein Ende abzusehen. Also mußten wir es durchqueren, was wir nach einem langen, mühseligen Kampf schafften. Manchmal waren wir bis zur Taille im Wasser versunken.

Schlammbedeckt und total erschöpft stiegen wir aus dem Sumpf, nur um hinter dem nächsten Felsen auf einen neuen zu stoßen. Während wir ihn betrachteten, wandte sich Darcy an Laroche: »Mußten Sie das damals auf ihrem Rückweg auch alles durchmachen?«

»Sie haben ja gesehen, in was für einem Zustand ich war.«

»Allerdings.«

Darcy nickte. »Aber ich würde gerne wissen, wie viele Sümpfe wir noch bewältigen müssen.«

Laroche zögerte, schaute nervös von einem zum anderen. »Ich glaube, bald wird das Terrain besser.«

»Wie bald?« fragte Paule.

»Wenn wir in der Nähe des Sees sind. Dort ist der Boden felsig.«

»Und wie nahe müssen wir rankommen, damit wir diesen verdammten Morast endlich hinter uns haben?« erkundigte sich Darcy. »Wann hört er auf? Zwei Meilen vor dem See? Fünf? Zehn?«

»Das weiß ich nicht.« Laroche leckte Wassertropfen von seinen Lippen. »Ich denke, etwa fünf.«

»Und der Rest ist Sumpfland? Mindestens fünf Meilen?«

Laroche schüttelte den Kopf. »Ich erinnere mich nicht genau. Da war ein Sumpf — aber nicht fünfzehn Meilen lang. Jedenfalls sind wir immer noch zu weit südlich. Wir sollten nach Norden gehen, zu meiner damaligen Route.«

»Nein, wir halten uns an die Karte«, widersprach Paule.

»Aber du kannst nicht sicher sein, daß der See, den wir zuletzt überquerten . . .«

»Ich bin sicher.« Wieder einmal nahm ihre Stimme einen schrillen Klang an. »Du gibst ja selber zu, daß du dich nicht genau an deine Route erinnerst.«

Darcy stapfte zum Kanu. »Es ist sinnlos, hier rumzustehen und zu streiten. Dabei frieren uns nur die Füße ab.«

Paule und Laroche starrten sich noch einige Sekunden lang an, dann schulterten sie ihr Gepäck, und wir gingen in den Sumpf hinab. Er erstreckte sich vor uns, so weit wir durch den Regenschleier zu blicken vermochten. Wir wateten durch ein endlos scheinendes Terrain mit feuchten Kissen aus Baumwollgras, und es gab nirgends eine Wasserfläche, wo wir das Kanu hätten benutzen können.

Auf einer kleinen Kiesinsel, wo ein paar kümmerliche Strauchkiefern wuchsen, schlugen wir unser Nachtlager auf. Es tat gut, endlich wieder festen Boden unter den Füßen zu spüren. Wir waren zu müde und zu durchnäßt, um zu beklagen, daß wir an diesem Tag nur wenige Meilen geschafft hatten. Das Feuer verbreitete nur spärliche Wärme, der Rauch schwärzte unsere Gesichter und brannte in den Augen. Als wir nach dem Essen ins Zelt krochen und in unseren dampfenden feuchten Kleidern dalagen, regnete es immer noch.

Die ganze Nacht rüttelte der Wind an den Zeltplanen. Zweimal mußten wir hinausgehen und sie mit Steinen befestigen. Am Morgen stürmte es nach wie vor, aber es hatte zu regnen aufgehört, und wir sahen, daß die Insel eine Landzunge war. Sie führte zum Ufer eines Sees, der uns viel größer erschien als alle, die wir bisher überquert hatten. Zum Glück regnete es nicht mehr, denn wir befanden uns am Lee-Ufer, und bei schlechter Sicht wären wir versucht gewesen, die Überfahrt im Kanu zu wagen. Das hätte eine Katastrophe heraufbeschworen. Nun blieb uns nichts anderes übrig, als auf dem Kies zu kampieren, bis der Sturm nachließ.

An diesem Tag verloren wir die Karte. Laroche hatte das nasse Papier auf einen kleinen Felsen gelegt, um es im Wind trocknen zu lassen, und mit einem Stein beschwert. Zumindest behauptete er das. Der Stein lag tatsächlich da, aber die Karte war verschwunden. Vergeblich suchten wir den Kiesstrand ab. »Wahrscheinlich ist sie ins Wasser geweht worden«, meinte Darcy, und Laroche nickte.

»Ich hätte nicht gedacht, daß der Wind so stark ist«, murmelte er, ohne uns anzuschauen.

Paule warf ihm einen ausdruckslosen Blick zu, dann nahm sie ein Notizheft aus ihrem Packen und begann die Karte aus dem Gedächtnis neu zu zeichnen. Wir halfen ihr, so gut wir es aufgrund unserer Erinnerung vermochten, wußten aber, daß wir uns auf diesen Ersatz nicht im selben Maße verlassen konnten wie auf das Original. Hoffentlich würden wir den Fluß erkennen, wenn wir ihn erreichten. Dieser Fluß war Mackenzies letzte Markierung gewesen — mit einem Wasserfall, nur wenige Meilen vom Löwensee entfernt. Aber wie Darcy erklärte, verlieren sich die meisten Flüsse Labradors in großen Seen. Und die Strömung ist oft so schwach, daß sie nicht als Flüsse auszumachen sind.

Bis zur Abenddämmerung saßen wir am Kiesufer fest, dann erstarb der Wind plötzlich, und die Temperatur sank. Mit Hilfe des Kompasses, in stockdunkler Nacht, traten wir die Überfahrt an — die schlimmste, die wir im Lauf des Trecks absolvierten. Der Wellengang war immer noch stark, mehrmals drohte das Kanu zu kentern, und wir mußten ständig Wasser ausschöpfen. Als wir am anderen Ufer ankamen, brauchten wir lange, um Feuer zu machen.

Wir waren alle in schlechter Stimmung, und während wir unser Essen kochten, explodierte die Spannung zwischen Paule und Laroche, die im Lauf des Tages ständig gewachsen war. Wir hatten über den soeben überquerten See diskutiert. Er war so groß, daß der Indianer ihn beim Zeichnen der Landkarte nicht hätte ignorieren dürfen. Wie wir alle übereinstimmend feststellten, konnte es unmöglich der See sein, den er als nächsten markiert hatte und den er »See der verbrannten Bäume« nannte. In unserer Umgebung wuchsen keine verbrannten Bäume. »Vielleicht habe ich mich geirrt«, murmelte Paule unglücklich. »Wir hätten den See suchen sollen, auf dessen Insel ihr mit dem Hubschrauber gelandet seid. Wahrscheinlich war ich zu müde.«

»Wir waren alle müde«, bemerkte Darcy.

Sie wandte sich an Laroche: »Erinnerst du dich wirklich nicht an diesen See? Er ist so riesig . . .«

»Genau. So riesig, daß er mich zu einem Umweg von mehreren Meilen gezwungen hätte.«

»Aber du könntest ihn vergessen haben. Du warst verletzt und . . .«

»*Mon Dieu!* Ich hatte kein Kanu. Glaubst du, ich könnte einen See von dieser Größe vergessen haben?«

»Nein, wohl kaum — andererseits hast du bisher überhaupt nichts wiedererkannt«, entgegnete sie erbost.

»Wie ich mehrmals sagte, war ich weiter oben im Norden.«

»Aber nicht bei unserem Start. Wir sind dort aufgebrochen, wo Ray dich damals aufgelesen hat. Trotzdem hast du nichts wiedererkannt.«

»Warum sollte ich?« rief er aufgebracht. »Ich hatte fünf anstrengende Tage hinter mir — ohne Zelt, nur wenig zu essen. Ich war nicht in der Verfassung, um mich an meine Umgebung zu erinnern.«

»Aber an den Sumpf hast du dich erinnert.«

»Es kann auch ein anderer gewesen sein«, meinte Darcy beschwichtigend. »Hier gibt's viele Sümpfe.«

Aber Paule beachtete seine Worte nicht. Wütend starrte sie Laroche an. »Hättest du bloß die Karte nicht verloren! Nun können wir nie mehr sicher sein . . .«

»Ich habe sie aber verloren, tut mir leid.« Ungeduldig wischte er den Rauch von seinem Gesicht. »Was macht das für einen Unterschied? Den letzten See konnten wir ebensowenig identifizieren wie diesen hier. Die Karte war viel zu ungenau. Und ich sage immer noch — wir sollten nach Norden gehen und meine Route suchen.«

Seine Beharrlichkeit ärgerte mich, und ich öffnete den Mund, um einen Kommentar abzugeben. Doch dann sah ich, wie Darcy warnend den Kopf schüttelte. Ich zögerte, denn ich fürchtete, Laroche würde Paule durch die ständige Wiederholung seines Vorschlags überzeugen. Aber als sie schwieg, widmete ich mich erneut meinen Füßen. Ich hatte die Stiefel ausgezogen und verarztete meine Blasen, die unter den nassen Socken zu eitern begonnen hatten. Und dann hörte ich sie fragen: »Warum zieht es dich mit aller Macht in den Norden, Albert?« Irgend etwas an ihrem sanften Tonfall bewog mich, aufzublicken. Durch den Rauch starrte sie ihn an, Angst lag in ihren Augen. »Du wolltest uns

269

von Anfang an daran hindern, der Karte zu folgen, nicht wahr?«

»Ich war nie überzeugt, daß wir am Löwensee abgestürzt sind.«

»Warum hast du die Karte verloren?« Diese direkte Anschuldigung erschreckte mich.

»Es war ein Mißgeschick.« Sein Blick wanderte von Paule zu Darcy, dann schaute er mich an, den gleichen wilden, gehetzten Ausdruck in den Augen wie bei unserer nächtlichen Begegnung im Camp 134. Würde sie ihn über die Schwelle des Wahnsinns treiben, wenn sie ihn weiterhin mit Fragen bestürmte? Unbehaglich zog ich meine Stiefel an.

»Also gut, es war ein Mißgeschick.« Paules Stimme zitterte. »Aber warum hast du dich geweigert, mir die Karte zu geben? Sie gehörte mir. Warum hast du darauf bestanden, sie zu behalten?« Ehe ich sie unterbrechen konnte, stieß sie hervor: »Wovor fürchtest du dich, Albert? Du versuchst uns vom Löwensee wegzuführen. Nein, bitte, leugne es nicht! Ich spüre es schon seit einiger Zeit. Vor irgend etwas hast du Angst. Wovor?«

Alle meine Muskeln verkrampften sich, und ich wußte nicht, was ich tun sollte. Aber er erwiderte nur: »Glaub, was du willst, Paule.« Und dann stand er müde auf und verschwand zwischen den Bäumen. Darcy warf mir einen kurzen Blick zu, erhob sich ebenfalls und folgte ihm.

Ich war allein mit Paule. Reglos saß sie da, als wäre ihr Körper gefroren. Nach einer Weile wandte sie sich an mich: »Was ist dort geschehen, Ian? Bitte, sagen Sie's mir.« Ihr Gesicht wirkte geisterhaft bleich im Feuerschein, Tränen glänzten in ihren Augen. Ich schwieg, und sie packte meinen Arm. »Ich muß es wissen. Bitte!« Heftig fügte sie hinzu: »Verstehen Sie denn nicht? Ich liebe ihn, und ich kann ihm nicht helfen, wenn ich es nicht weiß.«

»Ich habe keine Ahnung, was geschehen ist«, erwiderte ich verlegen. Ich brachte es nicht über mich, ihr meine Ängste anzuvertrauen.

»Irgend etwas ist nach dem Flugzeugabsturz passiert — etwas Schreckliches. Ich fühle es.« Sie bebte am ganzen Leib.

Darcy kehrte zurück, und sie ließ meinen Arm los. »Ich glaube, wir sind alle sehr müde«, seufzte er. »Gehen wir schlafen.« Auch Laroche kam wieder, bat um Kaffee, und Paule füllte seinen Becher. Anscheinend war die Krise überstanden. Aber ehe wir ins Zelt krochen, hielt Darcy mich zurück und wisperte mir ins Ohr: »Ich finde, wir sollten die beiden nicht mehr allein lassen.«

Ich nickte. »Jetzt liegen nur noch zwanzig Meilen vor uns. Morgen oder übermorgen werden wir die Wahrheit erfahren — falls wir gut vorankommen.«

»Hoffentlich behalten Sie recht.« Tiefe Furchen durchzogen sein wettergegerbtes Gesicht. »Ich fürchte nämlich, wir haben uns verirrt. Wenn wir diesen See suchen müssen, werden unsere Bäuche protestieren. Seit zwei Tagen habe ich keinen Fisch mehr gefangen. Und unser letztes Wild war die Gans. Vergessen Sie das nicht, falls wir mal vor der Wahl stehen, ob wir umkehren oder weitergehen sollen.«

In dieser Nacht war es so kalt, daß ich heftig zitterte und sehr schlecht schlief. Als Laroche sich aufrichtete, öffnete ich sofort die Augen. Offenbar schien der Mond, denn es war erstaunlich hell im Zelt, und ich sah, daß Laroche mich anstarrte. Dann kroch er lautlos hinaus. Ich wollte ihm folgen, doch dann sagte ich mir, daß ihn vermutlich nur ein natürliches Bedürfnis nach draußen getrieben hatte. Wenig später nahm er seinen Platz auf der anderen Seite des Zeltes wieder ein.

Danach mußte ich eingeschlafen sein, denn meine nächste Erinnerung stammt vom folgenden Morgen. Darcy schürte draußen das Feuer, und ich kroch in eine reglose, gefrorene Welt hinaus. Ein neuer Eisrand zog sich am Seeufer entlang.

»Wie geht's Ihnen heute?« fragte Darcy.

»Gut, danke.« Und das stimmte. Die Luft war so klar und frisch, daß sie zu funkeln schien.

»An einem so wunderbaren Morgen müßten wir schnell vorankommen.« Er setzte das Kaffeewasser auf und summte nicht sehr musikalisch vor sich hin. Als die anderen aus dem Zelt kamen, zeigten sie sich ebenso beeindruckt von der frostigen Ruhe ringsum. Zwei Tage lang waren wir vom Wind gepeinigt worden. Nun wirkte die friedliche Stille wie Balsam auf unsere strapazierten Nerven, die gespannte Atmosphäre vom Vorabend war verflogen.

Der Himmel färbte sich hellblau, und als wir aufbrachen, stieg die Sonne empor. Nicht nur das Wetter hatte sich gebessert, auch das Terrain. Der Sumpf lag anscheinend hinter uns, vor uns erstreckte sich ein flaches Kiesgebiet mit vielen kleinen Seen, die teilweise ineinander übergingen, so daß wir nur kurze Fußmärsche bewältigen mußten.

Zu Mittag hatten wir über zehn Meilen geschafft, und am Horizont zeichnete sich eine schwarze, gezackte Bergkette ab. Es waren kleine Hügel, kaum mehr als Felsblökke, die den Rand der Kiesfläche markierten. Laroche nickte, als Darcy ihn fragte, ob er sich an diese Gegend erinnern könne. Aber obwohl er lange dastand und die flachen Hügel betrachtete, schien er keine besonderen landschaftlichen Merkmale wiederzuerkennen. »Ich weiß nur, daß ich nach den Felsen diese Ebene überquerte und eine Zeitlang schneller gehen konnte.« Seine Stimme war tonlos und müde in der windlosen Kälte.

272

»Aber es kommt dir nichts bekannt vor?« fragte Paule, und er schüttelte den Kopf. »Das verstehe ich nicht!« rief sie irritiert. »Du mußt dir doch die Stelle gemerkt haben, wo du dieses Kiesgebiet erreicht hast.«

»Du scheinst zu vergessen, daß ich verletzt war«, erwiderte er scharf, »gerade noch in der Lage, mich aus dieser Wildnis zu schleppen. Alles andere überstieg meine Kräfte.«

»Aber du wußtest doch, wie wichtig es war, den Weg später wiederzufinden — weil du meinen Vater suchen mußtest.«

»Ich war zu krank und zu erschöpft, um daran zu denken.«

Sie wollte etwas entgegnen, aber Darcy schnitt ihr das Wort ab: »Das spielt keine Rolle. Bert hat uns bereits erklärt, daß der See nur noch fünf Meilen entfernt ist, wenn wir festen Boden unter den Füßen haben. Und wenn Mackenzies Karte stimmt, muß der Fluß unsere Route kreuzen. Wenn wir ihn erreichen, müssen wir nur noch die Wasserfälle suchen, dann sind wir fast am Ziel. Das dürfte nicht schwierig sein.« Er hob sein Ende des Kanus hoch, und wir marschierten weiter.

Zwei Stunden später erreichten wir die dichtbewaldeten Hügel. Während wir zwischen den Nadelbäumen dahingingen, verdeckten die Zweige den Himmel, und das Terrain wurde immer unwegsamer. In dieser verwirrenden Vielfalt steiler Felsen wären wir ohne Kompaß verloren gewesen. Schon frühzeitig schlugen wir unser Nachlager auf, am ersten See, der an unserer Route lag.

Es war ein düsteres Gewässer. Während ich mit Laroche das Zelt aufbaute, fischten Darcy und Paule, aber ohne Erfolg. Später gingen wir mit der Gewißheit ins

273

Bett, daß wir den Löwensee innerhalb der nächsten beiden Tage finden oder wegen Mangels an Vorräten umkehren mußten. Wir erörterten, ob wir das Kanu liegenlassen sollten, aber ich erinnere mich nicht, was beschlossen wurde, weil ich mitten in der Diskussion einschlief.

Ich hatte beabsichtigt, wach zu bleiben, denn ich fürchtete, Laroche könnte so kurz vor dem Ziel einen verzweifelten Versuch unternehmen, uns aufzuhalten. Aber obwohl ich zu müde gewesen war, um dem Schlaf zu widerstehen, mußten meine Sinne auf der Lauer gelegen haben. Vor dem Morgengrauen schreckte ich plötzlich aus meinen Träumen hoch und wußte, daß irgend etwas nicht stimmte. Laroche lag nicht mehr neben Paule. Ich hörte ihn draußen umhergehen und glaubte zunächst, ein menschliches Bedürfnis habe ihn wieder hinausgescheucht, so wie in der vorangegangenen Nacht. Aber diesmal hörten sich seine Bewegungen anders an, und als er nach einigen Minuten noch immer nicht zurückkehrte, spähte ich zwischen den Planen am Zelteingang hindurch.

Im Mondschein sah ich deutlich, wie er sich neben der Feuerstelle zu seinem Gepäck hinabbeugte und darin kramte. Ich öffnete den Mund, um zu fragen, was er da mache. Doch meine Stimme gehorchte mir nicht. Er zog sein Beil hervor, steckte es in den Gürtel, dann verschwand er aus meinem Blickfeld, und ich hörte seine Stiefelsohlen auf den Steinen am Seeufer knirschen. Allmählich verklang das Geräusch. Ich kroch aus dem Zelt und schaute seiner großen Gestalt nach, die im silbrigen Licht wie ein Geist dem anderen Ende des Sees zustrebte.

Er ging nach Süden — nach Süden, nicht nach Norden. Ohne zu zögern, zog ich meine Stiefel an und folgte ihm. Ich lief durch den Wald bis zum Ende des

274

Sees und beobachtete im Schutz der Bäume, wie er auf einen kahlen Felsbrocken stieg. Auf dem Gipfel blieb er stehen, eine einsame schwarze Silhouette im Mondlicht, und sah zu unserem Camp hinüber, dann nach allen Seiten, als wollte er sich orientieren. Schließlich verschwand er hinter dem Felsen.

Da fand ich meine Stimme wieder und rief seinen Namen, während ich hinter ihm auf den steilen Felsblock kletterte. Auf der Spitze hielt ich unschlüssig inne. Wolken schoben sich vor den Mond, die Sicht verschlechterte sich. Aber ich hörte Laroches Schritte im Wald am anderen Ufer. Ein hellgrauer Streifen im Osten verriet mir, daß der Tag bald anbrechen würde. Ohne zu überlegen, was Wolken in diesem Land bedeuten konnten, eilte ich hinter Laroche her — fest entschlossen, ihn nicht entkommen zu lassen, ihn einzuholen und mit der Wahrheit zu konfrontieren, was immer ich dabei auch riskieren mochte.

Das war sträflicher Leichtsinn, denn ich hatte keinen Kompaß, keine Lebensmittel, keine Ausrüstung — nur die Sachen, die ich am Leib trug. In der Dichte des Nadelwaldes konnte ich Laroche nur dem Gehör nach folgen. Immer wieder mußte ich stehenbleiben und lauschen, und so wuchs sein Vorsprung.

Schließlich hörte ich überhaupt nichts mehr. Ich wußte nicht, was ich tun sollte. Unsicher stand ich auf einer kleinen Lichtung. Inzwischen war es fast taghell, vereinzelte Schneeflocken tanzten vom bewölkten Himmel herab. Plötzlich wurde mir bewußt, daß ich den Rückweg nicht finden würde. Nur auf meine Ohren konzentriert, hatte ich die Orientierung völlig verloren.

Panik erfaßte mich. Gellend schrie ich Laroches Namen, und weil mir nichts anderes übrigblieb, eilte ich weiter, in der verzweifelten Hoffnung, ihn zu erreichen.

Das Schicksal war mir gewogen, denn als ich nach etwa hundert Metern aus dem Wald auftauchte, sah ich ihn am Ufer eines kleinen Sees entlanggehen — eine verschwommene dunkle Gestalt, denn jetzt schneite es stärker. »Laroche!« brüllte ich. »Laroche!«

Abrupt hielt er an, drehte sich um und starrte schweigend zu mir herüber. »Warten Sie!« rief ich. Er stand an meiner Sichtgrenze, und während ich zu ihm rannte, wußte ich, daß er nur seitwärts in den Wald zu laufen brauchte, um mir zu entwischen.

Aber er ergriff die Flucht nicht. Als ich bis auf wenige Meter an ihn herangekommen war, entdeckte ich das matt schimmernde Beil in seiner Hand. Erschrocken blieb ich stehen, denn ich war unbewaffnet, konnte mich nicht verteidigen.

2

Sah der trostlose kleine See, auf den lautlose Flocken herabrieselten, so ähnlich aus wie jener, an dessen Ufer er die beiden Männer zu töten versucht hatte? Meine Knie zitterten, nur wenige Schritte trennten uns. Mit angehaltenem Atem wartete ich auf einen Angriff. Aber statt das Beil zu heben, schaute er an mir vorbei. »Wo sind die anderen? Verfolgen sie mich auch?«

Ich schüttelte nur den Kopf, weil ich meiner Stimme nicht traute.

Seine dunklen Augen richteten sich wieder auf mich. »Nur Sie — allein?« Als ich nickte, schien er sich zu entspannen. »Sie haben wohl gesehen, wie ich das Camp verließ, eh?« Leise fluchte er. »Ich dachte, ich hätte mich unbemerkt davon geschlichen. Am besten gehen Sie wieder zurück.«

Dies war meine Chance, ihm zu entkommen. Ich begann mich vorsichtig abzusetzen, hielt aber schon nach ein paar Sekunden inne und drehte mich um. »Ich weiß nicht...« Die Worte erstarben mir in der Kehle, denn ich wagte nicht, zuzugeben, daß ich die Orientierung verloren hatte. Sobald er das merkte... Eisiges Entsetzen durchströmte meinen Körper — und es war nicht nur Laroche, den ich fürchtete.

»Überreden Sie Paule und Ray dazu, im Camp auf mich zu warten.« Seine Stimme klang durchaus vernünftig, sein Blick wanderte zum Ende des Sees. »In ungefähr zwei Tagen bin ich wieder da.«

Verwirrt starrte ich ihn an. »Wohin gehen Sie?«

»Das ist meine Sache«, entgegnete er in scharfem Ton. Und dann rief ich in plötzlicher Tollkühnheit, weil mir alle erdenklichen Gefahren vorteilhafter erschienen, als zu erfrieren oder zu verhungern: »Sie rannten ihm davon, als er noch lebte — aus Angst vor den Dingen, die geschehen waren, nicht wahr?«

Die dunklen Augen in den umschatteten Höhlen weiteten sich, dann schaute er zu Boden. »Sie sind so verdammt logisch, was?« sagte er, ohne auch nur die geringste Spur von Feindseligkeit zu zeigen. »In gewisser Weise stimmt es — ja, ich hatte Angst. Ich wußte, daß Baird tot war. Und es schien nichts anderes...« Er verstummte, als hätten ihm grausige Erinnerungen die Sprache verschlagen. Nach einer Weile hob er den Kopf. »Wenn ich Ihnen nun erzählte, an jenem See hätte sich die Geschichte wiederholt, würden Sie mich für verrückt halten?«

Mein Mund wurde trocken. »Wie meinen Sie das?«

»Nein, es hat keinen Sinn, Sie können es nur auf Ihre Weise sehen. Schon am ersten Tag in Seven Islands las ich Ihre Gedanken. *Mon Dieu!*« Seine Stimme war nur mehr ein Flüstern. »Warum mußten ausgerechnet

Sie hierherkommen? Seltsam, nicht wahr?« Er lachte nervös. »Wenn ich Ihnen sagte ...« Entschlossen schüttelte er den Kopf. »Nein, Sie würden mir das Wort im Mund umdrehen. Aber eins will ich Ihnen verraten: Dieser Indianer hat recht. Der Löwensee ist ein böser Ort.«

»Es war also der Löwensee?«

»Natürlich.« Ein schiefes Grinsen entblößte seine weißen Zähne. »Der Ort, wo mein Großvater Ihren getötet hat. Die Leiche liegt noch dort, ein Knochenhaufen, das ist alles, was von James Finlay Ferguson übriggeblieben ist. Und ein Loch im Schädel, wo die Kugel eindrang. Am Hinterkopf. Pierre Laroche muß ihn kaltblütig und hinterrücks erschossen haben. Das Stirnbein ist zertrümmert.« Ohne mit der Wimper zu zucken, musterte er mich. »Es war keineswegs angenehm für mich, herauszufinden, daß mein Großvater ein Mörder war.« Plötzlich nahm seine Stimme einen bitteren Klang an.

Der Anblick der sterblichen Überreste des Opfers und der Beweis für die Schuld seines Großvaters mußten ihn um den Verstand gebracht haben. »Und was ist dann passiert?« hörte ich mich fragen. Meine Stimme zitterte leicht. »Was geschah zwischen Ihnen und Briffe?«

»O nein, das erzähle ich Ihnen nicht. Auch nicht, was Baird zugestoßen ist.« Zögernd fuhr er fort: »Aber wenn Sie sich so sehr dafür interessieren — sehen Sie doch selbst nach.«

»Sie meinen — jetzt?«

Er nickte.

»Gehen Sie zum Löwensee?«

»Wohin sonst!« erwiderte er ungeduldig.

Gänsehaut überlief mich. Es war unglaublich — und grauenvoll. Er kehrte zum Schauplatz der Tragödie zurück. Weshalb? Um zu triumphieren? Oder lag es an der unbewußten Faszination des Mörders von seinem Verbrechen? Was auch immer — nun wußte ich endgültig, daß er verrückt war. »Aber — Sie gehen nach Süden«, würgte ich hervor. Ich fand es am besten, ihn auf Fakten hinzuweisen.

»Ja, nach Süden. Ich muß meine Route suchen.«

»Sie sagten doch, der See liege im Norden.«

Laroche zuckte mit den Schultern. »Was spielt es schon für eine Rolle, was ich gesagt habe? Wenn Sie mich begleiten, können Sie mit eigenen Augen sehen, was aus Baird geworden ist. Vielleicht werden Sie mir dann glauben.«

Aber ich würde ihm niemals irgend etwas glauben. Sein Geist erschien mir zu verwirrt. Vielleicht gab es für ihn keine Wahrheit mehr. »Sie haben behauptet, Baird und Briffe seien beim Flugzeugabsturz verletzt worden.«

»Dabei wurde niemand verletzt.« Plötzlich lächelte er mit jenem jungenhaften Charme, der mir schon öfter Angst eingejagt hatte. »Nur weil ich das Gegenteil erzählt habe, muß es noch lange nicht stimmen. Mir blieb nichts anderes übrig, als Ihnen das weiszumachen, weil ich Sie von Ihrer endlosen Fragerei abbringen wollte.« Seine rückhaltlose Offenheit drehte mir fast den Magen um. »Also, kommen Sie mit mir, oder kehren Sie zu den anderen zurück?«

Ich zögerte — nicht, weil ich keine Wahl hatte, sondern weil mich der Gedanke erschreckte, mit ihm allein den Weg fortzusetzen. Nun konnte ich nur noch hoffen, Darcy und Paule würden — durch die Instruktionen des Indianers geleitet — den Löwensee vor uns erreichen. Wenn ich der einzige Zeuge für die Ereignisse wäre, die dort stattgefunden hatten ... »Werden Sie den See auch wirklich finden?«

»O ja. In den Anfangsstadien meines Rückwegs habe ich mir die Route genau eingeprägt und sogar ein paar Bäume markiert.«

»Aber wenn Sie mich mitnehmen — warum nicht auch die anderen? Warum haben Sie ihnen verschwiegen, daß sie uns hinführen können? Verdammt!« schrie ich. »Zweimal sind Sie im Hubschrauber über dieses Gebiet geflogen. Wenn Sie sich Ihre Route so gut gemerkt haben — wieso, um Himmels willen, waren Sie dann nicht in der Lage, den See von der Luft aus zu finden?«

Laroche schüttelte den Kopf, sein Lächeln nahm einen geheimnisvollen Ausdruck an. »Weil ich ihn nicht finden wollte. Niemand sollte es erfahren.«

»Aber Paule . . .«

»Paule am allerwenigsten.« Plötzlich erlosch das Lächeln. »Sie müssen mit mir kommen, Ferguson. Wenn Sie ins Camp zurückgehen, werden sie alles ausplaudern. Und gerade Paule darf niemals wissen, was am Löwensee geschah.«

Es verblüffte mich, daß er sich in seinem Zustand überhaupt noch darum kümmerte, was Paule denken mochte. »Die beiden werden sich fragen, was mit uns passiert ist.«

Laroche schüttelte den Kopf. »Ich habe eine Nachricht hinterlegt, und sie werden annehmen, daß Sie mich begleiten. Hoffentlich tut Paule, worum ich sie gebeten habe und bleibt im Camp.« Ungeduldig winkte er mich mit dem Beil zu sich. »Okay, Sie gehen voraus.« Dann trat er zur Seite und ließ mich vorbei.

Ich zauderte nur kurz. Sobald er feststellte, daß ich die Orientierung verloren hatte, würde er mich kaltblütig meinem Schicksal überlassen. Aber als ich an ihm vorüberging, verkrampften sich meine Schultermuskeln in Erwartung eines Schlags, obwohl mir mein Verstand sagte, daß Laroche fest entschlossen war, mich zum Löwensee zu führen. Und falls er mich zu töten beabsichtigte, würde er noch reichlich Gelegenheit dazu finden, ehe wir zu unserem Ziel kamen. Von jetzt an würden wir so eng beisammen leben müssen, wie es zwei Menschen möglich war, denn wir hatten kein Zelt und nichts als unsere Körperwärme, um uns vor der Kälte zu schützen.

Wir verließen den See, der Wald hüllte uns ein, und hinter mir hörte ich immer wieder das Geräusch des Beils, das einzelne Bäume markierte — ob für seine oder unsere gemeinsame Rückkehr, wußte ich nicht. In der Stille des sanften Schneefalls wirkte der dumpfe Klang hohl und spöttisch.

Plötzlich lichtete sich der Wald, und ich blickte auf die gleiche Ebene, die wir am Vortag überquert hatten. Jetzt lag sie weiß unter einem grauen Schleier träge dahingleitender Flocken. »Sie gehen zurück, Laroche!« protestierte ich. »Das ist die falsche Richtung.«

Lächelnd, fast fröhlich schüttelte er den Kopf. »Ich bin nur hierher zurückgekommen, um meinen Markierungen zu folgen.«

Aber es war unmöglich, irgendwelche Zeichen zu finden, denn es schneite immer stärker.

Wir blieben im Schutz der Bäume und entzündeten ein Feuer, um uns zu wärmen. Als der Schneefall nachließ, gingen wir auf einer Landzunge zum ersten See, wo Laroche einen seiner Anhaltspunkte entdeckte — einen einsamen Felsblock, auf dem drei zerzauste Tannen wuchsen.

Nun begann eine alptraumhafte Reise, die zwei endlose Tage dauerte. Kaum waren wir ins Felsengebiet zurückgekehrt, begann es wieder heftiger zu schneien. Und obwohl es am Nachmittag aufklarte, blieb der Fußmarsch anstrengend und schwierig. Wir mußten durch tiefen, nassen Schnee stapfen; immer wieder schütteten die Äste ihre Schneelasten auf unsere Schultern.

Die Temperatur sank unter den Gefrierpunkt, als sich die Wolken auflösten. Der Schnee bildete eine Kruste, die wir bei jedem Schritt durchbrachen. Da Laroche immer wieder zickzack ging, um seine Markierungen zu suchen, verlangsamte sich unser Treck noch zusätzlich. Hätte das Land so ausgesehen wie damals während seines Rückwegs, wäre es ein leichtes gewesen, der Route zu folgen. Aber nun, da der Schnee die markierten Bäume verhüllte, war es ein Wunder, daß sich Laroche trotzdem zurechtfand.

Bei Einbruch der Dunkelheit kampierten wir auf einer kleinen Lichtung voll schneebedeckter Felsbrocken. Hätten wir ein Zelt besessen, wären wir viel zu müde gewesen, um es aufzuschlagen. Wir schafften es gerade noch, Holz für ein Lagerfeuer zu zerhacken, und als es in einem Felsenwinkel brannte, der die Wärme reflektierte, fielen wir in den feuchten Schnee und teilten die kargen Nahrungsmittel, die Laroche mitgenommen hatte.

Diese Nacht werde ich nicht so schnell vergessen. Anfangs hielt das Feuer die klirrende Kälte fern. Aber es schmolz den See, so daß wir schließlich in einer Pfütze lagen und scharfe Felsenkanten sich in unser Fleisch drückten. Als die Flammen später erloschen, kroch die Kälte durch unsere Haut betäubte alle Gefühle und verwandelte das Wasser in Eis. Unter diesen Umständen war es unmöglich zu schlafen. Halb bewußtlos lag ich in einer dumpfen Welt, fror bis auf die Knochen, war todmüde, und kein einziger Hoffnungsstrahl erfüllte mein Herz. Da mir das segensreiche Vergessen des Schlummers versagt blieb, gab es kein Entrinnen vor der Tatsache, daß ich mich an den Körper eines Mörders schmie-

282

gen mußte, um wenigstens ein bißchen Wärme zu finden.

Das und die Umstände unserer Reise hätten mich vermutlich an den Rand des Wahnsinns getrieben, hätte ich in diesem mitleidlosen Land nicht etwas entdeckt (oder vielleicht sollte ich besser sagen »wiederentdeckt«), was tief in mir verschüttet gewesen war: den Glauben an den Allmächtigen. Darauf möchte ich allerdings nicht näher eingehen. Die Transformation von Unglaube und Gedankenlosigkeit in die Hinwendung zu Gott ist nur für jene bedeutsam, die sie selbst erlebt haben. Und daß sie mir widerfuhr, ist weniger mein Verdienst und eher auf meine verzweifelte Situation zurückzuführen als auf eine Neigung zur Frömmigkeit. Denn mittlerweile war ich zu der Überzeugung gelangt, daß ich sterben mußte. Entweder würde Laroche mich umbringen — oder Labrador. Nur einer von uns konnte den Löwensee lebend ereichen — und wenn ich es war, wußte ich nicht, wie ich zu den anderen gelangen sollte. Allein würde ich den Rückweg in die Zivilisation niemals finden.

In der Gewißheit meines nahen Todes überlegte ich, was dieser Schritt ins Jenseits bedeutete. Und in der eisigen Stille jener Nacht machte ich meinen Frieden mit Gott. Als das erste Tageslicht die Bäume in graue Geister verwandelte, hatte ich einen sonderbaren Zustand innerer Ruhe erreicht, der zu meiner Umgebung paßte.

Unser Frühstück bestand aus je einem Bisquit und einem kleinen Schokoladenriegel. Daß Laroche so wenig Vorräte mitgenommen hatte, war erstaulich. Aber ich glaube, zu jenem Zeitpunkt dachte ich nicht darüber nach, auch nicht über seine Bereitschaft, alles mit mir zu teilen. In einem so öden, unmenschlichen Land wie Labrador hält man es für selbstverständlich, so wesent-

283

liche Dinge des Lebens wie Nahrungsmittel und Wärme zu teilen, ohne sich Gedanken über die Zukunft zu machen.

Nach der qualvollen Nacht spendete uns das karge Frühstück nur wenig Trost. Obwohl wir ein Feuer entzündeten, um uns ein bißchen zu wärmen, waren wir bei unserem Aufbruch beide in miserabler Stimmung. Vor allem Laroche. Plötzlich schien er am Ende seiner Kräfte zu sein. Seine Wangen waren gerötet, die Augen glänzten unnatürlich, seine Muskeln wirkten erschlafft, so daß er sich ungeschickt bewegte und manchmal beinahe stolperte. Aber als ich ihn fragte, ob er sich schlecht fühle, straffte er die Schultern und versicherte. »Ich bin nur etwas steif, das ist alles. Die Kälte...« Danach gab ich keinen Kommentar mehr über seine Verfassung ab, denn sein Tonfall hatte mir verraten, daß ihm das mißfiel. Und ich fürchtete seit unserer Begegnung an dem kleinen See eine Machtprobe.

An jenem Morgen war es bitterkalt. Der Himmel, der zwischen den Wipfeln hindurchschimmerte, glich einem Baldachin aus gefrorenem Blei. Ein eiserner Griff schien das reglose Land festzuhalten. Auf dem vereisten Schnee kamen wir etwas schneller voran.

Wir umrundeten zwei Seen mit Froständern und folgten der Route, die Laroche markiert hatte. Kurz nach zehn kamen wir zu einer großen, gekurvten Wasserfläche, deren anderes Ende sich hinter den dichten Bäumen am Ufer verlor. Da schlug ich die sofortige Umkehr vor. Wir würden sehr lange brauchen, um den See zu umrunden, und ich hatte das Gefühl, keiner von uns würde es überleben, wenn wir den Treck fortsetzten. »Das wäre am vernünftigsten«, drängte ich. »Machen wir kehrt, ehe es zu spät ist.«

»Still!« Er starrte nach Norden, den Kopf schief gelegt. »Hören Sie es?«

Aber ich hörte nur den eisigen Wind in den Zweigen flüstern.

»Es klingt wie der Wasserfall. Dieser See hier ist eine Ausdehnung des Flusses, den Mackenzie auf seiner Karte eingezeichnet hat.« Laroche sank auf Hände und Knie, neigte das Ohr zum Wasser hinab und lauschte »Ja, der Wasserfall.« Er stand auf und betrachtete das Ufer. »Offenbar führt er jetzt mehr Wasser mit sich.« Das schien ihn zu beunruhigen. »Damals habe ich nichts gehört.«

»Was spielt das für eine Rolle? Bei diesem Wasserfall können wir den Fluß ohnehin nicht überqueren.« Weil ich zu erschöpft war, um mich für irgend etwas zu interessieren, erklärte ich: »Jedenfalls gehe ich jetzt zurück.«

Ich glaubte, damit einen Machtkampf heraufzubeschwören, aber er erwiderte nur: »Tun Sie, was Sie wollen. Nun sind es nur mehr zwei Meilen, und ich muß so schnell wie möglich hin, für den Fall . . .« Seine restlichen Worte hörte ich nicht, denn er watete bereits in die Wellen. Ungläubig starrte ich ihm nach. War es ihm völlig egal, ob ich ihn begleitete oder nicht? Das Wasser reichte ihm bis zu den Knien. Über die Schulter hinweg rief er mir zu: »Wenn Sie mitkommen wollen, beeilen Sie sich! Ich warte nicht auf Sie.« Und er stapfte geradewegs weiter in den See.

Automatisch ging ich zum Wasserrand, doch dann zögerte ich. In diesem Moment könnte ich ihn verlassen, zum Wasserfall gehen und dort auf Darcy und Paule warten. Paule würde ganz bestimmt bis zum Fluß vordringen. Aber mir fehlte der Mut, auf menschliche Gesellschaft zu verzichten und mich allein durch diese Wildnis zu schlagen. Außerdem übte das Ziel jetzt, wo ich ihm so nahe war, eine wachsende Faszination auf mich aus. Und so konnte ich mich nicht dazu durchringen, die Chance zur Flucht zu nutzen.

285

Ich stieg ins Wasser, und die Kälte raubte mir den Atem. Laroche schrie etwas, das ich nicht verstand. Vielleicht hatte er irgendwelche Schwierigkeiten, denn er war bis zur Taille im See versunken. Doch die Strömung schien ihn nicht zu behindern, denn er stand reglos da und starrte zum anderen Ufer. Dann formte er mit beiden Händen einen Trichter vor dem Mund. »Paule! Paule!« Der Name hallte an den Strauchkiefern vorbei, ein geisterhafter Ruf, dessen Echo bald von der gewaltigen Leere ringsum, von Himmel und Wasser verschluckt wurde. »Paule!« Und dann kämpfte er sich weiter; mit plötzlicher, verzweifelter Energie durchpflügte sein Körper die Wellen.

Nun zögerte ich nicht länger und folgte ihm. Wie kalt oder wie tief der See sein mochte, kümmerte mich nicht mehr. Paule war hier, und Darcy würde bei ihr sein. Also mußte ich mich nicht mehr allein mit Laroche auseinandersetzen.

Glücklicherweise bestand der Grund des Sees aus Kies, und so fanden meine Füße festen Halt, obwohl ich schon lange, ehe ich die Mitte erreichte, den Sog der Strömung spürte. Die Wellen krochen immer höher an mir empor, über die Hüften und den Bauch und drohten alle meine Organe in Eis zu verwandeln. An der tiefsten Stelle reichten sie bis zum Brustkorb, und meine Stiefel berührten kaum noch den Boden. Ich sah Laroche auf die Felsen am Ufer klettern. Die anderen ließen sich nicht blicken, und er rief auch nicht mehr nach Paule. Als ich aus dem Wasser stieg, stand er allein vor der Asche eines Lagerfeuers und starrte auf die dünne, bläuliche Rauchsäule, die daraus hochstieg. »Sie haben sie gesehen, Laroche!« keuchte ich. »Wo sind sie?«

Er schüttelte den Kopf, sein Gesicht war leichenblaß. »Nein, ich habe sie nicht gesehen.«

»Aber Sie riefen doch nach Paule!«

»Ich sah den Rauch und dachte . . .« Wieder schüttelte er müde den Kopf. »Sie sind vor uns.« Seine Zähne klapperten, die bittere Enttäuschung, die er offenbar empfand, verlieh seiner Stimme einen hohlen Klang. Er streifte die Kapuze seines Parkas ab, strich mit zitternder Hand über sein Haar. »Ich hätte nicht erwartet, daß sie uns überholen würden.« Nun weinte er beinahe. Schimmerten tatsächlich Tränen in seinen Augen? Ein heftiger Schüttelfrost ließ seinen ganzen Körper erbeben.

»Wieso wissen Sie das? Wenn Sie niemanden gesehen haben . . .«

»Das Feuer.«

Ich starrte auf die Asche und entdeckte einen Fußabdruck – den Beweis, daß sich außer uns noch andere Menschen in dieser öden Wildnis aufhielten. Offensichtlich hatte Laroche recht, denn außer Paule und Darcy konnte sich niemand in unserer Nähe befinden, nicht näher als fünf Tagesmärsche.

Meine Zähne klapperten, und ich spürte, wie die Kleider an meinem Leib vor Kälte erstarrten. Eine seltsame Lähmung schien durch meine Glieder zu kriechen, aber ich achtete nicht darauf. Die Rauchsäule bedeutete, daß Paule und Darcy vor einer knappen Stunde an diesem Ufer gestanden hatten, um sich von der Flammenwärme trocknen zu lassen. Diese Gewißheit tröstete mich. »Ich bringe das Feuer wieder in Gang. Geben Sie mir das Beil.«

»Nein, ich muß weiter und die beiden einholen, ehe sie den Löwensee erreichen.« Er spähte zwischen die Bäume, suchte nach seinen Markierungen.

»Wir sollten warten, bis wir trocken sind.«

Ungeduldig schüttelte er den Kopf und ging tiefer in den Wald hinein, immer noch zitternd vor Kälte. Bald fand er, was er suchte, und eilte davon.

»Laroche!« schrie ich. »Kommen Sie zurück! Sie verdammter, verrückter Narr! Sie werden sterben, wenn Sie Ihre Kleider nicht trocknen lassen!«

Er hielt nicht inne. Nun rannte er beinahe, und obwohl ich immer wieder nach ihm rief, ignorierte er mich. Da blieb mir nichts anderes übrig, als ihm zu folgen. Ich wußte, welches Wagnis wir eingingen, denn wir waren bis auf die Haut durchnäßt, bei einer Temperatur weit unter dem Gefrierpunkt. Doch ich hatte keine Wahl.

Ich hoffte, ihn bald einzuholen, denn er befand sich in einem viel schlimmeren Zustand als ich. Sobald er den Schock seiner Verblüffung überwunden hatte und seine Kräfte nachließen, würde ich ihn dazu überreden können, eine Ruhepause einzulegen und Feuer zu machen. Aber sein Vorsprung verringerte sich nicht. Plötzlich schien ihn eine dämonische Energie zu erfüllen. Die Bäume standen hier nicht so dicht beisammen, und er lief immer schneller, ohne auf den steinigen Boden, die schlüpfrigen, mit Moos bewachsenen Felsbrocken zu achten. Zweimal sah ich ihn stürzen, aber er rappelte sich sofort wieder auf und stürmte weiter, in panischer Hast.

Und so eilten wir lange Zeit dahin, bis ich vor Erschöpfung nur noch taumeln konnte. Auf einmal ging es steil bergab, und ich sah zwischen kahlen Felsen Wasser glänzen. Wenig später blieb ich am Waldrand stehen, und da sah ich den Felsen, der wie ein Löwe inmitten des Sees hockte. Ich starrte ihn an, kaum in der Lage, meinen Augen zu trauen. Endlich hatte ich den Löwensee erreicht, und sein Anblick ließ mich verzweifelt frösteln, denn dies war tatsächlich ein düsterer, unheimlicher Ort. Eine weiße Eiskruste zog sich am Ufer entlang, und das ganze bleierne Gewässer in der langen schmalen Schlucht begann zu gefrieren. Der Löwenfelsen erhob sich genau in der Mitte, von einem Eisrand umgeben, der die Schwärze des Gesteins noch hervorhob.

»Paule!« Laroches klagender Ruf drang zwischen den Bäumen zu mir wie der Schrei einer verdammten Seele. »Paule! Warte! Bitte, Paule!«

Er lief den steilen, bewaldeten Hang zum See hinab, und hinter ihm sah ich Metall schimmern — es war die Beaver, die keineswegs versunken war. Mit ausgebreiteten Schwingen lag sie im Eis am Wasserrand. Zwei Gestalten standen auf dunklen Felsen, die eine Plattform bildeten, auf tieferer Ebene, eine Wiederholung der Formation, wo ich angehalten hatte. Sie rührten sich nicht, ebenso wie ich starrten sie auf das Flugzeugwrack hinab.

»Paule!« Wieder stieg der angstvolle Schrei zu mir empor, und als hätte er eine der Gestalten aus ihrer Erstarrung gerissen, kletterten sie zum Ufer hinab, zu der halb versunkenen Beaver. Es war Paule, und Darcy folgte ihr, stieß einen warnenden Ruf aus. Vermutlich fürchtete er ebenso wie ich, Laroche könnte in seiner geistigen Verwirrung gefährlich werden. Die Beaver bewies eindeutig, daß er gelogen hatte. Ich verließ den Felsvorsprung, rannte den Hang hinunter und forderte Paule auf, bei Darcy zu bleiben.

Ein Wunder, daß ich mir dabei nicht den Hals brach — denn ich stürmte über ein Chaos aus Wurzeln und Steinen.

Obwohl ich todmüde war und meine Muskeln vor Schwäche kaum noch kontrollieren konnte, verlangsamte ich meine Schritte nicht. Immerhin wurde ich nicht von Gepäck behindert, und so erreichte ich das Ufer kurz hinter Darcy, der entsetzt dastand. Auch Paule und Laroche waren stehengeblieben — die drei wirkten wie Statuen.

Sie betrachteten etwas am Wasserrand, und als ich an Darcy vorbeieilte, sah ich es auch: eine gekrümmte Gestalt, teilweise verdeckt von einer zerrissenen Zeltplane, die an einem schiefen Pfosten hing ... Sofort, hielt ich inne, und mein Atem stockte, denn neben der Leiche lagen zwei rostige Stahlkästen, und aus einem ragte eine dünne Antenne.

Mein Vater hatte also recht gehabt. Das war mein erster Gedanke. Zögernd ging ich an Laroche und Paule vorbei und schaute auf die mitleiderregenden sterblichen Überreste des Mannes hinab, um dessentwillen ich eine so weite Reise auf mich genommen hatte. Er lag auf der Seite, ein steifgefrorenes Lumpenbündel, das schmale, ausgehungerte Gesicht nach oben gewandt. Blicklos starrten die Augen in den Himmel über Labrador. Eine Hand umklammerte immer noch das Mikrophon des Senders; die andere, in eine blutige, schmutzige Bandage gewickelt, ruhte neben dem Griff des Generators. Bis zuletzt hatte er nicht aufgegeben. Und er war gestorben, ohne zu wissen, daß jemand seinen Funkspruch empfangen hatte, viele tausend Meilen entfernt — den Hilferuf einer körperlosen Ätherstimme. Die damit verbundene Anstrengung hatte meinen Vater das Leben gekostet. Und mir war es nicht gelungen, sein Werk zu vollenden.

Hinter mir echote Paule meine Gedanken, in einem heiseren Flüstern, so daß ich ihre Stimme kaum wiedererkannte. » *Mon Dieu!* Wir kommen zu spät.«

»Ja, zu spät«, bestätigte ich leise und blickte zum Löwenfelsen in der Mitte des Sees. Mir war vergönnt, was meine Großmutter versucht hatte, was mein Vater zweifellos angestrebt hätte, wäre er im Krieg nicht so schwer verwundet worden. Ich hatte James Finlay Fergusons letztes Camp — erreicht. Wenigstens das ...

Ich schaute wieder auf Briffes Leiche, und meine Augen, von Erschöpfung verschleiert, schienen jene andere Gestalt zu sehen, die vor über fünfzig Jahren an diesem See gelegen hatte. Und da erinnerte ich mich an Laroches Worte: »Ein Knochenhaufen . . . ein Loch im Schädel.« Briffe war nicht auf diese Weise gestorben. Trotzdem erschauerte ich, denn das eingefallene Gesicht zeugte von einem langsamen, qualvollen Tod. Dicht hinter mir wisperte Paule: »Er hat ihn ermordet, nicht wahr?«

Ich wandte mich zu ihr. Verzweifelt starrte sie auf ihren Vater hinab, und ich schwieg, denn sie kannte die Wahrheit. Die Leiche und der Sender sprachen eine zu deutliche Sprache. Langsam, fast hölzern wie eine Marionette an unsichtbaren Fäden, drehte sie sich zu Laroche. »Du hast ihn getötet!« Ihr Flüstern klang so klar in der frostigen Stille, als hätte sie die Anklage gellend hinausgeschrien. Entsetzen verzerrte ihr Gesicht. »Du hast ihn allein hier sterben lassen!«

Allein! Dieses eine Wort beschwor eine Vision von Briffes Ende herauf. Auch Laroche schien sie zu sehen, denn seine Wangen wurden noch bleicher. Er versuchte etwas zu erwidern, brachte aber keinen Laut hervor. Und da wiederholte Paule ihre Anschuldigung, in einem schrillen Crescendo voller Abscheu und Grauen. »Du hast ihn getötet! Du hast ihn allein hier sterben . . .« Ihre Kehle schnürte sich zu, würgte ihr die Stimme ab, und sie kehrte Laroche den Rücken zu, taumelte blindlings zwischen die Bäume wie ein verwundetes Tier, das einen Schlupfwinkel sucht.

Hätte Laroche sie gehen lassen, wäre vielleicht alles anders gekommen. Aber das konnte er nicht. »Paule, um Himmels willen!« rief er. Ehe Darcy und ich ihn aufzuhalten vermochten, folgte er ihr. Nach wenigen Sekunden hatte er sie eingeholt, denn sie schluchzte so wild, so hysterisch, daß ihre Beine sie kaum trugen, während sie den Hang hinaufstolperte. Er umfaßte ihren Arm. »Paule, du mußt mir zuhören.« Er drehte sie zu sich herum, dann ließ er sie los und wich zurück vor dem abgrundtiefen Haß in ihren dunklen Augen. Aber auch Verwirrung und Angst spiegelten sich in ihrem aschfahlen Gesicht wider. »Paule!« Flehend streckte er ihr eine Hand entgegen.

»Rühr mich nicht an! Wenn du mich anrührst . . .«

»Paule, hör mir doch zu!«

»Nein! Geh weg!«

Als er wieder nach ihr greifen wollte, bewegte sich ihr Arm blitzschnell, Stahl funkelte in ihrer Hand, und dann stach sie mit dem langen, dünnen Indianermesser auf ihn ein, immer wieder, kreischte etwas auf französisch oder in einer Indianersprache, bis seine Beine einknickten. Stöhnend sank er zu Boden, direkt vor Paules Füße. Er schaute zu ihr auf. Einige Sekunden lang starrten sie sich an, dann fiel er zur Seite und blieb reglos liegen. Wie betäubt blickte sie auf das Messer in ihrer Hand, auf die rotgefärbte Klinge und den Blutstropfen, der an der Spitze hing und dann wie ein rotes Konfetti im zertrampelten Schnee landete.

Plötzlich schleuderte sie das Messer weg. Schluchzend kniete sie neben Laroche nieder und nahm seinen Kopf in beide Hände. »Liebling!« Entsetzt starrte sie in das schmale, unter den Bartstoppeln blutleere Gesicht. »*Mon Dieu!*« Wie hilfesuchend irrte ihr Blick umher, richtete sich auf Darcy und mich. Reglos standen wir da, ohnmächtige Zuschauer einer Tragödie. »Ich glaube, ich habe ihn umgebracht«, sagte sie tonlos. »Würde einer von euch bitte nachsehen?« Als Darcy zu ihr eilte und sich über Laroche beugte, legte sie dessen Kopf vorsichtig in den Schnee und stand auf. Nun wirkte sie sehr gefaßt. »Ich gehe jetzt zu meinem Vater.« Langsam stieg sie den Hang hinab, zu dem halbversunkenen

Flugzeug und dem Sandstrand unterhalb der Felsen, der Briffes letzter Lagerplatz gewesen war. Zögernd, wie eine Schlafwandlerin, setzte sie einen Fuß vor den anderen.

Ich folgte Darcy. Meine Knie zitterten, geschwächt von dem Schock, den ich soeben erlitten hatte. »Ist er — tot?«

Ohne zu antworten, streckte er Laroches Körper im Schnee aus und öffnete den Reißverschluß des Parkas.

»Es ist so schnell geschehen«, murmelte ich, und er nickte.

»Solche Dinge geschehen immer wahnsinnig schnell.« Er öffnete den Parka. Blut tränkte den Pullover darunter, feuchte Flecken, die ineinanderflossen, dunkelrot auf dem schmutzigen Weiß der Wolle, die er nun mit seinem Messer aufschnitt. Geschickt entblößte er das weiße Fleisch unter dem Buschhemd und dem verschwitzten Netzhemd. Aus einem halben Dutzend klaffender Schnittwunden quoll immer noch Blut. Darcy neigte den Kopf hinab, lauschte an Laroches Brust, dann nickte er langsam — ein Arzt, dessen Diagnose sich bestätigt hatte. »Wo ist Paule?«

»Bei ihrem Vater.«

»Für den kann sie nichts mehr tun. Holen Sie sie hierher, ihr müßt Feuer machen. Ich brauche heißes Wasser — und Bandagen.«

»Er lebt also?«

»Ja, mit knapper Not. Der dicke Parka hat ihn gerettet.« Hastig schaute er sich um. »Am besten zündet ihr das Feuer im Schutz der Felsen an, wo Briffe sein Lager aufgeschlagen hat. Und Paule soll irgendwelche sauberen Stoffstreifen hervorsuchen, die ich als Verbandszeug benutzen kann.« Darcy zog sein Beil aus dem Gürtel. »Da, nehmen Sie. Ein möglichst großes Feuer, das nicht ausgehen darf . . . Gehen Sie schon!« Als ich davonlief,

293

hörte ich ihn murmeln: »Verdammt! Daß das passieren mußte...« Und ich wußte, daß er sich fragte, wie wir mit einem Verwundeten den Rückweg in die Zivilisation bewältigen sollten.

Ich rannte zu dem schmalen Strand, wo Paule neben der gefrorenen Leiche ihres Vaters im Kies kniete. Erstaunt stellte ich fest, wie klein er gewesen war. Obwohl der Tod einige Falten in dem wettergegerbten Gesicht geglättet hatte, betrachtete ich die Züge eines verbitterten alten Mannes. Der Hunger hatte das Fleisch aus den Wangen gesogen und die Haut straff über die Knochen gespannt, so daß ich an einen Schrumpfkopf erinnert wurde. Nur der graue Bart zeigte eine Spur von Lebendigkeit. Schneeflocken bestäubten den Körper, dessen untere Hälfte in einem Schlafsack steckte. Auch das Funkgerät war schneebedeckt, ebenso die ringsum verstreuten, in Eiskrusten halb vergrabenen Gegenstände, die Briffe in seinen letzten Tagen fürs Überleben benötigt hatte.

Bedrückt erklärte ich Paule, was wir tun mußten, aber sie schien es nicht zu hören. »Er ist tot. Mein Vater ist tot.«

»Ich weiß, und ich bedaure es zutiefst. Aber Sie können ihm jetzt nicht mehr helfen.«

»Wir sind zu spät gekommen.« Ihre Stimme war völlig ausdruckslos, und sie weinte nicht, erschien mir wie betäubt. »Hätte ich doch nur etwas unternommen, als ich von jenem Funkspruch erfuhr... Er versuchte mich zu erreichen. Und ich war einverstanden, als die Suche abgebrochen wurde.«

»Es ist nicht Ihre Schuld.«

»Doch. Ich hätte es wissen müssen.« Dumpf schaute sie sich auf dem verschneiten Lagerplatz um. »Nirgends Asche, keine Spur von einer Feuerstelle. Er konnte sich nicht einmal wärmen. O Gott!« flüsterte sie. Dann starrte sie mich mit geweiteten Augen an. »Warum hat

Albert das getan? Warum ließ er ihn hier zurück? Und dann zu behaupten, mein Vater sei tot!« Als sie von Laroche sprach, fiel ihr offenbar wieder ein, was soeben geschehen war. »Habe ich ihn getötet?«

»Nein, er lebt noch. Wir müssen ein Feuer machen — und wir brauchen Bandagen.« Weil sie wieder die Leiche ihres Vaters betrachtete und erneut in ihrer Trauer zu versinken drohte, packte ich ihren Arm und zog sie auf die Beine. »Reißen Sie sich zusammen, Paule! Hier können Sie nichts mehr tun.«

»Nein — nichts.« Plötzlich verlor sie die Fassung, begann wild und unbeherrscht zu schluchzen. »Es ist so schrecklich.«

Ich schüttelte sie heftig, aber sie hörte nicht zu weinen auf. Schließlich war ich am Ende meiner Weisheit, und so ließ ich sie stehen, stieg den bewaldeten Hang hinauf, hackte Äste ab und häufte sie im Schutz der Felsen aufeinander. Nach einer Weile erschien Darcy, um mir zu helfen. »Ich habe ihn zusammengeflickt, so gut es ging.«

»Wird er's überleben?« fragte ich.

»Wie zum Teufel soll ich das wissen?« knurrte er. »Wird überhaupt einer von uns am Leben bleiben?« Er zündete die trockenen kleinen Zweige an, die er gesammelt hatte, kniete im Schnee und blies vorsichtig auf die flackernden Flämmchen, bis sie zu einem knisternden, lodernden Feuer emporwuchsen.

Erst jetzt sah ich mich wieder nach Paule um. Sie hatte ihren Vater verlassen und saß neben Laroche, nur mit ihrem Buschhemd bekleidet. Ihr Parka und ihr Pullover wärmten den Verletzten. Sie hatte ihn beinahe getötet, und trotzdem liebte sie ihn immer noch. Was er auch getan haben mochte, sie liebte ihn. Bei dieser Erkenntnis wurde meine Kehle eng. Was für grauenvolle Schicksalswirren . . .

295

Wir trugen Laroche zum Feuer und legten ihn daneben auf ein Lager aus Kiefernzweigen und getrocknetem Moos, dicht an einer Felswand, von der die Wärme reflektiert wurde. Wenigstens würde er nicht an der Kälte sterben. Als ich Darcy darauf hinwies, warf er mir einen harten, berechnenden Blick zu. »Das müssen wir heute abend entscheiden«, erwiderte er in einem merkwürdigen Tonfall.

»Wie meinen Sie das?«

»Wir können ihn unmöglich zurückschleppen«, erklärte er, nachdem er sich vergewissert hatte, daß Paule nicht zuhörte. »Und unsere Vorräte reichen nur noch für einen Tag. Mehr wollten Paule und ich nicht mitnehmen. Wenn wir hier bei ihm bleiben, sterben wir alle.«

»Wir haben das Funkgerät.«

»So?« Er seufzte skeptisch. »Man muß schon ein sehr tüchtiger Funker sein, um dieses Ding in Gang zu bringen. Seit Tagen steht es hier im Freien. Selbst als es noch im Zelt war, konnte Briffe nur eine einzige Nachricht senden. Die Chance, einen Funkkontakt herzustellen, ist etwa so gering wie die Wahrscheinlichkeit, daß zufällig ein Flugzeug hier vorbeifliegt und daß man uns sieht. Trotzdem . . .« Er zögerte. »Schade, daß Paule den Job nicht richtig erledigt hat . . .« Abrupt drehte er sich um und ging zu dem Mädchen, das den Schnee neben Briffes Leiche absuchte.

Als er bei Paule stehenblieb, richtete sie sich auf, eine rostige Blechkassette in der Hand. »Die habe ich gefunden. Ich wußte, daß sie hier sein mußte — wegen der Bandage an der Hand meines Vaters.«

Es war ein Erste-Hilfe-Kästchen. Das Verbandszeug und das Morphium hatte Briffe verbraucht, aber es enthielt noch etwas Salbe, Gaze- und ein Desinfektionsmittel. Mit Streifen, aus einem sauberen Unterhemd gerissen, begann sie Laroches Wunden zu verbinden, während Darcy und ich das Funkgerät ans Feuer holten. Ich bewegte die Kurbel des Generators, und er drückte auf die Tasten, aber wir konnten der Apparatur kein Lebenszeichen entlocken. »Es liegt an der Feuchtigkeit«, meinte ich.

»Natürlich.«

»Wenn das Gerät getrocknet ist, wird es sicher klappen.«

»Glauben Sie? Außen wird es trocknen — aber innen? In diesem Blechkasten werden die Eingeweide dampfen wie unter einem tropischen Himmel. Klar, wenn Sie einen Schraubenzieher hätten . . .«

»Leider habe ich keinen.«

Darcy lachte. »Das hatte ich auch nicht angenommen.« Angewidert starrte er auf den Generator. »Wir würden einen ganzen Werkzeugkasten brauchen, um dieses Ding wieder funktionsfähig zu machen.«

»Ist das Wasser noch nicht fertig?« fragte Paule.

Er hob den Deckel von dem rauchgeschwärzten Kessel, den er mit Schnee gefüllt und über das Feuer gehängt hatte. »Gleich!«

»Wenn wir bloß ein altes Stück Blech fänden! Das würde ihn wärmen.« Sie hatte Laroche die Stiefel ausgezogen und schob seine Beine in ihren Daunenschlafsack.

Darcy stand auf. »Mal sehen, was ich finden kann. Irgendwas muß doch hier rumliegen, was sich verwenden läßt.«

Ich wollte ihm folgen, aber Paule hielt mich zurück. »Helfen Sie mir bitte, Albert hochzuheben.«

Mit vereinten Kräften steckten wir Laroche in den Schlafsack, dann hockte sie sich auf die Fersen und starrte in sein blutleeres Gesicht. »Ian, was sollen wir nur tun?« Unglücklich runzelte sie die Stirn. »Ich konnte einfach nicht anders – und ich wußte nicht, was ich tat.«

Weil mir keine Worte des Trostes einfielen, wandte ich mich ab und schaute in die Flammen. Wenigstens mußten wir nicht frieren, solange wir genug Kraft aufbrachten, um Holz zu hacken und das Feuer in Gang zu halten. Aber Paule und ich wußten, daß uns der Nahrungsmangel schwächen würde, so wie damals ihren Vater. Ein Blizzard oder auch nur die nächtliche Eiseskälte würde uns letzten Endes töten. Ich dachte an Dumaine, an seinen beschwerlichen Treck. Aber er war der Wildnis entronnen – und Pierre Laroche ebenfalls. Unsere Chancen standen weit schlechter. »Vielleicht wird der Sender doch noch funktionieren.«

Aber das bezweifelte sie. Reglos saß sie da und beobachtete, wie Darcy zwischen den armseligen Überbleibseln von Briffes letztem Lager herumstocherte, wie ein Tramp, der auf einer Mülldeponie nach brauchbaren Dingen suchte. »Ich bleibe hier«, sagte sie schließlich mit leiser, gepreßter Stimme. »Was immer geschehen mag, ich bleibe bei ihm.«

»Obwohl er Ihren Vater sterben ließ?« fragte ich, ohne sie anzusehen.

»Ja – obwohl Albert ihn getötet hat«, flüsterte sie. »Würden Sie mit Ray zur Tote Road zurückgehen?«

»Wir könnten es versuchen.« Ich hatte bereits akzeptiert, daß sie uns nicht begleiten wollte.

»Wenn Sie morgen früh aufbrechen . . . Bei gutem Wetter werden Sie bald da sein.« Doch sie sprach ohne innere Überzeugung. Sicher dachte sie an die Sümpfe, an das Gewicht des Kanus, das wir tragen mußten. »Helfen Sie ihm.« Bittend berührte sie meine Hand. »Ray ist sehr müde, wenn er es auch zu verbergen sucht, und viel älter als Sie, Ian. Ich denke weder an mich noch an Albert. Für uns ist alles zu Ende. Aber

298

ich hätte gern die Gewißheit, daß Sie beide weiterleben.«

»Ich werde mein Bestes tun.«

Sie drückte mir die Hand. »Ian, ich wünschte, mein Vater hätte Sie gekannt.« Ein schwaches Lächeln verzog ihre Lippen, aber ihre Augen blieben davon unberührt. Dann ließ sie mich los, ging zu ihrem Packen, nahm eine kleine Büchse Bovril und ein Metallfläschchen heraus. In einem Blechbecher mischte sie das heiße Getränk.

Darcy kam zurück. »Genügt das?« Er legte einen rostigen Ölkanister neben Paule auf den Boden, und sie nickte, ehe sie sich über Laroche beugte, um ihm die heiße Flüssigkeit einzuflößen.

Müde sank Darcy neben mir in den Schnee. »Er hat Baird da drüben zwischen den Felsen begraben«, berichtet er leise, zu mir geneigt. »Gerade habe ich das Grab gesehen.« Er zeigte zum Ende des Strands, wo sich kleine Felsbrocken auftürmten. »Wahrscheinlich fehlte ihm die Kraft, eine Grube auszuheben, oder der Boden war gefroren. Er häufte einfach nur ein paar Steine auf die Leiche und band zwei Zweige zu einem Kreuz zusammen.« Zögernd öffnete er eine Hand und hielt mir einen Stein von der Größe eines Taubeneis hin — grau vom Sand, aber als er daran rieb, kam ein dumpfer Goldglanz zum Vorschein. »Wissen Sie, was das ist?«

Ich öffnete den Mund, aber die Antwort blieb mir im Hals stecken, denn nun sah ich die Ursache jener alten Tragödie. Und plötzlich erinnerte ich mich an die erste Begegnung mit Laroche, bei der McGovern so bestürzt gewesen war, weil sich der Unfall am Löwensee ereignet hatte. »Den Ölkanister fand ich auf dem Grab«, fuhr Darcy fort, »angefüllt mit diesen Dingern — ein heidnisches Opfer zu Ehren des Toten.« Seine Stimme

299

zitterte leicht — ob vor Zorn oder Angst, wußte ich nicht. »Spüren Sie, wie schwer es ist.« Er ließ das Nugget in meine Hand fallen.

Es fühlte sich kalt an, und ich erschauerte. Unwillkürlich blickte ich über die dunkle Wasserfläche hinweg zum Löwenfelsen. Vor meinem geistigen Auge sah ich den rostigen Kanister auf dem Grab deutlicher, als hätte ich ihn selbst entdeckt. Und ich gab dem Indianer recht. Ich haßte diesen Ort, würde ihn immer hassen.

»Er schluckt nichts«, klagte Paule. Sie hatte Laroches Kopf auf das Kissen zurückgelegt, das aus ihrem Pullover bestand, und saß unglücklich da, den dampfenden Becher in der Hand.

»Dann trink es selber«, schlug Darcy ungeduldig vor und fügte flüsternd hinzu: »Der Bastard verdient es ohnehin zu sterben.«

Aber sie hatte es gehört und starrte ihn entsetzt an.

Er nahm mir das Nugget aus der Hand und gab es Paule. »Dein Vater war Prospektor und hat dich oft auf seinen Expeditionen mitgenommen. Sicher verstehst du mehr von Mineralien als ich. Was ist das?«

Ich las Angst in ihren Augen, sie reagierte genauso wie ich. »Gold«, würgte sie hervor.

»Das dachte ich mir auch.« Darcy erklärte, wo er das Nugget gefunden hatte.

Langsam wandte sie den Kopf und schaute zu den aufeinandergehäuften Steinen. »O nein!« wisperte sie. Den Goldklumpen immer noch in der bebenden Hand haltend, sprang sie auf und ging zum Wasserrand. Suchend beugte sie sich über die Eiskruste.

Bald kam sie mit vier weiteren Nuggets zurück, die sie mir in den Schoß warf. »Es stimmt also. Dieser Ort ist . . .« Sie verstummte und brach in Tränen aus.

»Was stimmt?« Darcy stand auf und legte beschwich-

300

tigend einen Arm um ihre Schultern. »Was ist denn in dich gefahren, Paule?«

»Ich — weiß nicht, ich habe solche Angst.«

»Wir alle haben Angst.« Weil sie immer heftiger schluchzte, schüttelte er sie unsanft. »Nimm dich zusammen, Mädchen! Wir haben schon genug Probleme, also spiel nicht die Verrückte, nur weil du ein bißchen Gold gefunden hast!« Er zog ihr die Hände, die sie vors Gesicht geschlagen hatte, nach unten. »Regst du dich so auf, weil dein Vater endlich am Ziel seiner Wünsche war — und weil es ihm nichts mehr nützte?«

»Es geht nicht um das Gold!« rief sie verzweifelt.

»Worum denn dann?«

»Es ist nichts...« Sie zitterte am ganzen Körper, als sie sich von Darcy losriß, und blindlings zur Leiche ihres Vaters stolperte.

»Zum Teufel, was ist denn los mit Paule?« Darcy schaute ihr verwirrt nach.

Ich schüttelte den Kopf. Ein grausiger Gedanke war mir gekommen, den ich nicht in Worte zu fassen wagte. »Ich weiß es nicht«, murmelte ich und beobachtete, wie sie auf den Toten hinabstarrte. Es dauerte lange, bis sie zurückkehrte und sich neben Laroche setzte. Sie blickte in sein bleiches Gesicht, und obwohl sie schwieg, spürte ich ihren inneren Konflikt.

»Alles okay, Paule?« fragte Darcy besorgt.

Sie nickte, die Wangen tränennaß. »Wenn er doch nur bei Bewußtsein wäre«, flüsterte sie und berührte Laroches Kopf an der Stelle, wo das Haar über der Narbe nachzuwachsen begann. »Wenn er doch bloß sprechen könnte...«

»Vielleicht ist es gut, daß er's nicht kann.«

»Du verstehst das nicht, Ray.«

»Nein?« Mühsam unterdrückte er seinen Ärger.

301

»Hier gibt's eine Goldader, und das erklärt alles. Ian hatte recht.«

»Ian?«

»Allerdings. Er sagte mir schon vor einiger Zeit, daß Bert verrückt ist.«

»Glauben Sie das immer noch, Ian?« fragte sie so leise, daß ich es kaum hörte, und ich wußte, daß sie an jene stille Nacht dachte, wo sie mit mir am Lagerfeuer gesessen und von ihrem Vater erzählt hatte.

»Versuch es zu vergessen, Paule«, sagte Darcy sanft. »Er tat, was sein Großvater getan hatte — aus demselben Grund. Du mußt es einfach akzeptieren.«

Aber sie schüttelte den Kopf. »Du verstehst das nicht«, wiederholte sie und richtete ihre unglücklichen Augen auf mich. »Erzählen Sie mir die Wahrheit, Ian!« flehte sie. »Was ist geschehen?« Als ich ihrem Blick auswich, rief sie: »Um Himmels willen, ich muß es wissen!« Ihre Stimme nahm einen hysterischen Klang an, und Darcy ergriff meinen Arm.

»Lassen wir sie eine Weile allein. Sie ist müde und völlig durcheinander.«

Ich war mir nicht sicher, ob es klug war, sie zu verlassen. Aber sie starrte wieder auf Laroche hinab, und so folgte ich Darcy.

»Helfen Sie mir, Briffe neben Baird zu begraben«, bat er.

»Später.« Zuerst wollte ich mir das Grab anschauen, denn ich glaubte, es würde mir verraten, was geschehen war. Doch das war eine vergebliche Hoffnung. Ich sah nichts als einen Hügel aus Steinen von der Länge eines menschlichen Körpers, mit grauem Schwemmsand bedeckt. Zwei Kiefernäste, mit Draht zusammengebunden, dienten als Kreuz.

Darcy trat an meine Seite. »Ich frage mich, wann er gestorben ist.«

»Spielt das eine Rolle?«

»Ich weiß nicht . . . Laroche glaubt jedenfalls, daß Baird tot war, als er ihn verließ. Da bin ich mir ganz sicher. Wahrscheinlich kam er bei dem Flugzeugabsturz ums Leben.«

»Nein, dabei wurde niemand verletzt. Das hat Laroche zugegeben.« Ich dachte an die Nuggets, Briffe mußte den Kanister auf das Grab gestellt haben. »Ich glaube, wir sollten uns die Leiche mal ansehen.«

»Großer Gott! Warum?«

»Vielleicht entdecken wir irgendwelche Anhaltspunkte«, entgegnete ich unsicher. Was ich zu finden hoffte, wagte ich nicht auszusprechen. Und sosehr es mir auch mißhagte, Bairds letzte Ruhe zu stören — ich mußte mit eigenen Augen feststellen, wie er gestorben war. Und so kniete ich nieder und räumte die Steine beiseite.

»Verdammt!« Darcy packte mich an der Schulter. »Lassen Sie den Mann doch in Frieden ruhen!«

»Es tut ihm nicht weh, wenn ich ihn ausgrabe«, erwiderte ich und riß mich los. »Er ist tot, oder?« fügte ich fast wütend hinzu, um meine Nervosität zu überspielen, denn mein Unterfangen gefiel mir ebensowenig wie Darcy. Aber es gab keine andere Möglichkeit, die Wahrheit herauszufinden. Und die mußte ich ergründen — Paule zuliebe.

Mein Eifer mußte auf Darcy abgefärbt haben, denn plötzlich versuchte er nicht mehr, mich zurückzuhalten, und nach einer Weile sank er sogar neben mir auf die Knie und half mir die Steine beiseite zu schaffen. Als wir den oberen Teil der Leiche freigelegt hatten, schauten wir sie lange wortlos an, denn ein Teil des Gesichts war eingeschlagen.

»Ein Beil«, sagte Darcy schließlich, und ich nickte. Wenn ich auch mit einem solchen Anblick gerechnet hatte, so war ich doch völlig unvorbereitet auf die häßli-

303

che Wunde gewesen. Das rechte Ohr fehlte und die Wange war bis zum Knochen aufgerissen, so daß die weißen Zähne durch das blutverkrustete Fleisch schimmerten. Aber Baird konnte nicht sofort gestorben sein, denn an den Wundrändern klebte etwas Gaze, die Reste eines Verbands, und die andere Gesichtshälfte war eingefallen wie bei Briffe — ein Zeichen vorangegangener Entbehrungen. Ein üppiger schwarzer Bart umgab das Kinn, so daß er einem gekreuzigten Apostel glich.

»Jetzt steht mein Entschluß fest«, sagte Darcy tonlos. »Morgen gehen wir zurück und lassen ihn hier.« Natürlich meinte er Laroche, aber brachte es nicht über sich, den Namen auszusprechen, und ich fragte mich, ob ich ihm meine Gedanken mitteilen sollte. »Sagen Sie doch etwas!« herrschte er mich an. »Finden Sie es falsch, einen Mann sterben zu lassen, der so etwas getan hat?«

Inzwischen hatte ich Bairds rechte Hand ausgegraben. Das Handgelenk war zertrümmert, eine schmutzige Bandage umhüllte die Stelle, wo zwei oder drei Finger fehlten. Darunter lag eine Segeltuchtasche. »Paule kommt nicht mit«, erklärte ich und zog die Tasche unter den Steinen hervor — eine gewöhnliche Werkzeugtasche, mit jenen graugoldenen Klumpen gefüllt, die sich so metallisch anfühlten. Die Leiche erschien mir weniger grausig als diese Nuggets.

»Wieso wissen Sie, daß sie nicht mitkommt?« hörte ich Darcy hinter mir fragen. Offenbar begriff er die Bedeutung der Tasche nicht.

»Weil sie's mir vorhin gesagt hat. Sie bleibt bei Laroche«, erwiderte ich ungeduldig, denn ich konzentrierte mich auf das Gold, das mit Baird begraben worden war — wie eine Opfergabe. Und auf den Steinen hatte Darcy den Kanister gefunden, ebenfalls voller Nuggets.

304

Der Mann, von dem Baird bestattet worden war, hatte dem Toten all diesen Reichtum geschenkt. Eine Sühnegeste? Der Versuch eines Wahnsinnigen, Absolution zu erlangen? Mein Gott, dachte ich, welch eine Ironie, alles an sich raffen zu wollen und dann mittendrin zu sterben — allein.

Darcy zupfte an meinem Ärmel. »Ich muß mit ihr reden.«

»Das wird nichts nützen.«

»Nein? Dann führe ich sie hierher. Glauben Sie, Paule will immer noch bei diesem Mann bleiben, wenn sie sieht, was er getan hat?«

»Warten Sie! Das dürfen Sie ihr nicht zeigen.« Ich blickte auf das Gesicht der Leiche, auf die blutverkrustete Hand. Plötzlich fiel mir ein, daß auch Briffes Hand verletzt war. »Und wenn Sie's tun, wird sie sich auch nicht anders besinnen.« Ich sah zu Darcy auf. »Laroche hat es nicht getan.«

»Was meinen Sie?«

»Es war Briffe, der plötzlich durchdrehte.«

»Briffe?« Er starrte mich an, als zweifelte er an meinem Verstand.

Ich nickte. Nun erkannte ich, wie alles zusammenpaßte — die Wunde an Laroches Kopf, sein Entschluß, allein aus der Wildnis zurückzukehren. Kein Wunder, daß er von Bairds Tod überzeugt gewesen war ... Wie hätte er auch erwarten können, ein so schwer verletzter Mann würde weiterleben? Und dann das verzweifelte Bemühen, zu verhindern, daß jemand an diesen Ort kam, die Behauptung, Briffe sei tot, die Suche könne abgebrochen werden ... Er hatte sein Bestes getan, um Paule vor der Wahrheit zu schützen.

Aber Darcy schien es nicht zu verstehen, nachdem ich ihm alles erklärt hatte. »Ich glaub's einfach nicht.«

»Und das da?« Ich hielt die Tasche hoch. »Und ein

305

Kanister mit den Nuggets, der auf dem Grab stand? Es war Briffe, der Baird begraben hat, nicht Laroche. Sie wissen ja, was für ein Mensch er war — ein leidenschaftlicher Prospektor. Und von einer Goldader wie dieser hier hatte er sein Leben lang geträumt. Das hat Paule mir erzählt. Und er hat sie gefunden.« Vor meinem geistigen Auge sah ich die Szene, die sich am Ufer des Sees zwischen den drei Männern abgespielt haben mußte, als Briffe den ersten schimmernden Klumpen entdeckt hatte.

»Ich glaube es immer noch nicht — Paules Vater . . .«

Ich erinnerte mich an meinen ersten Tag in Labrador. »Wenn wir jemals lebend von hier wegkommen, müssen Sie mit McGovern sprechen. Ich glaube, er weiß, was passiert ist. Laroche muß es ihm erzählt haben.«

Nach langem Schweigen bat Darcy: »Verraten Sie Paule nichts von alldem — es würde sie umbringen.« Als ich nicht antwortete, packte er meinen Ellbogen. »Hören Sie mich, Ian? Vielleicht haben Sie recht — vielleicht nicht. Aber Laroche wird so oder so hier sterben. Sie darf es nicht erfahren.«

»Sie weiß es schon — seit dem Augenblick, da Sie ihr das Nugget gaben.«

Er starrte mich an, dann nickte er. »Ja, vermutlich«, bestätigte er bedrückt — und bekreuzigte sich. »Grauenvoll . . .«

Als ich anfing, die Steine auf den Toten zu häufen, murmelte Darcy: »Wir müssen ihn begraben — hier neben Baird . . .« In plötzlicher Entschlossenheit fügte er hinzu: »Und morgen treten wir den Rückweg an, verstanden? Wie immer Paule auch sich entscheiden mag.«

3

Daß Paule die Wahrheit kannte, wurde offensichtlich, sobald Darcy ihr mitteilte, wir würden morgen aufbrechen. »Wir machen es ihm so bequem wie möglich«, versicherte er und wies mit dem Kinn auf Laroche. »Und dann gehen wir drei mit leichtem Gepäck . . .«

»Glaubst du, ich lasse Albert allein hier sterben?« fiel sie ihm ins Wort. »Das kann ich nicht — jetzt nicht mehr.« Leise sprach sie weiter. »Ich liebe ihn, Ray, und werde ihn immer lieben. Ich lasse ihn nicht allein, also versuch erst gar nicht, mich umzustimmen.« Sie hatte keine Tränen mehr, war unfähig, Gefühle zu zeigen. Ihre Stimme klang so fest entschlossen, daß sogar Darcy ihre Entscheidung als unwiderruflich akzeptierte. »Morgen früh gehst du mit Ian los. Versucht durchzukommen! Ich werde das Feuer so lange wie möglich in Gang halten. Wenn wir Glück haben, könnt ihr vielleicht rechtzeitig ein Flugzeug herschicken.«

Langsam schüttelte Darcy den Kopf. »Der See beginnt schon zuzufrieren. In ein paar Tagen wird ein Wasserflugzeug nicht mehr hier landen können. Und für eine Landung auf Schiern ist die Eisschicht noch zu dünn.«

»Und ein Hubschrauber?«

»Der könnte es eventuell schaffen, obwohl er nicht viel Platz zur Landung hätte.« Skeptisch blickte er auf den schmalen Strand. »Wir wollen jetzt deinen Vater begraben, Paule. Vielleicht möchtest du dabeisein.«

Sie schwieg eine Weile, dann griff sie langsam nach der dünnen Goldkette, die an ihrem Hals hing. »Nein«, entgegnete sie tonlos. »Begrabt ihn bitte! Ich werde hier für ihn beten — bei Albert. An der Kette war ein kleines Kruzifix befestigt, das sie nun aus ihrem Hemdkragen zog und fest umklammerte.«

Darcy zögerte. Aber als er merkte, daß sie bei ihrem Entschluß blieb, warf er noch ein paar Zweige ins Feuer und wandte sich an mich: »Okay, bringen wir's hinter uns. Dann essen wir und entscheiden, was wir tun werden.«

Ich folgte ihm zum Strand, und als er vor Briffes Leiche stehenblieb und in das ausgemergelte Gesicht blickte, nickte er. »Ich glaube, Sie haben recht. Paule weiß es.«

Danach sprachen wir nicht mehr, trugen den Toten zu Bairds Grab und legten ihn daneben. Dann bedeckten wir ihn mit Steinen und dunklem Schwemmsand.

Die Arbeit ging nur langsam voran, weil wir außer unseren Händen keine Werkzeuge besaßen. Als wir es geschafft hatten, holte Darcy sein Beil, hackte zwei Zweige ab, die er kreuzförmig zusammenband und zwischen den Felsbrocken festklemmte. »Gott sei deiner Seele gnädig — mögest du in Frieden ruhen«, sagte er leise und bekreuzigte sich.

»Amen«, flüsterte ich.

»So, das wär's.« Abrupt kehrte er dem Grab den Rücken, und wir gingen langsam über den Strand zurück. »Wie viel ist noch von den Lebensmitteln übrig, die Sie und Bert mitgenommen haben?«

»Ich fürchte, gar nichts mehr.«

»Hm. Es gibt noch ein bißchen Kaffee, Schokolade, Rosinen, ein paar Bisquits und Käse. Sind Sie hungrig?«

»Ja.«

»Ich auch — verdammt hungrig. Aber wir trinken nur ein wenig Kaffee. Alles andere bekommt Paule. Einverstanden?«

Ich nickte, obwohl mir beim Gedanken an die Nahrungsmittel, die Darcy aufgezählt hatte, das Wasser im Mund zusammenlief und ein dumpfer Schmerz meinen

Magen erfüllte. »Sie wollen die beiden also hier lassen?«

»Was bleibt mir denn anderes übrig?« erwiderte er ärgerlich. »Sie kommt nicht mit, das habe ich inzwischen begriffen. Und noch etwas — wenn wir lebend hier rauskommen, erzählen wir niemandem, was wir wissen. Die beiden waren tot, genauso wie's Bert gesagt hat. Okay?« Darcy blieb stehen und wartete auf meine Antwort.

»Ja.«

»Gut.« Er tätschelte meinen Arm. »Natürlich wird's Ihnen schwerfallen. Ich weiß ja, weshalb Sie hergekommen sind. Aber ich finde, Sie sind es Bert schuldig, Stillschweigen zu bewahren. Er hat eine Menge riskiert, um diese Ereignisse geheimzuhalten. Und er wird sterben, ehe ein Rettungstrupp herfliegen kann.«

Als wir zum Lagerfeuer zurückkehrten, lag Paule neben Laroche, den Kopf in den Armen vergraben, und schluchzte krampfhaft. Darcy blieb eine Weile vor ihr stehen. »Armes Kind«, murmelte er. Aber er versuchte nicht, sie zu trösten. Statt dessen ergriff er den leeren Wasserkessel. Ehe er zum See ging, um ihn zu füllen, wandte er sich an mich: »Lassen Sie Paule in Ruhe, mein Junge. Sie soll sich mal richtig ausweinen.« Und zu meiner Überraschung sah ich Tränen über seine Wangen rollen.

Während er Kaffee kochte, suchte ich bei den Überresten von Briffes Zelt nach den Werkzeugen, die sich in der Segeltuchtasche befunden haben mußten. Es wäre sinnlos, eine Liste der Dinge aufzustellen, die ich fand. Da waren persönliche Habseligkeiten, auch von Baird — Kleider, Toilettenartikel, leere Dosen, die offenbar Notvorräte enthalten hatten. Aus dem Flugzeug war so viel wie möglich gerettet worden. Aber was da rostig, naß und schmutzig im Schnee lag, bildete ein armseliges Sortiment — völ-

309

lig unzulänglich, um damit dem langen Winter zu trotzen.
Ich entdeckte auch das Beil. Es steckte im Eis am Wasserrand, mit rostiger Schneide. Ob Briffe es nach dem Angriff auf Baird einfach hatte fallen lassen oder ob er versucht hatte, es in den See zu werfen, wußte ich nicht.

Die Werkzeuge lagen nahe der Stelle, wo wir seine
Leiche gefunden hatten. Immer wieder fielen mir Nuggets in die Hände. Offensichtlich hatte er sie gesammelt, denn ein paar steckten in einem Mehlsack und einem Blechbecher. Bei ihrem Anblick wurde mir übel.
Ich konnte mir vorstellen, wie er am Ufer hektisch nach
immer neuen Goldklumpen gesucht hatten, während
Baird in seinem Blut gelegen hatte und Laroche in den
Wald geflohen war, um den Rückweg anzutreten. Und
wie mußte Briffe sich gefühlt haben, als sein Gold-
rausch verflogen und die Vernunft zurückgekehrt war?
Angewidert hatte er die Nuggets von sich geschleudert,
daran zweifelte ich nicht, denn sie lagen im ganzen
Camp verstreut. Aber was war in ihm vorgegangen?
Hatte er bei seinem unablässigen Versuch, einen Funkkontakt mit der Außenwelt herzustellen, an die Zukunft
gedacht — an die Reaktion seiner Tochter?

Langsam kehrte ich mit den Werkzeugen zum Lagerfeuer zurück. Wir tranken schwarzen, glühendheißen
Kaffee, der unsere Lebensgeister von neuem weckte.
Sogar Paule schien es etwas besser zu gehen, aber sie
sprach nicht, und ihr Gesicht war unnatürlich blaß. Automatisch aß sie, was Darcy ihr gab, als wäre dieser
Vorgang der Nahrungsaufnahme völlig von der Realität
getrennt. Deshalb verblüffte mich ihre Frage: »Seid ihr
nicht hungrig? Ihr eßt ja gar nichts.«

Darcy schüttelte den Kopf. »Wir haben zu tun«, erklärte er verlegen, leerte seinen Becher, dann stand er
auf und konsultierte seine Uhr. »Etwa zwei Stunden
bleibt es noch hell. Wir müssen möglichst viel Holz hak-

ken.« Er griff nach seinem Beil und bedeutete mir, ihm in den Wald hinauf zu folgen.

Ich zögerte, denn ich wollte am Generator arbeiten. Aber dann erinnerte ich mich an Briffes Funkspruch: »Kein Feuer. Situation verzweifelt.« Wahrscheinlich würde das Funkgerät ohnehin nicht funktionieren. Brennholz erschien mir wichtiger, und so nahm ich mir Laroches Beil und stieg hinter Darcy den Hang hoch.

Es war ein mühseliges Stück Arbeit. Noch ehe wir anfingen, fühlten wir uns todmüde — ausgelaugt und hungrig. Paule half uns eine Zeitlang, schleppte die Zweige zu einem Felsvorsprung am Waldrand und warf sie von dort zu unserem Lager hinab. Aber dann schrie Laroche auf, und sie blieb bei ihm, füllte den Ölkanister wieder mit heißem Wasser, um ihn warm zu halten, und versuchte ihm das heiße Bovril-Getränk und Brandy einzuflößen.

Er hatte das Bewußtsein nicht wiedererlangt, aber jetzt sprach er im Delirium, und wann immer ich mich dem Feuer näherte, hörte ich ihn faseln.

»Paule! Paule!« rief er manchmal, als wollte er sie beschwören, ihm zuzuhören. In solchen Augenblicken kehrte sein Geist zu der Szene zurück wo sie ihn mit dem Messer angegriffen hatte. In anderen Momenten redete er mit Briffe, oder er wanderte durch die endlosen Weiten von Labrador. Meistens war es ein unzusammenhängendes Gestammel, hin und wieder von Namen durchbrochen — Paules, Briffes und einmal auch mcincm. Immer wieder schien er sich verzweifelt zu bemühen, die Last eines Geheimnisses loszuwerden, das er viel zu lange in sich verschlossen hatte.

Und Paule saß da, seinen Kopf in ihrem Schoß gebettet, streichelte seine Stirn, redete beruhigend auf ihn ein, das Gesicht zu einer kummervollen Maske erstarrt.

Frühzeitig wurde es dunkel, als ein Schneesturm uns

frösteln ließ und die Szenerie mit neuem Weiß bestäubte. Wir kehrten ans Feuer zurück. Als ich mich ein wenig erholt hatte und mein Körper vom kalten Schweiß der Erschöpfung bedeckt, nicht mehr so erbärmlich fror, begann ich am Generator zu arbeiten. Das Gehäuse fühlte sich zwar heiß an, war aber innen immer noch feucht, und obwohl ich ständig die Kurbel betätigte, gelang es mir nicht, das Gerät zum Leben zu erwecken. Im Flammenschein, untermalt von Laroches fiebrigem Gefasel, begann ich den Kasten auseinanderzunehmen.

Dazu brauchte ich über eine Stunde, denn die rostigen Schraubenmuttern steckten ziemlich fest. Aber zu guter Letzt hatte ich das Gehäuse geöffnet und wischte mit einem Taschentuch die Bürsten sauber. Glücklicherweise hatte es zu schneien aufgehört. Nachdem das Gerät eine Zeitlang neben dem Feuer getrocknet hatte, überprüfte ich die Leitungen und reinigte die Klemmschrauben mit einer Messerspitze, dann setzte ich den Kasten wieder zusammen. Während Darcy die Kurbel betätigte, hielt ich die beiden Pole dicht aneinander. Sobald sie sich fast berührten, sprühten winzige Funken — sehr schwach, aber immerhin, und als ich dann die zwei Leitungen in den Händen hielt, genügte der Stromstoß, um einen heftigen Ruck durch meinen Körper zu jagen.

»Genügt das, um eine Nachricht zu senden?« fragte Darcy, nachdem er die Leitungen gehalten und ich gekurbelt hatte.

»Das weiß nur Gott.« Weit würde das Signal auf keinen Fall reichen. Vermutlich funktionierte der Sender nicht mehr. »Seit Briffes letztem Funkspruch sind über zwei Wochen vergangen.«

Aber wir schlossen den Sender an den Kurbelinduktor, justierten die Antenne, dann kratzte ich den Rost von den Klemmschrauben, so gut es ging, und setzte die Kopfhörer auf. Ich schaltete auf Empfang, und während Darcy kurbelte, probierte ich die Tasten aus, hörte aber nichts — nicht einmal ein leises Knistern. Vorsichtig untersuchte ich das Gerät und versuchte mich an alles zu erinnern, was mir dieser idiotische Funker im Camp 263 erklärt hatte. Soweit ich feststellen konnte, hatte ich alles Nötige getan. Aber als ich wieder auf die Tasten drückte, geschah noch immer nichts.

»Vielleicht sollten wir die Kopfhörer saubermachen«, schlug Darcy vor.

»Das wäre sinnlos. Wir können den Stecker reinigen, aber an die Dose kommen wir nicht ran. Und wenn wir den Stecker ruinieren, ist alles aus.« Ich schaltete auf Sendung. Der Zeitpunkt, den ich mit Perkins vereinbart hatte, war längst verstrichen, aber ein Versuch konnte nicht schaden. Auch wenn der Empfang nicht funktionierte, würde es mir vielleicht gelingen, ein Signal zu senden. »Kurbeln Sie wieder!« Ich hielt das Mikrophon an die Lippen und rief, nachdem ich die Netzfrequenz eingestellt hatte: »CQ — CQ — CQ! Hier ist Ferguson am Löwensee. Suche eine 75-Meter-Station. Bitte kommen. Bitte kommen. Over.« Als ich auf Empfang schaltete, blieb es so still wie zuvor.

Immer wieder versuchte ich es. Und als Darcy zu müde war, um zu kurbeln, löste er mich ab, während ich den Generator in Gang hielt. Aber wir bemühten uns vergeblich. Schließlich gaben wir es auf, entmutigt und erschöpft.

»Ich hab's ja gleich gesagt — das gottverdammte Ding ist kaputt«, seufzte Darcy.

»Okay, wenn Sie's von Anfang an wußten — warum haben Sie dann so lange gekurbelt?« erwiderte ich müde und gereizt.

»Sie haben den Generator hingekriegt. Also dachte ich, Sie könnten auch funken.«

»Es geht aber nicht.« Und weil ich das Funkgerät für unsere einzige Hoffnung hielt, fügte ich hinzu: »Morgen versuchen wir's noch einmal.«

»Dafür haben wir keine Zeit. Bei Tagesanbruch gehen wir los.«

»Ich halte Sie nicht zurück — aber ich bleibe bis halb acht hier. Von sieben bis halb acht hat Perkins sein Gerät auf unsere Frequenz eingestellt. Und Ledder wahrscheinlich auch.«

»Um Himmels willen!« rief er erbost. »Sie wissen doch, daß Sie keine Verbindung kriegen! Das Gerät ist kaputt, und Briffe konnte es nur ein einziges Mal aktivieren.«

»Als er seine ersten Versuche damit machte, war es klatschnaß. Er mußte es mühsam in Gang bringen, und er war müde und an einer Hand verletzt. Wenn er's geschafft hat, können wir's auch.«

»Ich glaube, Ian hat recht«, meldete sich Paule plötzlich zu Wort. »Vielleicht konnte mein Vater nur jene eine Nachricht senden — und keine empfangen. Ich finde, ihr solltet es noch einmal versuchen, auch wenn sich euer Aufbruch dadurch verzögert.«

»Diese anderthalb Stunden machen womöglich einen großen Unterschied«, murrte Darcy und warf mir einen unheilvollen Blick durch seine Brillengläser zu, die den Feuerschein widerspiegelten. »Also versuchen Sie's noch mal, wenn's unbedingt sein muß. Ich verstehe zwar nichts vom Funken, aber ich würde sagen, das Gerät ist unbrauchbar, nachdem es so lange diesem Wetter hier ausgesetzt war.«

Nachdem wir uns geeinigt hatten, warfen wir noch etwas Holz in die Flammen und legten uns hin, um zu schlafen. Im Laufe der Nacht stand immer wieder einer von uns auf, um das Feuer in Gang zu halten, Hitze wechselte mit eisiger Kälte. Und ob ich schlief oder wachte — während der ganzen Nacht hörte ich Laroches Stimme wie in einem Alptraum.

Endlich kroch das Tageslicht in die düstere Schlucht.

Der Löwenfelsen erhob sein schwarzes Profil aus dem Nebel, der wie weißer Rauch über dem Wasser lag. Steifbeinig kauerte ich mich wieder vor das Funkgerät und checkte es mehrmals, in der vergeblichen Hoffnung, allein dadurch würde das verteufelte Ding endlich funktionieren.

Wir tranken Kaffee, und kurz vor sieben hockte ich mich erneut vor dieses bösartige, verrostete Gehäuse, setzte die Kopfhörer auf und schaltete auf Sendung. »CQ — CQ — CQ. Ferguson ruft Perkins und Ledder. Camp 134 — können Sie mich hören? Goose Bay? Irgendeine 75-Meter-Station? Bitte kommen. Over.« Manchmal versuchte ich es mit dem Hilferuf »Mayday«, und nach jedem »Over« schaltete ich auf Empfang.

Grabesstille. Absolut nichts.

Ich wußte, daß der Faden gerissen war, daß es keinen Kontakt geben konnte. Trotzdem ließ ich nicht locker. Als Darcy müde wurde, kurbelte ich weiter, und er versuchte zu funken, ebenfalls ohne Erfolg. Um 7.25 Uhr begann ich verzweifelt, unseren Standort zu beschreiben — den Fluß, den Wasserfall, den Kompaßkurs, die Entfernung von Startpunkt des Trecks.

Um halb acht hängte ich das Mikrophon an den Haken. »Nun, wir haben's wenigstens versucht.« Darcy nickte kommentarlos und fing an, seine Sachen zusammenzupacken. Paule war im Wald verschwunden, Laroche schlief, befand sich aber anscheinend nicht mehr im Delirium. »Wie stehen unsere Chancen?« fragte ich, und Darcy schaute mich kurz an.

»Sie meinen – ob wir hier rauskommen?«

»Ob wir rechtzeitig rauskommen.«

Er zögerte und warf einen Blick auf Laroche. »Das liegt in Gottes Hand. Aber er wird so oder so sterben. Haben Sie Angst vor dem Tod?«

»Ich weiß es nicht.«

»Das wissen wir wohl alle nicht, ehe wir damit konfrontiert werden. Früher habe ich mich oft davor gefürchtet. Jetzt vielleicht nicht mehr. Ich werde alt.« Er hob seinen nur noch halbvollen Rucksack auf. »Sind Sie fertig?« Dann drehte er sich um, als Paule auf uns zurannte, das Gesicht kreidebleich, die Augen weit aufgerissen, als hätte sie einen Geist gesehen. »Was ist denn los?«

»Da oben – bei den Felsvorsprüngen!« Mit einem zitternden Finger zeigte sie auf mehrere Klippen zwischen den Bäumen und setzte sich, als würden die Beine sie nicht mehr tragen. »Wo habt ihr ihn begraben?«

»Das habe ich dir doch gesagt«, entgegnete Darcy. »Da, wo auch Baird liegt.«

»Natürlich, wie dumm von mir ... Aber für einen Augenblick dachte ich ...« Ein Schauer lief durch ihren Körper, dann starrte sie mich an, und unwillkürlich, als hätte sie mich dazu veranlaßt, stieg ich zu den Felsen hinauf.

Was ich unter den überhängenden Klippen fand, überraschte mich nicht. Vielleicht hatte mich Paules Blick deutlich genug aufgefordert, den sterblichen Überresten meines Großvaters die letzte Ehre zu erweisen. Ich entdeckte ihn dicht unterhalb des größten Felsens in einer schmalen Senke – nur mehr ein Skelett, grau verwitterte Gebeine. Die Kleidung hatte sich längst in Nichts aufgelöst. Der Brustkorb war noch vollständig, daneben lag der Kopf, nackte Zähne lächelten den Labrador-Himmel an.

Ich betrachtete das zertrümmerte Stirnbein — Laroche hatte also die Wahrheit gesagt. Behutsam drehte ich den Schädel um, sah das Einschußloch und dachte an die Pistole, die im Funkraum meines Vaters hing. Hatte meine Großmutter diese Waffe auf einem von Pierre Laroches Lagerplätzen gefunden — die Pistole, aus der eine Kugel in diesen armen, kahlen Kopf abgefeuert worden war? Fasziniert starrte ich auf das helle Gebein, und dann hörte ich Darcys Stimme hinter mir. »Seltsam«, meinte er und spähte über meine Schulter. »Diese frühere Expedition hatte ich fast vergessen.«

»Ich glaube, es ist mein Großvater.«

»Ein Indianer ist es jedenfalls nicht, das steht fest. Sie brauchen sich nur die Schädelform anzuschauen. Ja, das ist James Finlay Ferguson, und es läßt sich mühelos erkennen, was damals geschehen ist.«

»Ja.« Ich dachte an den Mann, den wir am Vortag begraben hatten, blickte zu Darcy auf und dann an ihm vorbei, hinab zum dunklen See und dem Felsen, der in der Wassermitte kauerte. »Kein Wunder, daß Mackenzie Angst vor diesem Ort hat.«

Er nickte. »Es ist ein böser Ort. Und deshalb werden die nächsten Tage für Paule um so schlimmer sein.«

»Wir begraben die Gebeine. Und sie braucht ja auch nicht mehr hier heraufzukommen.«

»Sicher nicht. Aber möchten Sie allein bleiben mit der Leiche des geliebten Menschen, den Sie auf dem Gewissen haben, mit den beiden Gräbern am Strand und dem Skelett hier oben bei den Felsen? Lauter Tragödien haben sich hier ereignet. Und vergessen Sie nicht — sie ist eine Halbindianerin.« Fast wütend fügte er hinzu: »Kommen Sie, wir müssen uns beeilen.«

Wir häuften feuchte Erde auf die Gebeine, dann kehrten wir zum Lagerfeuer zurück. »Wir gehen jetzt, Paule«, sagte Darcy.

Sie kauerte neben Laroche und schaute nicht auf. »Er ist jetzt bei Bewußtsein«, flüsterte sie. Ich trat näher und merkte, daß er die Augen geöffnet hatte. Als ich in sein Blickfeld geriet, schien er mich zu erkennen. Offenbar wollte er sprechen, denn sein Hals zuckte krampfhaft, aber er brachte kein Wort hervor. »Nicht reden!« wisperte Paule eindringlich. »Du mußt dir deine Kräfte sparen.« Dann stand sie auf und wandte sich an uns: »Habt ihr das Skelett begraben?«

»Ja«, erwiderte Darcy. »Es ist nicht mehr zu sehen.«

»Es muß schrecklich für Sie gewesen sein, Ian — die Erkenntnis, was damals geschehen ist. Für uns beide . . .« Mühsam riß sie sich zusammen, und nun klang ihre Stimme klar und vernünftig. »Ihr werdet doch so schnell gehen, wie ihr nur könnt?« Es war eher eine Feststellung als eine Frage. Darcy nickte nur — zu bewegt, um zu antworten, und sie ergriff seine Hand. »Gott segne dich, Ray. Ich werde darum beten, daß ihr rechtzeitig euer Ziel erreicht.«

»Wir tun unser Bestes, Paule, das weißt du.«

»Ja, ich weiß.« Während sie ihn betrachte, wußte ich, was sie dachte — sie fürchtete, ihn nie wiederzusehen. Plötzlich beugte sie sich vor und küßte ihn. »Gott helfe uns . . .«

»Das wird Er, ganz bestimmt.«

Jetzt reichte sie mir die Hand, die ich beklommen umfaßte. »Es tut mir leid, Paule. Für Sie wäre es besser gewesen, wenn ich niemals einen Fuß in dieses Land gesetzt hätte.«

Aber sie schüttelte den Kopf. »Es war nicht Ihre Schuld. Wir wollten beide dasselbe — die Wahrheit herausfinden, und die kann nicht für immer verborgen bleiben.« Auch mir gab sie einen Kuß. »Alles Gute, Ian. Ich bin froh, daß ich Sie kennengelernt habe.«

Und dann drehte sie sich wieder zu Laroche um, der

uns die ganze Zeit mit weit aufgerissenen Augen beobachtet hatte. Während wir unsere Packen schulterten, richtete er sich auf einem Ellbogen auf. »Viel Glück ...« Ich hörte die Worte nicht, las sie aber von seinen Lippen ab. Kraftlos sank er zurück, und Paule beugte sich besorgt über ihn.

»Okay«, sagte Darcy mit belegter Stimme, »gehen wir.«

Am schmalen Strand passierten wir die beiden Gräber und das halbversunkene Flugzeug, danach stiegen wir in den Wald hinauf, auf dem Weg, den wir gekommen waren. Das Messer, von dem Laroches Schnittwunden stammten, lag immer noch da, wo Paule es fallen gelassen hatte. Ich hob es auf und steckte es ein. Warum, weiß ich nicht. Vielleicht wollte ich nicht, daß sie es fand und an ihre Tat erinnert wurde.

Keiner von uns schaute zurück. Während wir immer höher kletterten, verschwand der verfluchte See aus unserem Blickfeld — verborgen hinter dichten Bäumen. Es war ein heller, klarer Tag, aber als wir den Fluß an der breiten Stelle durchwateten, die einem See glich, erhob sich ein heftiger Wind und peitschte Wolkenfetzen über das kalte Himmelsblau.

Da wir nur leichtes Gepäck trugen, kamen wir schnell voran. Und wir schonten uns nicht, von unserem Hunger angespornt.

Eine Stunde vor Einbruch der Dunkelheit erreichten wir den See, wo Laroche und ich das Nachtlager verlassen hatten. Dort fanden wir das Zelt, das Kanu, meinen Rucksack und all die Sachen, auf die Darcy und Paule verzichtet hatten, um möglichst schnell an den Löwensee zu gelangen. Abgesehen von einer dünnen Schneeschicht, erschien mir die Szenerie so, als wären wir erst vor kurzem hier gewesen.

Darcy sank zu Boden, sobald wir im Camp eintrafen.

Er hatte es mir überlassen, das Tempo zu bestimmen, und seine Kräfte damit überfordert. Während ich Holz hackte und ein Feuer anzündete, überlegte ich, wie wir den restlichen Treck bewältigen sollten, wenn wir das Kanu, das Zelt, die Vorräte und die ganze Ausrüstung schleppen mußten. Aber sobald Darcy heißen Kaffee getrunken hatte, erholte er sich, und beim Essen wirkte er wieder so vital wie eh und je. Er schaffte es sogar, ein bißchen zu scherzen.

Wir gingen frühzeitig schlafen, um die letzte einigermaßen komfortable Nacht unseres Rückwegs auszukosten. Wir hatten beschlossen, das Zelt und einen Teil der anderen Sachen nicht mehr mitzunehmen, nur die Vorräte, die wir für die nächsten drei Tage brauchten, dazu einen Kochtopf, unsere Daunenschlafsäcke sowie Socken und Unterwäsche zum Wechseln. Beim Frühstück stopften wir uns so voll, wie wir nur konnten, dann marschierten wir wieder zwischen den Strauchkiefern hindurch, das Kanu auf den Schultern, die Packen am Rücken.

Sechs Stunden später lichtete sich der Wald, und wir kamen zu der Kiesebene mit den vielen Seen. Mittlerweile taumelte Darcy vor Erschöpfung. Aber er weigerte sich, Rast zu machen. Als wir am ersten See ins Kanu stiegen, war sein Gesicht aschgrau, und er keuchte heftig. Trotzdem setzten wir den Treck fort und nahmen Kurs auf Südwest, in der Hoffnung, das Sumpfgebiet umgehen zu können. Der Wind ließ nach, es begann zu schneien. Die Nacht ereilte uns auf offener Strecke, und wir legten uns in den Schlafsäcken auf den Kies, das Kanu über uns.

Am Morgen erwachten wir in einer grauweißen Welt — grauer Himmel, graue Gewässer, weißer Kies. Auf dem teils zugefrorenen See vor uns saßen ein Dutzend Wildgänse und unterhielten sich schnatternd über die

Wasserlöcher im Eis hinweg. Aber wir hatten das Gewehr im letzten Camp zurückgelassen, besaßen nur noch die Angelschnur, und zum Fischen fehlte uns die Zeit.

Es ist sinnlos, die schreckliche Reise in allen Einzelheiten zu schildern. Ich bezweifle auch, ob ich es könnte, denn während wir uns vorankämpften, betäubten Kälte und Müdigkeit mein Gehirn ebenso wie den Körper.

Wie Darcy es fertigbrachte, weiterzugehen, weiß ich nicht. Es mußte an seiner Willenskraft gelegen haben, denn die Anstrengung entkräftete ihn viel mehr als mich, und während meine Energie schwand, wuchs meine Bewunderung für diesen Mann. Niemals klagte er, nie gab er die Hoffnung auf. Verbissen stapfte er weiter, bis an die Grenze des Erträglichen und darüber hinaus. Vor allem sein leuchtendes Beispiel befähigte mich, durchzuhalten, obwohl er genauso wie ich erbärmlich fror und unsere Vorräte schon lange, ehe wir uns der Tote Road näherten, verbraucht waren.

Zudem wurden wir auch noch vom Pech verfolgt. Der Frost suchte uns heim, die Eisschichten auf den Seen wurden dicker und dicker, so daß wir das Kanu nicht mehr benutzen konnten. Und der Kompaß führte uns in die Irre. Das lag vermutlich an einem Eisenerzvorkommen. Jedenfalls hielten wir uns nicht weit genug südlich und gerieten in einen noch schlimmeren Sumpf als jenen, den wir auf dem Hinweg durchquert hatten. Eine Nacht lang saßen wir darin fest, und als wir ein größeres Gewässer erreichten, war es zugefroren — das Eis zu dick, um ans andere Ende paddeln zu können, und zu dünn, um unser Gewicht zu tragen. Eine Woche später hätten wir hinübergehen können. Nun mußten wir das Kanu zurücklassen und die vor uns liegenden Seen umrunden. Und die ganze Zeit dachten wir an

321

Paule, die am Löwensee auf Rettung wartete. Zweimal glaubten wir ein Flugzeug im Süden zu hören, tief über den Wipfeln. Das erste Mal — am zweiten, einzigen windstillen Tag unseres Trecks — waren wir fest überzeugt, daß wir unseren Ohren trauen konnten und man uns suchte. Aber zu diesem Zeitpunkt befanden wir uns in einem dichten Wald, und das Geräusch war zu weit entfernt.

»Wahrscheinlich ist ein Pilot vom Kurs abgekommen«, meinte Darcy, als das Surren verklang.

Das zweite Mal drang das Dröhnen einige Tage später zu uns — wann genau, weiß ich nicht mehr. Ich hatte jegliches Zeitgefühl verloren. Die Maschine hörte sich wie ein Hubschrauber an, aber wir konnten es nicht eindeutig feststellen. Außerdem mußten wir benommen von Kälte, Erschöpfung und Nahrungsmangel — auch die Möglichkeit einer Sinnestäuschung in Betracht ziehen.

Acht Tage waren wir nun schon unterwegs, und ich bezweifelte, daß wir an den letzten beiden Tagen mehr als ein halbes Dutzend Meilen geschafft hatten. Wir litten beide unter Frostbeulen und konnten nurmehr fünfzig Meter ohne Ruhepause zurücklegen. Seit drei Tagen hatten wir nichts mehr gegessen, und unsere halberfrorenen Füße taten so weh, daß wir sie kaum noch zu bewegen vermochten.

Am Abend des achten Tages standen wir endlich an der Tote Road, nur um festzustellen, daß sie von Schneewehen blockiert wurde. Tagelang war kein Fahrzeug an dieser Stelle vorbeigekommen, also mußten wir eine weitere Nacht im Freien verbringen.

Am Morgen konnte Darcy, am Ende seiner Kräfte, nicht weitergehen. Er lag da, starrte mich mit rotgeränderten Augen an, die Lippen rissig und bläulich unter dem steifgefrorenen Bart. Er sah beinahe so aus wie

Briffe, als wir dessen Leiche gefunden hatten. »Schaffen Sie's allein?« brachte er mühsam hervor, wobei er den Mund kaum bewegte.

Ich gab keine Antwort, denn das hätte zuviel von meinen Energien verbraucht. Außerdem wußte ich nicht, ob ich es schaffen würde. Am liebsten wäre ich neben Darcy im Schnee liegen geblieben, um in einer Traumwelt zu versinken, in die meine Phantasie immer wieder entfloh – in ein Paradies, wo unentwegt die Sonne schien, wo es warmes Essen gab, wo mich ein Boot über sanfte Wellen zu immer schöneren Gestaden trug.

»Sie müssen es schaffen«, drängte er krächzend, und ich ahnte, daß er an Paule dachte, nicht an sich selbst.

Langsam rappelte ich mich auf. Es hätte mich zuviel Kraft gekostet, ein Feuer für ihn anzuzünden. Sekundenlang schaute ich auf ihn hinab, und wie ich mich nun entsinne, dachte ich vage: Er sieht nicht mehr wie ein menschliches Wesen aus – eher wie ein Bündel aus alten Kleidern, zu meinen Füßen im Schnee... »Auf bald, Ray. Ich werde es schaffen.«

Er nickte, als wollte er sagen: »Natürlich«, und dann schloß er die Augen. Da verließ ich ihn und stapfte in den Wald jenseits der Tote Road. Es schneite immer noch in einem fort, so wie seit nunmehr drei Tagen. Sogar unter den Strauchkiefern hatten sich meterhohe Schneewehen gebildet. Das jungfräuliche Weiß sah wunderschön aus, weich versanken meine geschundenen Füße darin, aber es war teuflisch kalt, und bei jedem Schritt zerrte der Schnee schwerer an meinen Beinen, meinem ganzen Körper. Schließlich lag ich wie ein Ertrunkener in einem weißen Meer, unfähig, mich von der Stelle zu rühren.

Und da hörte ich Stimmen. Ich stieß einen Schrei aus, und sie verstummten. Dann erklangen sie wieder,

323

und ich wußte, daß ich nicht träumte. Ich befand mich in Hörweite der Bahnstrecke, und ich schrie um Hilfe, konnte nicht aufhören, nicht einmal, als mich die Männer erreichten, und das war vielleicht gut so, denn die Laute, die sich über meine Lippen rangen, glichen bestenfalls dem leisen Quäken eines Hasen, der in einer Falle sitzt.

Zwei Ingenieure hatten mich gefunden. Sie vermaßen gerade einen Felsblock, den sie am nächsten Tag sprengen wollten. Ihr Zelt stand eine halbe Meile weiter unten an der Strecke, und als sie mich hingebracht hatten, übergaben sie mich der Obhut des Kochs und machten sich sofort auf die Suche nach Darcy.

Was die folgenden Ereignisse betrifft, habe ich nur bruchstückhafte Erinnerungen. Ich lag auf einem Bett, ein Ölofen bullerte, Gesichter starrten auf mich herab. Immer wieder fragte ich nach Lands, aber niemand schien ihn zu kennen. Es war wie ein Alptraum, denn ich wußte nicht, welchen Namen ich sonst nennen sollte. Zwischendurch verlor ich mehrmals die Besinnung. Allmählich löschten die Schmerzen in meinen erfrorenen Gliedern alles andere aus, und das nächste, woran ich mich erinnere, war Darcys Ankunft.

Er lebte noch, mit knapper Not. Und sie sagten, die Chancen, ihn durchzubringen, stünden fünfzig zu fünfzig. Mittlerweile hatten die beiden Ingenieure unsere Identität festgestellt, und als ich wieder nach Lands fragte, teilten sie mir mit, er sei in Camp 290. »Dort ist er schon die ganze Woche und organisiert die Suche nach Ihnen.« Ich bekam noch einen heißen Drink, und man sagte, ich solle mir keine Sorgen machen. Wir hatten die Tote Road nördlich von unserem Ausgangspunkt erreicht, zwischen der Bockbrücke und dem Camp 290. Der Mann, der mir das erzählte, kündigte an, er wolle nun auf Schiern zum 290 fahren. Wenn er

Glück habe, würde er vor Einbruch der Dunkelheit dort eintreffen.

Ich versuchte, die Lage des Löwensee zu beschreiben, aber sie hatten mir ein Schlafmittel in den Drink getan, und ehe ich die Hälfte meiner Erklärung abgeben konnte, versank ich in tiefer Bewußtlosigkeit. Als mich das qualvolle Pochen in meinen Gliedmaßen weckte, war es dunkel. Aber durch den offenen Zelteingang sah ich Licht und Männer, die sich hin und her bewegten. Ein Motor dröhnte, ein Vehikel fuhr in mein Blickfeld.

»Ich fürchte, es geht ihnen sehr schlecht«, sagte eine Stimme, und sekundenlang blendete mich das zischende weiße Licht einer Lötlame.

»Was erwartest du denn?« lautete die gekrächzte Antwort. »Immerhin waren sie zwei Wochen da draußen, und wir haben nicht gerade Picknickwetter.« Diese Stimme, die wie eine Muskatreibe klang, versetzte mich nach Seven Islands zurück, zum Tag meiner Ankunft. »Je schneller wir sie auf den Motorschlitten verladen, desto früher sind sie im Krankenhaus.« Das grelle Licht tanzte auf mich zu. »Na, mein Junge, sind Sie wach?« Da erkannte ich die Gesichter: McGovern und Bill Lands. Der Mann, der die Lötlampe hielt, war der Ingenieur, der das Camp 290 informiert hatte. »Ein Flugzeug steht für Sie bereit«, fuhr McGovern fort. »Ich denke, eine Fahrt auf dem Motorschlitten können Sie verkraften. Oder sollen wir Ihnen eine Spritze geben, damit Sie nichts spüren?«

»Natürlich nicht!« protestierte ich erbost. »Ich will mit Lands reden.« Als er neben das Bett trat, fragte ich: »Haben Sie meine Nachricht bekommen? Paule und Laroche . . .«

»Klar, regen Sie sich nicht auf . . .«

»Geben Sie mir ein Blatt Papier. Ich werde versuchen, eine Karte zu zeichnen.«

325

»Das ist nicht nötig, alles wird gut.« Er sprach wie mit einem mutwilligen Kind, und das brachte mich in Wut. Jede Sekunde war kostbar.

»Sie verstehen nicht . . .« Mühsam richtete ich mich auf. »Laroche wurde schwer verletzt. Wahrscheinlich lebt er schon nicht mehr. Und Paule . . .«

Lands packte mich an den Schultern und drückte mich ins Kissen zurück. »Alles okay. Ende letzter Woche haben wir die beiden geholt.«

Fassungslos starrte ich ihn an.

»Vor vier Tagen. Glauben Sie mir nicht?« Lachend tätschelte er meinen Arm. »Es ist wahr, also können Sie sich beruhigen. Beide sind in Seven Islands, und heute wurde mir mitgeteilt, Bert befinde sich auf dem Weg der Besserung.«

»Dann war der Sender also okay? Mein Funkruf ist durchgekommen? Also hätten Darcy und ich uns den beschwerlichen Rückweg ersparen können. Wenn wir bei Paule geblieben wären . . .«

»Was für einen Funkruf meinen Sie?«

»Am Morgen, ehe wir den Löwensee verließen, versuchte ich es eine halbe Stunde lang, von sieben bis . . .«

»Niemand hat was gehört.«

»Wieso konnten Sie Paule und Laroche dann finden?« fragte ich mißtrauisch. Wollte er mir den Fehlschlag mit einer Lüge erleichtern?

Anscheinend spürte er meinen Argwohn, denn nun erstattete er etwas detaillierter Bericht. »Len hat sie rausgeholt. Am ersten Tag, da es das Wetter erlaubte, schickte Mac sein Wasserflugzeug los. Der See war vereist, und der Pilot konnte nicht landen, aber er warf ein paar Lebensmittel ab. Len riskierte es zwei Tage später, trotz miserabler Witterung, und nahm Mac im Hubschrauber mit. Auf dem Rückflug brachte er Laroche in

326

Sicherheit, dann holte er Mac und Paule. Danach schneite es so stark, daß niemand hinfliegen konnte. Aber Len und der Beaver-Pilot standen auf Abruf bereit, um nach Ihnen zu suchen, sobald es die Verhältnisse erlaubten.«

Paule und Laroche waren also gerettet. Es erschien mir unglaublich. Die Augen halb geschlossen, um sie vor der grellen Lötlampe zu schützen, glaubte ich Paule neben Laroche am See sitzen zu sehen. Darcy und ich waren felsenfest davon überzeugt, daß er sterben würde. Und Paule... Nach unserem viel zu langen Treck hatten wir die Hoffnung aufgegeben, ihr helfen zu können. Weder er noch ich haben es je erwähnt, aber wir waren beide der festen Meinung gewesen. »Aber wieso haben Sie den See gefunden?«

»Mac wußte Bescheid«, erklärte Lands. »Er war in Montreal und...«

»Moment mal, Bill«, unterbrach ihn die Reibeisenstimme, »würdest du mal die anderen rausschicken? Ich muß dem Jungen was sagen, solange er noch bei Bewußtsein ist.« Jetzt sah ich sein Gesicht — harte, faltige Züge, von weißem Haar umrahmt. Schritte entfernten sich, der Zelteingang wurde geschlossen. »Erstens...« McGovern beugte sich herab und fügte etwas leiser hinzu: »Ich muß mich bei Ihnen entschuldigen. Und das bekamen bisher nur wenige Leute von mir zu hören. Als wir uns in Seven Islands unterhielten, merkten Sie da, daß ich den Löwensee kenne?«

Ich nickte und fragte mich verwundert, was ich nun erfahren würde.

»Das dachte ich mir.« Er machte eine Pause, als wollte er seine Gedanken ordnen. »Paule Briffe erwähnte, Sie wüßten nun, was nach dem Flugzeugabsturz passiert ist. Stimmt das?«

»Ja.«

327

»Okay. Noch was — Ihr Treck ist eine Sensation. Sie werden jetzt ins Krankenhaus gebracht, aber sobald die Docs einverstanden sind, wird die Presse über Sie herfallen. Wenn Sie erzählen, daß Ihr Vater jenen Funkspruch von Briffe empfangen hat — wenn Sie die ganze Wahrheit ausplaudern, ruinieren Sie das Leben zweier Menschen. Paule hat schon genug durchgemacht. Und Bert — nun ja, sobald er nach dem Flugzeugabsturz aus der Wildnis zurückgekehrt war, erzählte mir alles. Das war gut so, denn ich bin sein Boß, und deshalb akzeptierte er auch meine Entscheidung. Er erklärte, was er getan hatte und warum. Dabei dachte er hauptsächlich an Paule. Wäre er zurückgeflogen und hätte Briffe lebend angetroffen, wäre der Mann wegen Mordes vor Gericht gestellt worden. Unter diesen Umständen fand ich, daß Bert richtig gehandelt hatte.« Er zögerte. »Wir dachten, auf diese Weise wäre der Gerechtigkeit Genüge getan. Sie müssen bedenken — Bert nahm an, Briffes Axthieb hätte Baird getötet. Sicher begreifen Sie nun, wie uns zumute war, als Sie in Seven Islands auftauchten.«

»Was soll ich tun?«

»Halten Sie den Mund! Lassen Sie die Welt im Glauben, daß Briffe und Baird tot waren, als Bert den Löwensee verließ. Okay? Dafür werde ich die Goldader Ferguson Concession nennen, und Sie kriegen einen Anteil.«

Ich starrte ihn an und entsann mich, daß auch er ein Prospektor vom alten Schrot und Korn war, wie Briffe — wie mein Großvater. »Sie brauchen mich nicht zu bestechen«, fauchte ich.

»Sicher nicht. Aber wenn Sie Paule und Bert Kummer ersparen wollen, müssen Sie behaupten, Ihr Vater habe jenen Funkspruch nie empfangen und sei ein Opfer seiner Einbildung geworden. Wenn Sie das tun, wä-

328

re es nur fair, daß der ursprüngliche Claim Ihres Großvaters gerecht aufgeteilt wird. Der Anteil an der Goldader wäre sozusagen Ihr Erbe vom alten James Ferguson. Nun, was halten Sie davon?«

Als ich mich einverstanden erklärte — zu müde, um
ihm begreiflich zu machen, daß ich nichts mehr mit
dem Löwensee zu schaffen haben wollte —, verwandelte
ein plötzliches Lächeln sein kantiges, hartes Gesicht,
und er klopfte mir auf die Schulter. »Wunderbar. Wegen des Senders brauchen Sie sich keine Gedanken zu
machen. Keiner der Piloten hat ihn gesehen, er war im
Schnee vergraben. Und als ich dort war, habe ich das
verdammte Ding in den See geworfen.« McGovern
wandte sich zum Zelteingang.

»Bill!« schrie er, und Lands erschien. »Wir können
aufbrechen.«

»Hat er zugestimmt?« fragte Lands.

»Klar. Was hast du denn geglaubt?«

Ich sah Lands erleichtert aufatmen, als er sich im
Lichtkegel über mich beugte, aber er sagte nur: »Okay.
Wir bringen Sie jetzt zum Flughafen.«

Und so trat ich an der Seite des bewußtlosen Darcy die
Rückreise in die Zivilisation an. Ich war nur achtzehn Tage in Labrador gewesen — eine kurze Zeitspanne, verglichen mit den vielen Wochen, die mein Großvater in diesem Land verbracht hatte. Trotzdem war auch ich zum
Löwensee gelangt, und es hätte mich beinahe das Leben
gekostet. In beide Tragödien war ich verwickelt worden —
in die längst vergangene und in die gegenwärtige. Und ich
hatte gelitten wie so viele Menschen auf ihren Trecks in
die ungastliche Wildnis. Sollte sich dieser Bericht zu intensiv mit Reisebedingungen befaßt haben, kann ich zu
meiner Verteidigung nur anführen, daß dies nicht meine,
sondern Labradors Schuld ist.

TEIL VIER

Ausklang

Fünf Jahre sind seit meiner Reise nach Labrador verstrichen, und diesem Bericht liegen im wesentlichen die Notizen zugrunde, die ich mir während meines Aufenthalts im Hospital von Seven Islands machte. Diese persönlichen Aufzeichnungen waren nicht für eine Veröffentlichung bestimmt und vom gewissenhaft geführten Tagebuch meiner Großmutter inspiriert worden, das ich einen Tag nach meiner Einlieferung ins Krankenhaus erhalten hatte.

Aber manchmal bringen die Umstände einen Sinneswandel mit sich.

Seit Laroche in der Klinik Besucher empfangen durfte, wurde er von Reportern belagert, ebenso während seiner Rekonvaleszenz und sogar noch später, nachdem er Paule geheiratet hatte. Die Ferguson Concession Ltd. wurde als Privatfirma registriert, und aus diesem Anlaß brachten die Zeitungen abenteuerliche und höchst widersprüchliche Artikel über die alte Ferguson-Expedition. Da ertrugen es die Laroches nicht mehr, wanderten aus und nahmen einen anderen Namen an.

Inzwischen waren Darcy und ich bereits geflohen. Einiger Zehen beraubt, kehrte er nach Labrador zurück und konnte nur mehr mit Hilfe von Krücken gehen. »Ein paar Zehen mehr oder weniger machen für die Fische, die ich fangen will, keinen Unterschied«, erklärte er. »Und malen kann ich immer noch.«

In Seven Islands verabschiedete ich mich von dem unbeugsamen kleinen Mann und trat meine Reise nach Südafrika an, als Angestellter einer kanadischen Firma, die dort einen Damm bauen sollte.

Nachdem die vier Hauptbetroffenen das Land verlassen hatten, erlosch das Interesse an unserer Expedition zum Löwensee. Aber es war wohl unvermeidlich, daß früher oder später ein unternehmungslustiger Journalist gründliche Recherchen durchführte und zum selben Verdacht gelangte, der meine Beurteilung von Laroches Charakter so negativ beeinflußt hatte.

Natürlich gab es viel Gerede. Aber es war eine Zufallsbegegnung mit Perkins in einer Bar, die jenen Mann nach Labrador führte — den einzigen Reporter, der den Löwensee jemals zu Gesicht bekam. Er traf ein, als die Firma Ferguson Concession gerade ihre Maschinerie abbaute. Die Tiefbohrungen hatten den Ursprung der Goldader nicht aufspüren können. Und waren schließlich unwirtschaftlich geworden. Niemand kümmerte sich um den Fremden, der am Ufer umherwanderte. Er grub die Gebeine meines Großvaters aus, dann Briffes und Bairds Leichen, die McGovern ordnungsgemäß beerdigt hatte. Danach interviewte er alle auffindbaren Leute, die in irgendeiner Verbindung zu den Ereignissen gestanden hatten, sogar Laroches ehemalige Krankenschwestern, die dessen Verletzungen genau beschrieben.

In seinem Artikel, der in einem kanadischen Magazin erschien, vermied der Journalist direkte Anschuldigungen; er baute seinen Bericht viel mehr auf dem Gesetz der sich wiederholenden Geschichte auf. »Wie der Großvater, so der Enkel«, lautete eine seiner pikanten Formulierungen, außerdem wies er auf Paule und Bert Laroches Anteile an der Ferguson Concession hin. Die Anspielung war deutlich genug und beschwor eine Vision viel schlimmerer Verbrechen herauf, als ich sie Laroche jemals zugetraut hatte. Und der Verdacht fiel nicht nur auf ihn, sondern auch auf seine Frau.

Laroche schickte mir den Artikel und erklärte in seinem Begleitbrief, er habe ebensowenig wie Paule die Absicht, gerichtliche Schritte zu unternehmen. Aber sie seien nun beide der Meinung, die Wahrheit müsse ans Licht kommen. Er wußte, daß ich meine Labrador-Reise in Tagebuchform niedergelegt hatte, und bat mich, die Aufzeichnungen in einem kanadischen Journal zu veröffentlichen. »Es ist besser, wenn Sie die Tatsachen bekanntgeben – nicht einer der direkt Betroffenen«, schrieb er am Ende seines Briefs. »Mir selbst würde das am allerwenigsten behagen. Und Sie waren nur ein interessierter Fremder auf der Suche nach der Wahrheit.«

An diese Worte dachte ich immer wieder während der langen Monate, in denen ich meine Aufzeichnungen überarbeitete und ergänzte – hoffentlich mit dem Ergebnis, daß ich zwei Menschen gerecht geworden bin, die ich sehr bewundere und die ohne eigenes Verschulden in den Mittelpunkt einer Tragödie geraten sind.

Und es gibt wohl kein besseres Ende als ein Zitat aus dem Tagebuch einer außergewöhnlichen Frau namens Alexandra Ferguson.

»Und so bin ich mit Hilfe Gottes und meiner mutigen Begleiter wohlbehalten aus Labrador zurückgekehrt. Einhundertvier Tage verbrachte ich in diesem trostlosen Land. Meinen kleinen Sohn und mein Heim hatte ich in Schottland zurückgelassen, um die Wahrheit über den Tod meines geliebten Mannes herauszufinden. Nachdem mir das mißlungen ist, werde ich Labrador nie wieder aufsuchen, aber diesen Bericht meinem Sohn übergeben, wenn er volljährig ist. Möge der Allmächtige ihn zu jenem See führen — und zur Wahrheit, was immer sie auch zu Tage fördern mag.«

NACHWORT

Dieses Buch basiert auf meinen zwei Reisen nach Labrador. Die erste unternahm ich 1953, kurz vor Beginn der Frostperiode. Damals befand sich die Iron Ore Railway noch im Bau, die Schienen führten nach Norden bis zur Meile 250. Ich sah die ganze Strecke von Seven Islands am St. Lawrence River bis zum Geologen-Camp Burnt Creek — vierhundert Meilen in der Wildnis. Zuerst fuhr ich mit dem Zug, dann mit Lastern und Jeeps, setzte meinen Weg zu Fuß fort und schließlich mit den Wasserflugzeugen der Buschpiloten und mit Hubschraubern. Unterkunft fand ich in den Camps der Baustellen.

Daß ich eine so lange Strecke zurücklegen und so viel von einem Land sehen konnte, das vor dem Bau der Bahnlinie kaum ein Weißer betreten hatte, verdanke ich Hollinger-Hanna, der Iron Ore Company of Canada und der Quebec North Shore and Labrador Railway. Diese Firmen haben mir in außergewöhnlicher Weise beigestanden und in allen ihren Camps liebenswürdige Gastfreundschaft bewiesen.

Ich durfte mich frei bewegen, war meistens mir selbst überlassen, mußte aber nie ohne Freunde auskommen. Diese fand ich insbesondere bei den Ingenieuren, die mir Unterkunft gewährten, auch bei Piloten, Funkern und Bauarbeitern. Ausnahmslos nahmen sie große Schwierigkeiten auf sich, um mir ein möglichst vollständiges Bild von ihrem erstaunlichen Projekt zu verschaffen. Sie sind zu zahlreich, als daß ich sie hier namentlich erwähnen könnte. Aber falls sie dieses Buch jemals lesen sollten, möchte ich ihnen versichern, daß ich mich lebhaft und voller Zuneigung an sie erinnere.

Noch etwas muß ich klarstellen. Ich habe in meinem Roman zwar gewisse Berufsbezeichnungen verwendet, die mir unterwegs begegnet sind, aber die handelnden Personen und Namen sind frei erfunden.

Die zweite Reise fand drei Jahre später statt, als das Buch zur Hälfte fertig war. Ehe ich das Eskimogebiet nordwestlich von der Hudson Bay aufsuchte, machte ich in Goose halt — vor allem, um meine Beschreibung dieser isolierten Gemeinde zu überprüfen und eine zufriedenstellende Grundlage für die Schilderung des Funkverkehrs während der Briffe-Expedition zu finden. Mr. Douglas Ritcey, Funker bei Goose Radio, war sehr hilfsbereit und erlaubte mir sogar, sein eigenes Gerät auszuprobieren, was mir bei der Gestaltung der Szenen in Ledders Keller zugute kam.

Insgesamt legte ich bei den Recherchen für dieses Buch etwa fünfzehntausend Meilen zurück. Die beiden Reisen gehören zu den aufregendsten und interessantesten meines Lebens. Ich hoffe aufrichtig, daß es mir gelungen ist, ein anschauliches Bild vom Bau einer der letzten großen Bahnlinien zu zeichnen, von den Männern, die daran gearbeitet haben — und nicht zuletzt von der faszinierenden, unheimlichen Öde Labradors.